U0929601

# 大旨谈情

## 苏鸿昌文艺美学文集

苏鸿昌　著

西南师范大学出版社
国家一级出版社　全国百佳图书出版单位

图书在版编目(CIP)数据

大旨谈情 ：苏鸿昌文艺美学文集 / 苏鸿昌著. —
重庆 ：西南师范大学出版社，2021.5
ISBN 978-7-5621-5775-5

Ⅰ. ①大… Ⅱ. ①苏… Ⅲ. ①文艺美学－文集 Ⅳ.
①I01－53

中国版本图书馆 CIP 数据核字(2019)第 023596 号

**大旨谈情 ：苏鸿昌文艺美学文集**
**DAZHI TANQING ：SU HONGCHANG WENYI MEIXUE WENJI**

苏鸿昌 著

责任编辑：李晓瑞
责任校对：李浩强
装帧设计：观止堂_未 氓
排 版：杜霖森
出版发行：西南师范大学出版社
地址：重庆市北碚区天生路 2 号
网址：http://www.xscbs.com
邮编：400715 电话：023-68253705
印 刷 者：重庆康豪彩印有限公司
幅面尺寸：170mm×240mm
印 张：16.5
字 数：320 千字
版 次：2021 年 5 月 第 1 版
印 次：2021 年 5 月 第 1 次印刷
书 号：ISBN 978-7-5621-5775-5
定 价：78.00 元

# 学术记忆与学科发展

## ——西南大学文学院“雨僧文库”序

西南大学文学院“雨僧文库”丛书即将出版了，这是一件令人非常高兴的事。为它写上几句话也让我从心底里生出一种特殊的感怀。岁月的流逝总会让人忘却许多往事，而有些记忆无论经过多少岁月，却总是很难消失，因为它已经成为人们前行道路上的重要标记。一个人的成长如此，一个学科的发展和一个学院的建设也是这样。

西南大学文学院的前身为1940年建立的国立女子师范学院国文系和1942年建立的四川省立教育学院的国文系，1950年合并为西南师范学院中文系，2003年更名为西南师范大学文学院。中国的大学包括学科的建立及发展的时间并不长，拥有近80年的学科历史也就算比较久远的了。所以，在介绍时说它历史悠久，此言不虚也。一大批名家先贤先后汇聚于此，探研学术，传承文脉。1949年前，有胡小石、吴宓、高亨、商承祚、唐圭璋、台静农、罗根泽、詹锳、李何林、魏建功、李霁野、赖以庄、吴则虞等在这里潜心治学，为科学研究建立了严谨求实的学术传统。1949年后，亦有吴宓、高亨、赖以庄、钟稚琚、郑思虞、何剑薰、徐德庵、杨欣安、魏兴南、曹慕樊、徐无闻、李景白、谭优学、李运益、刘又辛、荀运昌等学者继续在此传道授业，筚路蓝缕，为学院的发展奠定了坚实的基础。今天的文学院设有中文系、影视艺术系、汉语国际教育系；拥有中国语言文学一级学科博士学位授权点，戏剧与影视学一级学科硕士学位授权点，美学二级学科博士学位授权点；建有中国语言文学博士后科研流动站。其中国语言文学为重庆市重点学科。

我相信一个学科的历史和发展总是由一代又一代学者创造的成果累积而成的。为了坚守学术精神，保存学术记忆，发扬学术传统，学院积极筹划了这套“雨僧文库”。我们选取了文学院前辈学者的代表性成果，主要有曹慕樊先生的《庄子新义》，谭优学先生的《唐诗人行年考》，徐无闻先生的《徐无闻批注〈唐人万首绝句选〉》，荀运昌先生的《诗词及楹联写作》，熊宪光先生的《亦说文稿》，徐洪火先生的《中国古代戏曲史纲》；刘又辛先生和方有国教授合著的《汉字发展史纲要》，杨欣安先生的《杨欣安现代汉语论集》，翟时雨先生的《语言漫议》；苏鸿昌先生的《大旨谈情：苏鸿昌文艺美学文集》，曹廷华先生的《文艺美学论稿》；苏光文先生的《新文学：新观念新文本新交流》和胡润森先生的《胡润森论戏剧》等13册。如做一个简单划分的话，它们可分为古代文学及文献学、汉语言文字及语言应用、文艺学及美学，以及中国现当代文学等学科板块和知识领域。这些论著的选择不拘形式，有的是旧作再版，有的是论著新编，有的是学者选集。这些前辈学者和他们的论著都曾在学科和学术史上产生了重要影响，也代表或者说体现了西南大学文学院中国语言文学学科的历史特点和学术优势。有点儿小遗憾的是，名为“雨僧文库”，却没有编入吴宓先生的著述，只有等待以后再来弥补了。

西南大学文学院高度重视人才培养和学科建设，长期坚持以人才培养为根本，以学科发展为龙头，以科学研究为中心，以队伍建设为支撑，以社会服务与文化创新为动力的学院发展之路。就学术研究和学科建设而言，坚持有所为有所不为，不好高骛远，不追逐时尚，把人才培养和学术研究工作落到实处，做向深处，不搞花架子，紧紧抓住人才队伍、学术成果和学术环境等条件要素，去做学科建设。搞学科建设，首先要有人，其次要做事，另外还要有做事的环境和心情。有人就是要有从事教学科研的人，做事就是做教学科研之事。大学教师不仅要从事教学工作，还要积极开展科学研究。教学科研形式不同，目标相近，都是为了人才培养，它们会有偏重，但不应分彼此。学科建设亦非一朝一夕之事，要一步一个脚印，守正笃实，久久为功，还要有“功成不必在我”的心态和境界。在学术建设和学科发展的链条上，历史总是一环扣一环，后来者不应忘记前行者的坚实步履。学术研究是个人的人生事业，学科建设也是学院的名山工程。对个人而言，学术研究要有兴趣，更要有理想、有毅力。过去的学术氛围和学术环境不同于当下，不像今天这样，从学校到学院都在一个劲儿地鼓噪。他们为什么对学问有兴趣？为什么那么执着？为什么做？怎么做？做得怎么样？他们肯定是有思考的。我想，从这些论著里，我们既可学习到一些做学问的方法，悟出一点儿做学问的门径来，也能感受到他们严谨认真的学术道德和高贵豁达的学术精神。今天的学术环境虽然变化了，做学问的条件和成效也不一样了，但高远的学术理想和执着的学术精神还是应该继承下来，坚守得住，才能发扬光大。

这套前辈学者成果的出版应是西南大学文学院学科建设的大喜事。近年来，我们连续筹划了“博导文库”和“中青年学者文库”，正在筹划“学科及学术专题文库”。“雨僧文库”主要是前辈学者文库，它是西南大学文学院历史发展中的学术积淀和学科基因，它的出版，有助于学院的学术传承，也让学院的学术史更加清晰明朗，学科发展更有底气。在此，我要特别感谢这些前辈学者的家人及弟子们的大力支持，感谢学院相近学科同仁们的积极参与，有了他们的理解和参与，这项工作才得以顺利而圆满地完成。也要感谢西南师范大学出版社吕杭女士的辛勤劳动。

就此说上几句，既表达对“雨僧文库”出版的祝贺，也有对学院学科建设的希冀。

王本朝

2020年1月

# 目 录

## 上编 《红楼梦》美学思想



## 中编 形象思维及悲剧理论

## |下|编 文学理论与文化批评

# 上编

# 《红楼梦》美学思想

# 论曹雪芹在典型创造上的重大贡献

典型问题是文艺理论和文艺创作中的重大课题。恩格斯说："现实主义的意思是除细节的真实外，还要真实地再现典型环境中的典型人物。"恩格斯给现实主义所下的这一经典定义，是对现实主义文艺的全部经验的科学概括和总结。我们从这一定义中不仅可以看出典型问题在马克思主义美学中所占的重要地位，而且可以看出典型问题的核心就是如何"真实地再现典型环境中的典型人物"。《红楼梦》之所以是古典小说的现实主义发展的高峰，就在于《红楼梦》极其成功地、真实地再现了典型环境中的典型人物。本文主要就曹雪芹在典型创造上的卓越才能、可贵经验和重大贡献提出我的一些看法。

## 一

什么是典型？很多同志都把典型理解为共性与个性的有机统一。在如何实现共性和个性的有机统一的问题上，歌德就他和席勒在创作手段上的分歧，谈过一段很有意思的话："诗人究竟是为一般而找特殊，还是在特殊中显出一般，这中间有一个很大的分别。由第一种程序产生出寓意诗,其中特殊只作为一个例证或典范才有价值。但是第二种程序才特别适宜于诗的本质,它表现出一种特殊,并不想到或明指到一般。谁若是生动地把握住这特殊,谁就会同时获得一般。”[①]歌德在这里所说的他和席勒在创作手段上的这种分歧,在实质上是是否坚持形象思维这一文学艺术创作的根本规律来进行文艺创作的分歧。因此,很多同志为了反对在艺术创作中违反形象思维的倾向,特别强调:“作家应该从个别出发,从探索个别以求一般……如果他能很好地把握住某一时期最有特征意义的个别,也就一定能够把握住一般。如果他能通过众多鲜明独特的个别而充分地把握一般,把一般高度统一于‘这一个’之中,也就能创造出典型。”[②]这些理解无疑是正确的。

但是,我们也应看到,如果只强调个别,像歌德那样认为在进行创作时根本“不想到”甚至“意识不到”一般,只要“把握住这特殊”,就能自然而然地“获得一般”,从而放弃对人物的典型性的注意,则是值得商榷的。恩格斯说:“主要人物是一定的阶级和倾向的代表,因而也是他们时代的一定思想的代表,他们的动机不是从琐碎的个人欲望中,而正是从他们所处的历史潮流中得来的。”[③]恩格斯的这一段话,可以说是衡量典型人物所概括的阶级的、时代的本质及其深度和广度的尺度。恩格斯在这里强调的是典型人物的阶级性、倾向性和时代性以及三者之间的关系及其根源。在文艺创作中如果根本“不想到”甚至“意识不到”一般,只从个别出发,是永远创造不出成功的典型的。当然,还必须十分注意对“有代表性的性格作出卓越的个性刻画”[④],“是典型,但同时又是一定的‘单个人’”[⑤],只有当人物的来自历史潮流的,体现了阶级本质、思想倾向和时代特色的有机统一的典型性,是通过独特生动的个性体现出来的时候,这样的人物

① 歌德:《关于艺术的格言与感想》(1824年),《西方美学史》(下卷),人民文学出版社1979年版,第415-416页。

② 孙子威、王先霈:《典型塑造与形象思维》,《长江文艺》1978年8月号,第89页。

③ 恩格斯:《致斐·拉萨尔》(1859年5月18日),《马克思恩格斯选集》(第四卷),人民出版社1972年版,第343-344页。

④ 恩格斯:《致斐·拉萨尔》(1859年5月18日),《马克思恩格斯选集》(第四卷),人民出版社1972年版,第344页。

⑤ 恩格斯:《致敏·考茨基》,《马克思恩格斯选集》(第四卷),人民出版社1972年版,第453页。

才能称得上真正的典型。

《红楼梦》写了四百多人，其中不下数十人都是这样的成功的"典型，但同时又是一定的'单个人'"。曹雪芹在从个别出发的时候，他不是想不到或意识不到他通过个性所要表现的共性，而是深思熟虑地思考着他在个性中所要表现的共性。他是自觉地把个性化与本质化有机地结合在一起进行的。他借《红楼梦》中的人物之口，明确地要求"小题目，原要寓大意，才算是大才"，要"念在嘴里倒像有几千斤重的一个橄榄"似的。所以，作品中的众多的成功的典型人物，都是一定的阶级和倾向的代表，因而也是他们时代的思想的代表。比如贾政、薛宝钗、贾探春这一类人物和贾赦、贾珍、贾琏、贾蓉、贾芹、薛蟠这一类人物都同属于贵族阶级，在他们的身上都体现了封建贵族阶级的阶级属性。但是，这两类人物身上也体现了两种不同的倾向。贾政、薛宝钗、贾探春力图使家道中兴，挽回封建贵族阶级的行将没落的命运；而在贾赦、贾珍、贾琏、薛蟠等人物的身上，我们所看到的却是共同的败家的倾向。而这两种不同的倾向，又都具有整个封建制度濒临没落崩溃的共通的时代特色。这后一类人不仅仗势倚财、横行霸道、招摇撞骗、草菅人命、眠花宿柳、偷鸡摸狗、聚赌斗殴、花天酒地、暴戾恣睢、无恶不作，而且在伦理道德上败坏到了极点，完全是封建社会已经到了末期的垮掉了的一代的形象。就是像贾政、薛宝钗、贾探春、王熙凤这样的人，也都"不过是真正的主角已经死去的那种世界制度的丑角"[①]。像贾政那样念念不忘"皇恩祖德"，一心只想维持这个贵族家庭的"功名奕世，富贵流传"的封建正统人物，迂酸腐朽、庸碌无能，而又妄图使家道中兴，使人感到非常可笑；就是像"都知爱慕此生才"的王熙凤，"才智清明志自高"的贾探春、薛宝钗，也因她们"生于末世运偏消"，她们在大观园所进行的"兴利除弊"的改革中所显示的才能，也只不过是对她们的一种讽刺。

由于典型人物"是一定的阶级和倾向的代表，因而也是他们时代的一定思想的代表"，于是，现在流行着一种几乎是人所公认的见解：似乎典型性等于普遍性，似乎一个典型人物所概括的生活愈带普遍性就愈有代表性，因而就愈具典型性。很多同志在强调这一问题的时候，都津津乐道地引证别林斯基的关于典型的这样的公式："在典型里，是两个极端——普遍和特殊——的有机的融和

① 马克思：《〈黑格尔法哲学批判〉导言》（第一卷），人民出版社1972年版，第5页。

底成功。典型人物是一整类人的代表,是很多对象的普通名词,却以专有名词表现出来。"[①]"每个典型都是一个熟识的陌生人。"[②]别林斯基是伟大的革命民主主义文艺评论家,他在这样的公式中以生动的语言所强调的共性和个性的有机的统一的见解是非常精辟的。他把典型性和"普遍""普通""熟识"等同起来,把典型人物的典型性看作他所代表的普遍性,在通常的情况下也是正确的。《红楼梦》中的众多的典型人物很明显地都是"以专有名词表现出来的普通名词",都是"熟识的陌生人"。但是,这样的公式是否适用于《红楼梦》的主人公林黛玉、贾宝玉呢？我的回答却是否定的。像林黛玉和贾宝玉这样的典型人物,不仅他们的个性是独特的,他们的典型性在曹雪芹所处的时代也不是普遍的,而是罕见的;不是普通的,而是特殊的;不是熟识的,而是新奇的。他们都是"专有名词",却不是以"专有名词"表现出来的"普通名词";他们都是陌生人,却不是熟识的陌生人。然而由于他们代表着正在萌芽和发展中的新的生产关系和新的社会力量,他们却是反映了时代的本质特征和代表着历史发展方向的巨大典型。这样的典型的阶级属性、思想实质、时代特征以及这样的典型所赖以产生的典型环境,都远非一目了然的,而是非常复杂的。因而人们在这些问题上的看法也就有很大的分歧,斗争也就更加尖锐。可是,正是在这里显示了曹雪芹在典型创造上的重大突破、特殊贡献和卓越才能,这是非常值得我们重视和研究的。

贾宝玉是曹雪芹呕心沥血塑造的、倾注了作者全部同情和理想的典型形象。关于贾宝玉的叛逆性格这种新奇、罕见的特点,曹雪芹在贾宝玉出场以前就进行过多次喻示和渲染。作者制造了一个荒诞不稽的神话,说他是青埂峰下的一块"无材补天"的顽石。这块顽石就是贾宝玉口中的那块宝玉。所谓贾宝玉者,假宝玉——顽石也。曹雪芹的这种神话,就是暗示和强调贾宝玉所具有的出奇的傲世逆俗的叛逆精神。作者从神话世界转到现实世界,并在甄士隐出家去了,真事已经隐去,用假语村言来正式铺陈《红楼梦》的时候,又通过贾雨村这个为他所鞭挞最有力的反面人物来把贾宝玉的出奇的叛逆特点再强调了一

① 别林斯基:《论人民的诗》(第二篇),《别林斯基论文学》,新文艺出版社1958年版,第128页。

② 别林斯基:《论俄国中篇小说和果戈理君的中篇小说》,《别林斯基论文学》,新文艺出版社1958年版,第120页。

次。贾雨村把“尧、舜、禹、汤、文、武、周、召、孔、孟、董、韩、程、朱、张”等封建道统人物说成是“秉天地之正气”的“修治天下”的“大仁者”，把宝玉说成是所余秀气和邪气“两赋而来”之人。贾雨村还举出了一大批古人来作为宝玉的同类。贾雨村如此吹捧封建道统人物，如此贬低宝玉及与宝玉同类的一批古人，完全符合这个利欲熏心、趋炎附势、卑鄙无耻而又故作正经的封建官僚的思想、性格和身份。但是，他对宝玉和封建道统人物所做的比较和褒贬，恰恰说明了贾宝玉是离经叛道的人物，而且是如贾雨村所说的“其乖僻邪谬不近人情之态，又在万万人之下”的罕见的新奇的叛逆人物。曹雪芹似乎嫌他对宝玉的这种出奇的叛逆性格所做的这种转弯抹角的暗喻还不够，因此，在宝玉正式出场时，曹雪芹干脆自己站出来用两首词对宝玉的性格做了一个概括的介绍，词曰：

> 无故寻愁觅恨，有时似傻如狂。纵然生得好皮囊，腹内原来草莽。潦倒不通世务，愚顽怕读文章。行为偏僻性乖张，那管世人诽谤！
>
> 富贵不知乐业，贫穷难耐凄凉。可怜辜负好韶光，于国于家无望。天下无能第一，古今不肖无双。寄言纨绔与膏粱：莫效此儿形状！

这两首词看起来是对贾宝玉的贬，实际上表现了曹雪芹对宝玉的叛逆性格的抑制不住的同情和赞美。所谓“潦倒不通世务”，无非是说宝玉不会讲究“仕途经济”；所谓“愚顽怕读文章”，无非是说宝玉厌恶以程朱理学做教条的那些八股时文；所谓“富贵不知乐业，贫穷难耐凄凉”，无非是说贾宝玉不能恪守“贫而乐、富而好礼”的说教；所谓“乖张”“不肖”，无非是说他对封建正统思想和封建制度的叛逆；所谓“傻”“狂”，无非是说他具有不为世俗所了解的离经叛道的性格。是的，这两首词之所以要寓褒于贬，就在于这两首词所同情和赞美的宝玉的这种叛逆性格，在当时是罕见的、新奇的、不为世俗所理解的。因此，这两首词也是学着世俗口吻对世俗的观念进行尖锐的讽刺，并借以引起人们对贾宝玉的这种叛逆性格的注意。

新旧红学派最根本的错误之一，就在于完全无视曹雪芹所强调的贾宝玉的这种叛逆性格。“四人帮”所控制的《红楼梦》研究，比新旧红学派走得更远。一篇由姚文元审阅并指定在《学习与批判》上发表的名为《评〈红楼梦〉》的文章，只看见贾宝玉身上的那些在当时是普遍的、普通的、熟识的贵族阶级的劣根性,完全看不见宝玉叛逆性格中的那些罕见的,然而却是新兴的东西,竟然给宝玉戴上了“垂死阶级的代表”的大帽子,说什么贾宝玉“提不出任何新的东西来与旧的东西相对抗”,“更不能代表新的阶级力量向封建制度发起进攻,而只能‘作为垂死阶级的代表起来反对现存制度,或者说得更确切些,反对现存制度的新形式。’这才是他们的悲剧结局的真正的阶段根源”。[①]

《评〈红楼梦〉》在这里把马克思给拉萨尔的批判他的历史悲剧《弗兰茨·冯·济金根》的信中,用以指出济金根覆灭的悲剧的真正根源的一段话,拿来硬套在贾宝玉的身上是非常荒谬的。马克思指出济金根是垂死阶级的代表,那是因为济金根所代表的骑士阶级所要求建立的“以君王为首的贵族民主制”,“是属于最原始的社会形态中的一种形态”。济金根所反对的现有制度正是封建等级制度,而“封建等级制度显然已经是更高的阶段了,所以纯粹的贵族民主制在十六世纪的德国是不可能的事”[②]。所以马克思批判了拉萨尔从他的机会主义路线出发而对济金根的美化,尖锐地指出济金根的反动的垂死的阶级本质,才是造成他的悲剧的真正根源。这就一针见血地揭露了拉萨尔的机会主义面目。《评〈红楼梦〉》的作者借用马克思的这段话来把贾宝玉宣布为垂死阶级的代表,这实际上是说濒临没落崩溃的封建制度,比贾宝玉所代表的新兴阶级力量的民主主义理想还要先进,这实际上是把曹雪芹和他的《红楼梦》及其主人公贾宝玉通通宣布为反动的,从根本上否定了《红楼梦》存在的价值。

恩格斯说:“每一历史时期的观念和思想”,“由这一时期的生活的经济条件以及由这些条件决定的社会关系和政治关系来说明”。[③]我们也必须从《红楼梦》产生的时代的经济条件以及由此而决定的社会关系中去对宝、黛和宝、黛爱情中所包含的观念和思想做科学的解释。

《红楼梦》产生在封建社会的最后一个王朝的所谓“乾隆盛世”。这一时期的“鼎盛”“繁荣”,只不过是“昏惨惨似灯将尽”前的回光返照,而实际上早已处于危机四伏、“忽喇喇似大厦倾”的彻底没落崩溃的前夕。其中最重要的标志就

① 徐缉熙:《评〈红楼梦〉》,《学习与批判》1973年第2期。

② 恩格斯:《德国农民战争》,《马克思恩格斯全集》(第7卷),人民出版社1979年版,第438页。

③ 恩格斯:《卡尔·马克思》(第三卷),人民出版社1972年版,第41页。

是资本主义势力有了进一步的发展。曹雪芹和他的家族与资本主义势力都不无关系。曹雪芹的祖父曹寅、父亲曹頫都做过江宁织造，曹家和曹的至亲李家，还先后分管漕运，往返于扬、苏、常、杭、松、嘉、湖等工商业重要城镇之间，并经常和这些地方的具有资本主义性质的工商业打交道。曹雪芹幼年时期就生活在南京和扬州，这种新兴的资本主义经济及其在观念形态上的表现对曹雪芹无疑会有很大影响，再加以清代的一些自觉不自觉地在不同程度上反映了新兴的经济和阶级的发展要求的思想家如黄宗羲、顾炎武、王夫之、戴震等，又都对曹雪芹有过很大的影响。所有这些，都使得曹雪芹能认识到自己出身的阶级的腐朽和没落，他成为贵族阶级的叛逆者，成为反映正在萌芽和急速发展着的资本主义生产关系的民主主义思想家。因而他能奋扫着如椽的大笔，将这一切，包括他的理想和希望，熔铸到宝、黛尤其是宝玉的叛逆形象里。宝、黛这一对典型形象的共通的根本特征，就在于在他们作为封建贵族阶级的叛逆性格里，已经渗透着正在萌芽和发展中的新的生产关系。由此可见，《评〈红楼梦〉》所说贾宝玉“提不出任何新的东西来与旧的东西相对抗”，是不符合贾宝玉的叛逆性格的实际的。诚然，在贾宝玉的叛逆性格里，毋庸讳言地有着极为明显的贵族阶级的劣根性，可是，贾宝玉却不是以他的贵族阶级的劣根性来与“旧的东西相对抗”，而是以曹雪芹所处时代的新的经济和新的社会力量所要求的“新的东西来与旧的东西相对抗”。请看：

贾宝玉明确地要求男女平等，反对封建社会的男尊女卑，说：“天地间灵淑之气只钟于女子，男儿们不过是些渣滓浊沫而已。”他无视封建等级制度，不满封建权贵，最讨厌贾雨村这样的无耻官僚政客。元妃加封贤德妃，“贾府上下莫不欢天喜地”，“独他一人视有如无，毫不曾介意”。他自己在奴隶面前不拿主子的架子，能以较平等的态度对待奴隶，正如兴儿所说：“见了我们，喜欢时，没上没下……没人怕他，只管随便，都过得去。”他仇视钳制思想、戕杀个性的科举制度，骂那些热衷于功名利禄的人是“沽名钓誉之徒”“国贼禄鬼之流”，攻击八股时文不过是“后人饵名钓禄之阶”。他反对封建制度和封建礼教，把程朱理学之类的书说成是“杜撰”，付之一炬，甚至把“文死谏、武死战”“君子杀身以成仁”这一套封建最高道德标准都说成只不过是须眉浊物贪图名节的胡闹。他不仅同情贵族妇女们深受封建礼教摧残的不幸遭遇，更同情奴隶们所遭受的残酷压迫,支持奴隶们所进行的反迫害的斗争。而他自己则为追求婚姻自主,为了木石前盟而斗争了一生。所有这些都说明,在贾宝玉的叛逆性格里,具有要求个性解放、婚姻自主、自由平等的初步的民主主义思想。这种民主主义精神不可能属于已经没落腐朽了的封建贵族阶级,而是随着资本主义这种新的生产关系而产生的新的社会意识形态。贾宝玉正是以这种前所未有的新的东西来与旧的东西相对抗,才表现出对封建制度、封建礼教、封建正统思想的全面的叛逆。这种新人虽然在曹雪芹的时代是新奇的而不是熟识的,是特殊的而不是普通的,是罕见的而不是普遍的,但这样的新人却反映了生活的本质规律,代表着时代发展的方向,无疑是巨大的不朽的典型。曹雪芹塑造的贾宝玉这样的新生力量的典型所给予我们的启示是:对于作家、艺术家来说,既要善于以特殊来表现一般,把普通的、一般的、普遍的、熟识的高度统一于“这一个”之中,而且要善于表现那些新奇的、罕见的、特殊的然而代表着时代发展方向的新生事物,塑造出成功的新生力量的典型,这就需要作家、艺术家是先进的思想家,能站在时代的前列,掌握时代的脉搏,对生活高度敏感才行。对评论家来说,不仅要善于看到像贾宝玉这样的典型身上所存在的属于贵族阶级那种普通的、一般的阶级烙印,还要善于看到他们身上体现出来的罕见的、新奇的然而代表了新兴的经济和阶级力量的东西,从而准确地判断宝、黛这对典型形象的阶级属性、思想实质和时代特征。这就需要评论家坚持马克思主义的观点,既要由这一时期的经济条件,还要进而用由此而决定的社会关系来说明。这种社会关系在《红楼梦》中的反映就是宝、黛这样的典型人物所赖以产生的典型环境。因此,必须十分注意对《红楼梦》的典型环境的分析。

## 二

我们在谈论典型环境的时候,必须明确恩格斯在《致玛·哈克奈斯》的信中所强调的典型环境是典型人物的典型环境,即典型人物赖以产生、成长和发展并“促使他们行动的环境”。一方面,我们绝不能把典型环境仅仅理解为局部环境。在哈克奈斯的《城市姑娘》中,“工人阶级是以消极群众的形象出现的,他们不能自助,甚至没有表现出(作出)任何企图自助的努力”,从作品的主人公耐丽所生活的伦敦东头来看，“任何地方的工人群众都不像伦敦东头的工人群众那样不积极地反抗，那样消极地屈从于命运，那样迟钝”，因而恩格斯认为作品中的耐丽等人物“就他们本身而言，是够典型的”。但是，恩格斯为什么又批评《城市姑娘》“不是充分现实的”呢？关键就在于“环绕着这些人物并促使他们行动的环境”“不是那样典型”。为什么不典型呢？因为既然工人阶级早已作为独立的政治力量登上了历史舞台，马克思主义早已广泛传播，在这样的情况下，不从当时的总的历史潮流和阶级关系、阶级斗争的总形势去写促使人物行动的典型环境，而是以暂时还是“那样消极地屈从于命运”的伦敦东头工人区作为促使小说人物行动的环境，这样的环境当然就是不典型的。这就只可能把工人阶级写成“消极的群众形象”。所以，典型环境应该是时代发展的总趋势和阶级关系、阶级斗争的总形势。

另一方面，我们又必须看到既然典型环境是典型人物的典型环境，那么，时代发展的总趋势和阶级斗争的总形势是通过环绕着典型人物并促使典型人物行动的具体环境体现出来的。这就是说，时代的总趋势和阶级关系、阶级斗争的总形势是通过作品中人与人之间的错综复杂的关系及其矛盾和斗争体现出来的。这样，典型人物所赖以产生和形成的典型环境也必须是共性和个性的高度统一。

本着这样的观点，在关于像宝、黛这样的典型人物所赖以形成的典型环境的问题上，我不同意近二十多年来一直流行的这样的看法，就是过分强调什么“内帏”、什么“女性世界”、什么“大观园女儿国”对宝玉叛逆性格的形成的作用。说什么“没有大观园的生活环境，没有贾宝玉的被贾母娇养在内帏的特殊条件，没有从贵族小姐到年轻丫头的各种思想感情、生活遭遇的培植和熏陶，何由而产生贾宝玉这样的性格特点”[①]，为什么大观园女儿国对贾宝玉的叛逆性格的形成会有这样大的作用呢？据说大观园女儿国中的女儿们是“世界上最纯洁的人”，她们具有“优美的灵魂”，使他“受到了深切的熏陶”。[②]这种观点是不能令人同意的。我们认为大观园内的女性世界很不纯洁，那些女儿们的灵魂也并不都很优美。薛宝钗是一个肮脏的封建卫道者；袭人是被封建统治者收买了的可耻的奴才；贾探春、史湘云、李纨、贾惜春，无不具有丑恶的封建正统思想。如果

---

① 李希凡、蓝翎:《〈红楼梦〉评论集》,作家出版社1963年版,第273页。

② 李希凡、蓝翎:《〈红楼梦〉评论集》,作家出版社1963年版,第175-191页。

贾宝玉“混迹内帏”对他的叛逆性格的成长和发展有这么大的作用,那么我们就要问:为什么那些身为女儿国成员的主子们都是“薄命司”的人物,而除黛玉以外,都不具有叛逆性格?其实大观园女儿国有有利于宝玉的叛逆性格发展的一面,也有不利于贾宝玉的叛逆性格发展的一面。首先,这个大观园的女儿国就限制了他的生活视野,贾宝玉只要走出大观园总是表现出无比的欣喜,就是到了铁槛寺这样的地方,也总是希望能够住一些时候再回去。偶然有机会去郊外,看见一架纺车都感到无比稀奇。能与秦钟这样的人接近,他也说:“早得与他交接,也不枉生了一世。”贾府的围墙,贾宝玉所混迹的“内帏”,实际是限制他的生活视野的铁幕。无怪乎他也要发出这样的诅咒:“我只恨我天天圈在家里,一点儿做不得主,行动就有人知道,不是这个拦就是那个劝的,能说不能行。”其次,女儿国的那些姑娘、奴隶、奴才,也不全是给予宝玉好的影响。虽然对薛宝钗、史湘云的“混账话”,他能挡回去,但他对袭人对他叛逆性格的情切切的娇嗔箴规却是答应“都改,都改”的。

我们认为,使贾宝玉、林黛玉的叛逆性格形成发展的典型环境,是贾府内外特定的阶级关系和阶级斗争的总形势。在封建社会末期,贾宝玉所看到的统治阶级的堕落腐朽,他切身所感到的封建制度、封建礼教对他的束缚和压力,他所看到的奴隶们的悲惨遭遇、奴隶对主子的反抗和斗争,统治阶级内部的斗争,宝玉和柳湘莲、蒋玉菡等带有市民气质的人的交往,他所接触的反封建的文学作品如《西厢记》《牡丹亭》等,都是他的叛逆性格得以形成的重要因素。他的遭遇,他在血淋淋的阶级斗争中所看到的那些被统治阶级虐杀的“屈死鬼”,对他的叛逆性格的形成和发展更有着决定性的作用。赵姨娘对他所使的“厌胜之术”几乎要了他的性命,让他去与无常觌面;因为他和琪官儿这样的具有自由思想和性格的人交往,贾政几乎将他活活打死。对他的残害愈深,他就反抗愈烈。贾政的毒打不仅没有阻止他的叛逆性格的发展,而且使他更加下定了叛逆的决心:“就便为这些人死了,也是情愿的!”自此以后,他因素日“本就懒与士大夫诸男子接谈,又最厌峨冠礼服贺吊往还等事”,“不但将亲戚朋友一概杜绝了,而且连家庭中晨昏定省亦发都随他的便了……或如宝钗辈有时见机劝导,反生起气来了,只说‘好好的一个清净洁白女子,也学得钓名沽誉,入了国贼禄鬼之流……’”。这就是他对贾政的笞挞的回答。秦可卿是贾珍这样的衣冠禽兽的牺牲品。秦可卿的死,使他对统治阶级的罪恶有所觉察和认识,“只觉心中似戳了一刀的不忍,哇的一声,直奔出一口血来”。金钏儿因和他的一句玩笑话,就被王夫人虐杀,贾宝玉更是“心中早又五内摧伤”,“恨不得此时也身亡命殒”。尤三姐被封建制度夺去了性命以后,王熙凤又演了出弄小巧逼尤二姐吞金自杀的惨绝人寰的悲剧,给予宝玉的刺激也很大。他的病越发重了,“接接连连,闲愁胡恨,一重不了一重添。弄得情色若痴,语言常乱,似染怔忡之疾”。在这里,贾宝玉已把这些无辜少女被残杀的悲愁与对统治阶级罪恶的愤恨交织在一起了。尤其是与宝玉意气相投、感情深笃的晴雯竟又平白无故地惨死在王夫人的血手下,这对宝玉更是“雷嗔电怒”般的打击。他对晴雯的死,已经是愤怒多于悲伤,并开始用深沉的思索来代替痛苦的哀愁了。是的,宝玉在反复地思考着,究竟“晴雯犯了什么弥天大罪”?为什么王夫人“所责之事,皆系平日之语”?想来想去,晴雯唯一的罪过就是“她过于生得好了,反被这好所误”。因为“好”就要被虐杀,“鹰鸷翻遭罦罬……茝兰竟被芟鉏”,这是什么世道?贾宝玉不仅由此对封建阶级的罪恶有了进一步的认识,而且对他身边这个“出了名的至善至贤”的袭人也怀疑起来了。“诼谣謑诟,出自屏帏;荆棘蓬榛,蔓延户牖”“钳诐奴之口,讨岂从宽;剖悍妇之心,忿犹未释!”贾宝玉就是这样在血淋淋的阶级斗争中眼睁睁地看着一个个善良无辜的青年妇女,都成了贵族统治阶级血手下的“屈死鬼”,在血和泪中加深了对奴隶们的悲惨的同情,认识到封建统治阶级的罪恶太多了,使得他对这个阶级完全失望了。因此,他不仅呼吸到而且领会到了他所生活的这个封建贵族家庭、封建贵族阶级必然没落的“悲凉之雾”,这就使得他在背叛的道路上越走越远。所以鲁迅说:“颓运方至,变故渐多;宝玉在繁华丰厚中,且亦屡与‘无常’觌面,先有可卿自经;秦钟夭逝;自又中父妾厌胜之术,几死;继以金钏投井;尤二姐吞金;而所爱之侍儿晴雯又被遣,随殁。悲凉之雾,遍被华林,然呼吸而领会之者,独宝玉而已。”[①]鲁迅在这里一针见血地指出了宝、黛叛逆性格形成的最根本的原因。

如果说宝玉所“呼吸而领会之”的“遍被华林”的“悲凉之雾”,正是宝、黛这样的典型性格形成的典型环境的话,那么,宝、钗、黛的爱情婚姻纠葛和由此而涉及的全部人和事的错综复杂的关系及其矛盾和斗争,则是宝、黛所处的典型

① 鲁迅:《中国小说史略》,人民文学出版社1973年版,第201页。

环境的核心。因此,要研究宝、黛这样的典型性格及其所赖以产生和形成的典型环境,就离不开研究宝、黛的爱情悲剧和宝、钗、黛的婚姻恋爱纠葛。可是,在"四人帮"横行期间,宝、黛和宝、黛的爱情悲剧竟然成了《红楼梦》研究中的禁区,离开宝、黛和宝、黛的爱情悲剧,还谈什么曹雪芹在《红楼梦》中所创造的典型环境中的典型人物?

我们明确地认为:宝、黛是《红楼梦》的主人公,以宝、黛爱情悲剧为中心线索的封建贵族家庭生活是《红楼梦》的题材。封建制度的无可挽回的必然没落崩溃则是《红楼梦》的主题。我们在《红楼梦》研究中,尤其在对《红楼梦》的典型环境中的典型人物的研究中,之所以非常重视对宝、黛和宝、黛的爱情悲剧的研究,就在于马克思所说:"人是环境和教育的产物",而"环境正是由人来改变的。"[①]宝、黛的爱情悲剧是在《红楼梦》所创造的特定的典型环境中产生和发展的,同时又改变着这种典型环境。因此,宝、黛的爱情悲剧不仅是宝、黛的典型性格发展的主要历史,而且宝、黛的爱情悲剧,宝、钗、黛的婚姻爱情纠葛以及由此而涉及的全部人和事的关系、矛盾和斗争才真正构成为宝、黛的典型环境的中心,它集中地反映了曹雪芹所处时代发展的总趋势和阶级关系、阶级斗争的总形势。正是从这里显示了曹雪芹所描写的典型环境也是共性和个性的有机统一。

宝玉和宝钗的所谓金玉良缘,是典型的封建包办婚姻。在封建社会里,在婚姻问题上"起决定作用的是家世的利益,而绝不是个人的意愿。在这种条件下,关于婚姻问题的最后决定权怎能属于爱情呢"[②]?宝、钗之间没有共同的思想基础,更无真正的爱情。贾府的统治者选中宝钗作宝玉的妻子,不仅因为薛家的"门第""根基家当"都和贾家配得上,更主要的还在于薛宝钗本人是"安分随时""端庄贤淑""轻言寡语"而又容貌美丽的封建淑女,完全符合宝二奶奶的标准。首先,她完全是封建卫道者式的人物,她听见贾探春把朱熹的著作说成是"虚比浮词",马上就摆出一副卫道者的面孔教训探春:"把朱子都看虚了,你再出去见了那些利弊大事,越发连孔子也都看虚了!"她还这样规箴史湘云:"还是纺绩针黹是你我的本等。"她听见林黛玉在行酒令时说了《牡丹亭》《西厢记》

① 马克思:《关于费尔巴哈的提纲》,《马克思恩格斯选集》(第一卷),人民出版社1972年版,第17页。

② 恩格斯:《家庭、私有制和国家的起源》,《马克思恩格斯选集》(第四卷),人民出版社1972年版,第74页。

中的诗句，就一本正经地告诫林黛玉："咱们女孩儿家不认得字的倒好……偏又认得了几个字，既认得了字，不过拣那正经的书看也罢了，最怕见了些杂书，移了性情，就不可救了。"她甚至更进一步向宝玉和黛玉说："女子无才便是德，总以贞静为主，女工还是第二件。"其次，她是热衷于功名利禄的国贼禄鬼。她曾赋诗言志："好风凭借力，送我上青云。"她是为了竞选到宫中"作公主郡主入学陪侍，充作才人赞善之职"而到京都来的。在她到宫中的希望落空以后，便希望能够得到宝二奶奶的位置。像她这样的沽名钓誉之徒，在"妇以夫荣"的封建社会里，为了得到五花诰封，不怕受抢白，不怕碰钉子，一而再，再而三地劝告宝玉走立身扬名、金殿对策的道路，就毫不足怪了。第三，她表面上是那样"庄重典雅""温厚贤良"，而在实际上却"心如城府之严"，奉行"不干己事不张口，一问摇头三不知"的市侩哲学。王夫人逼死金钏儿以后，薛宝钗竟为王夫人开脱罪责，说什么金钏儿"并不是赌气投井"，而是"失了脚掉下去的"。若是投井自杀的，"也不过是个糊涂人，也不为可惜"。这就更加暴露了薛宝钗这个封建卫道人物的本质。像这样的薛宝钗，在贾府的统治者们看来，竟是"心胸儿脾气儿，真是百里挑一的"，说什么把她聘为贾宝玉的妻子"怎么叫公婆不疼，家里上上下下的不宾服呢"。于是，贾薛二府的统治者们，在制造了"金玉良缘"的种种神话以后，便由父母之命、媒妁之言，再加上"掉包儿"的奇谋，强行把宝玉和宝钗结合在一起，妄图用这种封建包办婚姻来钳制和扼杀宝玉的叛逆性格。宝玉对这样的封建包办的"金玉良缘"是坚决反对的。他多次要砸碎那块象征"金玉良缘"的宝玉，愤恨地说："什么捞什骨子！我砸了你完事！"就是在睡梦中他也不忘喊骂："什么是金玉姻缘，我偏说是木石姻缘。"

是的，宝玉竭尽全力追求的是"木石姻缘"。同宝玉"日则同行同坐，夜则同止同息"，一道"耳鬓厮磨"长大的林黛玉，和宝玉一样具有为世俗所不容的叛逆性格。她出生在资本主义经济比较繁荣的苏州，自小父母双亡，"原是无依无靠投奔了来的"。无家的哀愁、孤苦的身世，使她在这个看起来笑语温存而实际上机心四伏的贾府里，经常产生着难耐的寄人篱下的悲痛："一年三百六十日，风刀霜剑严相逼。"正是她所生活的这种有如"风刀霜剑"的险恶环境，逼使着这位有如"落花"一样"薄命"的贵族少女，顽强地发展着她对封建礼教、封建制度的叛逆精神。她根本不把那些所谓的有益的"正经书"放在心上，而是和宝玉一样,对那些“古今小说”“传奇角本”,尤其是《西厢记》《牡丹亭》之类的书,“越看越爱”,看得“心痛神驰”“如醉如痴”。她无视“女子无才便是德”的说教,偏要恃才自傲,专在“才”上争强好胜。她十分鄙弃读书做官的道路,从不曾说那些劝宝玉立身扬名的“混账话”。在婚姻恋爱问题上,她更是置封建礼教于不顾,对婚配对象大胆地进行选择。她对她所生活的贾府这个龌龊的环境,更是不肯“安分随时”,而是“孤高自许,目下无尘”。对这个封建大家庭的卑污庸俗进行辛辣的攻击和讽刺,即使封建制度把她摧残致死,她也不愿妥协:“天尽头,何处有香丘”,“质本洁来还洁去,不叫污淖陷渠沟”。林黛玉在生活中所遇到的唯一的知己,是具有叛逆性格的贾宝玉。他们在共同的叛逆的基础上产生了爱情是完全可以理解的。可见,宝、钗、黛之间的婚姻爱情纠葛,绝不是那种风月笔墨所描写的极其低劣的三角恋爱关系。恩格斯说:“在社会的一切旧有的联系已经松弛,而一切因袭的观念已经动摇的时候”,“正在兴起的资产阶级,特别是在现存制度最受动摇的新教国家里”,“由爱情而结合的婚姻,被宣布为人的权利”。[①]“木石前盟”和“金玉良缘”之间的斗争,实际上是在封建社会末期,作为新兴的阶级力量的代表的宝、黛要求由爱情而结合的婚姻的人的权利,反对封建婚姻制度的斗争。封建统治阶级对宝、黛这种新兴的爱情关系当然十分惊恐,必然要千方百计地进行绞杀、扼制和镇压。在追索琪官儿的事件发生以后,贾政害怕宝玉的叛逆性格发展到“弑父弑君”的地步,竟企图亲自用绳索和大板来结束宝玉的生命。王夫人也用抄检大观园这样的暴力行动来剪除在宝玉身边的可能助长宝玉的叛逆性格成长的富有反抗性的晴雯等丫头。除暴力手段外,他们更多采用的是情切切的软化和规箴。在宝玉遭到残酷镇压以后,袭人这个无耻的奴才,对自己被宝玉占有不以为耻,而对宝玉的恋爱却怕“坏了二爷一生的声名品行”,竟跑到王夫人处对宝玉的爱情告密。王夫人听了以后,“心下越发感爱袭人,笑道:‘我的儿……我索性就把他交给你了。你好歹留点心儿……自然不辜负你。’”王夫人赓即把袭人提到姨娘的地位,和对周姨娘、赵姨娘一样,每月给袭人二两银子一吊钱的月例。自此,袭人便完全为封建统治者负担起了对宝玉进行软化规箴和监视宝、黛爱情发展的任务。当他们的软硬两手都不能奏效的时候,他们便制造了更为险恶的阴谋,用“掉包儿”的办法哄骗宝

① 恩格斯:《家庭、私有制和国家的起源》,《马克思恩格斯选集》(第四卷),人民出版社1972年版,第77页。

玉和宝钗结婚。贾母和王夫人从袭人口中明明知道宝、黛相依为命,黛玉为宝玉的婚事而命在垂危,宝玉也在病中,这样做不仅医不好宝玉的病而且马上就会断送黛玉的性命,但是贾母却冷冷地说:“林丫头倒没有什么。”在林黛玉将死之前,贾母到床前去看她,贾母冷酷地说黛玉爱宝玉的“心病也是断断有不得的。林丫头若不是这个病呢,我凭着花多少钱都使得。若是这个病,不但治不好,我也没心肠了”。贾母为了统治阶级的利益,为了贾府的利益,就是这样亲自戕杀了这个曾经被她“抱住,搂入怀中心肝儿肉叫着大哭”的外孙女的生命。这批残酷的封建统治人物,虽然用阴谋做成了“金玉良缘”,但是永远征服不了贾宝玉这个叛逆者的心。贾宝玉终于怀着他和黛玉的爱情失败的深沉的悲痛而出走了。薛宝钗这个封建卫道者和宝、黛这一对封建叛逆者都成了封建制度、封建礼教的牺牲品。曹雪芹就是这样通过宝、黛爱情悲剧的描写,不仅成功地塑造了宝、黛这两个不朽的典型和这样的典型赖以形成的典型环境,而且充分地暴露了封建制度、封建礼教的吃人本质,暴露了封建统治阶级的罪恶,反映了封建统治阶级的分崩离析,显示了封建社会的必然没落崩溃,出色地完成了以这一爱情悲剧为中心线索的题材所要揭示的主题。

我们从曹雪芹在宝、黛和宝、黛爱情悲剧的描写中所看到的他在典型创造上的卓越的才能、成功的经验、巨大的贡献,都很值得我们研究和重视。

——收录于《西南师范学院学报》(人文社会科学版),1979年第4期

# 论《红楼梦》中的“真”“假”观念
## ——曹雪芹美学思想初探

曹雪芹在《红楼梦》中再三强调、反复阐述,并在他的《红楼梦》创作实践中始终贯彻如一的“真”“假”观念,是曹雪芹的先进美学思想的核心。《红楼梦》的巨大成就,是和他的这种先进美学思想分不开的。可是,自从《红楼梦》问世以来,对曹雪芹的美学思想却研究得很不够,尤其是对作为曹雪芹的美学思想的“真”“假”观念,几乎没有涉及。因此,本文就《红楼梦》中的“真”“假”观念问题,提出我的一些看法,以就教于广大读者和研究《红楼梦》的专家们。

### 一、曹雪芹对“真”“假”观念的强调

曹雪芹之所以在《红楼梦》第一回中就写“甄士隐梦幻识通灵,贾雨村风尘怀闺秀”,就是为了一开始就表白和强调他的“真”(甄)、“假”(贾)观念,正如他自己解释的“作者自云:因曾历过一番梦幻之后,故将真事隐去,而借‘通灵’之说,撰此《石头记》一书也。故曰‘甄士隐’云云”;“用假语村言,敷演出一段故事来……故曰‘贾雨村’云云”。因此,这

“真”，这“假”，就应因甄士隐和贾雨村而引起我们的高度重视。因为曹雪芹在提出“真”“假”的问题以后，还不断地强调这个问题，想方设法地要引起读者对他的“真”“假”观念的重视。曹雪芹之所以写贾家，还要虚写一个甄家；写贾宝玉，还要虚写一个甄宝玉，绝不像清朝末年的江顺怡说的“落小说家俗套”，也不如俞平伯同志说的“是文章底赘疣，毫无意思”“甚不可解”“大可全删”[①]。其中有一个很重要的原因，就是要借甄贾来指“真”“假”，正如脂砚斋所说象征“‘真’‘假’之意”[②]，以引起读者对他的“真”“假”观念的注意。太虚幻境中的那副对联“假作真时真亦假，无为有处有还无”，则是对他的“真”“假”观念的直接的表白。就是这样，曹雪芹还生怕人们对他的“真”“假”观念注意不够，一有机会就要在“真”“假”二字上借题发挥。比如，在贾雨村做了知府以后，派公差到封肃家去寻甄士隐，“那些人只嚷：‘快请出甄爷来！’封肃忙赔笑道：‘小人姓封，并不姓甄。只有当日小婿姓甄，今已出家一二年了，不知可是问他？’那些公人道：‘我们也不知什么真假……’”在甲戌本中，脂砚斋就在这一句旁边批道：“点睛妙笔。”高鹗看清了曹雪芹对“真”“假”二字的强调，因而他在后四十回的续书中也故意时时对读者点明“真”“假”二字。比如贾雨村在知机县急流津旁边的一座小庙中遇见了甄士隐，“问道：‘君家莫非甄老先生么？’那道人从容笑道：‘什么真，什么假！要知道真即是假，假即是真。’”又如贾政在被皇帝传去问及“云南私带神枪一案”，贾政回家后，向家中众人道：“事倒不奇，倒是都姓贾的不好……究竟主上记着一个‘贾’字就不好。”众人说：“真是真，假是假，怕什么？”这些话虽然是出于特定的故事情节发展的需要，但乘机以此双关地提起人们对《红楼梦》中的“真”“假”观念的注意，也是非常明显的。所以高鹗才在全书结尾时更明确地通过空空道人的口说：《红楼梦》是“真而不真，假而不假”。可惜，高鹗只得曹雪芹“真”“假”二字的皮毛，并不了解曹雪芹“真”“假”观念的真谛，因此他在后四十回续书中，对“真”“假”问题的阐述，完全是对曹雪芹“真”“假”观念的叛逆。

---

① 俞平伯：《〈读红楼梦杂记〉选粹》，《红楼梦辨》，人民文学出版社1973年版，第196页。

② 甲辰本第一回批语。

## 二、曹雪芹“真”“假”观念的含义

曹雪芹为什么要在《红楼梦》中如此强调他的“真”“假”观念呢？因为只有在整个《红楼梦》的创作中都贯彻化真为假、以假隐真的原则，才能与他当时所面临的政治斗争相适应。另外也是为了强调他的美学思想，强调他是以怎样的美学思想来指导他的《红楼梦》创作的。事实上曹雪芹也是从他的美学思想的高度，来阐明用以指导他的《红楼梦》创作的“真”“假”观念的多种含义的。

首先，“真”是指曹雪芹用以熔铸艺术形象和故事情节的生活原型。既然曹雪芹一开始就声称他所隐去的“真事”是他自己所“曾历过一番梦幻”，是他“半世亲睹亲闻”，因此，这里的“真”，便指的是曹雪芹用以熔铸艺术形象和故事情节的生活原型。正是这样，我们才在对曹雪芹及其《红楼梦》的创作过程都非常了解的脂砚斋对《红楼梦》所加的批注中，处处看到“曾历其境”“真有其事”之类的批语。所以，曹雪芹所说的要将这样的“真事隐去”，就是表明他的《红楼梦》是根据这样的真事创造出来的，正如鲁迅所说：“叙述皆存本真，闻见悉所亲历。”[①]然而，他又将这样的真事隐去了，所以说《红楼梦》绝不是作者的自传，绝不是写真人真事。这也正如鲁迅所说：“模特儿……纵使谁整个的进了小说，如果作者手腕高妙、作品久传的话，读者所见的就只是书中人，和这曾经实有的人倒不相干了。例如《红楼梦》里贾宝玉的模特儿是作者自己曹霑，《儒林外史》里马二先生的模特儿是冯执中(应作冯萃中)，现在我们所觉得的却只是贾宝玉和马二先生，只有特种学者如胡适之先生之流，这才把曹霑和冯执中念念不忘的记在心儿里：这就是所谓人生有限，而艺术却较为永久的话罢。”[②]脂砚斋也是一方面处处指出《红楼梦》写作之所本，另一方面又反对把《红楼梦》中的艺术形象和情节与真人真事等同起来。他在甲戌本中对书中的“因此也不察其原委，问其来历，就暂以此释闷”这一句话，加了这样的眉批：“妙，设言世人亦应如此法看此《红楼梦》一书，更不必追究其隐寓。”脂砚斋比起那些硬要追其隐寓的新旧红学家们，不知要高出多少倍。

其次，“真”是符合客观生活的逻辑发展的本质的真实。曹雪芹之所以既要

---

① 鲁迅:《中国小说史略》，人民文学出版社1973年版，第205页。

② 鲁迅:《〈出关〉的“关”》，《鲁迅全集》(第6卷)，人民文学出版社1958年版，第423页。

以他所亲身经历的和亲睹亲闻的某些真人真事作为艺术创作的原型，又要将这样的真人真事隐去，就是为了他的《红楼梦》不拘泥于生活原型的真实，而能最大限度地反映客观生活的本质的真实。从中国的美学发展史看，"自唐代始有意为小说"以来，随着小说戏剧的发展，在美学理论上已能把作为文学艺术所要求和所反映的真实，与历史学科所要求和所记载的真实做出严格的区别：历史是"以文运事"，而小说、戏剧却是"因文生事"。"以文运事，是先有事生成如此如此，却要算计出一篇文字来"，"因文生事即不然，只是顺着笔性去，削高补低都由我"。[①]小说戏剧既是"因文生事"，因此也就不在于所写人、事的真假有无，而在于是否合情合理，即"人不必有其事，事不必丽其人"，"事真而理不赝，即事赝而理亦真"[②]。但是，要怎样才能"因文生事"？怎样才能"事赝而理亦真"？这却只是到了曹雪芹才从理论上给予了最完满的回答。这就是他在开卷第一回中就再三强调的，他在创作上只按客观生活本身的"事体情理"去写，只"追踪蹑迹，不敢稍加穿凿"。这就表明，曹雪芹所说的"真"，主要是指必须按照生活本身的逻辑发展，去反映客观生活的本质的真实。这就是说，只要作家是根据生活本身的逻辑发展，去"因文生事"，即使作品中的"人不必有其事，事不必丽其人"，也一定能够做到"事赝而理亦真"。正是在这个意义上，曹雪芹才通过石头之口，批判了才子佳人小说的"胡牵乱扯""假拟妄称"，从生活本身的逻辑，批判了才子佳人小说的不合理性。通过其他人物之口，指出才子佳人小说之所以"千部共出一套"，其根本原因，是对现实生活的脱离，"写的是世宦书礼大家的生活"，但"何尝他知道世宦大家的道理"！曹雪芹还在"大观园试才题对额"这一节描写中，借宝玉之口，反对在园林建造上"穿凿扭捏"，强调要"有自然之理，得自然之气"。既然曹雪芹对园林建造尚且强调要有自然之理，那么，他当然要非常强调他的《红楼梦》必须严格地遵守客观生活本身发展的逻辑，来再现客观生活的本质真实。

再次，"假"是指艺术创作的幻想和虚构，通过幻想和虚构所创造的艺术的真实。艺术作品要能根据客观生活本身发展的逻辑，来艺术地再现客观生活的本质的真实，还必须遵循艺术创作的正确的途径。这个途径就是曹雪芹在《红

① 金圣叹：《读第五才子书法》，《〈水浒〉评论资料》，西北大学中文系编，1975年12月，第342页。

② 冯梦龙：《警世通言·叙》，人民文学出版社1956年版，第1页。

楼梦》中关于"假"的观念的主要含义。曹雪芹所说的"假",绝非新旧红学家们所说的"说假话"或"粗村的言语"。曹雪芹在太虚幻境中把"假作真时真亦假"和"太虚幻境"四字连在一起,就是用以说明他的"假"是指的艺术创作中的虚构和幻想。他强调"假",就是强调要本着生活本身的发展逻辑,用虚构和幻想来对生活进行提炼和概括,以实现从生活的真实到艺术的真实。当然,在我国古代的文艺理论和曹雪芹的《红楼梦》中,都很难找到艺术概括、典型化、典型性格这些名词,但是,不会使用这些名词,并不等于我国古代文艺论著中没有典型化的思想,更不等于曹雪芹不懂得艺术概括和典型化的原则。在《易经》这部古老的著作中所说的"触类而长之,天下之能事毕矣","其称名也小,其取类也大,其旨远,其辞文,其言曲而中",都是典型化思想的最原始的萌芽。司马迁就以此来评价屈原的《离骚》说:"其称文小,而其旨极大,举类迩而见义远。"这实际上就是赞美《离骚》的艺术形象的典型意义。《毛诗序》中所说"以一国之事,系一人之本","言天下之事,形四方之风",也正如孔颖达所解释的"要所言一人之心,乃是一国之心",是要求诗歌要具有概括意义。至于陆机所提出的"笼天地于形内,挫万物于笔端",刘勰所说的"以少总多,情貌无遗",等等,都是关于文学的典型化思想的发展。在唐宋以后,以塑造人物性格为主的戏剧小说发展起来,并逐步成为艺术中的居于优势地位的艺术形式以后,关于艺术形象的典型化理论,也就更加发展起来了。比如李渔就既强调艺术形象的共性:"欲劝人为孝,则举一孝子出名,但有一行可纪,则不必尽有其事,凡属孝亲所应有者,悉取而加之,亦犹纣之不善,不如是之甚也,一居下流,天下之恶皆归焉。"(李渔:《闲情偶寄·审虚实》)又强调艺术形象的个性说:必须"说何人肖何人,议某事切某事","说张三要像张三,难通融于李四"。(李渔:《闲情偶寄·戒浮泛》)就是金圣叹也懂得,凡是艺术形象,都应"人有其性情,人有其气质,人有其形状,人有其声口","任凭提起一个,都似旧时相识"。[①]曹雪芹在《红楼梦》中,从美学思想和创作实践上,不仅完全继承,而且大大丰富和发展了我国艺术论著和艺术创作中的关于典型化的思想和经验。对于写诗,曹雪芹借《红楼梦》中人物之口,要求"小题目,原要寓大意,才算是大才",要"念在嘴里倒像有几千斤重的一个橄

① 金圣叹:《水浒传序》,《〈水浒〉评论资料》,西北大学中文系编,1975年12月,第333页。

榄”[1]。就是像惜春画大观园这样的工笔写生画，曹雪芹也通过宝钗之口说：“如今画这园子，非离了肚子里头有几幅丘壑的才能成画。”“照样儿往纸上一画，是必不能讨好的。”而必须“该添的要添，该减的要减，该藏的要藏，该露的要露……方成一幅图样”[2]。甚至在平常的言谈中要能把日常生活中的“那些形景都现出来”，也得“用春秋的法儿，世俗的粗话，撮其要，删其繁，再加润色”[3]。既然曹雪芹认为不仅写诗画画，甚至平时的言谈中对日常生活的形景的形容，都要注意进行艺术的概括，那么，曹雪芹要特别强调作为他在艺术创作中必不可少的虚构和幻想的“假”，必须完全服从于对客观生活的提炼和概括，必须完全服从于塑造栩栩如生的艺术典型，就是完全可以理解的了。没有这样的“假”，就没有堪称封建社会的百科全书、形象的封建社会的没落史的《红楼梦》的这样的艺术的“真”。因此，曹雪芹在《红楼梦》中强调的“假”，同时也就是强调的艺术真实的“真”。

## 三、“真”和“假”的辩证统一关系

曹雪芹在《红楼梦》中，不仅阐明了他所强调的“真”“假”观念，就是生活的真实和艺术的真实的观念，而且指明了二者之间的对立统一关系。我们在谈到曹雪芹对这二者之间的关系的理解的时候，不能不特别提到“太虚幻境”中的那副对联：

> 假作真时真亦假，
> 无为有处有还无。

尽管这副对联，从表面看，是曹雪芹用以烘托太虚幻境中的梦幻虚无的色彩，同时也表现了他世界观中的梦幻虚无思想。但是，由于它是在曹雪芹别具匠心地用以说明他的创作构思的太虚幻境中的一副对联，既出现在象征真事隐去的甄士隐的梦中，又出现在把真事隐去以后用假语村言创造出来的艺术典型——贾宝玉的梦中，因此，它更主要的是曹雪芹的美学思想的表达，是曹雪芹对他所

① 曹雪芹：《戚蓼生序本石头记》，第十八回，人民文学出版社1975年版。

② 曹雪芹：《戚蓼生序本石头记》，第四十二回，人民文学出生社1975年版。

③ 曹雪芹：《戚蓼生序本石头记》，第四十二回，人民文学出生社1975年版。

强调的“真”和“假”的辩证关系,即生活的真实和艺术的真实之间的辩证统一关系所做的说明:作为艺术的典型形象和情节的“假”和“无”,是将作为熔铸艺术形象和故事情节的实有的真人真事隐去后,根据生活本身的发展逻辑,用典型化的方法创造出来的。因此,对原有的作为熔铸艺术形象和情节的实有的真人真事来说,已经不相干了,所以是假的、无有的。如果谁还要把这样作为艺术的真实的“假”和“无”,与生活中的真人真事等同起来,以“假”作真,以“无”为有,那么,这样的“真”和“有”在艺术作品中,也就是没有的,即假的。但是,正是这样的“假”和“无”,能够最大限度地反映实有的生活的本质的真实,而这种实有的生活的本质的真实,也只有表现为这样的“假”和“无”,才能真正称得上艺术作品,发挥艺术作品应有的功能。关于这一点,就是封建时代的某些有见地的点评家也是看到了的。比如在《增评补图石头记》中,关于这一副对联,就有这样一条眉批:“此书虽假,不妨作真观,然真终归于假也。此书虽无,不妨作有观,然有而终归于无也。”能以假见真,从无见有,正是曹雪芹在他的以“真”“假”观念为核心的美学原则指导下创作的《红楼梦》所取得的巨大成就。鲁迅在批驳有人认为不用第一人称方式写文学作品,读者的“幻灭之感就使文学的真实性消失了”的议论时,结合《红楼梦》,阐明了艺术中的真和假的辩证关系。鲁迅认为文学绝不是“一切所写为事实,靠事实来取得真实性”,否则,“一与事实相左,那真实性也随即灭亡”。文学是创作,因而“一般的幻灭的悲哀……不在假,而在以假为真”(按:鲁迅的解释只是“模样装得真”),“幻灭之来,多不在假中见真,而在真中见假”。对于那些认为文学作品一与事实相左,就起幻灭之感的读者来说,鲁迅认为这样的幻灭,“对于文艺,活该幻灭。而其幻灭也不足惜,因为这不是真的幻灭,正如查不出大观园的遗迹,而不满于《红楼梦》者相同”。至于鲁迅自己,他却说:“我宁看《红楼梦》,却不愿看新出的《林黛玉日记》。”因为后者只是“模样装得真”。[①]我们根据鲁迅这一段话,来看曹雪芹对他在《红楼梦》中所强调的“真”“假”观念的多种含义及其二者之间的辩证关系所做的阐述,是多么难能可贵呵。

① 曹雪芹:《戚蓼生序本石头记》,第四十二回,人民文学出版社1975年版。

## 四、“真”“假”与爱、憎

曹雪芹在《红楼梦》中所强调的“真”“假”观念中，实质上还包含了曹雪芹的“真”“假”观念与爱、憎倾向的关系问题，即艺术作品中的真实性、艺术性、倾向性之间的关系问题。强调文艺作品的思想教化作用，可以说是我国文艺发展的优良传统。从《诗大序》所强调的“正得失”“美教化”，到白居易所强调的“篇篇无空文，句句必尽规”；从司马迁提出的“发愤著书”，到韩愈提出的“不平则鸣”，都在强调诗文的思想教化作用，我们要着重指出的是，自唐始有意为小说以后，这种强调文学的倾向性的优良传统，也是为后来的小说家、戏剧作家、理论家所继承和发展了的。比如明代戏剧家兼理论家王骥德在他的《曲律》中，就明确提出：戏曲必须“令观者藉为劝惩兴起”，“不关风化，纵好徒然”。[①]冯梦龙在“三言”的三篇序中，更把小说的社会教化作用提高到《四书》《五经》上。到了清代，大戏剧家孔尚任则标榜他的《桃花扇》“不独令观者感慨涕零，亦可惩创人心，为末世之一救矣”（孔尚任：《〈桃花扇〉小引》）。但奇怪的是，我国的文学艺术中的这种强调干涉时世和社会教化作用的优良传统，到了对封建社会做了空前深刻批判的曹雪芹这里，从他在《红楼梦》中的公开宣言来看，竟似乎完全脱了节。他在《红楼梦》中，公开申明“此书不敢干涉朝廷”，“毫不干涉时世”，“亦非怨世骂时之书”。《红楼梦》当然不是如曹雪芹的这些申明所说的那样的作品。不仅别人说他写《红楼梦》犹如“醉余奋扫如椽笔，写出胸中块磊时”，就是曹雪芹自己，也申言他的《红楼梦》是“句句看来皆是血，十年辛苦不寻常”；“满纸荒唐言，一把辛酸泪”。曹雪芹在《红楼梦》创作中，分明是饱和着他的血和泪来写他心中的“块磊”的。所谓“荒唐言”，不正是离经叛道之言吗？但是，为什么曹雪芹又要做这样的“毫不干涉时世”之类的申明呢？这固然可解释为：“这是曹雪芹处于当时险恶的政治环境，为力图逃避文字狱的狡猾之笔”，是“故意设置的‘假语村言’的迷障”。但是这种解释，毕竟是不能令人完全心服的。因为，假如曹雪芹真的怕因毁谤时政而获罪，那么，他为什么竟敢在《红楼梦》中通过一个门子对护官符的解释，来明目张胆地揭露整个封建官场的腐败和罪恶呢？为什么他竟敢通过元妃之口，说皇帝的住处也是“见不得人的住处”呢？为什么他敢于

① 王骥德：《曲律》，《中国古典戏曲论著集成》（四），中国戏剧出版社1959年版，第160页。

通过贾蓉之口骂“脏唐臭汉”呢？处于封建社会上升时期的汉朝和鼎盛时期的唐朝是“脏唐臭汉”,处于封建社会没落时期的清朝,又该算什么呢？难道曹雪芹会简单化到这样的程度:只要在全书的开头发表一些毫不干涉时政之类的申明,他就可以毫无顾忌地在作品中极尽对“时世”的“干涉”之能事而不怕获罪吗？难道整个封建统治阶级都是笨蛋,对《红楼梦》中的这些明目张胆地毁谤时政的地方,也因曹雪芹的假申明而看不出吗？所以,曹雪芹的这些申明,还得和他的整个美学思想联系起来,和他的“真”“假”观念中所包含的对艺术作品的真实性、艺术性、倾向性之间的关系的理解联系起来加以考察,才能得出正确的结论。

曹雪芹在《红楼梦》中是把作品的倾向性与他所强调的“真”紧密结合在一起的。《红楼梦》既然不是写的历史上的重大政治事件,也不是主要写农民阶级和地主阶级之间的阶级斗争,更不是写农民起义和农民革命,而是写的封建贵族阶级家族的生活,即曹雪芹自己所说的“离合悲欢、炎凉世态”的“家庭闺阁琐事”。根据曹雪芹关于“真”的观念,他对这样的题材不仅非常熟悉,而且他确乎是以他的亲身经历和他所“亲睹亲闻”的真人真事作为熔铸这样的题材中的艺术形象和艺术情节的原型的。因此,曹雪芹不愿意,也不应该离开他所熟悉的生活和题材,去专门写那些他所不熟悉的“干涉朝廷”“干涉时世”的东西。但是,由于曹雪芹所要求的“真”,更主要的是将作为创作艺术作品的生活原型的真人真事隐去后的按生活本身的发展逻辑去反映生活的“真”;由于客观生活是一个有多方面联系的有机的统一体,因此,曹雪芹仍然不能不把与他所写的题材相关的“干涉时世”的生活,按生活本身发展的逻辑写进作品。所以,曹雪芹在他的那些申明中,并不是只宣布了不干涉“时世”,同时也宣布了在他的《红楼梦》中确也有些“指奸责佞、贬恶诛邪之语”,有“有涉于世态”“不得不用朝政者”。当然,曹雪芹在《红楼梦》中的强烈的倾向性,他对朝政的干涉,更主要的还是表现在他始终是把他的世界观、他的血和泪,倾注于对客观生活的观察和选择,尽可能地发掘和概括他所描写的生活的意义,最大限度地提炼他所描写的题材中所能包含的主题,并以此来抒发他的“块磊”,表现他的爱憎。因而这部为曹雪芹申言“毫不干涉时世”的《红楼梦》,在实际上却通过对封建阶级的“离合悲欢、炎凉世态”的“家庭闺阁琐事”的描写,展现了封建社会的阶级关系和阶级斗争，揭示了封建制度无可挽回的必然崩溃的命运，实现了对“朝政”，对“时世”的最大的“干涉”，使得《红楼梦》的问世本身就是一场政治斗争，而且后来在对待《红楼梦》的态度、评论和研究上，也常常和当时的政治斗争、阶级斗争结合在一起，这恐怕是曹雪芹自己也没有想到的。

曹雪芹在《红楼梦》中，是把作品的倾向性和他所强调的“假”结合在一起的。曹雪芹所强调的“假”，既然是指的文学艺术用想象和虚构来对生活进行提炼和概括的典型化方法，同时又是指经过作家、艺术家对生活进行再创造后的不同于任何生活原型的艺术的真实，那么，曹雪芹当然就反对在作品中进行抽象的说教。在他看来，人们之所以“喜看理治之书者甚少”，就在于这些“理治之书”不仅内容陈腐反动，而且还在于它不符合他的关于“假”的观点；在于作者的思想不是通过艺术形象去表达，而是在进行抽象的枯燥无味的说教。因此，他所声称的不把公开地“怨时骂世”，“指奸责佞，贬恶诛邪”作为《红楼梦》的本旨，更主要的是表明他要把他的强烈的思想倾向与他所强调的“假”结合起来，即把他的倾向性贯注于整个典型化过程中，通过艺术的形象、情节和场面表现出来，这完全符合艺术创作的规律。正如恩格斯所说：“作者的见解愈隐蔽，对艺术作品来说就愈好。”[①]所以，曹雪芹的那些申明，从表面上看起来，似乎中断了我国文学艺术的创作中强调思想倾向的优良传统，而在实际上恰恰从这些申明中可以看出，他不仅继承了这一传统，而且发展了这一传统，注意把倾向性和真实性、艺术性结合在一起，使《红楼梦》成为我国古典小说中思想性和艺术性结合得最好的一部作品。

## 五、“真”“假”与“新”“趣”

曹雪芹在《红楼梦》中再三提醒人们要注意他的《红楼梦》的“新奇”和“趣味”。他把《红楼梦》的“新奇”与才子佳人小说和野史小说的“熟套”做了鲜明的对比，说“佳人才子等书，则又千部共出一套”，“历来野史，皆蹈一辙，莫如我这不借此套者，反倒新奇别致”，“亦令世人换新眼目”。他把《红楼梦》的“趣味”与“理治之书”的枯燥，尖锐地对立起来，他说《红楼梦》“细按则深有趣味”。曹雪

① 恩格斯：《致玛·哈克奈斯》，《马克思恩格斯选集》（第四卷），人民出版社1972年版，第462页。

芹对我国传统的美学思想的发展和贡献,就在于他不仅在《红楼梦》中强调了他的作品的"新"和"趣",而且论证并显示了他所强调的"真""假"与"新"、"真""假"与"趣"、"新"与"趣"之间的辩证关系。在曹雪芹看来,"新"和"真"首先是结合在一起的,没有"真"就没有"新"。他指出才子佳人小说之所以"千部共出一套",就在于这种小说完全是脱离生活的"胡牵乱拉","假拟妄称","自相矛盾,大不近情理"。所以,只要"不借"才子佳人小说的这"一套",恪守他的"真""假"观念,执着于对生活的真实和艺术的真实的追求,敢于为表现生活的复杂性和丰富性,而在艺术上闯新路,当然就能做到"新奇别致"。曹雪芹在《红楼梦》中对"真"和"新"的关系所做的这种理解,就是封建时代的一些有见地的批评家也是看到了的。在甲戌本中,脂砚斋在曹雪芹强调《红楼梦》的创作是"追踪蹑迹,不敢稍加穿凿",否则"反失其真传者"的那一段话的上面,加了这样的眉批:"开卷一篇立意真,打破历来小说窠臼。"在这里顺便指出:由于俞平伯同志不是从美学思想的高度去考察《红楼梦》中的"真""假"观念,从而忽视了曹雪芹在《红楼梦》中所追求的"真"和"新"的关系,因此,在他所编辑的《脂砚斋〈红楼梦〉辑评》中,竟把脂砚斋的这样一条重要的批语,在断句上断为"开卷一篇立意,真打破历来小说窠臼"。这也说明了正确理解曹雪芹的"真""假"观念的重要性。在《增评补图石头记》中,明斋主人在总评中也有这样一条评语:"全书一百二十回,吾以三字概之:曰'真',曰'新',曰'文'。"在这条评语之上,又有一条王希廉的眉批:"新与文易,而真字却难,此书之所以因难见好也。"在这里,脂砚斋、明斋主人、王希廉等不仅一致推崇曹雪芹所强调的一个"真"字,并把"真"和"新"连在一起,认为只有立意"真",才能打破历来小说窠臼,才能在艺术上达到"新""文"的境地,这无疑是很有见地的。鲁迅也说《红楼梦》"盖叙述皆存本真,闻见悉所亲历,正因写实,转成新鲜"[①]。"至于说到《红楼梦》的价值,可是在中国底小说中实在是不可多得的。其要点在敢于如实描写,并无讳饰,……总之自有《红楼梦》出来以后,传统的思想和写法都打破了。"[②]鲁迅的这些话,则是对《红楼梦》的"真"与"新"的关系的更为明确的科学概括与总结。

《红楼梦》中的"趣",则是和"新"结合在一起,并为"新"所决定的。既然曹

① 鲁迅:《中国小说史略》,人民文学出版社1973年版,第205页。

② 鲁迅:《中国小说的历史的变迁》,《中国小说史略》,人民文学出版社1973年版,第306-307页。

雪芹认为才子佳人“这些书都是一个套子，左不过是些才子佳人，最没趣儿”，那么，像《红楼梦》这样能“打破历来小说窠臼”，“传统的思想和写法都打破了”，从题材、结构到主题、构思，从人物、情节到语言、细节，全是别开生面，能“令世人换新眼目”，当然也就“深有趣味”，能够“适趣解闷”“消愁破闷”“喷饭供酒”，“把此一玩，岂不省了些寿命筋力”？正是这样，看《红楼梦》这样的“适趣闲文者特多”，而“喜看理治之书者甚少”。谁要是把曹雪芹所强调的这种趣味加以错误地理解，并因此认为《红楼梦》是人们“喷饭供酒”的娱乐品，谁就是书呆子式地糟蹋曹雪芹和他的伟大作品了。曹雪芹在这里所强调的“趣”，用我们今天的术语来说，就是强调文艺作品的美感教育职能。来自西方的美学上的那一套名词术语，在我国的传统的美学理论中用得很少，但是，关于美、美感、美感教育的思想，在我国是源远流长的。尤其是小说戏剧的创作逐渐发展并成熟起来以后，这种以强调趣味来强调文艺作品的美感教育的思想，在我国的小说戏剧的理论中显得非常突出。不少文艺理论著作，都十分强调文艺作品要能从思想上教育人，必须首先从感情上打动人，必须“可喜可愕，可悲可涕，可歌可舞”[①]。而“论曲之妙无他，不过三字尽之，曰：‘能感人’而已。感人者，喜则欲歌、欲舞，悲则欲泣、欲诉，怒则欲杀、欲割，生趣勃勃，生气凛凛之谓也”[②]。不少人都能看出，能感人的关键就在于“有趣”，“未有无趣而可以感人者”[③]。这里的“趣”，已接近于我们今天所说的美和美感的意义。因此，曹雪芹强调《红楼梦》的趣味，就是对这种思想的继承和发展，就是要使他的《红楼梦》在读者中产生“理治之书”所不能产生的美感教育作用。为了与那些导人“奸淫凶恶”的野史、“坏人子弟”的“风月笔墨”“涉于淫滥”的才子佳人小说竞争，以《红楼梦》来取代它们在读者中的位置。

---

① 冯梦龙：《古今小说·叙》，人民文学出版社1958年版，第1页。

② 黄周星：《制曲枝语》，《中国历代文论选》中册，中华书局1962年版，第379页。

③ 黄周星：《制曲枝语》，《中国历代文论选》中册，中华书局1962年版，第379页。

## 六、曲解曹雪芹在《红楼梦》中的“真”“假”观念对《红楼梦》会造成怎样的危害

对曹雪芹在《红楼梦》中的“真”“假”观念做了如上的论述以后,我还必须指出:对《红楼梦》中的“真”“假”观念究竟如何理解,这不是一个小问题;这是一个涉及对曹雪芹的世界观和创作思想,对《红楼梦》的思想性和艺术性究竟怎样理解的大问题;是一个如何认识曹雪芹与他的《红楼梦》在中国美学发展史中,在中国现实主义文学发展史中的地位和贡献的问题。曲解曹雪芹的“真”“假”观念,对《红楼梦》究竟会造成怎样的损害?请看如下的历史事实:

脂砚斋在“有正本”中对太虚幻境中的那副“假作真时真亦假,无为有处有还无”的对联,有这样的批语:“无极太极之轮转,色空之相生……皆不过如此。”他在甲戌本中,对书中“瞬息间则又乐极悲生,人非物换,究竟是到头一梦,万境归空”这四句话的旁边,也批道:“四句乃一部之总纲。”我们把脂砚斋的这两条批语连在一起来看,就发现这充分说明了这个自以为对曹雪芹的创作过程非常了解的脂砚斋,并不真正能解《红楼梦》的其中味,他把“真”“假”“色”“空”“梦”“幻”,完全当成了一回事。既然脂砚斋把曹雪芹那样强调的,在创作中遵循的“真”“假”观念,看作色空观念,他当然就要把《红楼梦》看作以色空梦幻为总纲写作出来的宣传色空梦幻的作品。这样,就在客观上把具有进步的思想倾向和深远社会意义的伟大现实主义作品《红楼梦》,诬蔑成了一部性质反动的作品。

《红楼梦》后四十回的作者高鹗,根本不懂得曹雪芹在《红楼梦》中的“真”“假”观念;根本不懂得在《红楼梦》前八十回中先后两次出现太虚幻境那副“假作真时真亦假,无为有处有还无”的对联的意义;根本不懂得曹雪芹在《红楼梦》中虚写一个与贾宝玉相照应的甄宝玉在美学思想上所包含的象征意义。曹雪芹之所以安排贾宝玉在对甄宝玉这个人抱着“若说必无,也似必有;若说必有,又并无目睹”的疑惑心情进入梦境以后和甄宝玉相见,而且在贾宝玉梦甄宝玉的同时,甄宝玉也正在梦贾宝玉,写得来甄(真)就是贾(假),贾(假)就是甄(真),真真假假,真假难分,这不仅是为了单纯把梦境写得依稀恍惚,更主要的是为了显示作者自己的美学思想的“真”“假”观念及其二者之间的关系,并与太虚幻境中的那副对联相照应。由于高鹗不懂得这些,因而他在《红楼梦》后四十

回中，先安排了贾宝玉和甄宝玉在现实生活中相见，以显示甄、贾宝玉只是在相貌上相似，而在精神上却是完全不同的。甄宝玉已不再是像贾宝玉那样蔑视功名利禄和仕途经济的封建贵族阶级的叛逆者，而是以显亲扬名、立言立德为己任的地主阶级的孝子贤孙。结合高鹗给曹氏家族安排的“兰桂齐芳”“家道复初”的前景来看，高鹗是非常崇佩甄宝玉的改“邪”归“正”的。进而他还特意让贾宝玉在出家之前重游太虚幻境。但是，牌坊上的“太虚幻境”四字已被改成“真如佛地”，牌坊两边“假作真时真亦假，无为有处有还无”的对联，也改为“假去真来真胜假，无原有是有非无”。这就不仅进一步暴露了高鹗的崇真（甄）贬假（贾）的倾向，而且表明出世的贾宝玉是对佛法的“解悟”，入世的甄宝玉是对儒教的皈依。这样，高鹗就完全背叛了曹雪芹在《红楼梦》中的“真”“假”观念，从而导致了他在主观上对《红楼梦》的主题思想和社会意义的否定。他在续书中对曹雪芹的原意的歪曲，是和他对曹雪芹的“真”“假”观念的叛逆分不开的。

为什么新、旧红学派在实质上都是“索隐派”？就在于他们都根本不理解也不可能理解《红楼梦》中的“真”“假”观念是曹雪芹的美学思想的核心。旧红学派硬说：“全书百二十回，处处为写真事，却处处专说假话。”“全书是一个总谜，每段中又含无数小谜，智者射而出之。”（王梦阮、沈瓶庵：《红楼梦索隐·提要》）因而，他们把作品中的艺术形象和艺术情节说成是历史上的某些真人真事，而大搞唯心主义的穿凿附会的“考证”“索隐”“抉微”。自称打倒了旧红学派的以胡适为代表的新红学派，也断言“《红楼梦》是用假语和村粗的言语（包括色情描写在内）来表现真人真事的”[①]，因此认定“《红楼梦》是作者的自叙传”，从而在贾宝玉和曹雪芹、贾氏家族和曹氏家族之间进行烦琐考证。这样，无论是旧红学派还是新红学派，都完全否定了《红楼梦》的典型意义和社会价值。

——收录于《红楼梦学刊》，1980年第1辑

① 俞平伯：《〈红楼梦〉简论》，《红楼梦研究参考资料选辑》（第二辑），人民文学出版社1973年版，第200页。

# 论《红楼梦》中的“色”“空”观念

曹雪芹不仅是伟大的作家,而且是杰出的美学理论家。虽然他没有专门的美学著作传世,但是,他却有意识地通过他的《红楼梦》展示了他的非常丰富卓越的美学思想。如果说曹雪芹在《红楼梦》中一再强调、反复论述,并在《红楼梦》的创作实践中始终贯彻如一的“真”“假”观念是他的美学思想的核心的话,那么,曹雪芹在《红楼梦》中作为全书“立意本旨”来加以强调的“色”“空”观念,则是他的美学思想的“真”“假”观念的具体发挥。

## 一、“色”“空”观念的提出

曹雪芹在《红楼梦》中的“色”“空”观念是这样提出来的:在石头向空空道人介绍了作者用以指导他创作《红楼梦》的美学思想、现实主义原则,以及与那些假拟妄称的千部共出一套的才子佳人小说根本不同的《红楼梦》的优点以后,空空道人因见上面“虽其中大旨谈情,亦不过实录其事”,“方从头至尾抄录回来,问世传奇”,于是,那位空空道人就:

因空见色，由色生情，传情入色，自色悟空。遂易名为情僧，改《石头记》为《情僧录》。

曹雪芹在这里提出的“色”“空”观念，究竟是他创作《红楼梦》的指导思想，还是他教给读者阅读《红楼梦》的原则？有的同志说：“这四句话是曹雪芹对读《红楼梦》过程的概括。”[①]看来，他之所以持这样的观点，那是因为这四句话是空空道人以读者的身份在看了《石头记》以后提出来的。其实，这是一种误会，空空道人不仅是读者，他在曹雪芹的笔下和石头一样也是作者，都是代表曹雪芹的。在《红楼梦》的书名和作者的问题上，鲁迅早就指出：“多立异名，摇曳见态，亦仍为《红楼梦》家数也。”[②]因此，在作者的问题上，我们要不被曹雪芹的这种“摇曳见态”的艺术手法蒙住才是。空空道人所看到的石头上所记的“历尽离合悲欢炎凉世态的一段故事”的后面有一偈语：

无材可去补苍天，枉入红尘若许年。
此系身前身后事，倩谁记去作奇传？

这就是说，记叙自己的身前身后事的石头，虽然是《石头记》的作者，但是，既然这石头所记的“身前身后事”，还需“倩谁记去作奇传”，而把这“记去作奇传”的就正是这个空空道人，他不是简单地“记去”，在“记去”以后，连自己也“遂易名为情僧，改《石头记》为《情僧录》”。这样空空道人当然也就被曹雪芹列入了“摇曳见态”的作者名单之列了。尽管曹雪芹在作者问题上“狡猾之甚”，“烟云模糊”，在红学界关于《红楼梦》的作者问题上，也尽可以本着“百家争鸣”的精神来讨论，但是，在曹雪芹的笔下，空空道人在《红楼梦》中既是以读者的身份出现，又是以作者的身份出现的，空空道人完全是曹雪芹的美学观念在《红楼梦》中的代言人。因此，空空道人的“色”“空”观念就是曹雪芹创作《红楼梦》的美学指导思想。曹雪芹也只有首先把“色”“空”观念作为他创作《红楼梦》的指导思想，他才有可能要求读者以这样的“色”“空”观念来作为阅读《红楼梦》的原则。

如果说关于曹雪芹究竟是从阅读还是从创作的角度来提出他的“色”“空”

① 王福成：《试论曹雪芹的世界观》，《红楼梦学刊》，1980年第2辑，第22页。

② 鲁迅：《中国小说史略》，人民文学出版社1973年版，第240页。

观念的问题,是一个不带实质性的问题的话,那么,曹雪芹在《红楼梦》中作为全书的立意本旨来加以强调的“色”“空””观念,究竟是他在《红楼梦》中所要刻意宣传的宗教佛学思想,还是他用以指导《红楼梦》创作的美学原则,则是一个涉及曹雪芹的世界观以及作品的思想性、艺术性等方面的根本性的大问题。由于历史的、政治的种种原因,以及《红楼梦》中的确存在着一个“佛影”,有着大量的关于宗教佛学的描写,所以自《红楼梦》问世以来,旧红学家都不断强调什么《红楼梦》中的因空见色云云的一段话:“可作释教心传之学,全书宗旨如是。”[①]“因空见色,自色悟空,舍此无微妙法;若了便好,要好须了,解此是最上乘。”[②]“蒙念其珠围翠绕者,钝根人也;览过《红楼梦》后,顿悟其色即是空者,解脱人也。”[③]新红学家俞平伯在强调“《红楼梦》的主要观念”是“色”“空”时,虽然说明了“色是色欲之色,非佛家五蕴之色”,但是,他却仍然明确肯定曹雪芹写这样的“色”是为了宣传佛学的“空”,把“人生的结论归结到虚无命定的观点上去。书中的宝玉的结局是出了家”[④]。这就表明俞平伯同志仍然是在宗教佛学的范围内来谈论曹雪芹的“色”“空”观念的。值得注意的是,在新中国成立三十年来的《红楼梦》研究中,也很少有人从曹雪芹的美学思想方面去考察过《红楼梦》中的“色”“空”观念的真实含义。不少同志虽然否定和批判了那种把《红楼梦》主要看作是一部宣传“色”“空”观念的小说的说法,但是,却仍然认为《红楼梦》中的“色”“空”观念及其相关的富有宗教神学色彩的神话,是曹雪芹的宗教佛学思想的表现。因此在这篇文章中,我将集中研究曹雪芹的“色”“空”观念的真正含义,说明它并非宗教佛学的“色”“空”观。

## 二、“色”“空”、“空”“色”两无干

“色”“空”是佛学的最根本、最核心的思想,“色”“空”与佛学所讲求的“真”“假”、“有”“无”在本质上是相通的。它们一起构成了佛学之为唯心主义的最根本的标志。按佛学通常的讲法,“色”,就是物质世界,就是指人们在日常生活中

① 张其信:《红楼梦偶评》,《红楼梦卷》(第一册),中华书局1963年版,第215页。

② 话石主人:《红楼梦精义》,《红楼梦卷》(第一册),中华书局1963年版,第175页。

③ 二知道人:《红楼梦说梦》,《红楼梦卷》(第一册),中华书局1963年版,第102页。

④ 俞平伯:《〈红楼梦〉简论》,《红楼梦研究参考资料选辑》(第二辑),人民文学出版社1973年版,第200页。

所能感到的事物，但这“色”只不过是“因缘和合”所构成的假象。而从一切事物都是“因缘和合”所构成的假象这一意义来说，就是佛学所谓的“空”。

可是，我们用佛学所讲的有关“色”“空”的这一套道理，去讲解“因空见色，由色生情，传情入色，自色悟空”却讲不通了。因为这四句话中，除讲“色”“空”二字以外，还强调了一个“情”字。按佛学的讲法，“情”就是众生和众生的感情，佛学视这种感情为与“空”“无”相对立的妄念。我们说讲不通，就在于被这个“情”字鲠住了。这四句话既然是从作为佛学的否定客观世界存在的最高的唯心主义哲学范畴“空”字出发，把客观世界已经看成了“不真”的“假有”——“因空见色”，怎么能由这“不真”的“假有”（色）又产生出众生的妄念（情）——“由色生情”，从而把这妄念注入“非真”的“假有”的世界——“传情入色”呢?

有的同志以禅宗思想来讲这一段话，认为“这对禅宗来说，却没有啥稀奇，禅宗打破一切教规，骂祖杀佛，有着由否定又走向肯定的特色。谈爱情，做和尚，正是否定中的肯定，肯定中的否定，有何不可”？把这几句话看成曹雪芹的禅宗思想，恐怕仍非曹雪芹的原意。这是因为：就禅宗本身来说，尽管强调“一阐提人均得成佛”，极为廉价地倾销进入天国的门票，但是，作为宗教的禅宗，归根结底，还是要“把俗人变成僧侣”，所谓“放下屠刀，立地成佛”的前提还是要放下屠刀，即使像《维摩诘经》中所描绘的维摩诘居士的生活那样：可以任意地“入诸淫合”“入诸酒肆”，但是仍然要打出“示欲之过”“能立其志”的幌子，就是在禅宗的后期，也不会不打任何幌子不要任何前提，公开地宣称自己是“情僧”。关于这一点，曹雪芹把描写芳官等人被迫出家的七十七回和描写柳湘莲出家的六十六回的回目分别叫作“美优伶斩情归水月”“冷二郎一冷入空门”，也表明了曹雪芹自己也认为要出家就必须“斩情”，必须“冷”，断无出家人公开声称自己是“情僧”的道理。如果有谁利用禅宗的泛神论，不是为了恢复信仰的权威，而是破除对权威的信仰；不是为了把俗人变成僧侣，而是把僧侣变成俗人，这实际上就已从禅宗转向了包括禅宗在内的一切宗教的对立面，而与宗教不相干了。在实际上空空道人是在这里拿佛学的关于“色”“空”的说教开玩笑。空空道人虽然对这几句话中的“色”“空”二字未做解释，但是，读者可以看得出来，他所说的“情”字的最起码的含义却是明摆着的。他是在看清了《石头记》是“大旨谈情”以后，才“因空见色，由色生情，传情入色，自色悟空，遂易名为情僧”，并改《石头记》为《情僧录》的。这就是说,空空道人所讲之情,根本不是佛学所要否定的众生的妄念,而是他所非常执着而又肯定的世俗之情。空空道人以这样的“情僧”自居,就充分表明他破除了对权威的信仰,把自己变成了俗人。由此可见,既然对曹雪芹为太虚幻境所撰写的那副丝丝入扣的符合佛学经典说教的对联,我们尚且否定曹雪芹是以它来宣传佛学思想,肯定它是曹雪芹最根本的美学思想的表白,难道我们反而能把与佛学的“色”“空”思想龃龉对立的这一段话,当成佛学的“色”“空”观念的宣传吗?事实上,曹雪芹在这里提出的“色”“空”观念和佛学的“色”“空”观念根本不是一码事,正如戚序本在这一回的回目总评所说的:“试问君家识得否?‘色空’‘空色’两无干。”既然佛学的“色”“空”观念与曹雪芹的“色”“空”观念两无干,那么,曹雪芹的“色”“空”观念主要表现的什么呢?

## 三、曹雪芹的“色”“空”观念所表明的美学观念

我们认为曹雪芹的“色”“空”观念,主要是他的美学观念。戚序本的第一回的回末“总评”之所以说“试问君家识得否?‘色空’‘空色’两无干”,就完全是从曹雪芹的美学观念方面立论,即所指:“出口神奇,幻中不幻,文势跳跃,情里生情,借幻说法,而幻中更自多情,因情提笔,而情理偏成痴幻。”这就是说,作为曹雪芹的美学观念的“色”“空”与佛学的“空”“色”是根本不同的两码事。

曹雪芹的“色”“空”观念中的“空”,相当于他的“真”“假”观念中的“假”。在《红楼梦》中,“空”“假”往往与“梦”“幻”、“虚”“无”并称。其中尤其是“幻”,被作者再三强调,作者甚至明确地把“幻”宣称为“此书立意本旨”。而且脂砚斋等批者也无不特别看重这个“幻”字,所以“空”就是“幻”。从美学观点上看,这个“幻”字,就是艺术赖以存在的幻想和虚构。戚序本的第一回的回末“总评”,强调了曹雪芹在《红楼梦》中是“以幻说法”,在第三回的回末“总评”中又强调了在《红楼梦》中“幻境生时也是真”,这就表明了曹雪芹的“空”还包含了这样一层意思:以幻想和虚构的艺术形象来显示社会发展的必然趋势和法则,尽可能地揭示客观生活发展的本质真实——封建社会的必然没落崩溃——“落了片白茫茫大地真干净”,而这与“空”的含义也是很贴切的。曹雪芹的“色”“空”观念中的“色”,也相当于他的“真”“假”观念中的“真”,这种“真”,既包括了生活的真实,

即作者一开始就声称的他所隐去的为他自己所“曾经历过”和“半世亲睹亲闻”的真事。又包括了艺术的真实，即作者用他所隐去的真实来熔铸的《红楼梦》中的艺术形象和形象的体系。因此，单就“色”“空”的关系“因空见色……自色悟空”来说，就是作者要凭借幻想和虚构来创作《红楼梦》，就必须着眼于所“曾经历过”和“亲睹亲闻”的生活的真实（因空见色）。在这样的生活基础上创造出来的《红楼梦》中的艺术形象和形象的体系，已经是不同于生活真实的艺术的真实了，然而正是从这样的艺术的真实中，最尖锐、最突出、最鲜明地揭示了社会发展的趋势和法则——封建制度不可避免的没落崩溃。而这和曹雪芹的“真”“假”观念所阐明的生活的真实和艺术的真实及其相互的辩证关系，在精神上是一致的。我们说作为曹雪芹的美学思想的“色”“空”观念，是对作为曹雪芹的美学思想的核心的“真”“假”观念的具体发挥，就全在于空空道人用以嘲弄佛学的“色”“空”观念而又有机地包含在曹雪芹的“色”“空”观念中的那个“情”字。空空道人因见《石头记》“大旨谈情”就不仅“由色生情，传情入色”，而且连自己也易名为“情僧”，改《石头记》为《情僧录》了。这就充分说明了“情”在“色”“空”观念中的极端重要性。无怪乎花月痴人要说，《红楼梦》是“情书也”，“作是书者，盖生于情，发于情；钟于情，笃于情；深于情，恋于情；纵于情，囿于情；癖于情，痴于情；乐于情，苦于情；失于情，断于情；至极乎情，终不能忘乎情。唯不忘乎情，凡一言一事，一举一动，无在而不用其情，此之谓情书，其情之中，欢洽之情太少，愁绪之情苦多……凡读《红楼梦》者，莫不为宝黛二人咨嗟，甚而至于饮泣，盖怜黛玉割情而夭，宝玉抱情而遁也”[①]。花月痴人在这里一口气列举了二十五个情字，单就他以此来强调“情”在《红楼梦》中的重要性这一点来说是正确的。但是，对“情”的一系列的形容代替不了对“情”的具体分析。不弄清《红楼梦》中“情”的丰富而深厚的内涵，不看到“情”与“色”“空”之间的有机的辩证的关系，从而简单地把《红楼梦》看作“情书”，当然是错误的。

“情”在《红楼梦》中、在曹雪芹的“色”“空”观念中的意义之所以特别重大，就在于“情”的本身的含义是非常深厚丰富的。

首先，“情”是指作者之“情”。既然正如我在前面所说空空道人主要不是以读者的身份而是以作者的身份出现在《红楼梦》中的，因此，所谓空空道人的“见

① 花月痴人：《红楼幻梦自序》，《红楼梦卷》（第一册），中华书局1963年版，第54页。

色生情,传情入色”,以及他易名为“情僧”,改《石头记》为《情僧录》等,都是强调的作者之情。在“太虚幻境”中演出的《红楼梦仙曲》十二支,其中第一支曲子《红楼梦引》所唱的“开辟鸿蒙,谁为情种”?脂砚斋对此两句的批语是:“非作者为谁?余曰亦非作者,乃石头也。”[①]其实,石头在作品中就是以作者的面目出现的。因此,这支曲子下面所唱的“都只为风月情浓。奈何天,伤怀日,寂寥时,试遣愚衷。因此上,演出这怀金悼玉的《红楼梦》”,就通通说的是作为“情种”的作者,之所以要创作《红楼梦》,就是为了要在这最使他动情的时日来抒发使他最激动的感情。所谓“满纸荒唐言,一把辛酸泪”,“字字看来皆是血,十年辛苦不寻常”,更是作者以《红楼梦》来抒写他的血泪感情的生动写照了。

其次,“情”是指的作品中的人物之“情”。曹雪芹之所以要杜撰绛珠仙子为感神瑛侍者的甘露之恩,而要下世还泪的神话,并在“太虚幻境”这个神话中,以“千红一窟”“万艳同杯”来寓示书中红颜女子的“哭”和“悲”,以虚写的“痴情司”“结怨司”“朝啼司”“夜怨司”“春感司”“秋悲司”来陪衬实写的“薄命司”,而在“薄命司”两边的对联又用“春怨秋悲”来加以强调,通通是为了强调曹雪芹所明确宣布的,他要以他的《红楼梦》来写“女儿之真情”。事实上,《红楼梦》对作品中的人物的心理和感情的描写是最出色的,也是最动人的。

第三,“情”是指“事体情理”之“情”。曹雪芹在开卷第一回中就再三强调《红楼梦》所写的一切必须符合“事体情理”,严格地服从于生活本身和艺术形象的发展逻辑,因而“至若离合悲欢、兴衰际遇,则又追踪蹑迹,不敢稍加穿凿,徒为供人之目,而反失其真传者”。坚决地反对才子佳人小说的那种“谋虚逐妄”“假拟妄称”——就是出自贾母口中的批判才子佳人小说的“掰谎记”。也正如戚序本的回末总评所明确指出的,这也“是作者借他人酒杯消自己块磊”,意欲“将普天下不近理之奇文,不近情之妙作一齐抹倒”。

像曹雪芹所强调的这样的“情”,一旦被他熔铸到了以佛学的字眼出现的“色”“空”观念中去,使“空”“色”“情”成了有机的辩证的整体,就把“色”“空”的神学色彩涤荡无遗,使“空”“色”“情”都各自获得了新的美学意蕴,从而使作为美学思想的“空”“色”“情”的辩证有机的整体的“色”“空”观念具有了更高的价值、更大的意义。

① 据戚序本的批语。

现在，有必要根据如上所说，再把“因空见色，由色生情，传情入色，自色悟空”这四句话联系起来加以解释：

作家、艺术家要凭借幻想和虚构来进行艺术创作，就必须面向生活，善于观察生活，必须艺术地看到生活中的人都是行动着、斗争着、欢乐着、痛苦着的人。尤其是曹雪芹自己所亲睹亲闻的那些女子，都更具有“女儿之真情”。必须看到生活现象既是那样复杂纷纭，又总有自己的“事体情理”，这就是“因空见色”。这样的“色”，一旦触动了像曹雪芹这样的本来就有着丰富感情的作家，必然会产生出更为激越丰富的、与作家的美学理想相适应的感情。曹雪芹的这种感情在实质上已经具有处于萌芽中的资产阶级人道主义的性质，这就是“由色生情”。作家、艺术家在艺术的想象中，这样的“情”，必然要与如上的“色”结合在一起，把“情”融入新的艺术形象中去，产生出像《红楼梦》这样的“字字看来皆是血”的艺术作品，这就是“传情入色”。从这样的艺术作品中，就能看出社会发展的规律和生活发展的逻辑。我们在《红楼梦》中看到的则是封建制度的必然没落崩溃——“落了片白茫茫大地真干净”。这就是“自色悟空”。

由此可见，曹雪芹的作为美学思想的“色”“空”观念，是对他美学思想的“真”“假”观念的重大发挥。他不仅进一步阐述了艺术的真实和生活的真实及其相互的关系，而且对艺术的创作过程进行了很好的总结，并在一定程度上表明了他对艺术的本质、艺术的特征、艺术的功能的卓越看法。《红楼梦》的巨大成就是和他的这种先进的、卓越的美学思想分不开的。

——收录于《社会科学研究》，1982年第3期

# 论《红楼梦》中的神话描写所展示的美学思想和艺术构思

如何看待曹雪芹在《红楼梦》中的有关宗教神学的描写,尤其是如何看待曹雪芹在《红楼梦》中所杜撰的富有宗教神学色彩的神话,这是一个在《红楼梦》的研究中非常重大、非常复杂而又在看法上有很大分歧的问题。是把这些富有宗教神学色彩的神话看作是曹雪芹对宗教神学的信奉、对《红楼梦》中的艺术形象所做的神学的渲染和宿命的解释,还是看作是曹雪芹对宗教神学的借用,借用宗教神学的形式来对他用以统摄全书的总的美学思想和艺术构思、结构安排、人物设计所做的表白,这不仅是一个涉及如何深刻理解曹雪芹的世界观与创作思想、美学理论和艺术实践的关系的问题,而且是一个涉及如何正确地看待《红楼梦》的思想性和艺术性及其在中国艺术发展史、美学发展史上的贡献和地位的问题。本文所要探讨的是《红楼梦》中的神话描写所展示的美学思想和艺术构思。我愿以我在这一问题上的看法来就教于持有不同意见的同志们,以求得对这一问题更为全面的认识。

## 一、曹雪芹对宗教神学的态度

宗教是剥削阶级用以维系自己统治的精神支柱和麻醉人民的鸦片。由于统治阶级在千百年来对佛教的提倡，佛学尤其是禅宗的思想在封建士大夫中非常流行。在清代，则更因某些特殊的原因而特别盛行。在清初，“士之志节者”就“多逃之释氏”，到了康、雍、乾，佛学尤其是禅宗思想，则更因为清王室内争权夺利的残酷斗争而更加大盛。我们从侯堮的《觉罗诗人永忠年谱》中就可以窥见这种大盛的情形：“圣祖崩后，世宗与允禵、允禩等有争立之恶潮。而允禵为人精明矫健，康熙间征伐西北，赫赫有功。既为世宗锢废，几濒于死；高宗毅然释之。而允禵之人生观由最积极一变而为极端之消极，晚年所与往还之人，多为僧客羽流，以挚爱永忠神慧，亦使剩山和雪亭上人为其童年师保，终永忠之身，虽服官达三十载，而精力才华，泰半贯注于禅道两涂，以诗酒书画为玩世之资，以蒲团养生为性命之髓。……至蔚成社会侧面之一部分重要的波澜：如曹霑、敦成、书诚、永奎等，皆披靡于此风气之一。”[①]我们知道，作为康熙的亲信的曹雪芹的家族，就是在这场斗争中败落下来的，而侯堮的这段话中说到的作为雍正的死敌的胤禵的孙子、沉溺于佛道之中的永忠，在读到了《红楼梦》以后，又那样地把曹雪芹引以为知己：“传神文笔足千秋，不是情人不泪流。可恨同时不相识，几回掩卷哭曹侯。”因此，一些同志引用侯堮的这段话来说明曹雪芹好佛是不足为怪的。但是，曹雪芹是否真的就像永忠那样卷进了“以蒲团养生为性命之髓”的社会波澜之中去了，实际资料并不多，他对宗教神学，尤其是佛学的态度究竟如何，主要还得从他的《红楼梦》中来进行考察才行。

在《红楼梦》中有关宗教神学的描写的情况非常复杂，这就需要我们对具体情况进行具体分析，透过现象看本质。比如曹雪芹写秦钟在临死时许多鬼判持牌提索来捉他，这是在宣传阴司地狱吗？脂砚斋在庚辰本中的这段描写的眉批中已做了回答：“《石头记》一部中皆是尽情尽理必有之事，必有之言，又如此等荒唐不经之谈，间亦有之，是作者故意游戏之笔，聊以破色取笑，非如别书认真说鬼话也。”我们结合后面的文字来看，这种描写也的确是调侃取笑之笔。

《红楼梦》写赵姨娘串通马道婆用纸人纸马作法，陷害王熙凤和贾宝玉，魔

① 张毕来：《红楼佛影》，上海文艺出版社1979年版，第130–131页。

法果然灵验,几乎将王熙凤和贾宝玉整死。曹雪芹这样写,也未必就是他真的相信这种厌胜之术。很显然,像赵姨娘这样既贪婪又愚蠢,既卑微又凶狠的人,要和贾宝玉、王熙凤进行斗争,这种厌胜之术是她唯一可能使用的方式。曹雪芹把荒诞无稽的厌胜之术写得那样煞有介事,无非既是揭露像赵姨娘这样的人物的性格,又是像脂砚斋所说的:本意在写"三姑六婆之害"①。在马道婆向贾母宣传"那经典佛法上说得厉害",这一段话的旁边,有一条脂批很值得重视:"一段无伦无理信口开河的混话,却句句都是耳闻目睹者,并非杜撰而有。作者与余实实经过。"②这就是说,作者完全是本着自己在生活中耳闻目睹的"三姑六婆之害"的亲身经历来撰写"魇魔法姊弟逢五鬼"这一回的,意在破除迷信,激起人们对三姑六婆的憎恶和仇视。如果硬要拘泥于魔法的灵验,就说曹雪芹相信厌胜之术,在为宗教迷信张目,这无疑对曹雪芹写这一回的动机与效果都是极大的歪曲。

我们再看,尤二姐在被王熙凤迫害致死之前,尤三姐的鬼魂来给她托梦说:"此亦系理数应然,你我生前淫奔不才,使人家丧伦败行,故有此报。"单凭这几句话,当然,这就不仅是一个宣传因果报应的梦,而且无形中给刚烈的尤三姐和懦弱的尤二姐的无辜惨死抹了黑,但是,如果我们看看尤三姐所说的这段话的全部内容,我们就会看出尤三姐主要是要尤二姐认清王熙凤的"外作贤良、内藏奸狡"的品质,向她揭示了王熙凤戕杀陷害她的罪行,要她"斩了那妒妇",不要白白送死,这岂不又正好突出和歌颂了尤三姐做鬼也不改变的那种刚烈的性格吗?这岂不又是在反对因果报应吗?

至于秦可卿临死以前,她的灵魂来向王熙凤托梦告别,与其说这是曹雪芹宗教宿命观点的流露,还不如说是他同情和痛惜封建贵族阶级的必然没落崩溃的落后思想的具体的表白。因为,秦可卿提出的在祖茔附近多置田庄、房舍地亩和设家塾这样两条具体方案,是远非秦可卿这样的年龄、经历、身份、地位、性格的人所能提得出的。正是秦可卿"因有魂托贾家后事二件",使脂砚斋悲切感服得"不知此身为何物",令他"哭死",才令曹雪芹将"秦可卿淫丧天香楼"一节

① 甲戌本《石头记》二十五回回末总批。

② 庚辰本、甲戌本二十五回批语。

删去。[1]曹雪芹听从脂砚斋的命令,还不是因为秦可卿做了他的代言人,这是曹雪芹的世界观中的落后部分危害他的创作的典型例子,也是他的创作违背他的原有的已经安排好的创作计划的唯一例子。如果曹雪芹是为了宣传宗教宿命思想而写这一节,就必然要与太虚幻境中的底册相照应,而不会将天香楼一节删去。(当然,不能反转来说凡是与太虚幻境的底册相照应了的就是宿命论)

在《红楼梦》中,还有很多不满和反对宗教神学的描写,在所有的脂批系统的《石头记》中,都有甄宝玉所说的这样一段话:“女儿两个字极尊贵、极清净的,比那阿弥陀佛、元始天尊的这两个宝号还更尊荣无对的呢。”在封建社会里,妇女同时遭受政权、族权、神权、夫权的压迫,被压在社会的最底层,可是,曹雪芹却通过甄宝玉之口说“女儿”二字,比佛道两家的老祖宗还更尊荣无对,这既反映了曹雪芹反对男尊女卑的思想,同时也表现了他对佛道二家的大不敬。的确,在《红楼梦》中所写的现实生活中的僧、道,没有一个是好东西。满口阿弥陀佛的馒头庵老尼静虚,竟然与毒如蛇蝎的王熙凤一起策划谋财害命的勾当,将张金哥夫妇活活害死。在这个过程中,王熙凤直截了当地向静虚说:“你是素日知道我的,从来不信什么是阴司地狱报应的。”这就充分说明佛道所宣扬的什么积善修德、什么因果报应,通通不过是连他们自己都不相信的而专门用以愚弄人民的鬼把戏。曹雪芹还通过把假膏药吹得“最效验”的道士王一贴的自我招供:“连膏药也是假的。我有真药,我还吃了作神仙呢。有真的,跑到这里来混?”这也把道家的哄骗欺诈的本质揭露无遗。

我们在讨论曹雪芹对宗教神学的态度的时候,还必须着重研究曹雪芹在《红楼梦》中对一些人物的出家,尤其是作品的主人公宝玉的出家的描写,很多同志都是以贾宝玉的结局是出家来作为曹雪芹信奉佛学的铁证的。比如林冠夫同志就说:“如果曹雪芹对佛学从来就是持批判态度,或者他在作品中涉及如许的佛学方面问题仅仅是某种策略需要,那末,贾宝玉这样的结局,则是不可思议的。”[2]张毕来同志也声称他是以“贾宝玉出家”为“重点”来撰写《红楼佛影》这本书,论证“《红楼梦》中的佛学思想影响”的。[3]

---

① 参看庚辰本、甲戌本十三回中有关批语。

② 林冠夫:《毁僧谤道与悬崖撒手》,《红楼梦学刊》1980年第3辑,第15页。

③ 张毕来:《红楼佛影·序》,上海文艺出版社1979年版,第1页。

通观《红楼梦》中关于出家的描写,不外如下三类:

第一类是芳官、藕官、蕊官、紫鹃、鸳鸯等人的并非出于悟彻的出家。张毕来同志虽然肯定了这是一些“被社会上恶势力所逼迫,愤然出家的人”,但是却说“这几个丫头的出家,也是真诚的,她们自以为空门是个安身立命之所,比尘世好些。作者描述这些人的出家,一点没有讥讽嘲弄口气”,从而断定她们的出家的这种“真诚”,是曹雪芹所“同情”的。[①]这是不能令人同意的。曹雪芹描写这些人的出家,并不是赞同她们的出家,因为曹雪芹并没有写她们对出家的所谓“真诚”所必需的对佛学的悟彻,而是写她们眼睁睁地看到在抄检大观园的事件中,在晴雯活活地被迫害致死以后,她们又面临着被出卖的命运的情况下,以出家来作为一种抗争的形式。如果说芳官等人以闹着出家来作为她们所受迫害的那种反抗还表现得不明显的话,那么,在贾赦逼着要收鸳鸯为妾时,鸳鸯的那段“誓绝”的言辞,就能更清楚地看出这种以出家来进行抗争的实质。在这里,鸳鸯不仅发誓真心要出家,而且边说边铰头发,我们能把这样的“真心”当成“真诚”吗?她是把“出家”与“寻死”“一刀子抹死”自己同等看待的呀!难道曹雪芹这样写鸳鸯要求出家不是出于对鸳鸯的反抗精神的歌颂,而是出自对她的“真心”要求出家的赞同吗?当然,鸳鸯因贾母还需要她,得到了贾母的暂时的保护而没有出家,但是我们从鸳鸯要求出家看得出来,尽管鸳鸯和芳官、藕官、蕊官要求出家的表现形式不同,其实质则是一致的。她们都是在惨遭迫害的情况下,不得不以躲进佛门来避免更大的迫害和凌辱,以此来作为一种反抗的方式。值得注意的是,曹雪芹不仅以这些丫头的出家来批判了统治阶级的罪恶,而且把矛头指向了佛门:在王夫人看来,“天国”不是像芳官这样一些奴隶所能够进去的。她们能够出家全靠水月庵的智通与地藏庵的圆心向王夫人讲了一番诸如“佛法平等”“脱离苦海、回头是岸”之类的佛理。这是这两个老尼真诚地要她们进“天国”吗?不!曹雪芹说得很明白,她们完全是为了“拐两个女孩子去作活使唤”。一个“拐”字就把“佛门”的虚伪揭露无遗。

第二类是甄士隐、贾惜春、柳湘莲等出于悟彻的出家。甄士隐是在他遭受独生女英莲被拐子拐去、家屋被烧的变故、饱经人世的沧桑以后悟彻的。疯跛道人拍掌大笑称赞他对《好了歌》“解得切!解得切!”,甄士隐说了声“走吧”,便

① 张毕来:《红楼佛影》,上海文艺出版社1979年版,第157页。

“同了疯道人飘飘而去”。这就说明他“悟”得很彻底。曹雪芹在《红楼梦》的前八十回中，虽然还没有写到贾惜春的出家，但是，我们从“太虚幻境”中关于贾惜春的判词“勘破三春景不长，缁衣顿改昔年装”，可以看出她也是在彻悟的基础上遁入空门的。柳湘莲是在对尤三姐产生了误解，造成尤三姐的自杀，以及他为此而“自悔不及”的情况下，经一个“瘸腿道士”的点化而“顿悟”的：“拿出那股雄剑，将万根烦恼丝一挥而尽”之后，遁迹空门。以这些人的出家来研究曹雪芹对佛学的态度，其复杂性在于：作者对甄士隐是饱含着同情的，但是，我们却不能以作者同情甄士隐的建立在“悟彻”的基础上的“真诚”的出家，来作为他信奉佛学的依据。因为甄士隐这个人物有他的特殊性，这还得首先弄清曹雪芹为什么要写甄士隐和甄士隐在“悟彻”的基础上的出家，以及作者为什么对他充满了同情。

我在《论〈红楼梦〉中的“真”“假”观念》一文中已经阐明曹雪芹之所以要写甄士隐这个人物，主要是出于表白他的美学思想和艺术构思方面的考虑：“作者自云：因曾历过一番梦幻之后，故将真事隐去，而借‘通灵’之说撰此《石头记》一书也。故曰‘甄士隐’云云”，“虽我未学，下笔无文，又何妨用假语村言敷演出一段故事来，亦可使闺阁昭传，复可悦世之目，破人愁闷，不亦宜乎？故曰‘贾雨村’云云”。这就是说，曹雪芹之所以要写甄士隐、贾雨村，主要是要以他们来形象地表明艺术创作上的“真”和“假”的关系。既然“甄士隐”就是“真事隐”，要以甄士隐来形象地表明真事已经隐去，那么，怎样“隐”呢？曹雪芹要他“隐”去的唯一办法，也就只能是让他遁迹空门。既要为此而写他出家，当然也就得按照佛学在“悟彻”的基础上出家的这一套来写。至于曹雪芹为什么对甄士隐抱同情的态度，道理更简单，那就是象征真事隐的甄士隐所要隐去的是作者“曾历过的”犹如“梦幻”一般的人生经历。正是这样，甄士隐从通达到潦倒的经历就成了贾家从盛走向没落崩溃的缩影，所以，作者对甄士隐抱同情的态度也就不足为怪了。由此可见，曹雪芹写甄士隐在“悟彻”的基础上的“真诚”的出家，以及对甄士隐充满了同情，都不能成为曹雪芹对宗教佛学的信奉的依据。曹雪芹对佛学的态度究竟怎样，我们看他对贾惜春和柳湘莲的出家的态度，倒是能够说明问题。

曹雪芹对柳湘莲的出家没有明确的表态，但是，我们从如下的情节中看得出来:先是柳湘莲的“冷心冷面”促使了“刚烈”的尤三姐的自戕,继而是尤三姐的热血又促使了“冷二郎一冷入空门”。以情种自居的曹雪芹面对着尤三姐的“来自情天去由情地”、因情而洒的满腔热血和柳湘莲的一而再,再而三的“冷”,他的同情恐怕主要在尤三姐的情和血,而不会在柳湘莲的“空”和“冷”。正是这样,曹雪芹才不仅会对尤三姐的自戕发出像“可怜揉碎桃花红满地,玉山倾倒再难扶”的感叹,写柳湘莲连连表示对尤三姐的刚烈“自悔不及”,而且让柳湘莲在梦中遭到尤三姐的指责:“妾痴情待君五年矣。不期君果冷心冷面,妾以死报此痴情。”

如果说曹雪芹对柳湘莲出家的态度要经过一番剖析才能看出的话,那么,他对贾惜春在“勘破三春景不长”之后的出家的态度,则是明摆着的:这就是他明确说的“可怜绣户侯门女,独卧青灯古佛旁”。假如曹雪芹确信关于贾惜春的《虚花误》这支曲子所说的“似这般生关死劫谁能躲?闻说道西方宝树唤婆娑,上结着长生果”,那么,贾惜春的出家便是由苦难的人世进入极乐的“天国”,只能为贾惜春庆幸,有什么值得可怜的?曹雪芹明确地表示他为贾惜春的出家而感到可怜。因此,这出家在曹雪芹的心目中究竟是好事还是坏事,难道还不清楚吗?

第三类是宝玉的出家。由于宝玉的出家问题在《红楼梦》中至关重大,又很复杂,因而学者们在看法上就有很大的分歧。在近年来的有关这一问题的专书专论中,有两种很有代表性且截然相反的看法:

一种是林冠夫同志的看法。他认为宝玉的“出家作和尚,不是贾宝玉思想发展的必然,而只是他行动,即生活道路发展的必然”①。“在思想上,他是反佛教的;在行动上,他却不能不走向佛门。”②像林冠夫同志这样把思想和行动、思想发展和行动发展割裂开来是不科学的。哪里有完全不受思想约束的行动和完全不约束行动的思想呢?

再一种看法是张毕来同志的与林冠夫同志的截然相反的看法。他不仅认为贾宝玉“本人经历了一个从儒生变为和尚的思想发展过程”,这个过程“是一个艰苦的思想斗争过程”,是他自己“一一地拿儒学跟佛学相比”,“一点一点地”

① 林冠夫:《毁僧谤道与悬崖撒手》,《红楼梦学刊》1980年第3辑,第31页。

② 林冠夫:《毁僧谤道与悬崖撒手》,《红楼梦学刊》1980年第3辑,第29页。

从儒生向和尚方面转移的过程。贾宝玉是在自己的思想上完全达到了儒、佛的统一，在儒、佛相统一的思想的指导下，“最后决定报亲恩以出家”的。[①]

张毕来同志的这种观点之所以是不能令人同意的，就在于：尽管曹雪芹关于宝玉的结局的艺术构思是出家，且为了强调他的这种艺术构思，他在前八十回中已用如前所说的那些谶语做过多次的暗示，高鹗以出家作为宝玉的结局是符合曹雪芹的原意的。但是，宝玉在儒、佛相统一的思想的指导下的“报亲恩以出家”，只能是高鹗的思想。值得注意的是，由于贾宝玉在前八十回中的离经叛道的言行太多了，就是高鹗在后四十回中在叛逆曹雪芹的叛逆思想的时候，在贾宝玉出家以前，也还不敢把贾宝玉处理成正统的儒生。高鹗写到一百一十五回即在贾宝玉即将从家庭出走的前夕，安排甄、贾宝玉在现实生活中相会的时候，也还只是让甄宝玉从轻视功名利禄、仕途经济的叛逆者变成了醉心于立言立德、显亲扬名的正统的儒生。而贾宝玉却仍然对他的什么“文章经济”“为忠为孝”之类的说教反感得很，认定他“不过也是个禄蠹而已”。所以，就是高鹗也没有写宝玉怎样“一一地拿儒学跟佛学相比”，“一点一点地”从儒生向和尚方面转移的“艰苦的思想斗争过程”。

高鹗的问题就在于：在前八十回中，甄、贾宝玉的性格是完全一致的。曹雪芹对他们的态度也并无轩轾，正如脂砚斋所说：“灵玉却只一块，而宝玉有两个，情性如一。”[②]写甄宝玉是为了“遥照贾家之宝玉，凡写贾宝玉之文，则正为真宝玉传影”[③]。可是，高鹗却不仅把与贾宝玉的性格完全对立的甄宝玉送到读者的眼前，而且在他让贾宝玉重游太虚幻境的时候，竟把曹雪芹所写的“太虚幻境”中的“太虚幻境”四字，改为“真如佛地”，把牌坊两边的对联：“假作真时真亦假，无为有处有还无”，改为“假去真来真胜假，无原有是有非无”。这就不仅暴露了高鹗根本不懂得曹雪芹的真、假观念，根本不懂得曹雪芹的真、假观念所包含的美学原则和美学意义，而且暴露了高鹗的崇真（甄）贬假（贾）的倾向。表明他蓄意要把宝玉的出家写成既是对佛教的“解语”，又是对儒教的皈依。他无法写宝玉怎样从儒生一步步向和尚转移的“渐悟”，于是他就不顾曹雪芹早已表明了的

---

① 张毕来：《红楼佛影》，上海文艺出版社1979年版，第152、157页。

② 见陈毓罴、刘世德辑蒙古王府本《石头记》批语选辑。

③ 甲戌本《石头记》第二回中批语。

自己和宝玉对禅宗的"顿悟"的看法,仍然把禅宗的"顿悟"强加给宝玉。不仅让宝玉在重游太虚幻境以后,在癞头和尚送玉回来时经他的点化而"顿悟",而且"悟"在佛学和儒学相统一的思想上,安排宝玉在报了亲恩——中高魁、得贵子以后再出家,这在实质上是对曹雪芹的哲学观念、人生观念和美学观念的全面的叛逆。

既然我们强调宝玉是在一定的思想的指导和驱使下出家的,而这指导和驱使他出家的思想,并不是张毕来同志所说的在儒、佛相统一的思想的指导下的"报亲恩以出家",那么,指导和驱使贾宝玉出家的思想是什么呢?

我的答复只有一个字:"情"。

是的,宝玉是为了情,主要是为了对黛玉之情而出家的。在宝玉梦游太虚幻境的时候,警幻仙姑就对宝玉说:"尔则天分中生成一段痴情,吾辈推之为'意淫'","吾所爱汝者,乃天下古今第一淫人也"。我们从脂批中看得出来,在《红楼梦》末回的"警幻情榜"中,用以概括宝玉一生所走过的道路和性格的总的评语是:"情不情"。什么是意淫?警幻仙姑早已说了,就是"痴情"。什么是"情不情"?由于我们未见全书,不知曹雪芹自己的解释,但是,看过全书的脂砚斋却向我们指出:"意淫""痴情""情不情",都是一码事。他对这三者的解释完全是一致的:"按'警幻情榜'讲,宝玉系'情不情'。凡世间之无知无识,彼俱有一痴情去体贴。"[①]"按宝玉一生心性,只不过体贴二字,故曰'意淫'。"[②]这表明从时间上说宝玉是情始情终,从空间上说,宝玉对无论是有情还是无情的万事万物都有情,而出家则是绝情、无情的表现。这样的宝玉,又是怎样为这样的情所驱使而走上出家的道路的呢?关于这,脂砚斋从两个方面做了很好的解释:

首先,在脂砚斋看来,情不情是一种博爱精神,他反复强调,像宝玉这样"爱众则心无定象","心不定""则汲汲乎流于无情。此宝玉之多情而不情之案"。[③]"泛爱者不专,新旧叠增,岂能尽了。其多情之心不能不流于无情之地。"[④]这就是说,"无情"正是由"多情""泛爱""爱众"所造成的。在宝玉这里,多情和无情

① 甲戌本《石头记》第八回眉批。

② 甲戌本《石头记》第五回夹批。

③ 见陈毓罴、刘世德辑蒙古王府本《石头记》批语选辑。

④ 戚序本《石头记》三十五回回末总批。

是辩证统一的。

其次，他还强调："玉兄每'情不情'，况有情者乎？"[①]这就表明宝玉的情广，并不妨碍他的情深；他的"泛爱""爱众"，并不妨碍他的爱的专一。他与以"情情"对他的黛玉，更是相依为命的，这又是在宝玉身上所体现的在情的问题上的广和深、泛和专的辩证的统一。脂砚斋正是从宝玉对黛玉的情的深和专的这一方面给我们指出了宝玉出家的真正原因：

> 宝玉之情今古无人可比，固矣；然宝玉有情极之毒，亦世人莫忍为者，看至后半部，则洞明矣。此是宝玉三大病也。宝玉有此世人莫忍为之毒，故后文方能《悬崖撒手》一回，若他人得宝钗之妻，麝月之婢，岂能弃为僧哉![②]

这就是说，宝玉的出家，不仅是受他对黛玉的"情极"的驱使，而且是他对黛玉的"情极"的表示。所以，在《红楼梦》三十一回和三十二回中，宝玉先后两次向黛玉说："你死了，我做和尚去!"这似乎是谶语，实际上却并非谶语，也不是唱的"爱情和'色空'的交响曲"[③]，而是曹雪芹关于宝玉因对黛玉"情极"而出家的艺术构思的照应。因此，以宝玉的出家来说明曹雪芹对佛学的信奉，也是没有根据的。

综上所述，我们不能因为曹雪芹所处的时代是佛学大盛的时代，"连王夫之、戴震等"都"从佛道思想中去探索出路"，就从曹雪芹注定也"不能例外"这样的大框框出发，把《红楼梦》中有关宗教佛学的描写，都看作曹雪芹对佛学的信奉。我在反对这样看的时候，也不是就认为曹雪芹没有受到宗教佛学的影响，他以绝情来表现痴情，以出世来表现愤世，以宗教佛学的真假观念、色空观念、情理观念来阐发自己的美学观念，以富有宗教神学色彩的神话来表达关于《红楼梦》的艺术构思，这在实质上仍然是在佛学大盛的条件下受佛学影响的表现。更何况，就是在曹雪芹为借用宗教佛学而表现宗教佛学的时候，也不能说这当

---

① 甲戌本《石头记》二十五回夹批。

② 庚辰本、戚序本《石头记》二十二回双行夹批。

③ 严北溟：《论〈红楼梦〉与佛学思想》，《复旦学报》1979年第2期，第44页。

中就完全没有宗教佛学的影响。因为借用和信奉之间的界限,并不是那么容易划分清楚的。而研究者的任务,正在于从曹雪芹和他的《红楼梦》这样的具体的人和具体的作品出发,进行具体的分析,弄清在《红楼梦》的有关宗教神学的描写中,哪些是作者对宗教神学的批判,哪些是作者所受的宗教神学的影响,哪些是作者对宗教神学的信奉,哪些是作者对宗教神学的借用,只有在弄清这些问题的基础上,才能进而研究曹雪芹为什么要借用宗教神学,在什么意义上借用宗教神学,这就是我在下面所要讨论的问题。

## 二、曹雪芹为什么要借用宗教神学?在什么意义上借用宗教神学?

我们都知道,曹雪芹在《红楼梦》前五回中杜撰了三个宗教神学色彩非常浓郁的神话:“顽石无材补天”,“神瑛侍者”和“绛珠仙草”在“灵河岸上、三生石畔”的一段宿缘,“太虚幻境”。并以这三个神话来统领全书。如果我们相信侯堮所说的曹雪芹已披靡于“以蒲团养生为性命之髓”这样的社会风气,本着这样的观点去看这三个神话和这三个神话所统领的《红楼梦》,《红楼梦》的宗教神学思想,尤其是佛学的“色空”观念,当然就是非常严重的。这是因为宝玉之所以“行为偏僻性乖张”,就在于他原本是青埂峰下的因“无材补天”才“幻形入世”的顽石。宝黛的爱情之所以是悲剧,也在于他们在灵河岸上三生石畔的那段宿缘,注定了绛珠仙草要下凡还泪。大观园的那些女儿们之所以被摧残、被虐杀,更在于她们原本就是“薄命”的人物。在“太虚幻境”“薄命司”的底册上,早就注定了她们一生的命运。尤其引人注目的是在《红楼梦》中有一对神秘的僧道贯穿作品的始终。是这一僧一道把《红楼梦》中的三个神话故事相连接,并与现实生活相交织。宝玉来自大荒,还彼大荒更是这一僧一道所为。更何况《红楼梦》作为石头所记的“离合悲欢炎凉世态的一段故事”,是赖“空空道人”“从头至尾抄录回来”才得以“问世传奇”的。于是作者明确宣称:那位空空道人“因空见色,由色生情,传情入色,自色悟空,遂易名为情僧,改《石头记》为《情僧录》”。因此,我们能说曹雪芹不信奉宗教神学思想吗?我们能说《红楼梦》不是宣传佛学的“色空”观念吗?

是的,“如果事物的表现形式和事物的本质会直接合二为一,一切科学就都成为多余的了”[①]。只要透过现象看本质,我们就会看出,曹雪芹在《红楼梦》中的这种披着佛学外衣的“色空”观念,以及与此相关的那些富于宗教神学色彩的神话,都分明是他为阐述自己的美学思想、艺术构思、人物设计而借用的宗教神学形式。

曹雪芹为什么要以宗教神学来作为阐述自己的美学思想、艺术构思的形式?这是因为宗教和艺术、神学和美学在历史的发展中原本就有非常密切的关系。高尔基说过:“艺术是靠想象而存在的。”[②]列宁在《哲学笔记》中所强调的并要人们十分注意的费尔巴哈的如下的说法,正是在这一点上阐明了文艺和宗教的共性与区别:“一个神,就是一个被想象的实体,就是一个幻想实体;并且,因为幻想是诗的主要形式或工具,所以人们也可以说:宗教就是诗。……但是有一点与诗、与一般艺术不同,便是:艺术认识它的制造品的本来面目,认识这些正是艺术制造品而不是别的东西;宗教则不然,宗教以为它幻想出来的东西乃是实实在在的东西。”[③]这就是说宗教的思维方式在实质上也是一种形象思维方式,只不过是一种专事歪曲现实,从而把歪曲的现实当作现实的形象思维。因此,无论是在西方还是在中国,艺术的发展和宗教的发展都不无关系。

首先,既然每一个神都是一个被想象的实体,宗教就是诗,那么,宗教要宣扬抽象的神学,当然就必然要借助文艺,借助可见的形象来宣传不可见的教义。且不说西方的雕塑、绘画、文学中的不少名著都是有关宗教问题的,为宣扬宗教的教义服务的,单是我国的敦煌艺术,就足以说明宗教和艺术的确曾有过相互为用、相互促进的历史。远在六朝时,人们就把这种以具体的艺术形象来宣传抽象的宗教思想的做法称为“象教”,按释道高的解释,所谓“象教”就是:“仿佛仪轨,应合人情,人情感象,孰为见哉?”这就是说,塑造具体的佛像是为了顺应人的感情,只有以具体的形象从感情上打动人,才能使人接受和崇信抽象的宗教哲理。这种“象教”的作用,正如杜甫在《同诸公登慈恩寺塔》一诗中所说的:“方知象教力,足可追冥搜。”

---

① 马克思:《资本论》(第三卷),人民出版社1975年版,第923页。

② 高尔基:《再论文理通顺》,《高尔基选集·文学论文选》,人民文学出版社1958年版,第47页。

③ 列宁:《哲学笔记》,《列宁论文学与艺术》(一),人民文学出版社1960年版,第47页。《费尔巴哈哲学著作选集》(下卷),生活·读书·新知三联书店1962年版,第683–684页。

其次，宗教神学，尤其是佛学，与美学也不是绝缘的。比如，在前面已经提到的佛学中的象、教统一的思想："夫理贵空寂，虽熔范不能传；业动因应，非形相无以感。"同样适合于美学对艺术形象的要求。再如佛教中的贤首宗特别推崇《华严经》中的《华严·贤首品》以"海印三昧"和"华严三昧"来描绘佛的最高境界，认为世界上包罗万象的一切事物像海水一样地被显现出来，一滴海水聚百川之味，"一"中便包含了"多"。这和美学中所讲求的典型是共性和个性的统一的理论多少有些相近。又如佛学讲求境界(诸如"尽佛境界""相物境界""入佛境界"等)以及重神不重形，强调"形尽神不灭"之类的理论，也直接影响着美学理论在处理"神、形""境、象""虚、实"的关系上，特别重视"传神""神韵""意境"。

再次，在我国有着源远流长的以禅喻诗、以禅论诗的传统。在这一传统和流派中，能够承上启下的，当然要首推严羽。他的《沧浪诗话》的最大特点就在以禅喻诗，以禅论诗，重在妙悟。他所谓的悟，有两层意思，一是所谓透彻之悟，这是以禅论诗。在这方面他已大致地道出了作家、艺术家用以进行艺术创作的形象思维不同于一般的科学思维的特征：对诗人、艺术家来说，"非多读书，多穷理，则不能极其至"。但是，诗和用科学思维写成的非文艺的书所阐发的理是根本不同的："诗有别材""诗有别趣"，"别材""别趣"用今天的话来说就是形象思维。作为"别材""别趣"(形象思维)的产物的诗，当然不容许在诗中专事卖弄学问，阐发义理。在他看来，只要诗一涉理路、一落言筌，即用科学思维写诗，就是有迹可求，必然会与他所追求的"透彻玲珑，不可凑泊，如空中之音，相中之色，水中之月，镜中之象，言有尽而意无穷"大相径庭。因此，严羽认为"诗之极至有一：曰入神。诗而入神，至矣，尽矣，蔑以加矣"(严羽：《沧浪诗话·诗辨》)。二是所谓第一义之悟，这是以禅喻诗，即要求以学禅的方法学诗。他认为："禅家者流，乘有大小，宗有南北，道有邪正；学者须从最上乘，具正法眼，悟第一义；若小乘禅，声闻、辟支果，皆非正也。论诗如论禅：汉、魏、晋与盛唐之诗，则第一义也。大历以还之诗，则小乘禅也，已落第二义矣。晚唐之诗，则声闻、辟支果也。""夫学诗者以识为主：入门须正，立志须高；以汉、魏、晋、盛唐为师，不作开元、天宝以下人物。"(严羽：《沧浪诗话·诗辨》)他认为这是他在熟参古今诸诗，看出汉、魏不假悟、盛唐是透彻之悟以后而得出的必然结论。所以，严羽的"悟"的二义原是相通的。

我们说严羽的以禅论诗、以禅喻诗是承上而来的，这是因为早在中唐时期，诗僧皎然就开了以禅论诗、以禅喻诗的先河。他把佛学所讲求的境界运用到了诗歌的理论中去，变佛学的境界为诗歌的意境。境，非客观现实之境，乃意中之境，正如他所举例说的："静，非如松风不动，林狖未鸣，乃谓意中之静。远，非谓渺渺望水，杳杳看山，乃谓意中之远。"[①]这和慧能对众僧议论风吹幡动，究竟是风动还是幡动的答复"既非风动，也非幡动，乃是心动"是很接近的。他既指出意境和形象的密不可分的关系："假象见意"，更强调了意境和形象的区别："境象非一"。[②]诗所追求的应是"象外之奇，文外之旨，言外之情"。"象""文""言"都只不过是诗人用以显示"奇""情""旨"的形迹、手段和工具。因此，在他看来，诗只有做到"不顾词彩，而风流自然"，"但见情性，不睹文字"，才是"诗道之极"[③]。

到了晚唐，僧皎然以禅喻诗的思想，在司空图的《与李生论诗书》和《二十四诗品》以及《与极浦书》中得到了进一步的发挥。他从韵味方面发展了皎然的意境说，认为作为"思与景谐"的艺术"诣极"的诗，必须有"韵外之致""味外之旨""象外之象""景外之景"，"不着一字，尽得风流"。很显然，严羽的妙悟说所强调的"羚羊挂角，无迹可求""透彻玲珑，不可凑泊"完全和皎然的意境说、司空图的韵味说一脉相承。至于距离严羽年代不远的宋代诗人诸如李之仪、曾几、葛天民、吴可等，则更不断强调"得句如得仙，悟笔如悟禅"（李之仪：《赠祥瑛上人》），"参禅学诗无两法"（葛天民：《寄杨诚斋》），"学诗浑似学参禅"（吴可：《学诗诗》）。所有这些都充分说明严羽的以禅喻诗，重在妙悟，是对从皎然开以禅喻诗的先河以来的意境说、韵味说的总结和创新。

我们说严羽的以禅论诗，重在妙悟，同时也有启下的作用。这是因为他的第一义之悟，是明代前后七子的格调说之所出，他的透彻之悟，是清代的王士祯的神韵说之所本。无论前后七子的诗论前后有多大的发展和变化，也无论他们之间的意思怎样不尽相合，甚至斫斫相争，但是他们都是本着严羽的以禅喻诗的精神在第一义之悟的基础上提出并尊崇"文必秦汉，诗必盛唐"这一口号和建立他们的格调说的。尽管王士祯的诗论凡经三变，但是，他"推本司空表圣味在

① 皎然：《诗式》，《中国历代文论选》（第二册），上海古籍出版社1979年版，第85页。

② 皎然：《诗议》，《中国历代文论选》（第二册），上海古籍出版社1979年版，第88页。

③ 皎然：《诗式》，《中国历代文论选》（第二册），上海古籍出版社1979年版，第85页。。

酸咸之外,及严沧浪以禅喻诗之旨”是始终没有变的。他是在此基础上“益伸其说”“独标神韵”的。(杨绳武:《资政大夫经筵讲官刑部尚书王公神道碑铭》)

综上所述,宗教与文艺原本就有如此密切的关系,以禅喻诗,以禅论诗,是我国文艺传统中的一个极其重要的派别。尽管在这一派别中多数人物的世界观都是唯心主义的,对文艺与现实的关系认识不足,往往无视文艺的认识和教育意义,但是,这一流派在对艺术美、艺术规律、艺术特征的探索和追求上是有特殊贡献的。皎然、司空图、严羽、王士祯的诗论,在我国的诗歌发展史上都产生过重大的影响。尤其是稍前曹雪芹不远的王士祯,其声望之大,足以引领康熙一代文坛。他的神韵说对清代前期诗坛的影响几乎达百年之久。因此,作为作家、诗人、美学家的曹雪芹在这样的传统的影响之下,假用宗教神学的形式来表达他的美学思想、人生哲理是毫不足怪的。

但是,我们必须看到,曹雪芹借用宗教神学形式来表达他的美学思想,绝不是以禅喻艺、以禅论艺,这和从皎然到王士祯的以禅喻诗、以禅论诗是有根本区别的。这种区别主要表现在:

首先,曹雪芹以前的以禅喻诗、以禅论诗的人是相信禅的。比如开以禅喻诗之先河的皎然,就是笃信佛学的和尚。而曹雪芹借用宗教神学来阐发他的美学思想,却并不相信宗教神学。用禅却不信禅,他在作品的一开始所杜撰的顽石“无材补天”的神话中,就用“大荒山”“无稽崖”“空空道人”“茫茫大士”“渺渺真人”等名目来显示这些以宗教神学的面貌出现的神话的荒诞无稽、子虚乌有的性质,已经表明了这些神话是他说的大谎。在他所杜撰的太虚幻境这样的带有浓厚的佛学色彩的神话中,也同样以“太虚幻境”四字来点明他的虚造幻设。关于这,脂砚斋也是看到了的。他就“太虚幻境”四字批道:“菩萨天尊皆因僧道而有,以点俗人,独不许幻造太虚幻境以警情者乎?”脂砚斋关于曹雪芹写“太虚幻境”是为了“警情”的说法固然是错误的,但是,他否定菩萨天尊的存在,认为曹雪芹借用宗教神学却并不相信宗教神学,这却是很有眼力的。

其次,无论是以禅论诗还是以禅喻诗,都不一定是以禅为诗,把禅意写入诗中,但是,以禅论诗,必须就禅理与诗理相通之点立论,以禅喻诗,也必须就禅法与诗法相类之点作比。因此,禅,对以禅论诗和以禅喻诗的人来说,绝不只是形式,禅理禅法在以禅论诗和以禅喻诗的理论中有着不容忽视的实际意义。而曹雪芹借宗教神学、佛学来阐明他的美学思想，却只是借用神学、佛学的形式，借用神学、佛学所使用的语言的外壳，这些形式、这些外壳本来所应包括的神学思想、佛理佛法，与曹雪芹借用这些形式和外壳来阐明的美学思想、艺术构思是风马牛不相及的。(关于这，留待后面具体论及)

既然曹雪芹所要阐明的美学思想、艺术构思与神学思想、佛理佛法无关，那么，曹雪芹所借用的这种神学形式对他所要阐明的美学思想、艺术构思究竟有什么作用呢?

我们知道，美与美学有密不可分的关系，但并不是一回事。美离不开形象，美总是通过形象来显示的。而美学则是关于美和与美相关的概念和概念的体系。《红楼梦》是美的文学，不是美的科学。作为既是伟大的文学家，又是杰出的美学家的曹雪芹，要在他的《红楼梦》中表达他的美学思想、艺术构思，当然就不能用概念，不能在《红楼梦》中写哲学讲义，而必须通过形象和形象的体系来显示。我们在《红楼梦》中可以看到，曹雪芹总是非常注意通过作品中的形象来表露他的艺术理论。比如，他通过"慕雅女雅集苦吟诗"这样的情节，借黛玉和香菱对诗的研讨，来表明他的卓越的现实主义的诗论；通过"大观园试才题对额"这样的情节，把大观园作为一种园林艺术来展示，借贾政、宝玉和众清客对大观园的议论，尤其是宝玉的看法，抒发了他对园林艺术的精辟见解；通过惜春画画、宝钗论画表明了他对绘画艺术的思想；通过"史太君破陈腐旧套"这样的情节，借贾母之口，批判了才子佳人小说和戏曲的公式化、概念化、雷同化；如此等等。如果说曹雪芹的如上这些属于某些方面的艺术思想、美学观念可以在作品发展的进程中通过个别情节、个别场面、个别人物以及个别人物在这些场面和情节中的言论来表现的话，那么，曹雪芹用以统领全书的总的美学思想、总的艺术构思，就是远非这些个别的场面、情节和人物所能负担得了的。只有在作品一开头的前几章创作出足以笼罩全书的形象，才能表达笼罩全书的总的美学观念和总的艺术构思。艺术形象要能笼罩全书，当然就得富有强烈的神学色彩才行，曹雪芹就是在这个意义上借用了宗教神学的。《红楼梦》前五回中杜撰了和全书的故事情节水乳交融、血肉相连的三个带有神学色彩的神话，就是作者着意用以表明他的总的美学观念和艺术构思的形象和交织全书的形象的形象体系。

那么,这三个神话故事,究竟表明了作者怎样的美学思想和艺术构思?它们之间的关系又是怎样的呢?这将是我在下面要着重回答的问题。

## 三、《红楼梦》中的神话描写所展示的美学思想和艺术构思

《红楼梦》中的第一个神话是关于《石头记》的缘起的神话,正如作者所说,用这个神话来“说起根由虽近荒唐,细按则深有趣味”。这意味在于:

首先,作者在这个神话中以“无材补天”的顽石自居,同时表明这顽石就是书中的主人公——宝玉。“天”象征的是封建制度,“天”之需要补,是表明整个封建制度已处于没落崩溃的境地。“无材”是反语,关于这,我们可以从作者在宝玉第一次与读者见面时,作者用以批宝玉的《西江月》二词中得到消息。

戚序本在这二词后面批道:“合宝玉之来历同看。”这就是说,要把这二首词和大荒山无稽崖下的“无材补天”的顽石合起来看。这两首词同时也就是对顽石的“无材”的最好的注释,正如脂砚斋所说:“文学不反不见正文之妙。”作者实际上是用反语来表现了对宝玉的叛逆性格的抑制不住的赞美。所谓“潦倒不通庶务”,无非是说宝玉不会讲“仕途经济”;所谓“愚顽怕读文章”,无非是说宝玉厌恶以程朱理学做教条的那些八股时文;所谓“富贵不知乐业,贫穷难耐凄凉”,无非是说宝玉不能恪守“贫而乐、富而好礼”的说教;所谓“乖张”“不肖”,无非是说他对封建制度和封建正统思想的叛逆;所谓“傻”“狂”,无非是说他具有不为世俗了解的离经叛道的性格,这就是顽石的所谓“无材”。因此,作品说此石因见“自己无材不堪入选,遂自怨自叹、日夜悲啼惭愧”也就同样是反语,不能因此就认为作者要求补天心切。看来,曹雪芹的挚友敦敏是了解曹雪芹在他的《红楼梦》中以顽石自喻的真义的。他在他的《题芹圃画石》诗中说:“傲骨如君世已奇,嶙峋更见此支离,醉余奋扫如椽笔,写出胸中块磊时。”这就是说曹雪芹在《红楼梦》的第一个神话中以“无材补天”的顽石自居,就是表白自己是要凭着自己的犹如顽石一样的嶙峋傲骨和满怀激愤不平之气来反映封建制度的必然的、无可挽回的没落崩溃。脂砚斋认为“无材可去补苍天”这句话是“书的本旨”。是的,我们从这句话中的确可以看到曹雪芹写《红楼梦》的总的思想和主题。

其次，曹雪芹在第一个神话中，通过石头之口从破和立两个方面表明了他的卓越的现实主义美学思想。在破的方面着重批判了才子佳人等书的“胡牵乱扯”“谋虚逐妄”“假拟妄称”及其千部共出一套的公式化、概念化。在立的方面，曹雪芹着重强调的是“真”“新”“趣”三个字。所谓“真”，就是强调书中所写皆系自己“亲睹亲闻”，“至若离合悲欢、兴衰际遇，则又追踪蹑迹，不敢稍加穿凿，徒为供人之目而反失其真传者”。书中所写的一切都必须符合“事体情理”，严格服从于生活本身和艺术形象的发展逻辑。所谓“新”，就是石头所强调的作品的“新奇别致”。这样的作品可“令世人换新眼目”，这样的“新”，是在破除“谋虚逐妄”“胡牵乱扯”的“共通熟套”之后，在“真”的基础上产生出来的。鲁迅对曹雪芹在《红楼梦》中在美学理论上加以强调、在艺术创作上加以实践的这种“真”和“新”的关系，给予了很高的评价：“（《红楼梦》）盖叙述皆存本真，闻见悉所亲历，正因写实，转成新鲜”[①]，“至于说到《红楼梦》的价值，可是在中国底小说中实在是不可多得的。其要点在敢于如实描写，并无讳饰，……总之自有《红楼梦》出来以后，传统的思想和写法都打破了。”[②]鲁迅的这些话是对曹雪芹在《红楼梦》中所提倡和实践的“真”“新”及其相互关系的最大的肯定和最高的赞美。所谓“趣”，就是石头所强调的“适趣解闷”“有些趣味”“喷饭供酒”“把此一玩，岂不省了些寿命筋力”。这样的“趣”，也是和“真”“新”结合在一起，并在“真”和“新”的基础上产生的。那些“理治之书”、才子佳人小说之所以“最没趣儿”，就在于“这些书都是一个套子”。像《红楼梦》这样能“打破历来小说窠臼”“令世人换新眼目”，当然也就“有趣”。也只有“有趣”“真”和“新”的《红楼梦》，才能更好地与那些导人“奸淫凶恶”的野史、“坏人子弟”的“风月笔墨”、“涉于淫滥”的才子佳人小说竞争，取代它们在读者中的位置。

第三，曹雪芹在第一个神话中，明确地提出了他的“色空”观念：那空空道人因见石头所说“虽其中大旨谈情，亦不过实录其事”，“方从头至尾抄录回来”，于是那位空空道人就：“因空见色，由色生情，传情入色，自色悟空，遂易名为情僧，改《石头记》为《情僧录》。”既然这情是“大旨谈情”之情，空空道人在看见这样的情之后，不仅“由色生情，传情入色”，而且连自己也“易名为情僧，改《石头记》为《情僧录》”，可见这情在“色空”观念中的极端重要性。而这样的“情”，与佛学的

① 鲁迅：《中国小说史略》，人民文学出版社1973年版，第205页。

② 鲁迅：《中国小说的历史的变迁》，人民文学出版社1973年版，第306-307页。

"空"却是绝对对立的。曹雪芹把他所强调的这样的"情"熔铸到了以佛学的字眼出现的"色空"观念中去,使"色""空""情"成为有机的辩证的整体,就把"色""空"的佛学色彩涤荡无遗。曹雪芹的"色空"观念与佛学的色空观念成了两码事,正如脂砚斋所说:"试问君家识得否?色空、空色两无干。"从而使"色""空""情"都获得了新的美学意蕴,使"色空"观念成了他的美学思想的表白。作家、艺术家要凭借幻想和虚构来进行艺术创作,就必须面向生活,善于观察生活,必须艺术地看到生活中的人都是行动着、欢乐着、痛苦着的人。尤其是曹雪芹自己所亲睹亲闻的那些女子,都更具有"女儿之真情"。必须看到,生活现象既是那样复杂纷纭,又总有自己的"事态情理",这就是"因空见色"。这样的"色",一旦触动了像曹雪芹这样的本来就有着丰富感情的作家,必然会产生出更为激越丰富的与作家的美学理想相适应的感情。这就是由色生情。作家、艺术家在艺术的想象中,这样的"情"必然要与如上的"色"结合在一起,把"情"融入新的艺术形象中去,产生出像《红楼梦》这样的"字字看来皆是血"的艺术作品。这就是传情入色。从这样的艺术作品中,就能看出社会发展的规律、生活发展的逻辑。我们在《红楼梦》中看到的则是封建制度的必然没落崩溃——"落了片白茫茫大地真干净"。这就是自"色"悟"空"。(关于这一问题,我在《论〈红楼梦〉中的"色""空"观念》中已详细论及)

《红楼梦》的第二个神话,是关于《石头记》所记的故事的缘起的神话。这个神话说的是:

> 西方灵河岸上三生石畔,有绛珠草一株,时有赤瑕宫神瑛侍者,日以甘露灌溉,这绛珠草……遂得脱却草胎木质,得换人形,仅修成个女体,终日游于离恨天外……只因尚未酬报灌溉之德,故其五内便郁结着一段缠绵不尽之意。恰近日这神瑛侍者凡心偶炽,乘此昌明太平朝世,意欲下凡造历幻缘,已在警幻仙子案前挂了号。警幻亦曾问及,灌溉之情未偿,趁此倒可了结的。那绛珠仙子道:"他是甘露之惠,我并无此水可还。他既下世为人,我亦去下世为人,但把我一生所有的眼泪还他,也偿还得过他了。"因此一事,就勾出多少风流冤家来,陪他们去了结此案。

像这样一个富于神学色彩的荒诞不稽的还泪的神话，出自甄士隐的梦中的“渺渺”“茫茫”的一僧一道之口，有谁会相信？曹雪芹杜撰这一宿缘，但绝不相信这样的宿缘，从而把作为贵族阶级的叛逆者的贾宝玉和林黛玉的爱情悲剧渲染为这一宿缘。至于曹雪芹为什么要写这一宿缘？那一僧一道是做了清楚的回答的：

那道人道：“果是罕闻。实未闻有还泪之说。想来这一段故事，比历来风月故事更加琐碎细腻了。”那僧道：“历来几个风流人物，不过传其大概以及诗词篇章而已；至家庭闺阁中一饮一食，总未述记。再者，大半风月故事，不过偷香窃玉，暗约私奔而已，并不曾将儿女之真情发泄一二。想这一干人入世，其情痴色鬼、贤愚不肖者，悉与前人传述不同矣。

原来，曹雪芹是打着这个具有神学色彩的还泪的神话的招牌，通过一僧一道之口，来宣传他在《红楼梦》中所写的作为封建叛逆者的宝、黛和宝、黛的爱情悲剧与历来的风月故事的根本不同，他要一反风月故事由于脱离生活而造成的公式化、概念化的窠臼，严格地按照生活的真实，来通过哪怕是“一饮一食”的“琐碎”的细节，“细腻”地表现宝、黛在他们的爱情悲剧中的血泪真情，以及对他们的真切同情。

值得注意的是程伟元、高鹗完全不懂得曹雪芹杜撰这个还泪的神话是为了阐明他的美学，而不是为了宣扬神学，因而他们在“程甲本”和“程乙本”中，都将在“甲戌”“庚辰”“有正”本中的曹雪芹用以阐明他的将以怎样的美学思想来表现宝、黛的爱情悲剧的这一段文字一刀砍去。这是造成很多读者不从美学方面而从神学方面看待这个神话的根本原因。

《红楼梦》的第三个神话是太虚幻境。这个以宗教面目出现的神话，是作者用前两个神话来从总的美学思想方面交代了《石头记》的缘起，以及《石头记》所记故事的缘起以后，用以再次表明他的总的美学思想，并就《红楼梦》的艺术构思、结构安排、人物设计以及作者的褒、贬、爱、憎做了一次总的表白。

我们说这个神话再次表明了他的美学思想，不仅在于他用以“太虚幻境”四个大字为横额的一副对联“假作真时真亦假,无为有处有还无”,表明了作为他的美学思想的核心的“真”“假”观念[①],而且还在于第五回贾宝玉梦游“太虚幻境”这一回的回目。在“甲戌本”中这一回的回目做“开生面梦演《红楼梦》,立新场情传幻境情”。脂砚斋之所以先后两次在批语中强调警幻仙子是“大关键”,是“通部大纲”,就在于警幻仙子是梦演《红楼梦》的总导演,正如警幻仙子亲自告诉宝玉的:《红楼梦》仙曲十二支是她“新填”的,担任演出《红楼梦》十二支仙曲的“魔舞歌姬”,也是她在平素亲自训练的。像这样以贾宝玉神游“太虚幻境”的梦来演出《红楼梦》,使“太虚幻境”成为《红楼梦》的缩影,这的确是别开生面的。这个总导演在对《红楼梦》的导演上,强调一个“情”字。如果说整个《红楼梦》都是用以表达世态人情的舞台或场所的话,那么,《红楼梦》所传之世态人情,也就是太虚幻境中所强调的“情”。是的,警幻仙姑所制的《红楼梦》仙曲十二支中的第一支《〈红楼梦〉引》中就说:“开辟鸿蒙,谁为情种?都只为风月情浓,……”整个曲子都在强调一个“情”字。在宝玉神游太虚幻境的梦快要结束的时候,警幻仙姑又以“以情悟道、守理衷情”八个字来“教诲”宝玉。我们千万不要因为警幻仙姑受荣、宁二公之灵所嘱:对宝玉“先以情欲声色等事警其痴顽”,要宝玉“留意于孔、孟之间,委身于经济之道”,就认为警幻仙姑是反面人物,是荣、宁二公的代理人,从而认为警幻仙姑提出的“悟道”是“悟”孔、孟之道;“守理”是“守”程、朱之理。程、朱的口号是“存天理、灭人欲”,而宝玉则完全相反,他的“情不情”充分说明他是个人欲主义者。脂砚斋从宝玉一生的言行中看出“宝玉重情不重理,此第二大病也”,更表明他在言行中是为存人欲而灭天理。因此,警幻仙姑怎能用“先以情欲声色等事”这样的重人欲的办法来达到“警其痴顽”即“存天理”的目的呢?所以,正如脂砚斋在批语中所指出的那样:警幻说出那样的话,从表面看“警幻亦腐矣”,而在实质上她“亦不得不然耳”。这不仅是为了从形式上赋予这个神话以更多的神学色彩,而且是为了以这样的色彩来掩饰她的光辉性格。警幻仙姑本人不仅是一个与大理相对立的人欲论者,正如脂砚斋所说“警幻自是个多情种子”,她自己也明确向宝玉宣称“吾所爱汝者,乃天下第一淫人也”,而且是一个具有高尚情操的人欲论者。她揭露和批判了那些“以好色不淫为饰,又以情而不淫作案”的流荡轻薄子女的虚伪,把那些只知

① 请参看拙作《论〈红楼梦〉中的“真”“假”观念》一文,《红楼梦学刊》1980年第1辑。

“悦容貌、喜歌舞、调笑无厌、云雨无时”的人斥为“皮肤滥淫之蠢物”。她所爱的宝玉之淫为意淫，按“甲戌本”脂批，对“意淫”二字的解释“只不过体贴二字”，也就是在全书最末一回警幻仙姑所发的“情榜”中用以概括宝玉一生性格的评语：“情不情”。像宝玉这样不仅钟情于有情的人，而且对一切无情的人和物也很爱护体贴，这实质上已是一种具有资产阶级启蒙性质的人道主义。曹雪芹就是本着这样的人道主义和社会理想来展示封建社会的无可避免的没落和崩溃的。这就是警幻仙姑所说的“以情悟道、守理衷情”的真正含义。曹雪芹在这个神话中，就是这样把关于人生的哲学与关于艺术的美学有机地交织在一起的。

至于曹雪芹在“太虚幻境”这个神话中所显示的他在《红楼梦》中的艺术构思、情节安排、人物设计方面的意义更是非常明确的。在《红楼梦》十二支仙曲中，曹雪芹显然是把前三支曲子作为一组来加以强调的。这三支曲子都是咏的宝玉和钗、黛之间的爱情悲剧，这就表明宝玉是《红楼梦》里最重要的主角，是曹雪芹的理想和思想感情的主要寄托者，而以宝、钗、黛之间的爱情纠葛和悲剧为中心线索的贵族家庭生活是《红楼梦》的题材，最后一支曲子《飞鸟各投林》则规定了全书的“好一似食尽鸟投林，落了片白茫茫大地真干净”的悲剧结局。这一结局，显示了封建社会的无可挽回的必然的没落崩溃，而这则是《红楼梦》作者为《红楼梦》规定的主题。其他曲子和薄命司里的簿子中的诗和画，既为《红楼梦》中的一些主要人物规划了他们将要经历的人生途程，又设计了他们的主要性格特征，更表现了作者对他们的褒、贬、爱、憎，比如关于晴雯的判词：

> 霁月难逢，彩云易散。心比天高，身为下贱。风流灵巧招人怨，寿夭多因毁谤生，多情公子空牵念。

这首判词，不仅为晴雯规定了她因受诽谤而夭寿的结局，设计了“心比天高”“风流灵巧”的心性品格，而且表现了对晴雯的同情和赞美，对迫害晴雯的邪恶势力的仇恨和鞭挞。这首判词，无论是对作者塑造还是读者理解晴雯这个形象来说，都具有提纲挈领的作用。

由此可见，切实弄清曹雪芹在《红楼梦》中杜撰的富有宗教神学色彩的神话所展示的美学思想和艺术构思，不仅有利于正确理解《红楼梦》的思想性、艺术性以及曹雪芹的美学思想在中国美学发展史上的地位,对继承和发展中国的传统美学,使马克思主义美学与中国的传统美学相衔接,也有着极为重要的意义。

——收录于《红楼梦学刊》,1982 年第 4 辑

# 简论曹雪芹“谁解其中味”的“味”

## 一

能单凭传统的“味”来解曹雪芹的“味”吗？

曹雪芹在《红楼梦》的一开始就向读者宣称：“列位看官：你道此书从何而来？说起根由虽近荒唐，细按则深有趣味。”并特别点明：

> 满纸荒唐言，一把辛酸泪。
> 都云作者痴，谁解其中味。

是的，“味”是曹雪芹在《红楼梦》中所特别强调的美学概念。他不仅要求作为审美主体的作家要有健康的审美趣味，而且强调当《红楼梦》送到读者手上以后，作为审美主体的读者，也必须是善于解味的人。那么，曹雪芹所强调的是怎样的“味”呢？这是值得我们仔细斟酌的问题。

“味”是我国所特别讲求的源远流长的独特的审美概念。从先秦、两汉到魏晋，就不断有人以人的味觉之“味”来比拟人对艺术作品的审美感受。诸如晏子所说的“音亦如味”，音也要求像调味那样既“相济”又“相成”才能“君子听之，以平其心，心平德和”（《左传·昭公二十年》），王充所说“师旷调音，曲无不悲；狄牙和膳，肴无淡味”（王充：《论衡·自纪》），葛洪所说“五味舛而并甘，众色乖而皆丽”（葛洪：《抱朴子·外篇·辞义》），以及陆机所说的“或清虚以婉约，每除烦而去滥，阙大羹之遗味，同朱弦之清汜，虽一唱而三叹，固既雅而不艳”（陆机：《文赋》），等等，都无不是以调味来比喻艺术创作，以味来比艺术作品给人的审美享受。有人说是陆机“第一次把‘味’这个词引进文论，并赋予它以美学意义”[①]。这是不对的。陆机因把那种“文少而质多，故既雅而不艳”的文章比之大羹而厥其遗味，这和陆机之前的晏子、葛洪、王充等以味感来比美感并没有什么区别。我们知道，美感虽然与生理快感不无关系，但与生理快感却有着本质的区别。生理快感是因生理需要和生理欲念得到满足以后产生的愉快，与知觉、想象、思维等心理形式却没有多大的关系；而美感则是在感觉、知觉、想象、感情、思维等复杂的心理形式的基础上形成的。在愉快中是否具有理性因素，即是否经由判断而达到愉快，这是作为人类最高级的审美感受、审美愉快与只是由感官感受所直接产生的生理快感的根本区别。在视、听、触、味、嗅等感官中，应该说触、味、嗅觉感受，尤其是味觉感受更多的是生理感受，只有视、听两种感官，才是主要的审美官能。马克思强调的也是“感受音乐的耳朵，感受形式美的眼睛”。所以，从先秦到两汉再到魏晋，包括陆机在内的不少人都已用味感来比美感，则只能说明他们虽然把“味”引进了文论，引进了审美领域，但由于他们还划不清美感和生理快感的界线，因此，他们并未能赋予“味”以真正的美学意义。

我们认为，直到南北朝的刘勰和钟嵘，“味”才真正成了我国具有民族特色的审美概念。他们既把“味”与感情，又把“味”与形象连在一起来加以论证。在刘勰看来，在使“味飘飘而轻举”的同时，就必须“情晔晔而更新”。（刘勰：《文心雕龙·物色》）对那种“繁采寡情”的文章，当然会“味之必厌”（刘勰：《文心雕龙·情采》）的，并提出了“余味曲包”的主张。所谓“余味曲包”就是“义生文外，秘响傍通，伏采潜发，譬爻象之变互体，川渎之韫珠玉也”（刘勰：《文心雕龙·隐秀》）。这在实质上是要求作品的思想要像“川渎之韫珠玉”那样被包容在作品的形象

① 郭绍虞、王文生：《审美理论的历史发展》，《古代文学理论研究》丛刊（第一辑），上海古籍出版社1979年版，第2页。

中，要能体会到比形象本身所包容的更多的意义，这样才有余味。钟嵘则更明确地指出：只要“理过其辞”就必“淡采寡味”，非常强调五言之所以“居文词之要，是众作之有滋味者”就在于它“指事造形，穷情写物，最为详切”（钟嵘：《诗品》）。这里的“味”更是与艺术作品的形象和感情连在一起的。作品的形象和感情，才使“味”之者无极、闻之者动心。这就使得“味”真正成为我国独特的审美概念。

“味”作为真正的审美概念产生出来以后，必然要沿着儒道两家的路线向两个方面发展。

### （一）不能以传统的儒家的“味”来解曹雪芹的“味”

从必须寓思想于形象，“意在形内”、含蓄浑厚才能有味这一点说，容易与由孔子的“乐而不淫，哀而不伤”发展而来的儒家的“温柔敦厚”的诗教相结合。在诗作中，要做到“怨而不怒”“皮里春秋”，从而使读者能从诗的形象中去摄取为我们所用的意义：“夫诗者，触类可通者也。触类可通，故言无不尽，引而伸之，其义愈进焉。”（刘开：《读诗说下》）俞平伯就是沿着这条路子来解《红楼梦》之味的。说什么“《水浒》是一部怒书”“愤激之情，已溢于言表”。《儒林外史》的作者“描写儒林人物，大半皆深刻而不留余地”，读这类书，“刚读的时候，觉得痛快淋漓，为之拍案叫绝；但翻过两三遍后，便索然意尽了无余味，再细细审玩一番，已成嚼蜡的滋味了”。而在“以前的小说界上仅有一部《红楼梦》”才是“怨而不怒”的书，它的“缠绵悱恻的文风恰与之相反，初看时觉似淡淡的，没有什么绝伦超群的地方，再看几遍渐渐有些意思了，越看得熟，便所得的趣味亦愈深永”[①]。俞平伯正是认为《红楼梦》的思想感情都那样“深隐地含蓄着”，为了寻味，才那样烦琐地进行考证的。我们认为这完全是对曹雪芹所强调的“味”的误解。我们从曹雪芹在《红楼梦》中的诗论来看，这些诗论不管出自谁的口，都没有儒家诗教的说教意味。至于《红楼梦》中的诗作，像《螃蟹吟》这样的作品，骂得何等痛快，刺世何等刻毒。《芙蓉诔》中激愤之词更是溢于言表，像“诼谣謑诟，出自屏帏；荆棘蓬榛，蔓延户牖”之类的词句，把袭人甚至王夫人等身边最亲近的人通通都骂了，哪里还有什么“怨而不怒”“温柔敦厚”之意？

① 俞平伯：《红楼梦研究》，人民文学出版社1973年版，第83-84页。

## (二)不能以传统的道、佛两家之“味”来解曹雪芹的“味”

从“意生文外”“余味曲包”这一方面来看,则很容易与从道家的“大音希声”“大象无形”到佛家不无关系的神韵派合拍。不少同志就是从这条路子去解曹雪芹所强调的“味”。比如金开诚同志就以《红楼梦》中香菱论诗的一段话来说明:

> 香菱的一番议论,得到了黛玉、宝玉两个主要正面人物的肯定,这足可认为是反映了曹雪芹的看法。这种看法在文学史上颇有渊源。唐人司空图运用艺术通感论诗,指出了“酸咸之外”的“味”;他又说:“戴容州云:‘诗家之景,如蓝田日暖,良玉生烟,可望而不可置于眉睫之前也。’象外之象,景外之景,岂容易可谭哉!”……南宋严羽论诗的妙处,“如空中之音,相中之色,水中之月,镜中之象,言有尽而意无穷”。……“香菱论诗”显然与之一脉相通,可见并非杜撰;而“她”的表达方式虽然朴素,却更为通俗具体,实际上当可视为伟大作家曹雪芹在揭示诗中“三昧”。[①]

邓云乡同志也就“香菱论诗”发表议论说:“唐司空图论诗谈到诗味时说:‘梅止于酸,盐止于咸,饮食不可无酸咸,而其美常在酸咸之外’,后面又说‘酸咸之外者何? 味外味也。’香菱所说‘像有几千斤重的一个橄榄似的’味道,不也正是这种‘味外味’吗?”[②]

说“香菱论诗”代表了曹雪芹的诗论,这是一点不假的。但是,“香菱论诗”之论是否与神韵派的代表人物司空图、严羽的诗论一脉相通,则是大可商榷的。把曹雪芹的“味”作为司空图的“酸咸之外”的“味外味”的“味”来讲,未必就真正是《红楼梦》的解味人。

道家所提倡和强调的以无声为大声(“大音希声”)、以无象为大象(“大象无形”)、以无美为至美的艺术境界直接影响和促使了唐代皎然、司空图,宋代严羽,明代前后七子,清代以王士祯为代表的号称诗佛的神韵派的形成。尽管号

① 金开诚:《从〈红楼梦〉看曹雪芹的诗论》,《红楼梦研究集刊》(第4辑),上海古籍出版社1980年版,第202页。

② 邓云乡:《〈红楼梦〉诗学传薪说》,《红楼梦研究集刊》(第4辑),上海古籍出版社1980年版,第223页。

称诗佛的神韵派与号称诗圣的现实主义派、号称诗仙的浪漫主义派一样，在中国美学发展史和文学发展史上的影响都是非常大的，他们对神和形、有和无、大和小、意和境、内和外等美学范畴所做的探索是值得注意的。他们也正是从这些方面弥补了儒家的美学观念的不足。曹雪芹像熔儒家美学观念中的长处于一炉一样，也集道家诗佛的美学观念的长处于一身，但是，由于神韵派的美学观点是建立在唯心主义的哲学观念的基础上的，他们太强调主观，太忽视艺术对客观现实的反映，因此，曹雪芹的美学观并非和道家及诗佛神韵派的美学观点一脉相通，而是对叶燮的唯物主义的美学观念的全面的、直接的继承，是叶燮的美学思想体系从美学理论上为《红楼梦》的问世做好了准备。而叶燮对以司空图、严羽为代表的神韵派美学观念则是持批判和否定态度的。他特别反对严羽的“以汉、魏、晋、盛唐为师，不作开元、天宝以下人物”这样的伸唐绌宋的言论，他对所谓“唐人以诗为诗，主性情，于《三百篇》为近”进行了有力的反击：“唐人诗有议论者，杜甫是也。杜五言古，议论尤多。长篇如《赴奉先县咏怀》《北征》及《八哀》等作，何首无议论？而以议论归宋人，何欤？彼先不知何者是议论，何者为非议论，而妄分时代邪！”（叶燮：《原诗·外篇下》）他认为“羽之言何其谬戾而意且矛盾也！”“诗道之不振”，严羽“与有过焉”。

毋庸讳言，宋人的确存在着以文为诗的缺点，叶燮一味地为宋人的“以文为诗”，“以议论为诗”辩解未免失之片面。但是，像严羽那样不先知“何者是议论，何者为非议论”而一概地反对议论也未免片面。在最近几年关于形象思维的讨论中，严羽的如下一段话，引起了不少同志的极大注意：

> 夫诗有别材，非关书也；诗有别趣，非关理也。然非多读书，多穷理，则不能极其至。所谓不涉理路、不落言筌者，上也。诗者，吟咏情性也。盛唐诸人唯在兴趣，羚羊挂角，无迹可求。故其妙处透彻玲珑，不可凑泊，如空中之音，相中之色，水中之月，镜中之象，言有尽而意无穷。近代诸公，乃作奇特解会，遂以文字为诗，以才学为诗，以议论为诗。夫岂不工，终非古人之诗也。盖于一唱三叹之音，有所歉焉。
>
> 严羽：《沧浪诗话·诗辨》

对于严羽的这段文字,正如有的同志所说已"约略体会到形象思维和逻辑思维的分别,但没有适当的名词可以指出这分别,于是只能归之于妙悟,而创为别才别趣之说","在沧浪以前,一般人即使也看到作诗不同于逻辑思维,但只是从诗文体制的分别来看,所以总认为苏、黄诗风是由于以文为诗的关系。至沧浪别才别趣之说,才开始认识到形象思维和逻辑思维的分别",[①]但是,叶燮恰恰是最反对这段文字的。他对宋代诗人梅尧臣、苏舜钦的诗"必辞尽于言,言尽于意,发挥铺写,曲折层累以赴之,竭尽乃止"称赞不已,说这才是"才人伎俩,腾踔六合之内,纵其所如,无不可者",算得上"独创生新"(叶燮:《原诗·外篇下》)。叶燮反对严羽的这段强调形象思维的言论,是不是意味着他在反对形象思维呢?不,完全不是。他所反对的是严羽那种"泯端倪而离形象,绝议论而穷思维"的形象思维,而主张另一种根植在唯物主义基础上的,并不忘掉现实、离开形象,摒绝理知、排斥思维的形象思维。这就是说,他不仅将现实生活作为形象思维的端倪,而且强调在整个形象思维过程中不能离开形象,把形象思维与逻辑思维看作辩证的统一。凡此种种,就是他所强调的理、事、情三者的高度辩证的统一。他假设有人这样反对他:"先生发挥理、事、情三言,可谓详且至矣。然此三言,固文家之切要关键。而语于诗,则情之一言,义固不易;而理与事,似于诗之义,未为切要也。"他的回答是:

> 子之言诚是也。子所以称诗者,深有得乎诗之旨者也。然子但知可言可执之理之为理,而抑知名言所绝之理之为至理乎?子但知有是事之为事,而抑知无是事之为凡事之所出乎?可言之理,人人能言之,又安在诗人之言之?可征之事,人人能述之,又安在诗人之述之?必有不可言之理,不可述之事,遇之于默会意象之表,而理与事无不灿然于前者也。
>
> ……
>
> 夫情必依乎理,情得然后理真。情理交至,事尚不得邪?要之:作诗者,实写理、事、情,可以言,言可以解,解即为俗儒之作。唯不可名言之理,不可施见之事,不可径达之情,则幽渺以为理,想象以为事,惝恍以

① 郭绍虞、王文生在其主编的《中国历代文论选》中对严羽《沧浪诗话·诗辨》的说明。

为情,方为理至、事至。情至之语,此岂俗儒耳目心思界分中所有哉?

叶燮:《原诗·内篇下》

从叶燮的这段答复看得出来,文艺作品中的“理、事、情”来源于生活中的“理、事、情”,但已不是生活中的理、事、情。“理”是“不可名言之理”,“事”是“不可施见之事”,“情”是“不可径达之情”。这样的“理、事、情”不仅是靠艺术家的想象得到的,这样的理、事、情的辩证的统一,也是凭借想象来实现的。他以杜甫的“《玄元皇帝庙》作‘碧瓦初寒外’句,逐字论之”以后,得出结论说:“使必以理而实诸事以解之,虽稷下谈天之辨,恐至此亦穷矣。然设身而处当时之境会,觉此五字之情景,恍如天造地设,呈于象,感于目,会于心。意中之言,而口不能言;口能言之,而意又不可解。划然示我以默会相象之表,竟若有内,有外,有寒,有初寒。特借‘碧瓦’一实相发之,有中间,有边际,虚实相成,有无互立,取之当前而自得,其理昭然,其事的然也。”(叶燮:《原诗·内篇下》)

我们现在再回过头来看看香菱论诗的“滋味”的那一段话吧:

香菱笑道:“据我看来,诗的好处,有口里说不出来的意思,想去却是逼真的;有似乎无理的,想去竟是有情有理的。”黛玉笑道:“这话有了些意思,但不知你从何处见得?”香菱笑道:“我看他《塞上》一首,那一联云‘大漠孤烟直,长河落日圆。’想来烟如何直?日自然是圆的。这‘直’字似无理,‘圆’字似太俗。合上书一想,倒像是见了这景的。若说再找两个字换这两个,竟再找不出两个字来。再还有‘日落江湖白,潮来天地青’这‘白’‘青’两个字也似无理。想来,必得这两个字方才形容得尽。念在嘴里,倒像有几千斤重的一个橄榄。还有‘渡头余落日,墟里上孤烟’这‘余’字和‘上’字,难为他怎么想来!我们那年上京来,那日下晚便湾住船,岸上又没有人,只有几棵树,远远的几家人做晚饭。那个烟竟是碧青,连云直上。谁知我昨日晚上读了这两句,倒像我又到了那个地方去了。

很显然,香菱在这里所强调的诗歌中的“无理之理”似乎无理,想去竟是有情有理的,这与叶燮所强调的“作诗者……唯不可名言之理,不可施见之事,不可径达之情,则幽渺以为理,想象以为事,惝恍以为情,方为理至、事至、情至”完全一脉相通。香菱所说的“诗的好处,有口里说不出来的意思,想去却是逼真的”与叶燮所说的人们对诗歌的欣赏往往都是“呈于象、感于目、会于心,意中之言,而口不能言,口能言之,而意又不可解”更是完全一致的。尤其值得注意的是香菱和叶燮一样非常强调想象在诗歌创作和诗歌欣赏中的作用。无论是诗人对无理之理的写作,还是欣赏者对诗歌的无理之理的领会,都是赖想象才能够完成的。她以她的切身体会向我们表明她之所以对“渡头余落日,墟里上孤烟”这两句诗有特别深切的理解,就是和她的生活经历相关的想象分不开的。

既然“香菱论诗”和叶燮的诗论如此相近,而叶燮又那样明确坚决地反对司空图、严羽的诗论,那么,把“香菱论诗”之论看作与司空图、严羽的诗论“一脉相通”,从而把曹雪芹在《红楼梦》中所强调的“味”作为“酸咸之外”的“味”来解,就绝非《红楼梦》的“解味人”。我们在《红楼梦》中的任何人的诗论中都看不到与包括司空图、严羽在内的任何类似神韵派的诗论的言语,相反,林黛玉论诗强调扣题立意要自然,要现成、有景、新鲜,倒是与神韵派所强调的“味外之味”“景外之景”大相龃龉。新旧红学派为追求《红楼梦》中的“味外之味”“景外之景”而大搞唯心主义的穿凿附会的“考证”“索隐”“抉微”更是从反面向我们证明了不能这样理解曹雪芹所强调的“味”。

## 二

曹雪芹所强调的是什么“味”?

我们认为从曹雪芹的美学观念上看,他所强调的“味”主要表现在如下两个方面:

### (一)在艺术表现上要做到“真”“假”“新”“奇”“趣”的有机结合才有“味”

曹雪芹之所以在《红楼梦》第一回中就写“甄士隐梦幻说通灵,贾雨村风尘怀闺秀”就是为了一开始就表白和强调他的“真”(甄)“假”(贾)观念。“真”不仅指曹雪芹用以熔铸艺术形象和故事情节的生活原型,而且指符合客观生活逻辑发展的本质的真实。而“假”则是指艺术创作的幻想和虚构所创造的艺术的真实。太虚幻境中的那副对联"假作真时真亦假,无为有处有还无"就是曹雪芹对他所强调的"真"和"假"的辩证关系,即对生活的真实与艺术的真实之间的辩证统一关系的极为深刻的说明:作为艺术典型形象和情节的"假"和"无"是将作为熔铸艺术形象和故事情节的实有的真人真事隐去以后,根据生活本身的发展逻辑,用典型化的方法创造出来的。因此,对原有的作为熔铸艺术形象和故事情节的实有的真人真事来说,已经不相干了,所以是假的、无有的。如果谁还把这样的作为艺术真实的"假"和"无"与生活中的真人真事等同起来,以"假"作"真"、以"无"为"有",那么,这样的"真"和"有"在艺术作品中,也就是没有的,即假的。但是,却正是这样的"假"和"无",才能够最大限度地反映生活本身的真实;也只有表现为这样的"假"和"无",才能真正称得上艺术作品,发挥艺术作品应有的功能。

在曹雪芹看来,只有在这样的"真"和"假",即从生活的真实到艺术的真实的基础上才能新奇。他之所以把《红楼梦》的"新奇"与才子佳人和野史小说的"熟套"做鲜明的对比,说"佳人才子等书,则又千部共出一套","历来野史,皆蹈一辙,莫如我这不借此套者,反倒新奇别致","亦令世人换新眼目",就在于"千部共出一套"的才子佳人小说完全是脱离生活的"胡牵乱扯""假拟妄称""自相矛盾,大不近情理"。所以只要他在小说创作中"不借"才子佳人小说的"这一套",恪守他的"真""假"观念,执着于对生活真实和艺术真实的追求,敢于表现生活的复杂性和丰富性,在艺术上闯新路,当然就能做到"新奇别致"。曹雪芹对诗歌和其他艺术种类的创作的看法也是如此。请看黛玉在给香菱讲解诗歌的创作问题时,她们之间的如下议论:

> 香菱笑道:"……如今听你一说,原来这些格调规矩竟是末事,只要词句新奇为上。"黛玉道:"正是这个道理。词句究竟还是末事,第一立意要紧。若意趣真了,连词句不用修饰,自是好的。这叫做'不以词害意'。"

这就表明香菱和黛玉在诗歌创作上所强调的是"意趣真"和"新奇为上"。在凹晶馆联句时,林黛玉对史湘云就眼前的景色所吟出"寒塘渡鹤影"的赞语是"何等自然,何等现成,何等有景,何等新鲜"。她之所以能魁夺菊花诗,也就正如李纨所说:“题目新,诗也新,立意更新。”像林黛玉和香菱这样无论在诗歌理论还是在诗歌创作中都把“自然”“现成”看作“新鲜’;要以“新奇为上”,就必须“意趣真”;这种美学观念当然是属于曹雪芹的。

曹雪芹之所以把“新”和“奇’连在一起使用,什么“新奇别致”“新奇为上”的字眼在《红楼梦》中比比皆是,就在于“新”和“奇”不仅密不可分,而且“奇”是被“新”决定的。既然在“胡牵乱扯”“假拟妄称”的“佳人才子”小说、野史小说垄断文坛的情况下,出现了像《红楼梦》这样一部不可多得的“叙述皆存本真,闻见悉所亲历”的小说,那么《红楼梦》就不仅是新的,由于新而少,当然也就是奇的。就其具体的描写手法来说,在才子佳人小说、野史小说都是“共出一套”“皆蹈一辙”的情况下,只要能够突破“熟套”而出“新”,当然也就很“奇”。比如薛宝钗就曾以落套不落套为标准来赞扬过林黛玉的《桃花行》的新奇,她在自己填《柳絮词》时,更是明确宣称:“我想,柳絮原是一种轻薄无根无绊的东西,然依我的主意,偏要把它说好了,才不落套。”果然她的《临江仙》以它的“新而奇”赢得了“众人拍案叫绝,都说:果然翻得好气力”。就曹雪芹呕心沥血所塑造的正面主人公贾宝玉的形象来看,曹雪芹之所以在贾宝玉一出场就要以《西江月》二词来形容宝玉,说他“行为偏僻性乖张”,也全在于他是把新和奇连在一起来写宝玉的。因为宝玉“新”,在宝玉的作为封建贵族阶级的叛逆性格里,不仅已经渗透了正在萌芽和发展中的生产关系和新的社会力量,而且还是宝玉性格中的新奇的观念的最根本的社会原因。像贾宝玉这样的典型人物在曹雪芹所处的时代还是很少见的,因此,也是非常奇特的。无怪乎《红楼梦》中的人物主要以“傻”“狂”“痴’“怪”“奇”来看宝玉。

曹雪芹还把《红楼梦》的趣味与“理治之书”的枯燥尖锐地对立起来。《红楼梦》中的“趣”也是由《红楼梦》中的“真”“假”“新”“奇”所决定的。曹雪芹的意思很清楚,既然“才子佳人”小说和野史小说这些书都是完全脱离生活的真实的“胡牵乱扯”“假拟妄称”,“都是一个套子,左不过是些才子佳人,最没趣儿”,那么,像《红楼梦》这样,将作为熔铸艺术形象和故事情节的真人真事隐去以后,根据生活本身的发展逻辑,用“假语村言”即用典型化的方法创造出来的,能“打破历来小说的窠臼”,打破传统的思想和写法,从题材、结构到主题构思,从人物、情节到语言细节,全是别开生面的、能“令人换新眼目”的小说,当然也就“深有趣味”“把此一玩,岂不省了些寿命筋力”。正是这样,才导致喜读《红楼梦》这样的“适趣闲文者特多”而“喜看理治之书者甚少”。

### （二）作家在作品中所立之“意”就是作品的“味”之所在

我们从曹雪芹所发的“满纸荒唐言，一把辛酸泪。都云作者痴，谁解其中味”的感叹中，已能看得出来，曹雪芹不只是担心别人不理解他为什么要写《红楼梦》，更主要的是担心别人不理解他为什么要如是写《红楼梦》，所谓解“味”，在很大程度上是指解作家在作品中所立之意。正是这样，曹雪芹才通过黛玉之口强调在艺术创作上“立意要紧”。也正是这样，我们才在脂批系统的《石头记》中看见脂砚斋强调有关《红楼梦》的“立意”“本旨”之类的批语比比皆是。

曹雪芹写作《红楼梦》的立意、本旨是通过如下几种方式透露出来了的。

一是用寓意性的方式透露其立意、本旨。比如他寓美学于神学之中，用富有宗教神学色彩的真假观念、色空观念、情理观念来表明自己的美学观念。用富有宗教神话色彩的神话描写来展示他的美学思想和艺术构思，如此等等。

二是用预言性的方式透露其立意、本旨。比如以《好了歌注》以及太虚幻境中金陵十二钗的底册的判词和《红楼梦仙曲》十二支来预言作品中的主要人物的经历和结局：宝、钗、黛的爱情纠葛及其悲剧，封建阶级的必然没落崩溃。以“荣国府归省庆元宵”时所演之戏剧《豪宴》来“伏贾家败”、《乞巧》来“伏元妃之死”、《仙缘》“伏黛玉之死”，如此等等。

三是用隐喻性的方式透露其立意、本旨。比如书中的人名、地名、物名就大多具有隐喻性质。如以“英莲”隐喻“应怜”；以元春、迎春、探春、惜春来隐喻“原应叹息”；以“十里街”的“十里”隐喻“势利”；以“葫芦庙”隐喻糊涂；以茶名“千红一窟”隐喻“哭”字；以酒名“万艳同杯”隐“悲”字；如此等等。

四是用象征性的方式透露其立意、本旨。比如以甄士隐“托言《红楼梦》已将真事隐去”，以“一个穷儒姓贾名化字时飞别号雨村者”来象征《红楼梦》是“以粗村之言演出的一段假话”。对已隐去的“假话”来说，已成“实非”；以甄家来作为“又一个真正之家，特与贾家遥对”，以明“写假则知真”。以“大荒山”“无稽崖”“空空道人”“渺渺大士”“茫茫真人”“太虚幻境”等名目来象征他在《红楼梦》中所杜撰的以宗教神学的面貌出现的神话的荒诞无稽、子虚乌有的性质，是他所说的大谎，是他为另有所指的“幻造虚设”，如此等等。

要从如上几个方面弄清曹雪芹关于《红楼梦》的立意、本旨既非常重要，又很不容易，比如我们从《红楼梦学刊》一九八二年第二辑“关于‘一从二令三人木'的几种解释"的来稿综述中就可看出对王熙凤的判词中的这样一句话的理解怎样众说纷纭、莫衷一是。如果说对这样一句话的理解正确与否还不太影响对凤姐这个人物和对《红楼梦》全书的理解的话,那么,如果有谁真把作为宗教神学的色空观念当作曹雪芹写作《红楼梦》的立意本旨,像脂砚斋那样把《红楼梦》中的"瞬息间则又乐极生悲,人非物换,究竟是到头一梦,万境归空"这样四句话作为"一部之总纲",就会造成对《红楼梦》的全面歪曲。但是,我在这里要着重指出的是:《红楼梦》是曹雪芹的形象思维的产物。曹雪芹是严谨的现实主义作家,他认为客观事物都有自己的"自然之理""自然之气",他通过迎春所编造的一个谜语说:"天运人功理不穷,有功无运也难逢,因何镇日纷纷乱,只为阴阳数不同。"很显然,这里的"理""气""数"都有规律和逻辑的意思。正是本着对客观世界的这种认识,他才公开宣称:他在艺术创作上只取其"事体情理"。《红楼梦》中所写的"离合悲欢,兴衰际遇"均是"追踪摄迹,不敢稍加穿凿"。这就是说,曹雪芹创作《红楼梦》的立意本旨,不仅不得违背而且最终要服从《红楼梦》所反映的客观生活和《红楼梦》本身故事情节发展的规律和逻辑。因此,我们研究曹雪芹关于《红楼梦》的立意、本旨,就不能仅仅停留在曹雪芹用"寓意""预言""隐喻""象征"等方式的透露,还必须着眼于艺术形象和故事情节本身。杜勃罗留波夫说得好:"在一个有才华的艺术家的作品里,不管它们怎样不同,总是可以觉察出某种说明它们特点而又使其有别于其他作品的共同东西。用艺术的技术语言来说,这可以叫作艺术家的世界观。但是,如果我们想方设法把这种世界观引入一定的逻辑体系,用抽象的公式把它表达出来,这是白费力气的……艺术家对世界的看法本身是评定他的才华的钥匙,这应该在他所创造的栩栩如生的形象中去寻找。"[①]因此,怎样把曹雪芹在《红楼梦》中所透露的主观意图与《红楼梦》的艺术形象本身所包含的客观意义结合起来探讨曹雪芹的真正立意本旨,这就有待于进一步提高我们的审美趣味,才能做善于解味的人。

——收录于《西南师范大学学报》(人文社会科学版),1984年第1期

① 杜勃罗留波夫:《杜勃罗留波夫选集》(一卷),新文艺出版社1954年版,第163页。

# 论曹雪芹关于审美的观念

曹雪芹不仅是伟大的作家，而且是根植于通晓哲学、文学、戏剧、诗歌、音乐、绘画、园林艺术的基础上的杰出的美学家。曹雪芹在《红楼梦》中不仅通过各种不同人物之口从理论上阐明了他的关于美和审美的观念，而且整部《红楼梦》都是他的美与审美观念的集中表现。曹雪芹关于美的观念，即关于审美对象、美的本质的看法，我将另写文章专门论述。这篇文章，只论述他的审美观念，即只着重论述曹雪芹关于作为审美主体的人的审美认识的认识。

## 一、曹雪芹所强调的人在审美中的主观能动性

十八世纪的法国启蒙思想家，前马克思主义时期最彻底的唯物主义哲学家、美学家，被恩格斯看作是“为了‘对真理和正义的热诚’而献出了整个生命”[①]的狄德罗（1713—1784），把美分为“在我身外的美”和“与我有关的美”这样两大类。他这样分类是强调“对象中的各种形式和我对各种形式具有的概念”的区别。这种区别就表现为两种美：“一种实在的美，一种见到的美。”[②]“实在

① 马克思、恩格斯：《马克思恩格斯选集》（第四卷），人民出版社1972年版，第228页。

② 狄德罗：《美之根源及性质的哲学的研究》，《文艺理论译丛》1958年第1期。

的美”就是“身外的美”,就是供认识的美。这种美不仅不以人的意志为转移,而且也不以人的存在为转移。所以他说:“不论有人无人,卢浮宫的门面并不减其美。”“见到的美”就是“与我有关的美”,就是我对美的认识。我对美的认识,既要以在人身外的供人认识之美为基础,又要有作为审美主体的人的存在才行。没有作为审美主体的人对身外的实在的美的发现和认识,身外的这种实在的美也就永远是与人无关的美,自在的美。只有当在人体外的自在的美被作为审美主体发现和认识的时候,在人身外的自在的美才变成与我有关的、见到的美,为我之美。如果不把美分为“在我身外的美”、“实在的美”、供认识的美、自在的美与“与我有关的美”、“见到的美”、为我之美这样两大类,就不会以“与我有关的美”“见到的美”,即对美的认识的差异性、易变性来否定、吞没在我身外的美、实在的美、供认识的美的客观性;就会以身外的美、实在的美的客观性来否定审美主体的能动性。狄德罗这种对美的分类,在西方美学史上具有开创的意义。因为关于美的分类,虽然在他以前的美学家不断提出过和进行过,但是,正如狄德罗所指出的:“他们分类的基础,与其说是在于对象,毋宁说是在于美使我们愉快的不同泉源。”[①]这就是说,以往的关于美的分类都是在唯心主义的基础上进行的。像狄德罗这样在唯物论的反映论的基础上来对美实行科学的分类,这还是第一次。

我们可以引以为骄傲的是比狄德罗大八十六岁的叶燮,早就具有了狄德罗的这种认识。比狄德罗小十一岁的曹雪芹在《红楼梦》中,则更对这种观点做了非常形象生动的发挥。

叶燮认为:“凡物之生而美者,美本乎天者也,本乎天自有之美也。”(叶燮:《滋园记》)他认为这种天然的美,这种“自然之文章,随我之所触而发宣之”(叶燮:《原诗·内篇下》)。请看他的如下这些精彩的议论:

> 名山者造物之文章也。造物之文章必藉乎人以为遇合,而人之与为遇合也,亦藉乎其人之文章而已矣。(《黄山倡和诗序》)
>
> 天地无心,而赋万事万物之形,朱君以有心赴之,而天地万事万物之情状皆随其手腕以出,无有不得者。(《赤霞楼诗集序》)

① 狄德罗:《美之根源及性质的哲学的研究》,《文艺理论译丛》1958年第1期。

天地之生是山水也，其幽远奇险，天地亦不能一一自剖其妙，自有此人之耳目手足一历之，而山水之妙始泄。（《原诗·外篇下》）

凡物之美者，盈天地间皆是也，然必待人之神明才慧而见。

（《集唐诗序》）

叶燮在这里实际上也是把美分成了两大类：一类是“造物之文章”，即他所说的“物之生而自有之美”，相当于狄德罗所说的“在我身外的美”、“实在的美”、供认识的美；一类是“人之文章”，相当于狄德罗所说的“与我有关的美”“见到的美”。叶燮在这里也是强调物之生而自有之美的存在，虽然它既不以人的意志为转移，也不以人为转移，但是，这种美的存在如果没有人去“发宣昭著”，便永远是一种自在的美。因此，只有当这种物之生而自有之美为“人之神明才慧而见”或“随我之所触而发宣之”，甚至进而“随其手腕以出”以后，这种“人之文章”也就成了“与我有关之美”、为我之美。既然在宇宙中、在社会中所客观存在着的美“必待人之神明才慧而见”，没有人在人的实践中所建立起来的人和现实的审美关系，自在的美就不能成为为我之美。因此，人的“神明才慧”的大小，审美能力的高低，就成为人能否把自在之美变为为我之美；能否发现、欣赏和创造美的至关重要的问题。

曹雪芹在关于美的认识论上的杰出贡献，就在于他对叶燮、狄德罗如上这些在中外美学史上都具有开创意义的美学观点，用生动的艺术形象做了具体的发挥。我们且看曹雪芹是怎样通过“刘姥姥醉卧怡红院”的艺术描写表明了不具有审美能力的审美主体就不能发现美的客体的问题的。

我们知道，《红楼梦》的主人公贾宝玉在大观园中的住所怡红院是很美的。曹雪芹早在“大观园试才题对额”这一节中，就让贾政带着包括宝玉在内的众人，专以审美为目的巡视过作为园林艺术家的审美创造的大观园的美。曹雪芹对怡红院的美写得也十分详尽：“未写其居先写其景”，写了竹篱花障、粉墙绿柳、游廊山石，尤其是被宝玉赞为“红香绿玉”的“海棠芭蕉”的美，被众人称赞不已。至于室内，更是通过众人对“花团锦簇，剔透玲珑”的雕空槅板的仔细鉴赏，让“众人都赞：‘好精致想头！难为怎么想来！’”，从而充分显示了园林艺术家高超的审美创造力。然而怡红院的美，对醉眼蒙眬的刘姥姥来说，却失去了任何美学意义。她把竹篱看作“扁豆架子”;花障、水池的美当然更不在她的视野之内。在她来到室内以后,虽然也看见“四面墙壁玲珑剔透、琴剑瓶炉皆贴在墙上,锦笼纱罩、金彩珠光,连地下踏的砖皆是碧绿凿花,竟越发把眼花了”。但是,所有这些,都未能成为刘姥姥的审美对象,使她产生任何审美感受,而是竟然闹出了错把画中的女孩儿当作真人,把镜中自己的影像当作亲家母的笑话。这就充分说明,只有客观世界中所客观地存在着的美,而没有具有审美能力的人,就不能建立起人和现实的审美关系,只有在人和现实的审美关系中有了具有审美能力的人对客观现实中所固有的美的“宣发昭著”,客观现实中的自在的美才能对人具有美学意义。

曹雪芹在《红楼梦》中所强调的人在人和现实的审美关系中的主观能动性,还在于人是从人自身出发来对客观世界中所客观地存在着的美和属于美的范畴的事物进行审美活动的。因此,客观存在的美和属于美的范畴的,往往因人而获得新的生命,因人而具有特殊的美学意义。就以潇湘馆来说吧,在贾政带着宝玉和众清客观赏大观园试才题对额的时候,我们就已看到潇湘馆是大观园中最美的,正如宝玉所说,它美就美在“有自然之理,得自然之气,虽种竹引泉,亦不伤于穿凿”,当得起“天然图画”四字。曹雪芹在这里虽然强调的是潇湘馆的“天然美”,但是我们从他对天然美的具体描画中已能看得出来,他之所以以清泉、翠竹,尤其是翠竹作为潇湘馆的根本特征,就在于清泉可以代表黛玉的纯清透明的灵魂,翠竹则最能象征黛玉在宝黛爱情悲剧中的悲剧性格。正如探春所说:“当时娥皇女英洒泪在竹上成斑,故今斑竹又名湘妃竹。如今她住的是潇湘馆,她又爱哭,将来她想林姐夫,那些竹子也是要变成斑竹的。以后都叫她作‘潇湘妃子’就完了。”

无怪乎,当元妃下谕:“命宝钗等在园中居住”以后,宝玉问黛玉道:“你住哪一处好?”黛玉便笑道:“我心里想着潇湘馆好,我爱那几竿竹子,隐着一道曲栏,比别处幽静些。”是的,无论是“阶下新迸出的稚笋”,还是“凤尾森森,龙吟细细”,抑或是“疏竹虚窗时滴沥”,都无不饱和着黛玉的性格、黛玉的心境、黛玉的爱情以及黛玉在爱情上所有过的欢乐和酸辛。翠竹成了黛玉的化身,黛玉成了翠竹的灵魂,正是这样,潇湘馆就因黛玉的美而显得更美。

由此可见,人在和现实的审美关系中具有何等重要的作用和意义。正是因为曹雪芹对此有充分的认识，他无论是对于人的审美欣赏，还是在人的审美创造活动中，都很强调建立在客观存在的美的基础上的人的主导作用。关于这，湘云和宝钗在“蘅芜苑夜拟菊花题”的一番议论，完全抵得上一篇关于审美欣赏和审美创造的杰出的美学论文。大观园的诗人们要作菊花诗，但是，我们从“蘅芜苑夜拟菊花题”和“林潇湘魁夺菊花诗”这两节的具体描写来看，这时正在大观园开放的花主要是桂花，而没有菊花。这是不是说他们是在脱离审美对象的基础上进行审美的欣赏和审美的创造呢？不是。因为他们吟诗的季节毕竟已是秋天，菊花在秋天毕竟是比桂花更有代表性的花卉。所以，宝钗说：“菊花倒也合景。”他们都有赏菊的经验，他们作菊花诗，不是单纯地对菊进行审美欣赏，而是对菊进行审美创造。因此，只要在这个已经来临了的秋季，能有助于调动起诗人们关于赏菊的经验就行。宝钗在作海棠诗时说得好：“何必定要见了才作。古人的诗赋，也不过都是寄性写情耳。”所以她在拟题时主张：“如今以菊花为宾，以人为主。”这主和宾已不是一般地强调无论是在进行审美欣赏还是审美创造中都得既有审美的主体，又有审美的客体，更主要的是强调在不脱离审美客体基础上的作为审美主体的人的主导作用。宝钗所谓的“又是咏菊，又是赋事”，“赋景咏物双关着”；“事”“物”按宝钗的理解主要是包括人之“性和情”在内的人事。这就是说，他们写菊花诗，只不过是“以菊为宾”，即“借菊”这样的客体，来达到“以人为主”，即抒写作为审美创造的主体的人的“性”和“情”而已。宝钗和湘云以一个实字和一个虚字所拟的题，除那个作为实字的“菊”字是代表审美客体以外，其他的十二个虚字中的九个虚字：“忆”“访”“种”“对”“供”“咏”“画”“问”“簪”都是有关菊的“人事”，都是强调主要是从人这一方面来写。我们先看被评为第一名的潇湘妃子的《咏菊》是怎样写的：

无赖诗魔昏晓侵，绕篱欹石自沉音。
毫端蕴秀临霜写，口齿噙香对月吟。
满纸自怜题素怨，片言谁解诉秋心？
一从陶令平章后，千古高风说到今。

这首诗不仅把诗人咏菊时“咏”的整个过程及其内在的思维活动、外在的吟咏精神表现得淋漓尽致,而且成为诗人的自我写照,极为真实而又巧妙地表达了黛玉的“性”和“情”。她既具有“毫端蕴秀”“口齿噙香”的诗才,又具有菊花一样的“千古高风”的品格,给人留下了“孤高自许”的印象。可是,她的“一年三百六十日,风刀霜剑严相逼”的处境,以及在这种处境中在爱情上遭受的折磨,都使得她不能不把这首诗作为“满纸自怜题素怨”来倾诉自己蓄积已久的怨恨的同时,发出“片言谁解诉秋心”——有谁能了解她的愁苦的呼声。陶渊明是一个爱菊并对菊的千古高风的品格做过很高评价的诗人。他的《和郭主簿》诗云:“芳菊开林间,青松冠岩列。怀此贞秀姿,卓为霜下杰。”这就不仅表明黛玉以菊自喻是很贴切的,她也一定会遇到像陶渊明了解菊花那样了解她的知心人的,表明她在这时对她和宝玉之间的爱情还是满怀着幸福的憧憬。

宝钗说,以上九题“人事虽尽,犹有菊之可咏者”,那么,是不是以下的三首诗(《菊影》《菊梦》《残菊》)就不再是咏人事,而是咏菊本身的呢? 不。就是在这三首中事实上也同样贯彻了他们立下的“以菊为宾、以人为主”的原则。我们不妨仍以被评为第三名的潇湘妃子的《菊梦》来说吧:

篱畔秋酣一觉清,和云伴月不分明。
登仙非慕庄生蝶,忆旧还寻陶令盟。
睡去依依随雁断,惊回故故恼蛩鸣。
醒时幽怨同谁诉? 衰草寒烟无限情。

这首诗不仅从诗题到内容都是拟人化的写法,而且这里的“拟人”,也同样是“拟”的她自己,是表达她对她的身世、遭遇和婚姻爱情上的“幽怨”之情。我们正是看到了黛玉借菊这样的客体来表达她主观的“性”和“情”,这些诗才给予了我们更大的美学享受,富有更大的美学意义。所有这些都充分说明人在现实的审美关系中具有极大的主观能动性。

## 二、曹雪芹所强调的审美认识的差异性和易变性

曹雪芹在崇尚天然美、强调美有美之为美的客观性的前提下，非常看重人在人和现实的审美关系中的主观能动性。我们在前面已经说了，这种能动性，不仅在于只有在人对现实的审美关系中有了具有审美能力的人，客观现实中所客观地存在着的美对人才有美学意义，而且，在于客观现实中的美和属于美的范畴的事物，往往因人而获得新的生命，因人而具有特殊的美学意义。而“人的本质并不是单个人所固有的抽象物，在其现实性上，它是一切社会关系的总和”①。人与人是各不相同的，人是在具体的不同的时空条件中发展和变化着的。这就决定了人在人与现实的审美关系中的主观能动性常常表现为人的审美认识的差异性和易变性。曹雪芹在《红楼梦》中，用极为生动的艺术形象和情节从如下几个方面表明了人的审美认识的差异性和易变性。

### （一）人对美的认识因人与人之间的不同性格而异

人的审美意识，人对美的认识，从根本上说仍是人对客观世界的一种特殊反映形式。美的客观性就是人对美的认识的客观标准。但是，既然是特殊反映形式，人对现实的审美认识与人对现实的科学认识就必然不同。审美认识不是以概念和概念的体系来对世界的抽象把握，不是在对现实进行抽象的过程中把丰富的现象抽掉，把认识主体的一切主观因素抽象掉、排斥掉，而是以现象和本质、偶然和必然、个别和一般、客观与主观相结合的形象和形象体系来对现实的审美把握。在这种审美认识中，既不能否定审美认识的客观标准，又不能排斥审美主体的主观因素。在这种审美主体的主观因素中，既不能否定它所具有的阶级性、时代性，又不能排斥由于各人不同的生活经验、审美经验所形成的人的个性的不同而为个人所特有的审美趣味。这就使得人的审美认识往往就是以人的主观趣味来体现的人对客观中所存在着的美和属于美的范畴的客观事物的认识。换句更简单的话说，审美认识是人对客观世界的带个性特征的特殊的主观反映形式。因此，人对美的认识，往往就因人与人之间的不同个性而异。

我们要求曹雪芹从马克思主义美学的高度、从理论上对此加以论证，这既

① 马克思，恩格斯：《马克思恩格斯选集》（第一卷），人民出版社1972年版，第18页。

是不可能的,也不在主要是作为作家的曹雪芹创作《红楼梦》的任务的范围之内。然而曹雪芹却确实在他的杰出的美学思想的指导下,用具体的形象极为生动地显示了人对美的认识首先是因不同的人的不同的性格而异。同是一个晴雯,在贾府的不同的人的眼中美与丑就是各不相同的。晴雯在形体、仪容上的美是客观的,谁也否定不了的。岂止宝玉以她为美,凤姐也承认:"若论这些丫头,总共比起来,都没有晴雯生得好。"就是对她深恶痛绝的王善保家的,也不能不承认"她的模样比别人标致"。把她迫害致死的王夫人,更不得不在口头上承认她是"好个美人"。但是,在晴雯身上所客观地存在着的美,在王善保家的、王夫人和宝玉之间所引起的审美感受却是大不相同的。让我们先听听王善保家的这个统治阶级的奴才向王夫人告发晴雯时是怎样以晴雯的美来陷害晴雯的吧:

> 太太不知道,一个宝玉屋里的晴雯,那丫头仗着她生的模样儿比别人标致些,又生了一张巧嘴,天天打扮得像西施的样儿,在人跟前能说惯道,掐尖要强。一句话不投机,她就立起两个骚眼睛来骂人。妖妖娆娆,大不成个体统。

请注意,晴雯的"比别人标致"的有如"西施"的模样儿,完全不能引起王善保家的美感。相反,她以"妖妖娆娆,大不成个体统"表示了对晴雯的厌恶。王善保家的这番话,"猛然触动了"王夫人的往事,这件往事就是晴雯曾在王夫人眼中留下的印象:

> 上次我们跟了老太太进园逛去,有一个水蛇腰、削肩膀、眉眼又有些像你林妹妹的……我的心里很看不上那轻狂样子。

所谓水蛇腰,就是细腰,"细腰""削肩",在古代原来就是关于美女的传统的观念。正是这样,曹雪芹在勾画探春的肖像画时首先就以"削肩""细腰"来形容她的美。我们知道,曹雪芹在林黛玉出场时的肖像描写中,将她的美也体现在她的眉眼上。王夫人所"看不上"的"那轻狂样子"却正是晴雯最美的地方。无怪乎当王夫人一见她“钗歪鬓松，衫垂带褪，有春睡捧心之遗风，而且形容面貌恰是上月的那人”，便冷笑道：“好个美人，真像个病西施了。你天天作这个轻狂样儿给谁看”“我看不上这浪样儿，谁许你这样花红柳绿的装扮”。晴雯就这样被王夫人看作是“妖精似的东西”而被王夫人活活迫害致死。由于宝玉深知晴雯是由于“她过于生得好了，反被这好所误”，所以，他在以满怀悲愤之情写成的《芙蓉诔》中首先要颂扬的就是她的美：

其为质则金玉不足喻其贵，其为性则冰雪不足喻其洁，其为神则星日不足喻其精，其为貌则花月不足喻其色。

由此可见，同是一个晴雯，同是一个晴雯在形体上所具有的所有的人都无可否认的美，给予宝玉和王善保家的、王夫人的感受却有天壤之别。

曹雪芹在《红楼梦》中关于人物所处的具体的环境描写，更向我们展示了无论是在人以什么为美，还是在人对美的认识上，都因不同的人的不同性格而异。

我们都知道，薛宝钗既是封建主义的卫道者，又是封建主义的受害者。封建礼教压抑和摧残了她的少女的青春所应有的光和热。她是一个靠服“冷香丸”过日子的“冷美人”。因此，曹雪芹对宝钗的闺房之外的环境是扣着“冷”“香”二字来写的。对她的闺房的描写，更主要是突出一个“冷”字。在她的犹如雪洞般的闺房中，无论是在床上吊着的青纱帐幔，还是在没有光泽的土定瓶中插着的几支清菊，都只能使人感到寒气逼人，感到这个“品格端方，容貌美丽”的少女的感情已经被封建礼教完全冻结。就是贾母对此也摇头表示，“这样素净，也忌讳”。如果说我们对曹雪芹关于蘅芜苑的艺术描写中“冷美人”如何以冷为“美”还要经过一番分析才能看得出来的话，那么，曹雪芹在对探春的住所秋爽斋的艺术描写中，则干脆明确地展示了秋爽斋的美和探春“素喜阔朗”的性格的一致性。对于“才自精明志自高”的探春，无论是从她的曾不甘以“莲社之雄才，独许须眉”，要“直以东山之雅会，让余脂粉”的豪情来说，还是就“敏探春兴利除弊”的“壮举”来看，她都很少有女儿家的那种温柔纤细，而是更多地具有男子汉的阔朗刚毅。所以曹雪芹明确指出探春是因为“素喜阔朗”，她才以她的闺房中的大案、大鼎、大画、大盘、大佛手、大花囊以及气势雄浑的颜鲁公的字、笔墨豪放的米襄阳的画为美的。她的闺房所显示的美与她的性格、她的审美观念是完全一致的。

是的，正是曹雪芹能明确地认识到人对美的认识是因人与人之间的不同性情而异，他才会如此用尽心机地“杜撰”秦可卿的卧室。秦可卿房中的图画、对联、器物、衾帐，无一不是曹雪芹的虚拟假托。曹雪芹之所以要如此“设譬调谎”，把本来就是从旧小说、戏曲、诗文的“香艳故事”中信手拈来的“宝镜”“金盘”“木瓜”“卧榻”“连珠帐”“纱衾”“鸳枕”分别归之于武则天、赵飞燕、安禄山、杨太真、寿昌公主、同昌公主、西子、红娘的名下，把本来在内容上就“艳极淫极”的“海棠春睡图”和“嫩寒锁梦因春冷，芳气袭人是酒香”说成是唐伯虎所画和秦观所写，就在于这些人物都是人所共知的风流人物。这样就可以更加突出和渲染弥漫在秦氏房中的那种令宝玉“眼饧骨软”的极度香艳淫靡的气氛。秦可卿却以此为美，夸耀她的屋子“连神仙也住得”。所以我们单从这种气氛中便能看出“擅风情”“秉月貌”的秦可卿其人。

### （二）人对美的认识因人的感情的不同而异

人对美的认识，不仅因人与人之间的不同性格而异，由于审美活动是伴随着强烈的感情的活动，因此，人对同一审美客体的美的认识，也往往因不同的审美主体的不同感情和同一审美主体在不同时间内的不同感情而异。让我们看看同是大观园的美，是怎样因宝玉在不同时期的不同思想感情而异的。

当宝玉刚刚住进大观园的时候，贾氏家族正处于“烈火烹油，鲜花着锦之盛”时节。宝玉这时也完全生活在“情切切”“意绵绵”之中，整天与那些处于“混沌世界、天真烂漫之时”的女孩子们厮混：“坐卧不避，嬉笑无心”，是一个地道的“富贵闲人”。他这时的感情、心境和大观园的美，都集中地表现在他的《四时即事》诗里。当时的大观园对贾宝玉来说，的确是他的“花柳繁华之地，温柔富贵之乡”，他既然那样地以他的“抱衾婢至舒金凤”“公子金貂酒力轻”的“富贵闲人”的生活为满足，因此在他看来，“因谁泣”的“盈盈烛泪”，“为我嗔”的“点点花愁”就统统都是多余的了。无论是“水亭处处齐纨动”，“室霭檀云品御香”的富贵豪华的人生景象，还是“苔锁石纹容睡鹤”“井飘桐露湿栖鸦”的清幽恬静的自然风光，对宝玉来说都是美的。那些“帘卷朱楼罢晚妆”“倚槛人归落翠花”的女孩儿们固然会使他心醉，就是那些"娇懒惯"了的"小鬟"们从被中发出的频频言笑，也成了他的审美对象。

可是，时代为以贾府为代表的封建贵族阶级所敲起的丧钟，终于惊醒了宝玉这个"眼前春色梦中人"。正如鲁迅先生所说："悲凉之雾，遍被华林，然呼吸而领会之者，独宝玉而已。"正是这样，曾经在宝玉的《四时即事》诗中那样美好的大观园，在《芙蓉诔》中却成了：

……连天衰草，岂独蒹葭？匝地悲声，无非蟋蟀。露苔晚砌，穿帘不度寒砧。雨荔秋垣，隔院希闻怨笛……

如果说曹雪芹以贾宝玉的《四时即事》诗和《芙蓉诔》，来向我们表明了对同一大观园的审美感受和审美认识怎样因同一个宝玉在不同时期内的感情而异的话，那么，曹雪芹在关于湘云和黛玉在"凹晶馆联诗悲寂寞"一节的艺术描写，则向我们深刻地显示了同一个凹晶馆给人的审美感受和审美认识又怎样因黛玉和湘云的不同感情而异。

湘云是在看见黛玉又在那里"对景感怀""俯栏垂泪"的情况下，为宽慰黛玉而约她到凹晶馆来联句的。两人当时各自的心境和感情当然都是很不相同的。我们先看她们所面临的是怎样的审美客体：

天上一轮皓月，池中一轮水月，上下争辉，如置身于晶宫鲛室之内。微风一过，粼粼然，池面皱碧铺纹，真令人神清气净。

面对这样的富有诗情画意的"神清气净"的凹晶馆，对黛玉来说，当然很容易牵动起她早已郁结于心的悲凉感情。但对湘云来说，所激起的却是她"怎得这会子坐上船吃酒"的豪兴。她们在联句的过程中，因见那河里怎么像个人在黑影里，湘云"弯腰拾了一块小石片向那池中打去"，"只听那黑影里嘎然一声，却飞起一个白鹤来，直往藕香榭去了"。对此，湘云笑道："这个鹤有趣，倒助了我了。"因联首："窗灯焰已昏，寒塘渡鹤影。"黛玉对"寒塘渡鹤影"一句又叫好又跺足，称赞不已："何等自然，何等现成，何等有景，且又新鲜。我竟要搁笔了。"

湘云虽云“寒”,而并不太悲。可是黛玉却吟出了“冷月葬诗魂”。湘云虽然称赞“果然好极,非此不能对”,但她赓即指出:“诗固新奇,只是太颓丧了些!你现病着,不该作此过于清奇诡谲之语。”就是“天生孤僻人皆罕”的妙玉,在“栏外山石后”听到这样的诗句以后也说“过于颓败凄楚”,“太悲凉了”。阻止她们再联下去。

曹雪芹关于“凹晶馆联诗悲寂寞”一节的描写,表明他关于审美感受和审美创造的观念都是很杰出的。这一节清楚地向我们表明:没有像凹晶馆和从那河塘的黑影里飞出来的那个白鹤作为审美客体,她们是无论如何吟不出“寒塘渡鹤影”“冷月葬诗魂”这样的诗句来的。但是,此两句诗对同一时间同一地点内所看到的同一景物所产生的审美感受,却因她们的主观感情色彩不同而大不相同。湘云的“寒塘渡鹤影”更多的是偏于写实,而黛玉对之以“冷月葬诗魂”却是接过湘云所写之景来抒发自己的极度悲凉凄楚的感情,从而使得整个大观园的中秋月夜里都弥漫着无以复加的悲凉凄清的气氛。当然,作者所要强调、突出和渲染的正是这种悲凉凄清的气氛。如果我们不健忘的话,曹雪芹在十七回写“大观园试才题对额”和十八回“庆元宵元春归省”两节中,都未提到“凸碧山庄”和“凹晶溪馆”。脂砚斋对此明确指出这是作者“故意留下……为后文另换眼目之地步”。另换怎样的眼目呢?很显然,我们在这两节中所看到的大观园,都是贾府正处于“烈火烹油,鲜花着锦”之盛时的大观园,留下这两处,就是为了从这两处所引起的弥漫在整个大观园的悲凉气氛看出整个封建统治阶级的无可避免的崩溃没落。因此,黛玉的这种悲凉的感情所灌注起来的审美趣味中,既包含了黛玉所处时代的时代性,她所隶属的阶级的阶级性;同时也饱和着黛玉自己独特的人生经历。只有黛玉才能吟出这样的诗句。

### (三)人对美的认识因不同的想象而异

包括联想在内的想象在人的审美活动中起着十分重要的作用。人的审美活动之所以是一种人对世界的特殊把握,是一种不脱离形象、饱和着感情的、以个别和特殊现象以及偶然的面貌出现的对客观现实的理性认识,就在于人的审美活动是以人的想象为杠杆的。无论是接近联想、类比联想、对比联想,还是把这些联想包括在内的再造性想象、创造性想象,都是人类所特有的高级神经活动,都是人对客观世界的复杂联系的特殊的能动的反映。它既要受审美主体的世界观制约，又得以审美主体所面对的审美客体本身内在和外在的规定性为前提，同时还得依靠作为审美主体在以往的生活实践中已经历过的事物所留下的印迹的记忆。正因为各人的思想感情和世界观是各不相同的，各人的人生经历和这些经历在头脑中所留下的印迹是各不相同的，因此，各人对同一事物的想象也就各不相同。不同的人对同一审美对象的审美认识，就往往因不同的人的不同想象而异。

曹雪芹是非常看重想象在审美欣赏和审美创造中的作用的。我在《论〈红楼梦〉的"真""假"观念》一文中就已经说过：作为他的"真""假"观念中的"假"，就是指的艺术创作中的想象和虚构，以及通过想象和虚构所创造的艺术的真实。曹雪芹在《红楼梦》中反复渲染一个"幻"字，脂砚斋在批语中也反复地强调读者要看重这个"幻"字。什么"幻影""幻境""幻事""幻缘""幻场""幻情""幻文"之类的字眼在《红楼梦》和脂批中比比皆是。我们绝不能只从宗教神学，尤其是佛学的"色""空"观念去看待这个"幻"字。曹雪芹在"太虚幻境"中把"假作真时真亦假"和"太虚幻境"四字联在一起，就是用以说明他强调"假"，也就是强调艺术创作所必有的虚构和幻想。关于这一点，脂砚斋不仅对曹雪芹"幻造太虚幻境以警情"称赞不已："观者恶其荒唐，余则喜其新鲜。"而且早在第二回的回末总批中就已指出曹雪芹在艺术描写上"出口神奇，幻中不幻。文势跳跃，情里生情。借幻说法，而幻中更自多情。因情捉笔，而情里偏成痴幻。试问君家识得否，色空空色两无干。"这就既划清了曹雪芹的美学观念中的"幻"与佛学观念中的"色空"的界线，又指明了"幻"与情和真之间的关系以及饱和着感情的幻想、想象在人的审美欣赏和审美创造中的作用和地位。

正是曹雪芹对想象、联想在审美中的作用有着非常明确的认识，他才能以极为生动的艺术形象和故事情节对这种作用做了极为具体的显示。

我们知道，在黛玉的潇湘馆的廊下，有一只会学舌和做戏的鹦哥，由于它在黛玉一进门时便要叫"雪雁，快掀帘子，姑娘来了"，每当黛玉在自叹命薄伤心落泪的时候，它还会学着黛玉素日吁嗟的音韵念出"侬今葬花人笑痴，他年葬侬知是谁"之句，使黛玉破涕为笑，因此，黛玉非常喜爱这只鹦哥。在"无可解闷"时"便隔着纱窗调逗鹦哥作戏，又将素日所喜的诗词也教与它念"。由此可见，黛玉之所以以鹦哥为审美对象，就在于她在她的想象中把它引以为知己。

同是供人玩赏的会串戏的雀子,当贾蔷买来给小旦龄官开心的时候,龄官却因她有着和黛玉的完全不同的联想而又大异其趣。她不仅因这雀儿而联想到自己的毫无人身自由的供人玩乐的处境,而且又因自己的处境进而联想到它也“有个老雀儿窝里”。正是这样的联想,这个会衔旗串戏的玉顶金豆,却使得她“又哭起来”。《红楼梦》中的这一情节之所以特别精彩,就在于它极为生动而又深刻地显示了人的想象、联想在人的审美活动中的重大作用。同一审美对象,往往因不同的人的不同想象、联想或因同一人在不同时期内的不同想象和联想而异。这一情节,充分表现了曹雪芹的要求:人应有人的尊严、人应有人的自由的人道主义思想,表明了他是站在人道主义的审美理想高度来看待人世间的美和丑的。

是的,我们从《红楼梦》的正面主人公贾宝玉身上更能看到曹雪芹所强调的这种与人道主义的审美理想联系的想象和联想在审美活动中的重大作用。从脂批中看得出来,曹雪芹从他的人生哲理和美学理想的高度出发,在《红楼梦》快要结束的时候,他以“情不情”来作为宝玉一生的性格的根本特点的总结。这种“情不情”所具有的内涵,即博爱思想、平等观念、因情而不自惜、为爱而恨、为情而憎等,就其思想实质来说,是一种正在萌芽和发展中的资产阶级人道主义精神。就其表现来看,就是一种与由“情不情”而产生的“一而二, 二而三,反复推求了去” 的想象和联想相关的审美活动,关于这,曹雪芹在“杏子阴假凤泣虚凰”一节所描写的宝玉对“杏子阴”所进行的审美活动,就表现得非常明显。毫无疑问,沁芳桥一带的景色都是呈现在宝玉眼前的审美客体。但是,为什么宝玉对那“柳垂金线,桃吐丹霞”的美景完全无动于衷,只有石山之后的那一株“花已全落,叶稠阴翠”的大杏树才引起了他的注意,真正成为他的审美对象呢?为什么宝玉在对“杏子阴”进行审美的时候,他所得到的不是美的享受, 而是流泪叹息呢? 这就完全和他因“情不情”而产生的联想分不开。他由花已全落,叶稠阴翠的大杏树而联想到杜牧有感于“红颜易老”而做的《叹花》诗中的“绿叶成荫子满枝”的诗句;由这样的诗句而联想到“岫烟已择了夫婿”,再到“乌发如银、红颜似槁”的想象,都和“狂风落尽深红色”到“绿叶成荫子满枝”直至“杏树子落枝空”一样,是转瞬之间的事情。正是这样的联想,才使得他自己在大好春光中面对“绿叶成荫子满技”的杏树伤心流泪,并认定在枝上的鸟儿的啼叫也是和他一样在为此事而啼哭悲鸣。

曹雪芹就是这样向我们表明了人对美的认识的确因人的不同的联想而异。人在审美活动中的移情作用也是确实存在的。但是,既然曹雪芹不仅承认和强调了客观地存在着的天然美,而且提出了美之为美的客观性,那么,曹雪芹所强调的人的审美认识的差异性和变易性,诸如人对美的认识因人的性格不同而异,感情不同而异,不同想象、联想而异以及在审美活动中的移情作用,等等,都是属于审美主体这一方面的问题,属于审美主体在审美活动中的主观能动作用的问题。因此,无论是以审美客体的美的客观性来否定或看轻审美主体的审美的主观能动性、审美认识的差异性和变易性,还是以审美主体的审美的能动性、审美认识的差异性和可变性来吞没美的客观性,都是错误的。审美主体的审美主观能动性再大,也必须以客观地存在着的审美对象为前提,要完全超出美的客观性的制约是不可能的。

## 三、曹雪芹所论证和显示的审美感受的情状和特征

审美意识,尤其是审美感受,既不是对审美对象的生物的快感,也不是对审美对象的纯理性的认识,更不是对审美对象的欲念的满足。然而,审美意识、审美感受与快感、理性、欲念又不无关系。它是一种对审美对象的以直感和快感的心理形式出现的,饱和着感情并与伦理、欲念不无关系的理性把握。曹雪芹在《红楼梦》中不仅从理论上论证了,而且从艺术实践上显示了审美感受的这种情状和特征。

### (一)曹雪芹在《红楼梦》中所论证和显示的审美意识和科学思想、道德观念的区别

关于审美感受问题,曹雪芹在《红楼梦》中通过香菱之口说过这样的话:“诗的好处,有口里说不出来的意思。”“念在嘴里倒像有几千斤重的一个橄榄。”这就是说,在曹雪芹看来,一件能给人以如嚼“几千斤重的一个橄榄”似的审美享受的艺术作品,在得到这种审美享受的一刹那是“说不出”它究竟美在哪里,为什么能给人以这样巨大的审美享受的道理来的。关于这,曹雪芹在“西厢记妙词通戏语”一节中以极为生动的艺术形象和故事情节显示了人从审美对象中所

得到的这种审美享受的具体情景。曹雪芹在这一节里虽然重在写“西厢记妙词通戏语”,由于《西厢记》第一本第四折中张生有“小生多愁多病身,怎当她倾国倾城貌”的唱词,在第四本第二折中,红娘又曾骂过张生“是个银样镴枪头”,所以宝玉向黛玉说出这样的话:“我就是个‘多愁多病身’,你就是那‘倾国倾城貌’。”正是把自己比作张生,把黛玉比作莺莺了。黛玉听了这样的话,尽管羞得“带腮连耳通红”,指斥宝玉是“学了这些混话来欺负我”,扬言要“告诉舅舅舅母去”。在宝玉赌咒发誓向她表白不是欺负她以后,她却“嗤的一声笑了”。而接着用以回敬宝玉的话仍是套的《西厢记》中的词句:“呸!原来是苗而不秀,是个银样镴枪头。”这里,黛玉仍然把宝玉比作张生。他们就是这样把《西厢记》中的妙词化作戏语来沟通他们之间的爱情。但是,我们把这一节当作曹雪芹所描绘的审美感受的具体情状来看,同样是十分精彩的。

曹雪芹写贾宝玉“展开《会真记》,从头细玩”,一个“玩”字,就点明了宝玉是从审美鉴赏的态度来玩味《会真记》的。宝玉明确向黛玉说:像《会真记》这样的“好书”,“你要看了,连饭也不想吃呢”。曹雪芹在形容黛玉在看《会真记》时“越看越爱看”,看完以后“自觉辞藻警人,余香满口”,“只管出神”,以及黛玉明确向宝玉说“果然有趣”,都不仅显示了黛玉在阅读《会真记》以后,同样得到了巨大的美学享受,而且绘声绘色地显示了黛玉在得到这种美学享受时的具体情景。尤其值得注意的是他们把《西厢记》中的妙词化作沟通他们之间的爱情的戏语的时候,也是由于沉溺在这种巨大的美学享受中而使得他们在忘乎所以的情况下冲口而出的。正是这样,脂砚斋才说:“看官说宝玉忘情有之,若认作有心取笑,则看不得《石头记》。”[①]关于美感享受的这种情况,曹雪芹在紧接着“西厢记妙词通戏语”之后的“牡丹亭艳曲警芳心”一节中描绘得更为具体明白。曹雪芹在这一节里极为详尽地向我们展示了黛玉从吹到耳中来的《牡丹亭》艳曲中所得到的审美感情的全过程,以及在这一过程的各个阶段中的具体生动的情景。在第一阶段,由于“黛玉素习不大喜看戏文”,因此对从梨香院内传出的“婉转”的“歌声”、“悠扬”的“笛韵”并不留心,也就是说这些未能成为她的审美对象。在第二阶段,由于“姹紫嫣红开遍,似这般,都付与断井颓垣”这样的“感慨缠绵”的诗句“明明白白,一字不落”地吹进她的耳中来了,才成了她的审美对象,促使

① 庚辰本二十三回中关于宝玉说的那两句戏语的夹批。

她“便止住步，侧耳细听”起来。在第三阶段，当她再听到“良辰美景奈何天，赏心乐事谁家院”的时候，便不仅得到很大的美学享受，而且纠正了她“素习不大喜看戏文”的偏颇，认定“戏上也有好文章”，强调不能“只知看戏”，而应从美学鉴赏的角度，着重“领略这其中的”美学“趣味”。因此，在第四阶段，她便完全沉溺在巨大的美学享受之中，“不觉心动神摇”，“益发如醉如痴了”。在第五阶段，我们看到了由审美对象所引起的黛玉的联想，在进一步形成黛玉的独特的审美感受中所起的巨大作用。她在“细嚼‘如花美眷，似水流年’八个字的滋味”的时候，因又联想到唐代诗人崔涂的“水流花谢两无情”、南唐后主李煜的“流水落花春去也，天上人间”以及《西厢记》中的“花落水流红，闲情万种”，又进而“心痛神驰，眼中落泪”了。

从这五个阶段中，我们可以清楚地看出：所谓审美感受，是一种由审美对象所引起的，不脱离具体形象的直观、直觉并饱和着感情伴之以想象和联想所形成的快感的心理活动。曹雪芹清楚地告诉我们，从这审美感受的情况来看是“心动神摇”“如醉如痴”“心痛神驰”，从审美感受的效果来说，品的是“味”，动的是“情”，从而在此“味”和“情”中使人得到最大的审美享受。这和抽象的科学意识、道德观念有着严格的区别。但是，我们却不能以此作为审美意识和审美感受的根本特征。因为审美意识与科学思想、道德观念不仅有着极大的区别，同时又有着密不可分的联系。我们只有真正把握住了审美意识与科学思想、道德观念即美、真、善的区别和联系，才能真正弄清审美意识、审美感受的特征。下面我们就来考察这一点。

### （二）曹雪芹所论证和显示的审美意识与科学思想、道德理念的联系

我们必须看到曹雪芹之所以通过警幻仙姑之口把“以情悟道”与“守理衷情”相提并论，就是要以这八个字来概括文学艺术的特殊规律和文学艺术所必须遵从的与其他意识形态所共有的一般规律，揭示出“情”和“理”的辩证统一关系。这里面实际上就已经包括了审美意识、审美感受与科学思想、道德观念之间的区别和联系。既然曹雪芹认为任何作家、艺术家都应遵循“以情悟道，守理衷情”这八个字进行审美创造，那么，当我们对作家、艺术家的审美创造的作品进行审美鉴赏的时候，哪怕这种鉴赏再特殊，也不能从根本上超脱于作者和鉴

赏者所具有的为时代社会所制约的“道”和“理”之外。曹雪芹通过香菱之口在强调“诗的好处,有口里说不出来的意思”,“念在嘴里倒像有几千斤重的一个橄榄”,明确指出了“有似无理,想去竟是有情有理”的。我们从香菱和黛玉就这一问题的讨论中看得出来,两个分别是以她们亲眼见过的渡头傍晚的炊烟景象和曾经读过的陶渊明的“暧暧远人村,依依墟里烟”这样的诗句来谈她们对“渡头余落日,墟里上孤烟”这两句诗的审美感受的。这就表明,审美感受是不能超脱于自己的来自生活实践的直接经验和来自书本的间接经验所汇成的“理”的。我们只要对曹雪芹关于“牡丹亭艳曲警芳心”一段描写再做进一步的分析,就会看出,林黛玉沉溺在对《牡丹亭》艳曲的审美享受中的那种“心动神摇”“如醉如痴”“心痛神驰”的景况,也并非就是一种完全排除了理知、忘却了观念的绝对自由的境界。为什么黛玉要特别“细嚼‘如花美眷、似水流年’八个字的滋味”?还不是因为这八个字完全契合了她的特殊的身世和经历以及她在贾府的特殊的处境和遭遇所形成的人生观念:“花谢花飞飞满天,红消香断有谁怜?”“一朝春尽红颜老,花落人亡两不知。”更何况黛玉由这八个字所联想到的全是古人的诗句。这就更说明了在黛玉的审美感受中,不仅没有排除,而且是利用了自己从书本中得来的理知。

我们从贾宝玉的审美活动中可明确看出,无论是作为他的来自直接经验、间接经验的认识客观世界的“理”,还是他用以照亮他的人生道路、指导他的行为准则的“道”,都在直接和间接地制约着他的审美感受和审美认识。

《红楼梦》在写荣宁二府的第一次家宴时,作者认为家宴本身“并无别样新文趣事可记”,因此,曹雪芹笔锋一转,着重写“一时宝玉倦怠,欲睡中觉”,贾蓉之妻秦氏便引着他“来至上房内间。宝玉抬头看见一幅画贴在上面,画的人物固好”,其故事是“燃藜图”,也不看系何人所画,“心中便有些不快”。又有一副对联,写的是:“世事洞明皆学问,人情练达即文章。”及看了这两句,纵然室宇精美,铺陈华丽,亦断断不肯在这里了,忙说:“快出去!快出去!”

这倒是曹雪芹为我们写下的一段值得特别珍视的关于宝玉的审美活动以及由此而得到的审美感受的“新文趣事”。为什么就是宝玉也不得不承认“室宇精美、铺陈华丽”的上房内间,以及“画的人物固好”的画不仅未能引起宝玉的美感、快感,反而遭到他极大的厌恶,嚷着“快出去!快出去!”呢?这里的回答只能是：审美活动和审美感受都不得不直接、间接地接受“理”和“道”的制约。宝玉是在他的理和道以及他的崇高的审美理想指导下进行审美活动的。曹雪芹明确指出，宝玉对纵然“室宇精美、铺陈华丽”的上房内间的反感，是由于室内墙上贴的“燃藜图”故事的画和有那样内容的对联引起的。像“世事洞明皆学问，人情练达即文章”这样的对联，无容多加解释，一眼就能看出这是在鼓吹把圆滑世故、阿谀逢迎、见风使舵、投机取巧的市侩哲学，当成讲究“仕途经济”“为官作宦”的学问。那么“燃藜图”的故事又是怎样的呢？这个故事见晋代王嘉的《拾遗记》：

> 刘向于成帝之末，校书天禄阁，专精覃思。夜，有老人着黄衣，植青藜杖，登阁而进，见向暗中独坐诵书，老父乃吹杖端，烟燃，因以见向，说开辟已前。向因受五行洪范之文，恐辞说繁广忘之，乃裂帛及绅，以记其言，至曙而去。向请问姓名，云：“我是太一之精，天帝闻卯金之子有博学者，下而观焉。”

刘向是西汉时的经学家、目录学家、文学家。在元帝时，他虽曾因以阴阳灾异之说来推论时政的得失而遭祸，但他也曾因他的勤学好问、博闻强记在武帝时被复用，并升迁为光禄大夫、中垒校尉。王嘉编这个荒诞不稽的故事，完全是对刘向的阴阳灾异之说和因他的勤学好问、博学多才取得高官厚禄的美化。这个故事出来以后，封建贵族阶级无不以为美，总爱在自己的屋宇内挂上这样的“燃藜图”来作为自己也是“诗书簪缨之族”的象征。曹雪芹写宁国府内通往秦可卿寝室的上房内挂上这样的燃藜图，不仅完全符合宁荣二府的主子们的审美观念的，而且从秦可卿把宝玉安置在这房子睡觉，也表明了就是像秦可卿这样的少妇，也是以挂这图和那庸俗不堪的对联为美的。可是，对宝玉来说，这不但引不起他任何审美快感，反而使他无比厌恶，原因就在于宝玉是一个视那些热衷于功名利禄的人为“沽名钓誉之徒”“国贼禄鬼之流”的封建统治阶级的叛逆者。他的“道”和“理”与封建统治阶级的“道”和“理”是对立的，这种对立，导致了他和封建统治阶级的正统代表人物在审美意识，以及对诸如“燃藜图”这样的事物的审美感受上的尖锐对立。

正是因为无论是作为作家的曹雪芹,还是作为曹雪芹所创造的正面主人公的贾宝玉,都未能离开他们的"理"和"道"来进行审美活动,因此,对于宝钗和黛玉,两相比较,宝玉是更看重黛玉的心灵美,看轻宝钗的肉体美的。仅从肉体仪容上看,宝玉当然不得不承认"艳冠群芳"的宝钗比黛玉更美。曹雪芹不止一次地通过宝玉的眼来写宝钗的美和他对这种美的审美感受。在曹雪芹第一次通过宝玉的眼光来写宝钗的美的时候,宝玉和宝钗的年纪均很小,这时宝玉所喜爱的还纯然是宝钗的那种"唇不点而红,眉不画而翠",以及她在服饰上的那种"不觉奢华",唯觉淡雅的天然美,至于所谓"罕言寡语,人谓藏愚,安分随时,自云守拙"云云,则显然并非宝玉的审美感受,而是作者曹雪芹通过宝玉的眼光写完宝钗外在的美以后,对宝钗的内在即性格的带有审美性质的不无讽刺意义的评语。脂砚斋曾就这十六个字的评语,大发了一通议论:

> 这方是宝卿正传。与前写黛玉之传一齐参看,各极其妙,各不相犯,使其人难其左右于毫末。①
>
> 画神鬼易,画人物难。写宝卿正是写人之笔,若与黛玉并写更难。今作者写得一毫难处不见,且得二人真体实传,非神助而何?②

脂砚斋的这一通议论的可取之处在于:这十六个字的确是宝钗性格的最本质的特征,真算得上是宝钗的正传。我们若按脂砚斋的意见"与前写黛玉之传一齐参看",宝玉眼中的黛玉是这样的:

> 两弯似蹙非蹙罥烟眉,一双似喜非喜含情目,态生两靥之愁,娇袭一身之病。泪光点点,娇喘微微。闲静时如娇花照水,行动处似弱柳扶风。心较比干多一窍,病如西子胜三分。

正如脂砚斋所说,这是曹雪芹第一次"从宝玉目中细写黛玉,真画一美人图"。关于曹雪芹通过宝玉眼中所写这一美人图的特点,脂砚斋的批语也是很

① 甲戌本夹批。

② 甲戌本眉批。

精当的：

> 不写衣裙妆饰，正是宝玉眼中不屑之物，故不曾看见。黛玉之举止容貌，亦是宝玉眼中看、心中评。若不是宝玉，断不能知黛玉终是何等品貌。

这就充分表明，还处于孩提时代的宝玉，无论是对宝钗的那种“人谓藏愚”的“罕言寡语”“自云守拙”的“安分随时”，还是对黛玉“心较比干多一窍”而导致众人对她的非议“孤高自许，目无下尘”（引文依甲戌本），都还不能从与他的“道”和“理”相联系的审美观上划清“美”与“丑”的界限。但是，在宝玉的眼中，宝钗的美也主要是在仪容体态上的天然美和衣裙妆饰上的朴素美。而在宝玉眼中的黛玉的美，则已不在仪容体态和衣裙妆饰上，而在于从她的举止容貌中所透露出来的精神美。

如果说孩提时代的宝玉还不能从钗黛的性格和精神上把握其美与丑，认为宝钗的仪容体态美和黛玉的精神美并重的话，那么，随着他年岁的增长，随着他所逐渐形成的“道”和“理”在他的审美活动中的增强，他在对宝钗的天生的仪容体态美的看法上便产生了矛盾。我们从“薛宝钗羞笼红麝串”一节中看得出来，即使在宝玉为宝钗那种天生的体态仪容的美发呆心醉的情况下，他也清醒地表明了他并不希求选择、占有和享受宝钗的这种美，而是希望他的妹妹也能长出她的这种膀子。这种矛盾，完全是他的“道”和“理”在他的审美活动中所起的作用形成的。就宝玉和宝钗这一方面看，由于一直到这时宝玉还未能从他的“道”和“理”上对宝钗在精神上的丑有深切的感受和认识，因而他为宝钗天生的仪容体态上的美所倾倒也是不足为怪的。就宝玉和黛玉这方面的情况来看，由于他们二人完全志同道合，尽管在体态仪容上宝钗“比黛玉另具一种妩媚风流”，但是，他所特别看重的却是黛玉的精神美。正是他对黛玉的精神美的看重，而对宝钗在精神上的丑又无认识，再加宝钗天生的仪容体态美的确那样迷人，因此，才出现了他在面临宝钗的美貌时的这种矛盾。当宝玉从他的“道”和“理”上认清了宝钗是讲求“仕途经济”的“国贼禄鬼之流”以后，这种矛盾也就随之消失。一旦宝玉完全被黛玉的精神所征服，书中就再也没有出现过宝玉醉心于宝钗的仪容体态美的描写。

我们探讨了曹雪芹在《红楼梦》中所论证和显示的审美意识与科学思想、道德观念的区别和联系以后,就会看出:就其审美感受的具体情状来看,是"心动神摇""如醉如痴";就其审美感受的具体效果来说,"品"的是"味"、"动"的是"情";就其审美意识的根本特征来讲,它是以对审美对象的一种以直感和快感心理形式出现的饱和着感情和个性的、与伦理观念不无关系的理性把握。

一九八二年一月

——收录于《文艺美学论集》,四川省社会科学院出版社1986年版

# 论《红楼梦》中“大旨谈情”的美学意义

曹雪芹在他的美学观念和《红楼梦》的创作实践中，首先强调的是一个“情”字。他不仅通过把《石头记》“从头至尾抄录回来传奇问世”的空空道人明确宣称《石头记》是“大旨谈情”，让空空道人本着这一感受，连自己也易名为“情僧”，改《石头记》为《情僧录》，而且他还以人物的命名来提醒人们对他所强调的“情”的注意。以秦钟来暗示作品中的很多重要人物都是“情种”，以秦钟的父亲名“秦业，任营缮郎”来“设云”作者是“因情孽而缮此一书之意”，[①]以晴雯来喻示整部《红楼梦》都是“情文”。《红楼梦》所产生的实际社会效果与曹雪芹在《红楼梦》中对情所做的强调也是完全一致的。作为既是《红楼梦》的第一个忠实读者，又是曹雪芹在《红楼梦》创作上的益友的脂砚斋，就充分看出了这个“情”字在《红楼梦》中的分量、作用和地位。他认为曹雪芹是“因情捉笔”，“情里生情”。曹雪芹关于《红楼梦》的虚构和幻想，都是由情产生出来的，用他的话说就是“情里偏成痴幻”，“而幻中更自多情”[②]；“情即是幻，幻即是情”[③]。他还认为“作者是欲

① 甲戌本第八回眉批。

② 戚序本第一回回末总批。

③ 戚序本三十四回回末总批。

天下人都来哭此情字”[①]。因此,他常常在批语中以“情文字”“真情痴之至文”来赞美《红楼梦》的艺术描写,在旧红学家中有个名叫花月痴人的,更明确断言:

(《红楼梦》是)情书也,……作是书者,盖生于情,表于情;钟于情,笃于情;深于情;恋于情;纵于情;囿于情,癖于情;痴于情,乐于情,苦于情;失于情,断于情;至极乎情,终不能忘乎情。惟不忘乎情,凡一言一事,一举一动,无在而不用其情。此之谓情书。……凡读《红楼梦》者,莫不为宝、黛二人咨嗟,甚而至于饮泣,盖怜黛玉割情而殀,宝玉报情而遁也。[②]

我们先不论广大读者对《红楼梦》中的“情”的理解是否正确,是否与曹雪芹关于“情”的含义相符,以及广大读者和研究者中在对“情”的理解方面有多大的分歧,我们首先要肯定的是广大读者对《红楼梦》中的“情”的重要性的感受,无论如何是与曹雪芹在美学观念上对“情”的表现的执着和追求是分不开的。这就表明“大旨谈情”是曹雪芹的美学观念中非常值得注意的问题。深入研究曹雪芹在《红楼梦》创作中的“大旨谈情”,对全面理解曹雪芹的美学思想体系和《红楼梦》的巨大艺术成就,都有着十分重大的意义。

## 一、“情”指的是作者之“情”和作品中的人物之“情”

曹雪芹之所以要让把石头所记的身前身后事记去作传奇的空空道人“见色生情,传情入色”,易名为“情僧”,改《石头记》为《情僧录》,就是借此来强调《红楼梦》中的作者之情。在“太虚幻境”中演出的《红楼梦》仙曲十二支,其中第一支曲子《红楼梦引》开头的唱词是“开辟鸿蒙,谁为情种?”脂砚斋对此两句的批语是:“非作者为谁?余曰:亦非作者,乃石头也。”其实,石头在作品中就是以作者的面目出现的,因此这支曲子下面所唱的“都只为风月情浓,奈何天,伤怀日,寂寥时,试遣愚衷。因此上,演出这怀金悼玉的《红楼梦》”,就通通说的是作为

① 甲戌本第八回眉批。

② 《红楼梦卷》(第一册),中华书局1963年版,第54页。

情种的作者之所以要创作《红楼梦》，就是为了要在这最使他动情的时日来抒发他最激动的感情。所谓“满纸荒唐言，一把辛酸泪”，“字字看来皆是血，十年辛苦不寻常”，更是作者以《红楼梦》来书写他的血泪情感的生动写照。

曹雪芹所强调的“情”，不仅是指作者之情，同时是指作品中的人物之情，其中主要又是指为作者所强调的金陵十二钗之情。这正如甲戌本《石头记》的凡例所说：“开卷即云‘风尘怀闺秀’，则知作者本意原为记述当日闺友闺情。”甲戌本《石头记》的凡例，尽管据冯其庸同志的考证，既非曹雪芹所撰，也不是脂砚斋的手笔，而且像凡例这样把曹雪芹写整部《红楼梦》的本意都归结为“记述闺友闺情”，也是错误的；但是用凡例的这一看法来说明曹雪芹在《红楼梦》中所强调的“情”包括了作品中的人物之情，尤其是金陵十二钗之情，则是符合曹雪芹的本意的。因为“曹雪芹于悼红轩中披阅十载，增删五次，纂成目录，分出章回，则题曰《金陵十二钗》”[①]。警幻仙姑所新填的《红楼梦》仙曲十二支，都是表现十二钗的身世和结局的，并从她们的这种身世、经历和结局中表明了她们的悲、怨、愁、苦的感情。在“太虚幻境”这个神话中，曹雪芹以“千红一窟”“万艳同杯”来预示书中的红颜女子的“哭”和“悲”，以虚写的“痴情司”“结怨司”“朝啼司”“夜怨司”“春感司”“秋悲司”来陪衬实写的“薄命司”。而“薄命司”两旁的对联，又用“春恨”“秋悲”来加以强调。所有这些，通通都是为了强调曹雪芹所明确宣布的，他要以他的《红楼梦》来写“女儿之真情”。

## 二、“情”是指宝、黛的爱情

我们知道，曹雪芹给《红楼梦》取了一连串的名字：《石头记》《情僧录》《风月宝鉴》《金陵十二钗》等。但是，无论如何，只有《石头记》才是《红楼梦》的本名。这不仅因为全书一开始就用石头无才补天的神话故事来交代《石头记》的出处来历，表明《石头记》就是石头自己所记的“身前身后事”，而且在甲戌本《石头记》中，当作者在交代了《石头记》的出处来历以后，明确声明：“至脂砚斋甲戌抄阅再评仍用《石头记》。”这就表明关于《石头记》的名称虽然很多，但脂砚斋一直

① 《红楼梦》第一回。

坚持用《石头记》作为书名,曹雪芹也表同意。[①]因此,凡属脂评系统的是通通都标名为《石头记》的。既然《石头记》就是石头上所记的石头的身前身后事,那么,在曹雪芹的心目中,石头的身前身后事主要是指的什么呢?是风行一时的论断:“四大家族的衰败过程”,还是“贾宝玉和贾政等在人生道路问题上叛逆和反叛逆”,抑或是长期被批判和否定了的主张:宝、黛爱情?在这一问题上,如果我们不带偏见,我们就不能不承认石头上所记的石头的身前身后事主要是指的宝、黛爱情。

石头的所谓身前事,就是曹雪芹所杜撰的顽石无才补天和神瑛侍者与绛珠仙草在灵河岸上三生石畔的一段宿缘。这两个神话说的原本是一件事情:第一个神话是曹雪芹为说明《石头记》的缘起而撰写的。说的是女娲氏炼石补天弃置未用的一块顽石在听到一僧一道说到红尘中荣华富贵以后,不觉动了凡心,恳求二位仙师将他“带入红尘”。于是“那僧便念咒书符,大展幻术,将一块大石登时变成一块鲜明莹洁的美玉,且又说(缩)成扇坠大小可佩可拿”,并在其上“镌上数字”,然后“便袖了这石同那道人飘然而去”。第二个神话是曹雪芹对《红楼梦》的故事进行正式铺陈以后,通过甄士隐的梦来表现的。甄士隐在梦中“忽见那厢来了一僧一道,且行且谈,只听道人问道:‘你携了这蠢物意欲何往?’”脂砚斋在这旁边批道:“是方从青埂峰袖石而来也。接得无痕。”看来,对曹雪芹创作情况非常熟悉的脂砚斋,在批语中也有不够翔实之处,这一僧一道确实就是在青埂峰对石头“大施佛法”的那一僧一道,即由空空道人指出的“茫茫大士”“渺渺真人”。甄士隐在梦中不仅忽见那厢来了一僧一道,而且从道人口中所听出这僧是“携了这蠢物而来”的,而蠢物就是那僧交给甄士隐看的镌有“通灵宝玉”四字的美玉。这的确令人感到一僧一道“是方从青埂峰而来”,在行文上的确“接得无痕”。但是,只要我们细加分析就会发现,这一僧一道并不是方从青埂峰来的。因为这渺渺真人对青埂峰下的石头如何向他们要求“到人间去”,那茫茫大士如何在大展幻术以后袖了这石同他一起飘然而去,都是一清二楚的。因此,如果这一僧一道真是方从青埂峰下袖石而来,就断无那道向那僧发问“你携了这蠢物意欲何往”的道理。很明显,从第一个神话中这一僧一道袖了这石飘然而去到甄士隐在梦中见到这一僧一道又袖了这石而来,这中间是经

① 请参阅冯其庸:《论〈脂砚斋重评石头记〉甲戌本凡例》,《红楼梦学刊》1980年第4辑。

历了很长的时间的。据曹雪芹在第一个神话中的交代，从这一僧一道袖石而去，到空空道人从这青埂峰下经过，看见这石头上所记的石头幻形入世的一段历尽离合悲欢、炎凉世态的一段故事，已"不知又过了几世几劫"。在这几世几劫中，应该包含那一僧从青埂峰下袖石而去到此石下凡之前这一段时间内的身前事，也就是那一僧向那一道讲述的这个被变成了美玉的石头，在赤瑕宫当上了神瑛侍者，他日以甘露灌溉在西方灵河岸上三生石畔的一棵绛珠仙草，使得她"脱却草胎木质，得换人形"。当神瑛侍者"凡心偶炽"，向警幻仙子案前挂了号，"意欲下凡造历幻缘"的时候，那绛珠仙草便也向警幻仙子要求与神瑛侍者一起"下世为人"，以便把"一生所有的眼泪还他"，以报答他的"灌溉之情"。石头身前在天上和绛珠仙草的这一宿缘和石头身后在人间和黛玉的爱情悲剧的关系便成了一种因果关系。正是这样，曹雪芹在通过太虚幻境中演出的《红楼梦》仙曲十二支（包括引子和结尾的曲子在内共十四支）来对宝玉和金陵十二钗的身后事做暗示的时候，前三支曲子都讲的是有关宝、钗、黛的爱情纠葛和宝、黛的爱情悲剧。在第一支曲子《红楼梦引》中，曹雪芹明确地把《红楼梦》称为"怀金悼玉的《红楼梦》"。这"怀金悼玉"四字，当然既不意味着曹雪芹对钗、黛无所轩轾，更不意味着他对"金玉良缘"和"木石前盟"一视同仁，而只是表明在《红楼梦》的创作过程中，宝钗和宝玉、黛玉以及宝、钗、黛的爱情纠葛和爱情悲剧，一直是萦回在他头脑中的最主要最根本的问题。所以，第二支曲子《终身误》中曹雪芹不仅从宝玉的角度写出了"金玉良缘"和"木石前盟"的对立和结果，而且强调了宝玉在这种对立和结局中的"意难平"。在第三支曲子《枉凝眉》中，又不仅表明了黛玉在宝、黛爱情中的不可避免的悲剧结局，而且满怀深情地强调了黛玉在这一悲剧中的极度痛苦的感情："想眼中能有多少泪珠儿，怎禁得秋流到冬，春流到夏。"

曹雪芹以石头的身前事"木石前盟"为因，以石头的身后事宝、黛爱情悲剧为果，当然不是渲染佛教的因果思想，而是意在说明：作为石头上所记的石头本身的身前身后事的《石头记》在艺术构思上是以宝、黛的爱情悲剧为主要线索的。曹雪芹所说的"大旨谈情"，就以其中所包括的作为全书的主线的宝、黛爱情来说，既非曹雪芹用以"掩盖他的'伤时骂世'的'假语村言'"，也非他借以谈政的形式，更非用来迷惑当时封建统治者的迷津，而是曹雪芹从他的美学思想出发，而真诚遵从他在艺术构思上的“大旨”。很显然，曹雪芹主要是以封建贵族家庭生活为题材，以宝、黛的爱情悲剧为主线，在这条主线上着意刻画宝、黛的叛逆性格，尤其是着意刻画宝玉与贾政等人在人生道路问题上的叛逆与反叛逆，以表明宝、黛的爱情悲剧是叛逆者的爱情悲剧，并按形象思维的规律把与这一悲剧相关的封建社会末期的全部社会生活带进作品，从而显示出以贾府为缩影的封建社会不可挽回的没落崩溃这一极为严肃、重大的主题。所以，曹雪芹在艺术构思中以宝、黛爱情为主线并把它包含在他的“谈情”的“大旨”之内，不是降低而是提高了《红楼梦》的思想艺术价值。曹雪芹的“大旨谈情”指的是作者之情和包括宝、黛的爱情在内的作品中的人物之情，因此《红楼梦》就特别能够以情动人。

## 三、“情”是指“世态人情”“风俗人情”之情

曹雪芹在开卷第一回中就明确宣称《红楼梦》所写的是石兄的“离合悲欢、世态炎凉的一段故事”，紧接着又以“十里街”“仁清巷”这样的地名来谐“势利人情”，以甄士隐的“岳丈本名封肃本贯大如州人氏‘来托’言风俗大概如是”[①]。这就表明曹雪芹在《红楼梦》中非常看重对世态人情、风俗人情的描绘。正是这样，脂砚斋才不是赞扬在《红楼梦》中“冷暖世情，比比如画”，就是称颂“世态人情尽盘旋其间，而一丝不乱，非具龙象力者，其孰能哉”[②]。“世态人情隐跃其间，如人饮醇酒，不期然而已醉矣。”[③]尽管按《礼记·礼运》的说法：“何谓人情？喜、怒、哀、惧、爱、恶、欲。”可以把人情解释为人的感情；但是，“人情”与“世态”相连，尤其是在曹雪芹这里的“世态人情”之“情”，就已不是专指人的感情或男女之间的爱情，而是泛指人在炎凉世态中历尽离合悲欢的情况。情景、情态、情势，因此，这“情”就既指的是曹雪芹所反映的世态炎凉的社会生活，又指的是历尽离合悲欢炎凉世态这样的社会生活的人物个性。关于这，我们可以从高鹗在后四十回中通过秦可卿之口对“情”的解释来加以说明：

---

① 甲戌本第一回脂批。

② 戚序本第二回的回前总批和回末总批。

③ 戚序本第四回回末总批。

> 鸳鸯的魂魄疾忙赶上，说道："蓉大奶奶，你等等我。"那个人道："我并不是什么蓉大奶奶，乃警幻之妹，可卿是也。"鸳鸯道："你明明是蓉大奶奶，怎么说不是呢？"那人道："这也有个缘故，待我告诉你，你自然明白了。我在警幻宫中，原是个钟情的首座，管的是风情月债，降临尘世，自当为第一情人，引这些痴情怨女，早早归入情司，所以，该当悬梁自尽的，因我看破凡情，超出情海，归入情天，所以太虚幻境'痴情'一司，竟自无人掌管。今警幻仙子已经将你补入，替我掌管此司，所以命我来引你前去的。"鸳鸯的魂道："我是个最无情的，怎么算我是个有情的人呢？"那人道："你还不知道呢，世人都把那淫欲之事当作'情'字，所以作出伤风败化的事来，还自谓风月多情，无关紧要。不知'情'之一字，喜怒哀乐未发之时，便是个性，喜怒哀乐已发便是情了。至于你我这个情，正是未发之情，就如那花的含苞一样。欲待发泄出来，这情就不为真情了。"

我们必须一分为二地看待高鹗通过秦可卿对情所做的这种解释：一方面，必须看到高鹗对秦可卿这个人物的态度和把握是与曹雪芹的原意不符的。在曹雪芹的笔下，对情的正确解释者是警幻，而对秦可卿的情淫不分的所谓情是再三加以谴责的，在"薄命司"的簿册中就已经批判了她："情天情海幻情身，情既相逢必主淫。漫言不肖皆荣出，造衅开端实在宁。"在《红楼梦仙曲》中又批判她："擅风情，秉月貌，便是败家的根本。"至于在太虚幻境中作为警幻之妹出现的那位与宝玉行"云雨之事"的秦可卿，则是警幻用以"警情"的"皮肤淫滥"之象征。可是到了高鹗这里，鸳鸯眼中的蓉大奶奶——自称"乃警幻之妹"的秦可卿，却成了把"情""淫"分得非常清楚的对"情"的正确解释者和"真正的情"的体现者。由此可见，高鹗笔下的秦可卿和曹雪芹笔下的秦可卿相去甚远。但另一方面，又必须看到秦可卿对情的解释和警幻仙姑对情的解释在精神上是一致的，从而也表明了高鹗对曹雪芹所强调的情的理解是很深刻的。这表现在曹雪芹不仅在通过警幻向宝玉讲解"情""淫"的时候，说过这样的话，"好色即淫，知情更淫"；而且在关于秦可卿的判词中说"情既相逢必主淫"，便遭到不少新旧学家的误解,以为曹雪芹“情”“淫”不分。比如俞平伯就说“即以色情而论,他虽用‘反照风月宝鉴’的说法强调它的毁灭性;但又借‘警幻仙姑’的话把‘情’‘淫’不分界线地肯定。(因之书中有不少色情的描写)”[①]其实,曹雪芹借警幻仙姑的口所说的“好色即淫,知情更淫”,是对那些“轻薄浪子,皆以好色不淫为事(解),又以情而不淫为案”这样的“饰非掩丑之语”的揭露和批判。曹雪芹绝非情淫不分,他对情淫的区分是非常清楚的,他把一般所谓的“情”和他所专指的“痴情”及一般所谓的“淫”和他所特指的“意淫”区别开来,从而把一般人所谓的“淫”与真正的“情”即他所特指的“痴情”做了严格的区分。警幻说得很清楚:“淫虽一理,意则有别。如世之好淫者,不过悦容貌,喜歌舞,调笑无厌,云雨无时,恨不能尽天下之美女供我片时之趣兴,此皆皮肤滥淫之蠢物耳。”而宝玉则不同,在他的“天分中生成一段痴情,吾辈推之为意淫”。这就是说,在曹雪芹这里,要说“情”“淫”不分,是像宝玉那种“痴情”与“意淫”才是不分的,而一般的淫与真正的情,即宝玉那种“痴情”则是根本不同的。正如脂砚斋在批语中所指明的:“淫里无情,情里无淫。淫必伤情,情必戒淫。情断处淫生,淫断处情生。”[②]所以,高鹗通过秦可卿之口批判“世人都把那淫欲之事当作‘情’字,所以作出伤风败化的事来,还自谓多情,无关紧要”。这是符合曹雪芹关于“情”的看法的。正是由于高鹗对曹雪芹把“真情”与世人所谓的“淫”严格区别开来的思想,有正确的理解,因此,他本着曹雪芹把“情”同时当作人在炎凉世态中历经离合悲欢的情况、情景、情态、情势之情的这种看法,不仅直截了当地说:“‘情’之一字,喜怒哀乐未发之时,便是个性”,把“情”就看作个性,而且明确宣称正是这种作为“未发之情”的个性,才是“真情”。这只是对曹雪芹所强调的“情”字中所固有的内涵的发掘而已。

鲁迅把《金瓶梅》和《红楼梦》称作“人情小说”或“世情书”,是很有见地的。如果说《金瓶梅》是开人情小说之先河的话,那么,《红楼梦》则是集人情小说之大成。鲁迅认为由于“世情书”的“作者之于世情,盖诚极洞达”,因此,“世情书”的根本特点“则不外描写世情,尽其情伪”,“描摹世态,见其炎凉”,“凡所形容,

① 俞平伯:《〈红楼梦〉的思想性与艺术性》,《红楼梦研究参考资料选辑》(第二辑),人民文学出版社1973年版,第193页。

② 戚序本六十六回回前总批。

或条畅,或曲折,或刻露而尽相,或幽伏而含讥,或一时并写两面,使之相形,变幻之情,随在显见"。[①]这和曹雪芹把"情"作为世态人情的情来强调,在《红楼梦》中着重于对离合悲欢、炎凉世态的情景、情态、情势的描绘和在这样的社会生活中的人物个性的刻画是完全相符的。

开世情小说先河的《金瓶梅》的出现,在中国小说发展史上有着非常重大的意义。这是因为世情小说对世情的细致的描绘与对个性的精确的刻画,不仅有赖于城市生活的发展和丰富,市民阶级的兴起和壮大,人与人的关系、矛盾、斗争的复杂化,而且离不开艺术经验的巨大积累。宋元以来,在所有的长篇小说都取材于历史故事或神话传说,且没有一部是文人创作的情况下,《金瓶梅》作为第一部文人长篇人情小说在明代中叶出现,则标志着我国古典小说的创作已进入了一个全新的时期,为《红楼梦》这样伟大的人情小说的出现做了必要的准备。曹雪芹在美学观念上把他在《红楼梦》中所强调的情同时作为世态人情之情来看待,就充分说明了曹雪芹对《金瓶梅》所开创的人情小说的现实主义的优良传统的高度重视,有意以他的《红楼梦》来集人情小说之大成,从而把我国的小说创作推向了世界艺术的高峰。这是值得特别称道的。

## 四、"情"是"情不情"之"情"

"情不情"是曹雪芹从他的人生哲理和美学的高度出发,在《红楼梦》末回的"警幻情榜"中用以概括宝玉性格的总的评语。可惜末回的"情榜"我们已看不见了。末回的"警幻情榜"以及"情榜"对宝玉的"情不情"的评语,都是从脂批中知道的。我们从脂批对"情不情"的解释可以看出原来警幻仙姑给宝玉做的结论"情不情",就是在开头向宝玉说的:"尔则天分中生成一段痴情,吾辈推之为意淫。"因为脂砚斋对"情不情"和"意淫"的解释完全是一致的:

> 按警幻情榜,宝玉系"情不情"。凡世间之无知无识,彼俱有一痴情去体贴。[②]

① 鲁迅:《中国小说史略》,人民文学出版社1973年版,第152页。

② 甲戌本第八回眉批。

按宝玉一生心性,只不过“体贴”二字,故曰“意淫”。[1]

这就是说,因为“情不情”等于“痴情”,“痴情”等于“体贴”,“体贴”等于“意淫”,所以“情不情”等于“意淫”。曹雪芹所独创的这“意淫”二字,在旧红学家中曾引起高度重视。脂砚斋认为这“二字新雅”,惊叹曹雪芹“多大胆量敢作如此之文”[2]。洪秋蕃则更认为“意淫二字,创千古经传稗史未有之奇”,“此二字包罗一切,统括全篇,不专为宝玉定评”。[3]正因为红学家们认为这“意淫”二字太重要了,所以都力求对这二字做出自己的解释。在众多的解释中,有如下三种类型:

第一种类型,以二知道人为代表。他说:“警幻仙姑谓宝玉为意淫,索解人不易得也。盖色授魂与,竟体生春,非温柔乡之深处而何? 若必待肌肤之亲,始入佳境,正嫌其俗道耳。”[4]这实际上是把“意淫”解释为非肉体上的“淫”,而是精神上的“淫”。这不仅不是曹雪芹的本意,而且与曹雪芹所已批判的那种所谓“好色不淫”“情而不淫”的“饰非掩丑之语”没有区别。

第二种类型,可以洪秋蕃为代表。他说:

盖淫之一字,匪惟色欲之称,举不善皆淫,如《书》之“福善祸淫”,“无即慆淫”,《左传》之“赏善刑淫”,“岁在星纪而淫于玄枵”之类是也。又非但不美之称,其美处亦淫,如皇甫谧、刘峻皆号“书淫”,孟东野诗“寝淫乎汉氏”之类是也。意者,含而未申之谓也。故凡藏于中而不显著于外者,皆得谓之意淫。悔婚而不言悔,赖婚而不言赖,夺婚而不言夺,以及不善而称为善,不贤而称为贤,匣其剑而帷其灯,意淫之说也;订盟而不言订,守盟而不言守,践盟而不言践,以及善而类于不善,贤而类于不贤,示以匣与帷而不示以剑与灯,亦意淫之说也。[5]

---

① 甲戌本第五回夹批。

② 甲戌本第五回旁批。

③ 洪秋蕃:《〈红楼梦〉抉隐》,《红楼梦卷》(第一册),中华书局1963年版,第230-237页。

④ 二知道人:《红楼梦说梦》,《红楼梦卷》(第一册),中华书局1963年版,第90页。

⑤ 洪秋蕃:《〈红楼梦〉抉隐》,《红楼梦卷》(第一册),中华书局1963年版,第236页。

这种解释完全避开了色欲，这当然比第一种类型把“意淫”解释为精神上的色欲要高明，但是，洪秋蕃把警幻仙姑用以预示和总结宝玉一生的思想、行为的“意淫”即“情不情”从宝玉一生的思想、行为中孤立出来，单凭自己对“意淫”二字在字面上的理解来讲，当然就不可能得曹雪芹关于“意淫”二字的真谛。从人物的性格上看，所谓“藏于中而不显著于外”，很切合“心有城府之严”的宝钗；所谓不善而称为善，不贤而称为贤，则更近于嘴甜心苦、两面三刀的王熙凤，而与具有赤子之心因而被世人称为“痴”“傻”“不通世务”的宝玉则大异其趣。照洪秋蕃关于“意淫”的这种解释，“意淫”大师就不是贾宝玉，而是薛宝钗、王熙凤这样一些人，这无疑是对曹雪芹关于“意淫”含义的歪曲。

第三种类型是不仅从词意上来讲“意淫”，而且结合着宝玉的性格来讲“意淫”，从而开拓了对“意淫”二字进行正确解释的途径。这可以周汝昌同志为代表。他先从字义上解释：意是神智、思想，淫是它的功能效力，淫是浸淫本义，浸润推广，由此及彼。周汝昌同志由字义进而联系《红楼梦》第五十八回，宝玉因见杏树已“绿叶成荫子满枝”的情景而联想到岫烟择了夫婿，将来乌发如银，红颜似槁，从而流泪叹息，以及四十四回中宝玉因“在平儿前稍尽片心”，而由此及彼地为平儿的身世感伤流泪的描写，对“意淫”做了如下的解释：

> 由这看来，意淫，其现象是“多愁善感”，——所谓“平生万种情思，悉堆眼角”，其“方法”是“层层推进，寻根究底”，——即所谓“因此一而二，二而三，反复推求了去，真不知此时此际，欲为何等蠢物……使可解释这段悲伤”，其实质是“在我的眼下的宝玉，却看见他看见许多死亡，证成多所爱者，当大苦恼，因为世上，不幸人多”。

周汝昌同志由此进而以“《红楼梦》初出宝玉这个人物时所说‘后人’‘批宝玉极恰’”的《西江月》来作为“意淫”的“好注脚”，从而得出最后的结论：

> 这个“天下无能第一，古今不肖无双”的“意淫大师”，不是别的，就是和封建世务、八股文章相对立的那种“偏僻乖张”的思想行为。[①]

① 周汝昌：《曹雪芹所谓的“空”和“情”》，《北方论丛》1979年第1期。

应该说,周汝昌同志对“意淫”的解释也是“洵具巨眼”,“十分醒心动目的”。但是,周汝昌同志把“意淫”归之于宝玉所有的和封建世务、八股文章相对立的那种偏僻乖张的思想行为,则嫌笼统了些。既然“意淫”是曹雪芹在《红楼梦》刚开始的时候,通过警幻之口对宝玉性格中的最根本之点即痴情所做的提示,在作品结束的时候,又通过警幻在她所发的“警幻情榜”中以“情不情”来作为宝玉一生的性格的根本特点的总结,那么,“意淫”“痴情”“情不情”实际上原是一回事。正是这样,读过小说末回“警幻情榜”的脂砚斋才明确指出:“意淫”等于“痴情”等于“体贴”等于“情不情”。因此,我们对“意淫”的解释,离不开对“情不情”的解释;对“意淫”的理解,也离不开对“情不情”的解释。应该使“意淫”和“情不情”相互发明。而要对“意淫”和“情不情”有深刻的理解,就不仅要紧密结合曹雪芹在《红楼梦》中的具体描写,重视脂砚斋、畸笏叟等人对“意淫”和“情不情”的具体解释,而且要和曹雪芹所处的时代联系起来加以研究才行。我想有必要在周汝昌同志对“意淫”(即“情不情”)的解释的基础上,再对“情不情”(即“意淫”)做如下的补充解释:

### (一)“情不情”是一种博爱思想

“情不情”是一个动宾词组。前一个“情”字是动词,但这绝不是说宝玉只以“情”去“情不情”,脂砚斋说得很清楚:“玉兄每‘情不情’,况有情者乎!”[①]这就是说,宝玉无论对“世间之无知无识”还是世间之有知有识;在有知有识中,又无论是对他“有情”还是“无情”,他“俱有一痴情去体贴”。正是这样,脂砚斋明确指出宝玉是一个“泛爱者”[②]。他的这种“泛爱”的情况,从《红楼梦》的具体描写中看得出来,他对飘落在他身上的桃花,唯恐“抖将下来”,被“脚步践踏了”,只得“兜了那些花瓣来至池边,抖在池内”。这就是宝玉对无知无识的不情的事物的“情不情”。关于他对那些有知有识而却对他不情的人的“情不情”,则可以他在看见一个陌生的女孩子在地上反复画“蔷”时所引起的一片痴情为例:

① 甲戌本二十五回夹批。

② 戚序本三十五回回末总批。

> 那女孩子……已经画了有几千个“蔷”字，外面的（指宝玉）不觉也看痴了，两个眼睛珠儿只管随着簪子动，心里却想：“这女孩子一定有什么话说不出来的大心事才这样个形景。外面既是这样个形景，心里不知怎样煎熬，看她的模样儿这般单薄，心里哪里还搁得住熬煎，可恨我不能替她分些过来。”
>
> 伏中阴晴不定，片云可以致雨，忽一阵凉风过了，唰唰地落下一阵雨来。宝玉看着那女子头上滴下水来，纱衣裳登时湿了，宝玉想道：“这时下雨，她这个身子如何禁得起骤雨一激。”因此，禁不住便说道：“不用写了，你看下大雨，身上都湿了。”

如果说宝玉对无知无识的不情之物和有知有识的对他不情之人尚且如此多情，他对对他有情的人，尤其是对以情对他的黛玉，当然更是一往情深，相依为命。正是这样，脂砚斋才说宝玉的这种“情不情”“恰恰只有一个颦儿”的“情情”“可对”。[①]所以那种把宝玉的对万事万物的泛爱和对黛玉的爱的专一对立起来的看法是不对的。他的“情不情”是情的广和深、泛和专的辩证的统一。

### （二）“情不情”是一种平等观念

宝玉看见袭人的两姨妹子，向袭人说，她们“正配生在这深堂大院里，没的我们这种浊物倒生在这里”。脂砚斋在批语中指出：“这皆宝玉意中心中确实之念，非前勉强之词。”这种要求平等的观念，就是宝玉的“情不情”。[②]曾有不少同志因为宝玉说过“女儿是水做的骨肉，男人是泥做的骨肉，我见了女儿便觉清爽，见了男子便觉浊臭逼人”，便把宝玉的这种平等观念局限在男女之间，尤其是他和女孩儿的关系之内，这是不对的。因为他曾明确地向出身卑微而又是他的晚辈的秦钟说过：“咱二人一样的年纪，况又同窗，此后不必论叔侄，只论弟兄朋友就是了。”兴儿也谈到过他以平等态度对待男奴隶的情景：“他见了我们，喜欢时没上没下……没人怕他，只管随便，都过得去。”有不少同志不承认宝玉有平等观念，因为宝玉曾因他的乳母李奶奶吃了他的“豆腐皮的包子”和“枫露

① 庚辰本十九回夹批。

② 庚辰本十九回夹批。

茶”而摔杯子,并要将他的乳母撵出去。是的,这是宝玉在逞贵公子脾气。这说明宝玉的平等观念是打上了贵族阶级的烙印的。但是,在“甲戌本”的这一回中,关于这件事的回目是:“贾宝玉大醉绛云轩”,曹雪芹在写宝玉摔杯子撵乳母的言行时,强调了宝玉的“大醉”,因此,不能以此作为否定宝玉的“情不情”中所包含的平等观念的根据。关于这,脂砚斋做过很好的分析:

> 按“警幻情榜”,宝玉系“情不情”。凡世间之无知无识,彼俱有一痴情去体贴。今加“大醉”二字于石兄,是因问包子、问茶、顺手掷杯,问茜雪、撵李嬷,乃一部书中未有第二次事也。袭人数语,无言而止,石兄真大醉也。余亦云实实大醉也。难辞碎(醉)闹,非薛蟠纨绔辈可比。[①]

这就是说,论人要论人的一生中的总的倾向,从宝玉一生的总的倾向看是“情不情”,这种“情不情”主要表现为关心人、体贴人、以平等态度待人。宝玉摔杯和扬言要撵乳母,乃宝玉一生中仅有的一次,而且发生在大醉之后,“非有心动气”,更非“薛蟠纨绔辈”对人的有意凌辱和压迫。

### (三)“情不情”是一种因情而不自惜的精神

脂砚斋在“戚序本”第三回的回末总评中就指出过:“绛珠之泪”之所以“至死不干”,就在于宝玉“不自惜,而知己能不千方百计为之惜乎”?在“戚序本”的三十五回的回末总批中,更明确指出:“宝玉千屈万折,因情忘其尊卑,忘其痛苦,并忘其性情。”《红楼梦》中的宝玉确是如此,他的确为他和黛玉的爱情而忘掉了自己的一切,牺牲了自己的一切。他不仅先后两次明确向黛玉说过:“你死了,我做和尚去。”并深情地向黛玉表示心迹:“好妹妹,我的这心事,从来也不敢说,今儿我大胆说出来,死也甘心!我为你,也弄了一身的病在这里,又不敢告诉人,只好掩着,只等你的病好了,只怕我的病才得好呢。睡里梦里也忘不了你。”而且在事实上,宝玉确曾因紫鹃为试宝玉而说的“你妹妹(指黛玉)回苏州家去”这样的谎话,“便如头顶上响了一个焦雷”,几乎急死。在木石前盟被彻底毁灭

① 甲戌本第八回批语。

以后，正如脂砚斋所说："若他人得宝钗之妻，麝月之婢，岂能弃而为僧哉？"[1]而宝玉却有"情极之毒"，因对黛玉"情极"而不能不"流于无情"之地，遁入空门。宝玉的这种因情而忘我的精神，不仅对黛玉如此，对任何人都是这样的。我们在前面引证过的宝玉担心那个陌生的画"蔷"的女孩子被雨淋坏了，而他自己却早已被雨淋湿了，浑身冰凉，毫不在意。在金钏儿被王夫人迫害致死以后，"忽见了玉钏儿便想到她姐姐金钏儿，又是伤心，又是惭愧"，便"要虚心下气磨转她"。"问长问短"非常"温存和气"。在宝玉伸手去向玉钏儿要荷叶汤时，"将碗碰翻，将汤泼了宝玉手上，玉钏儿倒不曾烫着，……宝玉自己烫了手倒不觉得，却只管问玉钏儿：'烫了哪里了？疼不疼？'玉钏儿和众人都笑了"。这也是宝玉因多情而忘掉了自己的很典型的例子，所以脂砚斋在这旁边批道："多情人每于苦恼时不自觉，反说彼家苦恼，爱之至，惜之深之故也。"[2]

### （四）"情不情"是一种为爱而恨、因情而憎的感情

既然"情不情"是一种博爱思想、平等观念，因情而不自惜的精神，那么，曹雪芹是不是正如戚序本三十二回回末总批所说"世上无情空大地，人间少爱景何穷"，只讲爱不讲恨，只讲情不讲憎呢？当然不是。"情不情"是一种为爱而恨、因情而憎的感情。这也正如戚序本第二回回末总评所说："有情原比无情苦，生死相关总在心。"关于这，我们仍可从宝玉身上得到证明。秦可卿是贾珍这样的衣冠禽兽的牺牲品。秦可卿的死，他"只觉心中似戮了一刀的"。金钏儿因和他的一句玩笑话，就被王夫人虐杀，他更是"心内早已五内摧伤"，"恨不能亡命身殒"。尤三姐被封建制度夺去了生命以后，王熙凤又演了出弄小巧逼尤二姐吞金自杀的惨绝人寰的悲剧，使得他"接接连连，闲愁胡恨，一重不了一重添"。尤其是与宝玉意气相投、感情深笃的晴雯的死，对他更是有如"雷嗔电怒"般的打击。他不仅由此而对封建阶级的罪恶有了进一步的认识，而且对他身边的人也怀疑起来了："诼谣謑诟，出自屏帏。荆棘蓬榛，蔓延户牖。"从而激愤地喊出："钳诐奴之口，讨岂从宽，剖悍妇之心，忿犹未释。"正如鲁迅所说："在我的眼下的宝玉，却看见

① 庚辰本、戚序本第二十一回双行夹批。

② "蒙古王府本"第三十五回批语，见陈毓罴、刘世德：《蒙古王府本〈石头记〉批语选辑》，《红楼学研究集刊》第一辑。

他看见许多死亡,证成多所爱者,当大苦恼,因为世上,不幸人多。”[①]

总体来说,“情不情”是一种正在萌芽和发展中的资产阶级人道主义精神。值得注意的是,曹雪芹的“情不情”所具有的这种内涵:博爱思想、平等观念、因情而不自惜的精神、为爱而恨、因情而憎,究竟是一种什么性质的思想感情,这在曹雪芹所处的时代,就是对曹雪芹和他的创作情况都非常了解的脂砚斋也是不理解的。请看脂砚斋在读到宝玉看到袭人的两姨妹子而为她们之间的尊卑贵贱之别鸣不平时的一大段批语:

> 这皆宝玉意中心中确实之念,非前勉强之词,所以谓今古未(有)之一人耳。听其囫囵不解之言,察其幽微感触之心,审其痴妄委婉之意,皆今古未见之人,亦是未见之文字;说不得贤,说不得愚,说不得不肖,说不得善,说不得恶,说不得正大光明,说不得混账恶赖,说不得聪明才俊,说不得庸俗平(凡),说不得好色好淫,说不得情痴情种,恰恰只有一颦儿可对,令他人徒加评论,总未摸着他二人是何等脱胎,何等骨肉。余阅此书亦爱其文字耳,实亦不能评出此二人终是何等人物。后观《情榜》评曰:“宝玉情不情,黛玉情情。”此二评自在评痴之上,亦属囫囵不解。[②]

这就是说,对宝玉的“情不情”的很多表现,无论是听其言、察其心、审其意,都古今未有。因此,用“贤”“愚”“不肖”“善”“恶”“正大光明”“混账恶赖”“聪明才俊”“庸俗平凡”“好色好淫”“情痴情种”这些字眼来评定宝玉的“情不情”的种种表现,都是不恰当的。宝玉的“情不情”的表现,只有黛玉的“情情”可以和他相比,堪称一对。不仅别人,就是脂砚斋也不能评出此二人究竟是何等人物。直到后来看了警幻发布的情榜,突然明白了原来作者对于他们已有定评:“宝玉情不情,黛玉情情。”但这“情不情”“情情”的性质又是什么,脂砚斋声称自己仍是不理解的。是的,尽管脂砚斋对什么叫“情不情”做过很多具体的、确切的解释,但他对“情不情”的性质却是不理解的。正是这样,所以他在看到宝玉要和

① 鲁迅:《集外集拾遗·〈绛洞花主〉小引》,《鲁迅全集》(第7卷),人民文学出版1957年版,第417页。

② 戚序本第十九回夹批。

秦钟"不必论叔侄，只论弟兄朋友"的时候，他不能不提出这样一连串的问题：

> 悄说之时何时？舍尊就卑何心？随心所欲何癖？相亲爱密何情？[①]

只要我们用马克思主义的美学观点把宝玉的"情不情"的种种表现和曹雪芹所处的时代结合起来加以研究，我们就能对脂砚斋提出的这一系列的问题做出明确的回答：在曹雪芹所处的特定的历史时期内的宝玉的"情不情"所具有的内涵、博爱思想、平等观念、因情而不自惜、为爱而恨、因情而憎等，不是别的，用我们今天的话说，就是正在萌芽和发展中的资产阶级人道主义。

我们知道，人道主义是在西欧文艺复兴时期，由新兴资产阶级及其思想家发动的全面地反对封建主义的经济、政治、社会秩序及与之相适应的世界观的文化思想运动。它的核心是人。人道主义者要求把人从中世纪的封建奴役和宗教世界观的束缚中解放出来，主张人应有人的自由、人的平等、人的权利、人的欲望、人的享受，因此，人道主义者不仅强调博爱，而且也有他们的憎和恨，憎恨和诅咒上帝、社会和自然对人和人性的奴役与压迫。尽管人道主义不是一种统一的、固定的社会思潮，有各种不同的派别和形形色色的表现，但是，在马克思主义之前的人道主义在反封建、反教会上都是一致的，无一不代表着新兴的资产阶级的利益，无一不是资本主义经济在观念形态上的反映。

曹雪芹所处的时代，是资本主义经济已经萌芽并急剧成长的时代。正如徐迟同志在《〈红楼梦〉艺术论》中所说："《红楼梦》这部小说不仅是这新经济萌芽的产物，并且是资本主义的最早又最有力量的一部宣言书。""它宣扬了资产阶级的思想纲领，要求个性自由、个性解放，在大清帝国这个最反动最保守的堡垒内部，《红楼梦》宣布了自由、平等、博爱的理想。"[②]是的，贾宝玉的"情不情"中所包含的博爱思想，平等观念，因情而不自惜的精神，为爱而恨因情而憎的感情，都完全符合资产阶级人道主义的最根本的特征。正是由于宝玉的这种"情不情"作为具有资产阶级性质的人道主义，在曹雪芹所处的时代，还处于萌芽之

---

① "蒙古王府本"第九回批语，见陈毓罴、刘世德：《蒙古王府本〈石头记〉批语选辑》，《红楼梦研究集刊》第一辑。

② 徐迟：《〈红楼梦〉艺术论》，上海文艺出版社1980年版，第6、13页。

中,是一种新兴的"古今未见"的思想,连脂砚斋这样的对曹雪芹及其创作情况都非常熟悉的人,都不理解这种性质,因此,警幻仙姑说宝玉的这种思想行为"于世道中,未免迂阔怪诡、百口嘲谤、万目睚眦",就是毫不足怪的。

综上所述,曹雪芹在《红楼梦》中所强调的"大旨谈情"的这个"情"字,既是指作者之情和包括宝、黛爱情在内的作品中的人物之情,又是指世态人情之"情","情不情"之"情"。而世态人情之"情",已不是专指人的感情和爱情,而是指由《金瓶梅》所开创的世情小说所着意反映的人世现实生活和着意刻画的人物个性。至于"情不情"之"情",在实质上更是曹雪芹在他所处的时代中正处于萌芽状态中的具有资产阶级性质的人道主义思想。如果说托尔斯泰认为艺术只表现感情,普列汉诺夫认为艺术既表现感情又表现思想都不无片面性的话,那么,曹雪芹以他所强调的这样的"情"来作为他创作《红楼梦》的"大旨",就完全避免了这种片面性。因为,这个"情"字,既要求表现人的感情,又要求表现人的思想,更要求表现炎凉世态的生活和根植于这样的生活中的具有离合悲欢的人生经历的活生生的人物个性。曹雪芹所强调的"情"的内涵就是艺术作品所必须表现的感情、生活、思想的有机的辩证的统一。曹雪芹的这种美学思想的确是光辉夺目的。

一九八二年十月

——收录于《文艺美学论集》,四川省社会科学院出版社1986年版

| 中 | 编

# 形象思维及悲剧理论

# 形象思维是对世界的艺术掌握
## ——评形象思维对抽象思维的依存论

《哲学研究》1978年第12期发表的王极盛同志的《何谓文艺的形象思维》(以下简称“王文”),以及《社会科学战线》1978年第2期发表的韩凌、舒炜光同志的《形象思维问题新探》,是两篇引人注目的文章。王文把浦满春、孟伟哉、周忠厚、何洛、蒋孔阳、茅盾等同志的观点,叫作“形象思维与抽象思维平行论”,而在我看来,王、韩、舒等同志的主张,似可称作“形象思维对抽象思维的依存论”。这两种观点,都是当前最有代表性的。它们之间的争论,正是围绕着当前关于形象思维问题争论的焦点和核心展开的。它将涉及哲学、美学、逻辑学、心理学、语言学以及艺术理论和艺术创作中的一系列根本问题。深入开展这一讨论,对贯彻党的“双百”方针,活跃学术空气,推动哲学、社会科学的研究都是大有好处的。

在这场讨论中,我对韩、舒、王等同志的“依存论”,是取不同意的态度(但我又不是“平行论”者)的。本文正是抱着求教的目的,发表一些粗浅看法,期待来自各方面的批评。

## 形象思维是对世界的艺术认识

艺术和哲学社会科学都是社会意识形态,但却是不同的社会意识形态。韩凌、舒炜光同志对形象思维的认识,是从他们对意识形态的错误理解开始的。他们对意识、认识和思维的看法更加深了他们对形象思维的混乱理解。

韩、舒二同志说“社会意识是社会存在的反映”,因而把社会意识说成“也就是认识”,这当然是正确的。但是,他们把不同的社会意识形态看作认识的不同表现方式,并以此否定作为特殊的社会意识形态的文学艺术所赖以存在的形象思维对世界的认识,那就完全错了。斯大林说得很清楚:“如果我们把物质方面、外部条件、存在以及诸如此类的现象叫做内容,那末我们就可以把观念方面、意识以及诸如此类的现象叫做形式。”[①]这就是说,社会存在作为被反映的对象是内容,反映社会存在的社会意识是形式。因此,马克思、恩格斯都是在这个意义上把社会意识形态同时叫作社会意识形式或意识形态的形式。[②]各种社会意识形态的不同,主要是指作为反映社会存在的形式的社会意识不同,而绝不是对已成为社会存在反映形式的社会意识的表达不同。这种不同,产生于对社会存在的反映过程中,而不产生在如韩、舒二同志所说的对社会存在的反映已经完成之后。因此,马克思主义经典著作家总是在如下两种情况下来谈论不同的社会意识形态的:一种是指由于作为被反映内容的社会存在不同而决定作为反映这种内容的形式的意识形态不同。这就是斯大林说的:“社会历史的不同时期所以有不同的社会思想、理论、观点和政治设施,——在奴隶占有制度下是一种社会思想、理论、观点和政治设施……在封建制度下是另一种,在资本主义制度下又是一种,——那不能用思想、理论、观点和政治设施本身的‘本性’和‘属性’来解释,而要用不同的社会发展时期的不同的社会物质生活条件来解释。”[③]另一种是指由于对世界的把握方式即用以反映世界的思维方式不同而决定社会意识形态的不同。马克思所说的“那些法律的、政治的、宗教的、艺术的

---

① 斯大林:《无政府主义还是社会主义?》,《斯大林全集》(第一卷),人民出版社1953年版,第291页。

② 参看马克思:《〈政治经济学批判〉序言》,《马克思恩格斯选集》(第二卷),人民出版社1972年版,第82-83页。

③ 斯大林:《论辩证唯物主义和历史唯物主义》,《列宁主义问题》,人民出版社1964年版,第640页。

或哲学的,简言之,意识形态的形式"的不同,就是《〈政治经济学批判〉导言》中指出的政治经济学(实际上包括一切科学——昌注)、艺术、宗教、实践精神这样四种不同的掌握世界的方式所决定的。这四种不同的掌握世界的方式实质上可归纳为两种基本类型——形象思维和抽象思维。各种不同的社会意识形态之所以可以区分为艺术和哲学、科学这样两大类,就在于它们的不同是被形象思维和抽象思维这两种基本的不同的思维方式所决定的。列宁说:"唯物主义总是用存在解释意识而不是相反"。[①]因此,只有用社会存在的不同或对社会存在的反映的思维方式的不同来解释社会意识形态的不同,才是坚持了唯物主义。而像韩、舒二同志那样以对意识的表达的不同来解释意识形态的不同,就不是用存在来解释意识,而是用意识来解释意识,这就背离了唯物主义,陷入了唯心主义。因此,文学艺术之所以是特殊的社会意识形态,就在于它是用形象思维来掌握世界的。所以,承认文学艺术是特殊的社会意识形态本身,就是在实际上承认了形象思维是对客观世界的艺术的认识。

韩、舒二同志肯定艺术创作中要用形象思维,但否定形象思维的认识作用,像这样把思维和认识分裂开来,无论在理论上还是实践上都是站不住脚的。思维和认识的关系是怎样的呢?列宁说:"认识是思维对客体的永远的、没有止境的接近。"[②]这一言简意赅的话,表明了思维和认识关系的三层意思:首先,思维就是认识。毛泽东同志说:"认识的真正任务在于经过感觉而到达于思维。"[③]可见,思维不仅是认识,而且是在理性阶段的认识。其次,思维在人的认识中有巨大的能动作用。人的认识并不是对现实的消极的、受动的、不变的、镜子般的反映,而是积极的、能动的反映。这种能动性就正表现在作为认识的主体的人在认识过程中的思维创造力:能够对感觉和映象之类的感性认识的材料,实行理性的加工改造以上升到理性认识。没有思维的创造力,人的认识是不能完成的。所以,第三,思维又是反映事物的一般特性以及发现事物间有规律的内在联系的一种能动过程。显而易见这三层意思,都充分说明了思维是在理性阶段的思维,这种思维不仅就是认识,而且是人的理性认识赖以形成的理性认识。形象

---

① 列宁:《卡尔·马克思》,《列宁选集》(第二卷),人民出版社1972年版,第584页。

② 列宁:《黑格尔〈逻辑学〉一书摘要》,人民出版社1965年版,第128页。

③ 毛泽东:《实践论》,《毛泽东选集》(一卷本),人民出版社1967年版,第262页。

思维既然是思维,它的认识作用和认识意义,就是谁也否定不了的。

如果说韩凌、舒炜光同志从社会意识形态的角度来考查形象思维并没有错,他们的错误在于对社会意识形态的曲解而导致对形象思维的认识作用的否定的话,那么,王极盛同志否定形象思维的认识作用,则在于他根本否定作为形象思维的思维是人的思维。他说:“从动物心理发展到人的心理的质的飞跃在于人类心理产生了思维,就是抽象思维,就是对客观事物的认识进行概括性和间接性的反映。人类的大脑具有……第一信号系统活动与第二信号系统活动。第一信号系统活动是人类与猿类等高等动物所共有的,它是感性认识即感觉、知觉、表象的生理基础。第二信号系统活动是人类所特有的,是人脑区别于猿脑及其他动物脑的主要特征,它是对于具体事物的抽象和概括的反映,是人类的思维即抽象思维的生理基础。”很明显,王极盛同志从心理学的角度只承认抽象思维不承认形象思维是人的思维,形象思维不仅不能达到对世界的理性的认识,而且不具有社会性,和社会意识形态没有关系。这无论是和巴甫洛夫的高级神经活动学说,还是与马克思主义的基本哲学观点,都是相违背的。哲学家、科学家在进行抽象思维的过程中,大脑的额叶部分起着显著的重大的作用,而艺术家在进行形象思维的时候,不能说大脑的额叶部分没有参加活动,但是,“对于艺术家们来说,大脑两半球的活动透过它们的全部质,很少接触到它们的额叶部分,最主要集中在其余部分上面”(巴甫洛夫:《精神病理学和精神病治疗法》)。这就是说,从生理上看,艺术家的第一信号系统特别发达,哲学家、科学家的第二信号系统特别发达。但是,如果我们因此就把艺术家的形象思维仅仅归结为第一信号系统的活动,并把人的第一信号系统仅仅看作是人的高级神经活动的生物学部分,甚至进而抹杀人的第一信号系统与其他高等动物的第一信号系统之间的原则区别,那就大错特错了。首先,在劳动中,由“猿的脑髓就逐渐地变成人的脑髓”,这是一个质的飞跃。人脑所能产生的一些新的、高级类型的神经联系,是类人猿这样的高等动物所不可能具有的。这不仅如巴甫洛夫所说的“在发展着的动物界中,到人的阶段上就产生了神经活动机制的一种特别的附加物”,即词和言语所构成的人类所特有的第二信号系统,而且人和动物所共有的现实世界的第一信号系统所必备的那些视觉感受器、听觉感受器和其他感受器,在人和其他高等动物之间也有了质的区别。其次,人的第一信号系统和第二信号系统的关系，是对立统一的关系，它们相互依存，相互联系，相互渗透，相互转化。艺术家的形象思维活动，就是在第一信号系统和第二信号系统相统一的情况下，“大脑两半球的活动透过它们的全部的质”进行的。第三，人的心理、思维和意识，固然都是人的大脑活动的产物，但是，无论是作为大脑的第一还是第二信号系统，都是在人的社会生活条件中一道发展起来的，都是被社会存在所决定的。因此，艺术家的形象思维，它不应是也不可能是艺术家的高级神经活动的绝对自治领域，或纯生物学部分，它是受世界客观条件，首先是社会物质生活条件所决定的，并能取得对世界、对社会生活的艺术的然而却是理性的、本质的认识。作为社会意识形态的文学艺术的特殊性，就完全是为文学艺术用以把握世界的专有方式——形象思维的特殊性所决定的。所以，王极盛同志企图以巴甫洛夫的学说来否定形象思维的认识作用，如果巴甫洛夫还活着，他本人也是不会同意的。“形象思维”一词，在“思维”之前冠以“形象”二字，并未改变形象思维作为思维的认识作用和认识意义，只是表明形象思维是对世界的艺术的认识。正如高尔基所说：“认识就是思维。想象在其本质上也是对于世界的思维，但它主要是用形象来思维，是‘艺术的’思维。”[①]这就涉及形象思维与抽象思维的共性和个性的问题。韩、舒、王等同志否定形象思维的认识作用，又是和他们对这个问题的错误理解分不开的。

## 形象思维与抽象思维的共性和个性

这是一个非常重要而又非常复杂，在看法上极为纷纭的问题。由于王极盛同志根本否定“与抽象思维相平行的独立的形象思维”的存在，因而在他看来不存在什么形象思维和抽象思维的共性和个性的问题。他再三强调艺术家必须在“经过人的抽象思维”达到了“从感性到理性的认识”之后进行“艺术创作”，而形象思维只不过是在艺术创作过程中所使用的对进入创作过程之前就已完成了的认识的表现方法而已。韩凌、舒炜光同志则是通过肯定艺术和其他意识形态的共性和个性，来否定和曲解形象思维与抽象思维的共性和个性的。他们说：“艺术与其他的社会意识形态的共性，决定艺术家借助抽象思维而认识社会

① 高尔基：《论文学》，人民文学出版社1978年版，第160页。

生活的本质,艺术不同于其他社会意识形态的个性,决定艺术家借助形象思维而表达对社会生活的本质认识。"在我看来,艺术和其他社会意识形态的共性和个性问题,在实质上也就是形象思维和抽象思维的共性和个性的问题。因此,既然韩、舒二同志认为艺术和其他意识形态的共性是"对生活的本质的认识",那么,按理形象思维和抽象思维的共性,也就应该是"对生活的本质的认识"。艺术和其他意识形态、形象思维和抽象思维的不同的个性,就在于这种对生活的本质的认识,前者是用具体的形象后者是用抽象的概念来达到的。可是,韩、舒二同志却认为形象思维不可能,只有抽象思维才可能达到"对生活的本质的认识",形象思维只不过是对抽象思维所达到的对生活的本质认识的表达而已。这样,韩、舒二同志和王极盛同志一样,从根本上否定了形象思维和抽象思维的共性和个性,以抽象思维吞没了形象思维,把艺术看作是抽象思想所取得的认识成果的图解,把形象思维作为随心所欲地进行这种图解的工具。这就是韩、舒、王等同志的形象思维对抽象思维的依存论的实质。

形象思维和抽象思维共通的哲学基础,都是马克思主义的反映论。马克思说:"观念的东西不外是移入人的头脑并在人的头脑中改造过的物质的东西而已。"①因此,不管是形象思维还是抽象思维都必须遵循毛泽东同志在《实践论》中指出的人类认识的总规律:"通过实践而发现真理,又通过实践而证实真理和发展真理。从感性认识而能动地发展到理性认识,又从理性认识而能动地指导革命实践,改造主观世界和客观世界。实践、认识、再实践、再认识,这种形式,循环往复以至无穷,而实践和认识之每一循环的内容,都比较地进到了高一级的程度。这就是辩证唯物论的全部认识论,这就是辩证唯物论的知行统一观。"我们说,毛泽东同志所指出的这一人类认识的总规律,是形象思维和抽象思维的共性,就在于:

第一,认识来源于实践。只有人类的社会生活才是文学艺术的唯一源泉。以形象思维进行文艺创作的作家、艺术家就"必须到群众中去,必须长期地无条件地全心全意地到工农兵群众中去,到火热的斗争中去,到唯一的最广大最丰富的源泉中去"。这是文学艺术创作得以进行的前提。

第二,既然这一人类认识的总规律深刻地阐明了"从感性的认识而能动地

① 马克思:《资本论》(第一卷),人民出版社1975年版,第24页。

发展到理性认识，又从理性认识而能动地指导革命实践”的辩证关系，那么，形象思维不仅同样要从感性认识上升到理性认识，而且同样要从理性认识而能动地指导实践，首先是创作实践。形象思维正确与否，同样要接受实践、作品及其社会效果的检验。

第三，既然这一人类认识的总规律说明人类认识世界是为了改造主观世界和客观世界，那么，作家、艺术家也必须在艺术地认识客观世界的过程中改造自己的主观世界，使自己创作的艺术作品成为改造客观世界的有力武器。

所以，毛泽东同志在这里为我们阐明的辩证唯物论的全部认识论，就是人类的一切认识活动，无论是形象思维还是抽象思维都必须遵循的总规律，因而这一总规律是一切思维活动、思维方式的共性，当然也就是形象思维的共性。但是，这一总规律却只能包括、指导、制约形象思维而不能代替形象思维。形象思维是一种特殊的思维方式，这一总规律作为它的共性是通过它的个性表现出来的。

形象思维作为思维的过程，和抽象思维一样也要经历从感性认识到理性认识这一统一过程中的两个阶段。孟伟哉同志认为形象思维“就它的感性阶段来说，它同抽象思维是相同的，即都要首先在实践中感知客观世界的各种现象，并要大致地了解到这些现象的外部联系。但是，在它由感性阶段上升到理性阶段之后，它便表现出了自己不同于抽象思维的特点”[①]。这种说法，又对又不对。说“对”，因为“思维”主要是在理性认识阶段的活动。形象思维和抽象思维的区别，当然主要表现在理性认识的阶段上，目前关于形象思维中若干问题的争论，也集中表现了对形象思维的理性认识看法的分歧。说它“不对”，是因为思维作为认识的过程，感性认识和理性认识都是统一的认识过程中的两个阶段。这两个阶段互为条件，互相渗透，互相转化，理性认识以感性认识为前提。形象思维和抽象思维在理性认识阶段中的很多不同的特点，是和它们在感性认识阶段中就已表现出来的不同特点分不开的。到深山去探宝的地质学家和到深山去寻求自然美的画家，难道他们关于山、石、草、木的感觉、知觉会是一样的吗？难道他们在理性认识阶段的不同特点和他们在感性认识阶段的不同特点没有关系吗？

当然，形象思维的独特的个性，还在于它是形象的思维。由于抽象思维在

① 孟伟哉：《关于艺术创作中的形象思维问题》，《社会科学战线》1978年第1期，第236页。

感性认识阶段上也有形象性,因此,形象思维和抽象思维的区别,也就突出地表现在理性认识的阶段上。抽象思维要把感性认识发展到理性认识,就必须进行抽象活动,从千差万别的混沌流动的事物的外部关系中,抽出其最普遍的规定,造成概念。概念是已经反映了事物的本质和内部联系并为人类用以进行思维的一种形式。在造成概念以后,就用概念进行思维,即用概念进行判断、推理,以造成理论和理论的体系。所以,抽象思维的特点就是抽象。抽象的过程,同时也就是概括的过程,对大量的现象进行分析综合,舍弃一切感性的、个别的、偶然的因素,实现对事物本质的、决定性的内部联系的抽象概括。而形象思维,从感性认识发展到理性认识,却不是通过抽象来实现对客观事物的概括,它要反映一般,但不舍弃个别,而是通过个别来反映一般;要反映本质,但不舍弃现象,而是通过现象来反映本质;要揭示必然,但不排斥偶然,而是要善于通过偶然来揭示必然。总之,形象思维,不是舍弃感性的具体的形象,而是把那些最能体现事物和生活的本质特征、必然规律的独特的感性形象聚集起来,熔铸为生动的具有巨大概括意义的形象和形象体系。这种用形象思维创造出来的形象和形象体系,就是作家、艺术家实现了由感性认识阶段到理性认识阶段飞跃的理性认识。像韩凌、舒炜光、王极盛同志那样断定形象思维只同事物的"外部表现相联系",否定形象思维的认识作用,是完全错误的。形象思维不是对认识的表现,而是对客观世界的艺术的然而却是本质的、理性的认识。

## "表象—概念—表象"和<br>"认识—创作"两个公式在本质上的一致

在我看来,韩、舒、王等同志主张的"形象思维对抽象思维的依存论",并不如他们所宣称的是什么"形象思维问题新探",他们的思路,尤其是提出的"认识—创作"这一公式(这个公式虽然是韩、舒二同志提出的,但王极盛同志对认识和创作的关系所做的文字表述和这一公式的精神是一致的),是通向郑季翘同志提出的"表象—概念—表象"这个公式的。这两个公式,在本质上并没有什么差别,都是否定形象思维的公式。(由于篇幅有限,关于这个问题在这里不做详细论述)

这两个否定形象思维的公式都是违反马克思主义的认识论的。我们和这两个公式的分歧,不是在一般问题上的分歧,而是在哲学的基本问题上的分歧。恩格斯说:“全部哲学,特别是近代哲学的重大的基本问题,是思维和存在的关系问题。”[①]辩证唯物论者不仅认为物质、自然界、存在是第一性的,是感觉、表象或意识的来源,意识是第二性的,是物质、自然界、存在的反映,而且认为世界是可以认识的。“用哲学的语言来说,这个问题叫做思维和存在的同一性问题。”[②]而要在文艺创作中达到对社会生活的正确的反映,就必须遵循毛泽东同志在《实践论》中指出的人类认识的总规律,特别要注意遵循“实践、认识、再实践、再认识”这种形式。而无论是郑季翘同志的作为创作的“总的思维过程”的“表象—概念—表象”,还是韩、舒、王等同志的作为“认识与创作之间的总的关系的关系式”的“认识—创作”,就其两个公式本身来看,都不见存在、实践的作用,尤其是韩、舒二同志更是公开地把“实践、认识、再实践、再认识”的任务,完全排斥在创作过程之外的。因此,他们所强调的就不是思维和存在、形象和现实的同一性,而是强调的概念和形象的同一性。郑季翘同志就公开宣称他的“表象—概念—表象”这一公式是以“形象和概念,是辩证的同一关系,它们往返转化”为理论根据而制定出来的。可见,他们的这两个公式在对哲学基本问题的回答上都是唯心主义的。

是的,强调概念和形象的同一,以形象体现概念,并不是郑、韩、舒、王等同志的独创,而是从古至今的唯心主义美学的共通的特色,是我们从历史上的唯心主义哲学家和美学家那里早已听到过的声音。就以西方哲学和美学发展史中的三个最有代表性的唯心主义哲学家兼美学家柏拉图、康德和黑格尔来说吧:古希腊哲学家柏拉图是客观唯心主义者,他认为彼岸的永恒不变的“理念”世界是第一性的,此岸的变化无常的现实世界是第二性的,现实世界是“理念”世界的摹本或影子。因此,摹仿现实的艺术,便只能是“理念”摹本的摹本、影子的影子。尽管柏拉图的“理念”与郑、舒、韩、王等同志所强调的“概念”“认识”不同,但他们所强调的以形象体现概念,以形象表现认识,和柏拉图的以形象显现理念,在否定艺术形象是现实的直接反映上,在强调形象和精神的同一的问题

① 恩格斯:《路德维希·费尔巴哈和德国古典哲学的终结》,《马克思恩格斯选集》(第四卷),第219页。

② 恩格斯:《路德维希·费尔巴哈和德国古典哲学的终结》,《马克思恩格斯选集》(第四卷),第221页。

上,却没有本质的区别。康德是以主观唯心主义为主导方面的二元论者,他同样非常强调以形象去呈现理性,他对艺术所下的定义是:“我们只应把通过自由,即通过以理性为活动基础的意志活动的创造叫做艺术。”(康德:《判断力批判》第43节)因此,在他看来,艺术创作就是凭借想象力去创造审美意象,而这种审美意象是“一种理性观念的感性形象的显现”。所以,在艺术创作中,艺术家的心中,总是“须先悬想一个目的,然后按照这个目的去想作品的形式”。这种形式就正是显现理性观念的感性形象,这和郑季翘同志所说的艺术家在创作过程中“根据自己的思想意图去‘想’与之相适应的‘象’”,和韩、舒二同志所说的把“在艺术家的认识中”的“抽象概念……寄寓于艺术形象”之中,与王极盛同志所说的用“艺术形象表现”“经过抽象思维取得的”“理性认识”,又何其相似。至于郑季翘同志所提到的黑格尔的客观唯心主义,则是由以柏拉图和康德所代表的两种唯心主义演变出来的。黑格尔的“美是理念的感性显示”的思想,也是对康德的上述思想的继承和发展。的确,郑季翘同志所引证的黑格尔的那些话:“艺术的内容就是理念,艺术的形式就是诉诸感观的形象”,艺术作品“是概念从它自身出发的发展,是概念到感性事物的异化”,“艺术的使命在于用感性的艺术形象的形式去显现真实”,“表现理念,以供直接观照”,通通都正如郑季翘所说的,是“从唯心主义的角度说明了概念和形象的辩证同一性”。非常值得注意也非常有意思的是,郑季翘同志引证黑格尔的这些话,原本是为了论证形象思维来源于黑格尔的唯心主义,但是,郑季翘同志却在这里非常赞扬黑格尔所强调的这种“概念和形象的辩证的同一”,认为这是黑格尔的唯心主义中的“合理的因素”,是“辩证的思想”,这岂不反而暴露了他自己强调的以形象和概念的同一为理论根据的“表象—概念—表象”这一公式是来源于黑格尔的唯心主义吗?是的,郑、韩、舒、王等同志的否定形象思维的公式,就是这样自然而然地通向了从柏拉图、康德到黑格尔的唯心主义。

——收录于《社会科学研究》,1979年第1期

# 马克思主义经典作家怎样看待形象思维

郑季翘同志在十三年前所写的《文艺领域里必须坚持马克思主义的认识论》一文中，认为形象思维“是反马克思主义认识论”的。在毛主席肯定形象思维以后，他在《文艺研究》1979年第1期发表的《必须用马克思主义认识论解释文艺创作》这篇文章中，则强调“毛主席所说的形象思维”和他“所批判的‘形象思维论’各有其不同的含义”，是指的“通过形象来表现思想”，“这一点”，他的“那篇文章也明确肯定了的”。毛主席“正是在这种意义上沿用了形象思维这一术语”。所以，他仍然认为“属于理性认识阶段而又和逻辑思维对称的‘形象思维’”“是根本不存在的，是违背马克思主义所阐明了的人类认识的基本规律的”。他声称他和形象思维论者分歧的焦点和实质“就在于是否用马克思主义的认识论来解释文艺创作”。[①]从当前的争论看来，实际上和郑季翘同志持同一观点的，不乏其人。因此，要解决形象思维的生存权，的确就得首先解决形象思维是否符合马克思主义认识论的问题，而要

① 郑季翘：《必须用马克思主义认识论解释文艺创作》，《文艺研究》1979年第1期。

解决这一问题,首先弄清楚马克思主义经典著作家们怎样看待形象思维以及毛主席肯定形象思维的真正含义是什么,又是十分必要的。

## 一

如果说"辩证法也就是(黑格尔和)马克思主义的认识论"[①],那么,马克思主义的认识论就必然是唯物辩证法。因此,作为作家、艺术家用来艺术地掌握世界的形象思维,不仅和抽象思维一样都应包含在马克思主义的认识论之内,而且应该在马克思主义的认识论的指导下进行。郑季翘同志在他的谈论形象思维的两篇文章中所谈论的那些为马克思主义所阐明了的人类认识的基本规律,主要是抽象思维的规律。郑季翘同志之所以只以马克思主义所阐明了的抽象思维的规律来作为马克思主义的认识论,把形象思维的规律排斥在马克思主义的认识论之外,这可能与马克思主义的经典著作家来不及对形象思维的规律做全面的、系统的阐述有关系。恩格斯在他逝世前两年即1893年7月14日给弗·梅林的信中,就他和马克思为什么对思维形式研究不够的问题说过这样的话:

> 我们最初是把重点放在作为基础的经济事实中探索出政治观念、法权观念和其他思想观念以及由这些观念所制约的行动,而当时是应当这样做的。但是我们这样做的时候,为了内容而忽略了形式方面,即这些观念是由什么样的方式和方法产生的。这就给了敌人以称心的理由来进行曲解和歪曲。[②]

马克思恩格斯既然由于斗争的需要而忽略了对思维的形式、方式、方法的研究,他们更来不及细致研究形象思维这一不同于抽象思维的思维形式的问题,就更是可以理解的了。因此,我们绝不能因为我们研究了马克思主义经典著作家们还来不及仔细研究的形象思维这一思维形式的问题,就认为是违反了马克思主义和马克思主义的认识论。

---

① 列宁:《哲学笔记》,《列宁全集》(第38卷),人民出版社1959年版,第410页。

② 恩格斯:《致弗·梅林》,《马克思恩格斯选集》(第四卷),人民出版社1972年版,第500页。

其实，我们只要认真阅读马克思主义经典著作，就可看出不仅毛主席明确肯定了形象思维，而且马克思、恩格斯、列宁、斯大林也为我们提供了大量的肯定形象思维的理论根据。关于人的思维的不同形式的问题，恩格斯说过：思维作为“从个别到特殊，并从特殊到普遍的上升运动，并不是在一个样式中，而是在许多样式中实现的。”[①]如果说恩格斯在这里谈的多种思维样式，主要还是指的在抽象思维里面的多种样式的话，那么，马克思在《〈政治经济学批判〉导言》中则是明确指出了除了抽象思维以外，还有不同于抽象思维的思维方式的存在的。他说：

> 整体，当它在头脑中作为被思维的整体而出现时，是思维着的头脑的产物，这个头脑用它所专有的方式掌握世界，而这种方式是不同于对世界的艺术的、宗教的、实践——精神的掌握的。[②]

有些同志不承认马克思在这里说的是几种思维方式，比如董学文同志就认为：“马克思这里讲的各种方式，即指各种思维活动的特点，指人类在各种实践中按自己的需要和愿望实现认识目的的不同手段，而不是几种并行的、无关联的思维规律。有些同志在阐述形象思维问题时，喜欢拿这句话来证明马克思也在肯定人类有几种不同的思维规律，甚而把句中的‘掌握世界’干脆解说成‘认识世界’，这是不确切的。因为按列宁的观点，认识是人‘从生动的直观到抽象的思维，并从抽象的思维到实践’的全过程，而且是循环往复，以至无穷的。马克思这里讲的‘掌握’，固然是认识的一个阶段，但它侧重说明思维到了理性阶段后，头脑用各种专有的方式去实践认识，表现认识。它更多地与改造世界的阶段相一致。”[③]董学文同志的这种理解，是不能令人同意的。我们只要认真地研究这段话及其前后文就会看出，马克思在这里明明是说的抽象思维怎样从“生动的整体”开始，“在第一条道路上，完整的表象蒸发为抽象的规定；在第二条道路上，抽象的规定在思维行程中导致具体的再现”这样一个用抽象思维掌

---

① 恩格斯：《自然辩证法》，人民出版社1971年版，第204页。

② 马克思：《〈政治经济学批判〉导言》，《马克思恩格斯选集》（第二卷），人民出版社1972年版，第104页。

③ 董学文：《也谈形象思维》，《北京大学学报》1979年第4期，第37页。

握世界的全过程,是由此而谈到各种思维方式的区别的。董学文同志把马克思所说的"在第二条道路上,抽象的规定在思维行程中导致具体的再现"看成了"实践认识,表现认识","改造世界",纯属误解。马克思所说的第二条道路,不仅同样是谈的认识,而且是谈的使认识能够成为"具有许多规定和关系的丰富的总体"的认识。马克思在这里为什么不提"认识世界"而提"掌握世界",他是为了把董学文同志所说的"实践认识""改造世界"包括在内。马克思所指出的抽象思维必经的这样两条道路,是在从思维方式的角度来审查、批判和总结古典政治经济学的研究方法和黑格尔的逻辑学的基础上提出来的,古典政治经济学的全部错误,就是在研究政治经济学的思维方式上,只走过了第一条道路。"例如,十七世纪的经济学家总是从生动的整体,从人口、民族、国家、若干国家等等开始;但是,他们最后总是从分析中找出一些有决定意义的抽象的一般关系,如分工、货币、价值等等。"马克思认为这种方法看起来"似乎是正确的,但是更仔细考察起来,这是错误的"。这是因为只有第一条道路就只能了解事物的个别方面的本质,而不能认识"具有许多规定和关系的丰富的总体"。因而马克思认为第二条道路:"抽象的规定在思维行程中导致具体的再现""显然是科学上正确的方法",这是由于"具体之所以具体,因为它是许多规定的综合,因而是多样性的统一。因此它在思维中表现为综合的过程,表现为结果,而不是表现为起点,虽然它是现实中的起点,因而也是直观和表象的起点"。马克思所说的第二条道路是从黑格尔那里来的。因为关于人的认识必须在其发展中由抽象上升到具体的原理是黑格尔的逻辑学的总的思想,这种思想标志着在黑格尔所处时代的对待思想运动的前所未有的全新的看法,是他的辩证法思想中极其光辉的部分。但是,由于黑格尔把存在和思维都统一于他的"绝对观念",把认识看作是"绝对观念"的自我认识,因而黑格尔不仅完全无视马克思所说的由"完整的表象蒸发为抽象的规定"这样的第一条道路,只强调概念的真理就在它自身之中,概念的真理就是处在由直观到概念的运动之外也是真实的。而且他认为由思维上升到具体,就是创造具体。所以,马克思在继承他的这一辩证思想的同时,批判了他的唯心主义实质,明确指出:"黑格尔陷入幻觉,把实在理解为自我综合、自我深化和自我运动的思维的结果,其实,从抽象上升到具体的方法只是思维用来掌握具体并把它当作一个精神上的具体再现出来的方式。但决不是具体本身的生产过程”。虽然“具体总体作为思维总体、作为思维具体，事实上是思维的、理解的产物；但是，决不是处于直观和表象之外，或驾于其上而思维着的、自我产生着的概念的产物”。因此，“实在主体仍然是在头脑之外保持着它的独立性；只要这个头脑还仅仅是思辨地、理论地活动着。因此，就是在理论方法上，主体，即社会，也一定要经常作为前提浮现在表象面前”。可见，马克思在这里正是把这两条道路结合起来作为抽象思维的完整的唯一正确的“掌握世界”的“专有方式”。马克思认为他所强调的这种“从简单上升到复杂这个抽象思维的进程符合现实的历史过程”。[①]马克思正是从这里谈到这种抽象思维的方式“是不同于对世界的艺术的、宗教的、实务精神的掌握的”。这就表明董学文同志认为马克思在这里不是谈的不同的思维的规律，是完全错误的。

有的同志因为不同意马克思在这里谈的是思维方式就反问道：“如果说这四种方式指的是四种思维，‘科学的’是‘逻辑思维’，‘艺术的’是什么‘形象思维’，那么‘宗教的’和‘实务精神的’又各是一种什么思维呢？是不是除了‘逻辑思维’和什么‘形象思维’，还有什么‘宗教思维’和‘实务精神的思维’呢？”[②]是的，马克思在这里的确就是指的这样四种思维方式。不过，这四种思维方式的不同，总起来说，就是抽象思维和形象思维的不同。因为宗教的掌握世界的思维方式，按列宁在《哲学笔记》中强调的并要人们注意的费尔巴哈的说法：“一个神，就是一个被想象的实体，就是一个幻想实体；并且，因为幻想是诗的主要形式或工具，所以人们也可以说：宗教就是诗……但是有一点与诗、与艺术不同，便是：艺术认识它的制造品的本来面目，认识这些正是艺术制造品而不是别的东西；宗教则不然，宗教以为它幻想出来的东西乃是实实在在的东西。”[③]所以，宗教的思维方式，实际上也是一种形象思维方式。至于“实务精神”的方式，我们认为就是在日常生活中的思维方式，这种思维方式既非科学用以掌握世界的专有方式的抽象思维，但它有时却接近于抽象思维；又非艺术用以掌握世界的专有方式的形象思维，但它有时又非常接近于形象思维，因而可以根据情况把

---

① 以上引文均见马克思：《〈政治经济学批判〉导言》，《马克思恩格斯选集》（第二卷），人民出版社1972年版，第102-105页。

② 毛星：《论文学艺术的特性》，《文学研究》1957年第4期，第77页。

③ 《费尔巴哈哲学著作选集》（下卷），三联书店1962年版，第683-684页。

这种思维分别归之于抽象思维或形象思维。所以马克思在这里所强调的掌握世界的四种思维方式的不同,主要是强调的抽象思维与形象思维的不同。艺术地掌握世界的思维方式只能是形象思维。

关于这,我们还可以看看马克思恩格斯对拉萨尔的《弗兰茨·冯·济金根》的批评,马克思批评拉萨尔说:“你就得更加莎士比亚化,而我认为,你的最大缺点就是席勒式地把个人变成时代精神的单纯的传声筒。”[①]恩格斯也指责拉萨尔:“不应为了观念的东西而忘掉现实主义的东西,为了席勒而忘掉莎士比亚。”[②]这就从根本上回答了形象思维和抽象思维在对世界的掌握上究竟有什么不同的问题。恩格斯之所以盛赞“莎士比亚剧作的情节的生动性和丰富性”,指出“古代人的性格描绘在今天是不够用的”,从而非常强调“莎士比亚在戏剧发展史上的意义”,[③]就在于莎士比亚懂得并善于在艺术创作中用形象思维。正如别林斯基所说莎士比亚“能够按照对象的本来面目去了解对象”,“他使自己笔下的形象忠于生活”,“仿佛事件发展和进行的时候,他本人在场目击似的”。[④]而席勒在哲学思想上完全是唯心主义者,他在后期不仅崇拜并研究康德,而且“逃向康德的理想中去”,他在《论纯朴诗与热情诗》里,把诗人分为两类:一类是纯朴诗人,是现实家;另一类是热情诗人,是理想家。他认为纯朴的诗歌是以古代的比较和谐的社会为基础的,及至社会分裂以后的近代,他们的和谐合作的理想变成为空洞的概念了,而热情诗人便开始致力于刻画概念的工作。席勒是把自己归入热情诗人这一类的。他的这种关于美学的唯心主义哲学思想,使得他在创作实践上常常有意从概念出发,为刻画概念而把概念转化为形象,这就是马克思说的“把个人变成时代精神的单纯的传声筒”,这就充分说明马克思恩格斯提倡莎士比亚化就是提倡用形象思维进行文艺创作;反对席勒式就是反对为席勒所提倡和实践的,而在今天仍然为郑季翘同志所坚持的那种在文艺创作中“从概念转化为形象”或以“形象来表现思想”的违反形象思维的倾向。

---

① 马克思:《致斐·拉萨尔》(1859年4月19日),《马克思恩格斯选集》(第4卷),人民出版社1972年版,第340页。

② 恩格斯:《致斐·拉萨尔》(1859年5月18日),《马克思恩格斯选集》(第29卷),人民出版社1972年版,第340页。

③ 恩格斯:《致斐·拉萨尔》(1859年5月18日),《马克思恩格斯选集》(第4卷),人民出版社1972年版,第344页。

④ 别林斯基:《别林斯基文集》(俄文版)(第3卷),第303页。

## 二

列宁也是把形象思维作为思维规律来肯定的。他在谈到车尔尼雪夫斯基为他的学位论文《艺术与现实的审美关系》第三版所做的序言时，说过这样的话：

> 思维规律不是只有主观的意义，也就是说，思维规律反映对象的真实存在形式，和这些形式完全相似，而不是不同。①

列宁的这段话很显然是对车尔尼雪夫斯基在这篇序的结尾部分所表现的形象思维的思想的肯定。车尔尼雪夫斯基在批判了那些认为“思维的规律本身只有主观的意义”的自然科学家们之后，再次根据费尔巴哈的思想来强调了他的关于美的概念的定义的正确性。我们知道，车尔尼雪夫斯基正是根据他的美的定义而把艺术看作是“再现现实”的。在“再现现实”的问题上，他认为：“重要的是‘形象’这个字眼，它告诉我们艺术不是用抽象的概念而是用活生生的个别的事实去表现思想；当我们说‘艺术是自然和生活的再现’的时候，我们正是说的同样的事，因为在自然和生活中没有任何抽象地存在的东西；那里的一切都是具体的；再现应当尽可能保存被再现的事物的本质；因此，艺术的创造应当尽可能减少抽象的东西，尽可能在生动的图画和个别的形象中具体地表现一切。”②车尔尼雪夫斯基在这里所强调的艺术“再现现实”的这一切，当然不符合抽象思维的规律，显然是强调的形象思维。在这种形象思维中，车尔尼雪夫斯基没有像郑季翘同志那样强调必须以抽象思维为中界，而是强调“尽可能减少抽象的东西”；没有像郑季翘同志那样强调必须有概念参加，而是强调“不用抽象的概念”。但是，列宁却不仅没有因此而对这种形象思维加以否定，而是把它作为思维规律来加以肯定。列宁肯定这种“思维规律反映对象的真实存在形式，和这些形式完全相似，而不是不同”，就是肯定的车尔尼雪夫斯基的以自然和生活本身的形式来再现自然和生活，即“尽可能在生动的图画和个别的形象中具体地表现一切”，所以，列宁是肯定有不同于抽象思维规律的思维规律即形

① 列宁：《列宁全集》（第14卷），人民出版社1957年版，第382页。

② 车尔尼雪夫斯基：《艺术与现实的美学关系》，《生活与美学》，人民文学出版社1958年版，第98页。

象思维的存在的。

斯大林对形象思维的肯定更是相当明确的。这种肯定是他在彻底批判马尔把思维与语言分割开来、认为思维能完全摆脱“自然规范”的错误的同时,在对有人提出的哑聋人怎样思维的问题的回答中表露出来的。他说:

> 那末哑聋的人底情形到底是怎样的呢?他们的思维是否在工作着呢,思想是否在产生着呢?是的,他们的思维是在工作着,思想是在产生着。显然地,既然哑聋的人不能讲话,他们的思想便是不能在语言材料底基础上产生的。这是不是说哑聋的人底思想是赤裸裸的,与“自然规范”(马尔底用语)没有联系的呢?不,不是的。哑聋的人底思想之产生和能够生存,只能是根据他们日常生活中由于视觉、触觉、味觉、嗅觉而形成的对于外在世界对象及其相互关系的形象、知觉和观念。在这些形象、知觉、观念之外,思想就是空洞的,失去任何内客,就是说,它是不存在的。[①]

斯大林在这里所说的哑聋人的这种由于没有语言,因而也就没有抽象,没有概念,当然也就更没有抽象思维的那一套逻辑的思维,就是形象思维。但是,这种思维仍然不是赤裸裸的、没有“自然规范”的思维,在正常人的思维中,“语言是思维的直接现实”,是用语言和概念进行思维,而在哑聋人这里,形象则是思维的直接现实,是用形象来进行思维,离开了形象,也就没有哑聋人的形象思维。哑聋人没有第二信号系统,只有第一信号系统。然而,哑聋人的第一信号系统是属于和动物的脑髓有质的区别的人的脑髓的第一信号系统,是在和劳动相联系和社会相联系中发展起来的第一信号系统,因此,哑聋人的第一信号系统和形象思维就和动物的第一信号系统和形象思维有质的区别。哑聋人是能够以他们的形象思维来达到他们所能达到的对世界的掌握的。否则,他们既然天生哑聋,他们就天然地不可能在人类社会中靠自己的能力生存。

如果说斯大林在《马克思主义与语言学问题》中,因为讨论的是语言学问题,在思维与语言的关系上“语言学研究的是会讲话的正常人,而非不正常的不

① 斯大林:《马克思主义与语言学问题》,解放社1950年版,第53-54页。

会讲话的哑聋人”，因此，向斯大林“举出不正常的不会讲话的人，哑聋人来”，就是调换了命题的话，那么，在我们和郑季翘同志辩论有无和抽象思维对称的形象思维的时候，斯大林关于哑聋人怎样思维的论述，就正是在人类的思维中的确存在着不同于抽象思维的形象思维的理论根据，完全符合我们所要辩论的命题。这不仅因为我们从哑聋人中就看到了这种形象思维，更主要的是，哑聋人之所以能用形象进行思维，就在于在人类思维中本来就存在着形象思维。形象思维如果不为人类所共有，哑聋人也不可能进行形象思维。当然，哑聋人是因为没有抽象思维而不得不用形象思维的，因而这种形象思维所认识的客观事物的本质联系以及用形象对客观事物所做的概括总是有限的。我们强调作家、艺术家必须用形象思维进行文艺创作，当然不是要把作家、艺术家的思维能力降低到哑聋人的水平。作家、艺术家的形象思维是处于第一信号系统与第二信号系统、形象思维与抽象思维对立统一关系中的形象思维；是在作家、艺术家的由形象思维和抽象思维所形成的唯物辩证法的世界观的指导和制约下自觉使用的形象思维；是具有审美性质和以审美创造为目的的形象思维。因而这种形象思维和哑聋人的形象思维就有根本的区别，没有哑聋人的形象思维的那些局限性。作家、艺术家在文艺创作中能够用形象思维来达到对世界的形象的然而却是理性的认识。

## 三

在《毛主席给陈毅同志谈诗的一封信》中，毛主席更是三次明确地肯定了形象思维，郑季翘同志在最近写的文章中，为了维护他否定形象思维的论点，而不承认毛主席肯定了形象思维的三条理由，都是站不住脚的。

郑季翘同志说：“毛主席所说的形象思维和我所批判的‘形象思维论’各有其不同的含义。”在他看来，“毛主席所说的形象思维，是指诗要通过形象来表现思想”，毛主席只不过是“沿用了形象思维这一术语”而已。郑季翘同志的这种解释是经不起反驳的。如果毛主席所说的形象思维真如郑季翘同志如上所说的话，那么，为什么毛主席在短短几百字的信中，要一而再，再而三地肯定形象思维，却没有一处用“诗要用形象来表现思想”这样的提法来代替形象思维这一术语?在我看来,毛主席所说的形象思维和郑季翘同志所说的“用形象来表现思想”才真正是两码子事。因为用形象来表现思想,绝非文学艺术的根本特征。难道我们能够把那些用以说明科学原理的科学画图如生物科学的动植物或人体挂图看作艺术作品吗?难道我们能够把用画面和形象来表现科学思想的科教片都看作艺术片吗?毛主席在他的哲学、政治、经济、历史等论著中用形象来表现思想的语句举不胜举,难道毛主席会因此就把这些论著包括其中所讲的诸如愚公移山、三打祝家庄之类的故事看作文艺作品吗?所以,“用形象来表现思想”,首先就划不清艺术与非艺术的界限。就艺术本身来说,虽然任何艺术作品都有形象和形象性,但是,要看这形象是作为形象思维产物的形象还是“用形象来表现思想”的形象。“用形象来表现思想的形象”就是郑季翘同志的“表象—抽象—表象”、高凯同志的“具体—抽象—具体”和韩凌、舒炜光同志的“认识—创作”等公式[①]所创造的形象,实际上就是用抽象思维创造的形象。形象思维和抽象思维虽然都能创造形象,但这两种不同的思维方式所创造的形象在特征、性能、作用等方面都是根本不同的,这种不同完全是被两种思维方式的不同所决定的。所以,“用形象来表现思想”,不仅划不清真假艺术和艺术性高低的界限,而且往往会助长艺术赝品的产生。正如普列汉诺夫所说:“如果一位作家不运用形象而运用逻辑推论,或者如果他虚构出形象来论证某一论题,那么他已经不是艺术家而是政论家了,即使他所写的不是著述和论文,而是长篇小说、中篇小说或剧本。”[②]

既然艺术和非艺术、真艺术和假艺术,艺术性高的艺术和艺术性低的艺术都可以通过形象来表现思想,这就根本不是什么艺术规律的问题,毛主席当然也就不会把“通过形象来表现思想”称为“唐人规律”。毛主席说:“宋人多数不懂诗是要用形象思维的,一反唐人规律,所以味同嚼蜡。”这分明是说“唐人规律”就是形象思维。毛主席把形象思维称为唐人规律,并不是只有唐人才会运用形象思维,而是指唐代的作家、艺术家最善于运用形象思维。无论从文学艺

① 郑季翘同志的公式见《文艺领域里必须坚持马克思主义的认识论》,《红旗》1966年第5期;高凯的公式见《形象思维辨》,《社会科学战线》1978年第3期;韩凌、舒炜光的公式见《形象思维问题新探》,《社会科学战线》1978年第2期。

② 普列汉诺夫:《艺术与社会生活》,人民文学出版社1962年版,第225页。

术的哪个方面看，唐代都是标志着以形象思维进行文艺创作已经臻于成熟的阶段。毛主席既然把形象思维看成一种规律，而且是在文艺创作中违背不得、一违背了就要“味同嚼蜡”的规律。因此，毛主席在这里强调的形象思维，当然是可以和抽象思维并存的一种思维形式。

郑季翘同志还把毛主席所强调的作为形象思维的比兴两法说成是“以彼比此，借物兴感，就要找出它们的共同点，而要找出这种共同点，就必须经过思维的抽象，否则，任何两种事物都不能联系起来，也就无比、兴可言”。并以此断言：“毛主席所讲的形象思维，实际上排斥了那种认为不经抽象，从形象到形象即可认识事物本质的糊涂观念。”[①]这种解释，究竟对不对，我们最好还是从创作实践中，用具体的作品来加以验证。请看刘禹锡的这首诗：

山桃红花满上头，蜀江春水拍山流。
花红易衰似郎意，水流无限似侬愁。

这是一首既用“兴”又用“比”的诗。诗人从抬头看见山顶上开满了红花的山桃，低头看见山脚下拍打着山石而流的蜀江春水这样完整的画面出发，“以引起所咏之词”，这是“兴”。但是，这首诗不光是以这样的景物起兴，而且就是要以这样的景物作比，以“山桃红花”来比“郎意”，以“蜀江春水”来比“侬愁”。诗人为什么要这样起兴、这样作比呢？这就在于诗人在形象思维中进行了分析和综合。诗人从这样完整的画面中，只把“花红易衰”“水流无限”这样的一方面的形象分解出来加以突出，从而找到了“花红易衰”与“郎意”、“水流无限”与“侬愁”之间的共同点：“郎意”易变，恰似“花红易衰”；“侬愁”不尽，犹如“水流无限”。这是分析。在这样的分析的基础上，诗人再把它们聚象为统一的诗的意境：“花红易衰似郎意，江流无限似侬愁”，用“花红易衰”的形象来具象“郎意”，用“水流无限”的形象来具象“侬愁”，这就是综合。恩格斯说：“思维就是把意识的对象分解成各个部分，同样也就是把互相联系的各部分综合成为统一体。”[②]没有分析和综合，就不可能有任何思维形式。形象思维之所以是艺术用以掌握

① 郑季翘：《必须用马克思主义认识论解释文艺创作》，《文艺研究》1979年第1期。

② 恩格斯：《反杜林论》，三联书店1954年版，第41页。

世界的思维形式,就在于它和抽象思维一样,能够进行分析和综合。但是,形象思维的这种分析和综合,绝不是郑季翘同志所坚持的那种属于抽象思维的思维的抽象,而是聚象和具象,始终不能脱离具体的形象,而这也就恰好正是郑季翘同志所要极力排斥的从形象到形象。

现在我们再从这首诗来研究郑季翘同志所强调的思维的抽象在比兴两法中是否行得通的问题。我们知道,所谓思维的抽象,就是由"完整的表象蒸发为抽象的规定",这就是说,要"从表象中的具体达到越来越稀薄的抽象,直到我达到一些最简单的规定"。[①]这种规定应该已经不是事物的个别性、事物的现象、事物的外部联系,而是事物的普遍性、事物的本质、事物的内部联系。而我们从"山桃红花"与"郎意"、"蜀江春水"与"依愁"这些事物的概念的外延来看,形式逻辑所讲的那六种关系:同一关系、属种关系、交叉关系、对立关系、矛盾关系、并列关系,一种也没有,完全是风马牛不相及,能从它们之间抽象得出什么普遍的、本质的、内部的联系来呢?像"花红易衰似郎意,水流无限似侬愁"这样的联系,不仅完全是现象的、外部的联系,而且像这样的景物绝不会在所有的诗人那里都是产生这样的感受,这样的感受也绝不会都是通过这样的景物来展示,所以,这样的联系,又是独特的偶然的联系。然而,不舍弃现象,而是善于通过现象来揭示本质;不舍弃个别,而是善于通过个别来表现一般;不舍弃偶然,而是善于通过偶然来表现必然,却正是形象思维不同于抽象思维、艺术不同于科学的重大特色。如果用思维的抽象把这现象的、外部的、偶然的、独特的一切都蒸发掉了,就不仅是蒸发掉了"山桃红花"与"郎意"、"蜀江春水"与"依愁"之间的共同点,使它们失去了联系,当然就不能运用比兴,而且是蒸发掉了形象思维和整个艺术本身。

由此可见,既然马克思、恩格斯、列宁、斯大林都为形象思维提供了理论根据,毛主席又明确地肯定了形象思维,因此就不能断言形象思维违反或反对了马克思主义的认识论。

——收录于《文艺理论研究》,1980年第2期

① 马克思:《〈政治经济学批判〉导言》,《马克思恩格斯选集》(第二卷),人民出版社1972年版,第103页。

# 论川剧传统戏中的悲剧

在戏曲和川剧的传统戏中，悲剧问题是一个非常值得重视和研究的问题。为了不至于在概念上兜圈子，把问题谈得更醒豁、更集中、更实际一些，我想主要就《琵琶记》《焚香记》《白蛇传》《柳荫记》等四部为大家熟知而又很有代表性的戏来谈谈我对川剧艺术中的悲剧的一些看法和认识。

## 一、从《琵琶记》看戏曲和川剧的传统戏中悲剧较少的原因

悲剧之所以为悲剧的大前提，就在于人所遭受的苦难和不幸未能得到解决。如果一个人已从苦难不幸中解脱了出来，由逆境转入了顺境，就不再是悲剧。正是这样，歌德才说："悲剧的关键在于有冲突而得不到解决。"我们只要从这样的大前提出发来看高则诚的《琵琶记》，我们就能看出在我国的戏曲和川剧的传统戏中悲剧较少的原因。

高则诚的《琵琶记》，大约是在至正十六年（1356年）以后，他归隐在宁波南乡的栎社期间创作出来的。在他的《琵琶记》问世以前，关于赵五娘和蔡伯喈的故事早就在民间流传。正如陆游在《小舟

游近村舍舟步归》一诗中所说的:“斜阳古柳赵家庄,负鼓盲翁正作场。身后是非谁管得,满村听说蔡中郎。”无论是南方元剧作家岳伯川的《铁拐李》中,还是元剧北方作家武汉臣的《老生儿》中,抑或是侨居南方的北方元剧作家乔梦符的《金钱记》中,都有“你学那守三贞赵贞女,罗裙包土将那坟茔建”之类的唱词。明代祝允明曾在宋南渡时旧牒《赵闳夫榜禁》里看见过《赵贞女蔡二郎》这一剧目。这个剧本和在宋末元初的有关赵五娘蔡伯喈的其他说唱本子,虽然已看不见了,但是与祝允明同时代的徐渭在《南词叙录》里,却注明了《赵贞女蔡二郎》“蔡伯喈弃亲背妇,为暴雷震死”。在四川山歌《十二月采茶》里,也有这样的唱词:“七月采茶茶花开,不忠不孝蔡伯喈。堂上双亲他不奉,苦了行孝女裙钗。”在皮黄《小上坟》中,更有这样的唱词:“贤惠的五娘遭马踹,到后来五雷轰顶是那蔡伯喈。”所有这些,都可以使我们就《赵贞女蔡二郎》做出如下几点结论:第一,蔡伯喈是弃亲背妇不忠不孝的;第二,是赵五娘替蔡伯喈担起了家庭中所遭逢的一切苦难的担子;第三,最后赵五娘死得好惨,蔡伯喈也为天下不容,遭到雷击,完全是一个大悲剧;第四,在高则诚的《琵琶记》出来以前,从这个悲剧的广泛流行来看,人们是承认这个悲剧,欢迎这个悲剧的。

高则诚的《琵琶记》,则完全是做的翻案文章,他把不忠不孝的蔡伯喈,改为全忠全孝的蔡伯喈,把蔡伯喈的三不孝:“生不能养、死不能葬、葬不能祭”,改为三不从:“辞试不从、辞婚不从、辞官不从”,为蔡伯喈弃亲背妇辩解。进而按照自己的理想塑造了一个概念化的人物:牛氏。硬要让像她这样一个相府的千金小姐,在认了赵五娘以后,完全从“已嫁从夫”“嫁鸡随鸡”这样的封建道德出发,心甘情愿地居于次妻的地位。这样,在《赵贞女蔡二郎》中所存在的赵五娘和蔡伯喈之间的悲剧性的矛盾冲突就已不复存在,得到了“大团圆”“一门旌表”的最完美的结局。所以,从悲剧的角度来看,在《琵琶记》中,蔡伯喈的父母毕竟饿死了,单就这一点来说,《琵琶记》还是悲剧,但是《琵琶记》的主角是赵五娘,作者着力刻画的也是赵五娘,《琵琶记》里有关赵五娘的情节:吃糠、剪发、筑坟、描容、上京、书馆相会等,是这个戏的主要情节,因此,尽管蔡父蔡母被饿死,赵五娘所受的苦再多,牛氏、蔡伯喈精神上的创伤再大,只要赵五娘和蔡伯喈大团圆了,这个戏就不再是悲剧,或者背离了悲剧。

川剧《琵琶记》主要是从高本《琵琶记》来的,尽管川剧的《坠马》比高本的

《春宴杏贻园》、川剧的《放粮抢粮》比高本的《义仓赈济》、川剧的《大小骗》比高本的《拐儿贻误》、川剧的《刻碑三打》比高本的《一门旌表》有了显著的丰富和发展，对封建科举制度、封建伦理观念、封建社会的丑恶现实都做了更为尖锐的揭露和鞭笞。但是，只要在“大团圆”的结局上仍和高本一致，川剧的这些丰富和发展也就扭不转高则诚使《琵琶记》背离悲剧艺术的倾向。

当然，高则诚的《琵琶记》尽管是在原有的有关赵五娘、蔡伯喈的悲剧故事的基础上产生的，但是他的《琵琶记》既然是他的创作，他是沿着原来的悲剧路子写，还是写成像他的《琵琶记》这个样子，这完全是一个作家、艺术家的权利。事实上，高则诚的《琵琶记》与《赵贞女蔡二郎》比较起来，我们姑不论内容上的优劣，单从艺术上说，《琵琶记》无疑更完美。这个戏从它一问世到现在已流传了六百多年，经过这样长的时间的考验，说明它不失为优秀的传统剧目之一。我们评定剧目的优劣，当然不能以是否是悲剧、是否以“大团圆”结局为标准。像川剧中的《御河桥》《芙奴传》《荆钗记》《彩楼记》等，都是先苦后甜，以大团圆结局的，这些戏都是深受人民群众欢迎的优秀的传统戏。但是，如果我们从发展悲剧文艺的角度来考虑问题，我们就不能不看到如果作家、艺术家都像高则诚这样以“大团圆”的结局来处理现实生活中的悲剧题材，就会大大不利于，甚至扼杀悲剧艺术的发展的。因此，我们有一个如何看待戏曲和川剧的传统戏中的大团圆的问题。

1956年6月，中国戏剧家协会发起并组织了关于《琵琶记》的讨论，在这次讨论中，肯定派和否定派之间的意见针锋相对，争论得非常激烈，尽管无论是肯定派还是否定派，都是从作品是宣传还是反对了封建伦理道德观念方面立论，没有从悲剧艺术的发展方面考虑问题。但是，由于在这次讨论中都就高本的“大团圆”的结局发表了议论，不少同志用以肯定高本的“大团圆”的结局的那些论点论据，更加证明了像高本的那种“大团圆”的结局，的确是不利于悲剧艺术的发展的。现在我们就来看如下两个方面肯定“大团圆”的有代表性的论点和论据：

首先，不少同志认为“善有善报、恶有恶报也是一种正义要求，给好人好结果是应该的，虽然这样的事从前不见得是真实的，但无论如何作者是表现了人民的美好的愿望"[1]。"以大团圆为收场的创作思想在元、明时代表现得最为突出，这是有它的社会背景的，它表现了人民不甘心再在灾难、损害中生活，强烈地要求获得较为完美的生活。"[2]"赵五娘吃了那样多的苦，只有蔡伯喈回来才能解决问题，她天天盼望着，看戏的观众也盼望着，如果蔡伯喈竟不回来，是违反人民的愿望的。"[3]

其次，还有不少同志认为："当时的剧本，有大团圆的结果是很多的，成为时代风气，这和许多东方人喜欢看团圆的结果是有关的，如古印度的戏曲，不愿有悲剧的结果，东方大致如此。"[4]"团圆是我们的民族形式，我们的生活习惯也不愿意看太悲痛的东西，觉得悲痛的东西受不住，要给它适当的解决，团圆一方面解决了问题，一方面也让观众得到了教育。""我们的戏剧传统是从喜剧来的，看的人希望得到安慰和松散，不同于西洋剧的悲剧传统。"[5]从以上这些肯定大团圆的论点、论据中看得出来，无论是把"大团圆"说成是"人民的美好的愿望"，还是把它说成是我国"戏剧的传统"，抑或是把它说成是一种"时代的风气"，都不无根据。但是，我们必须看到这种要求"大团圆"的愿望、风气、传统与悲剧所要求的人所遭逢的不幸和苦难得不到解决这样一个大前提是绝对矛盾的。这种要求"大团圆"的"愿望""风气""传统"，正是妨碍我国悲剧文艺的发展，造成在我国的戏曲和川剧的传统戏中的悲剧较少的重要原因。因此，我们有必要对这种要求"大团圆"的"愿望""风气""传统"进行具体的分析。

在一切剥削阶级居于统治地位的社会制度里，社会制度本身就是制造悲剧的根源，不仅在现实生活中的悲剧很多，而且悲剧的种种矛盾冲突是不能通过剥削阶级的社会制度来解决的，以"大团圆"结局的情况是很少的。文艺是生活的反映，戏剧也应成为时代的一面镜子，因此，要求"大团圆"的愿望固然非常美好，却不符合生活的真实。文学艺术只能从严峻的客观现实出发，而不能从美好的愿望出发，要求"大团圆"的这种愿望，既然已经成为一种时代的风气，阻碍

① 周妙忠在第五次《琵琶记》讨论会上的发言，《〈琵琶记〉讨论专刊》，人民文学出版社1956年版，第129页。

② 黄芝冈在第三次《琵琶记》讨论会上的发言，《〈琵琶记〉讨论专刊》，人民文学出版社1956年版，第42页。

③ 丁力在第六次《琵琶记》讨论会上的发言，《〈琵琶记〉讨论专刊》，人民文学出版社1956年版，第156页。

④ 董每戡在第三次《琵琶记》讨论论会上的发言，《〈琵琶记〉讨论专刊》，人民文学出版社1956年版，第56页。

⑤ 李长之在第二次《琵琶记》讨论会上的发言，《〈琵琶记〉讨论专刊》，人民文学出版社1956年版，第39页。

着文学艺术对生活的真实的反映，妨碍着悲剧艺术的繁荣和发展，我们就不能再推波助澜，对这种“大团圆”的要求和由这种要求所形成的风气不加分析地一味加以肯定。

我们承认在我们的文学艺术中确有“大团圆”这样一种传统，但是，我们却不认为它是唯一的传统，更不承认它是我国艺术的唯一正确的传统。那种把“大团圆”说成是我国艺术的“民族形式”，从而断定“我们的戏剧传统是从喜剧来的”的观点，是站不住脚的。

就以《琵琶记》来说，在高本未问世以前，人民群众对“马踹赵五娘，雷殛蔡伯喈”这样的大悲剧是承认的，在民间广为流传。在高本问世以后，我们从明万历刊本的《玉谷调簧》里的《时尚古人劈破玉歌》中仍能看得出来，继续在民间流传的有关赵五娘、蔡伯喈的故事，不仅仍只叙述到“书馆相逢”为止，而且仍然对蔡伯喈“弃亲背妇”加以谴斥：

> 蔡伯喈一向留都下，恋新婚招赘丞相家，家中撇下爹和妈，恋着荣华富全然不转家，赵五娘糟糠，妈糟糠，孤坟独造也。[1]

这就说明人民群众并未理会高则诚以蔡伯喈“三不从”来为他所做的开脱。就是在高本取代了一切与之相反的民间传说以后，以高本为蓝本的湘剧《琵琶记》中，仍多了《打三不孝》，川剧《琵琶记》中多了《刻碑三打》这样一场戏。据湘剧演员徐绍清同志说：“人民非常重视‘三不孝’这场戏，记得早年我在一个班里演《琵琶记》，最后没有演‘三不孝’，群众不同意，被罚了一天戏。”[2]这也说明高则诚的“三不从”并不能把蔡伯喈在人民群众中留下的“三不孝”的印象洗刷干净。

事实上，对这种“大团圆”的传统持批判和否定态度的也不乏其人。鲁迅就尖锐地指出：“中国人底心理”之所以“是很喜欢团圆的”，那是因为“大概人生现实底缺陷，中国人也很知道，但不愿意说出来；因为一说出来，就要发生‘怎样补救这缺点’的问题，或者免不了要烦闷，要改良，事情就麻烦了。而中国人不大

---

① 郑振铎：《中国俗文学史》（下册），作家出版社1954年版，第264页。

② 徐绍清在第三次《琵琶记》讨论会上的发言，《〈琵琶记〉讨论专刊》，人民文学出版社1956年版，第57页。

喜欢麻烦和烦闷,现在倘在小说里叙了人生底缺陷,便要使读者感着不快。所以凡是历史上不团圆的,在小说里往往给它团圆;没有报应的,给它报应,互相骗骗。——这实在是关于国民性底问题。"[①]可见,鲁迅的态度很明确,他把那种喜欢大团圆的心理看作是必须加以改造的"互相骗骗"的"国民性"。他正是从这样的观点出发,不仅对那些"始或乖违,终多如意"的以"大团圆"为结局的"才子佳人小说"不以为然,而且尖锐指出"必令'生旦当场团圆',才肯放手者,乃是自欺欺人的瘾太大"。[②]鲁迅对曹雪芹所预示的《红楼梦》的"茫茫白地,真成干净"的悲剧结局则充分肯定,对高鹗在续书中所写的"贾氏终于'兰桂齐芳'家业复兴"表示不满,而对那些"大率承高鹗续书而更补其缺陷,结以'团圆'"的《红楼圆梦》之类的书,更是嗤之以鼻。鲁迅认为正是在对待《红楼梦》的不同结局上,"足见人之度量相去之远,亦曹雪芹之所以不可及也"。[③]

由此可见,这种妨碍和扼杀着悲剧艺术发展的"大团圆"的传统,是不能对它不加分析地一味加以肯定的。

## 二、从《焚香记》看川剧的优良悲剧传统

我们之所以说"大团圆"不是我国文学艺术的唯一传统,尤其不是唯一正确的传统,就在于从我国的文学艺术的发展史来看,我国是存在着悠久而又优良的悲剧传统的。古代的民间叙事诗《孔雀东南飞》、关汉卿的杂剧《窦娥冤》、纪君祥的杂剧《赵氏孤儿》、曹雪芹的伟大小说《红楼梦》、川剧中的《焚香记》《白蛇传》《柳荫记》《铡美案》《百宝箱》《二难传》《永巷宫》《汉贞烈》等,都是以非"大团圆"为结局的大悲剧。其中最能代表川剧的优良的悲剧传统的,则是经赵尧生改编后的《焚香记》。(赵改本通称《情探》,也有人仍称之为《焚香记》,我为行文方便,称之为赵本《焚香记》。)我之所以要以赵本《焚香记》来作为川剧的优良的悲剧传统的代表,这是因为赵本《焚香记》是恰好可以用来和《琵琶记》做鲜明的对比的剧本。《琵琶记》的前身《赵贞女蔡二郎》与《焚香记》的前身《王魁负心》,

---

① 鲁迅:《中国小说的历史的变迁》,《鲁迅全集》(第8卷),人民文学出版社1957年版,第328-329页。

② 鲁迅:《论睁了眼看》,《鲁迅全集》(第1卷),人民文学出版社1956年版,第330页。

③ 鲁迅:《中国小说史略》,《鲁迅全集》(第8卷),人民文学出版社1957年版,第199-200页。

都是南戏中最早的剧目。《琵琶记》和《焚香记》都是川剧中有名的传统戏，都是演员心目中的“戏胆”，都在中国的戏曲发展史上有着特殊的意义。《琵琶记》和《焚香记》的题材也很相似，蔡伯喈和王魁都中了状元，蔡、王都原有妻室，在中状元以后都被宰相招赘为婿，因此，两出戏的矛盾冲突都集中在怎样对待前妻的问题上。《琵琶记》中的蔡伯喈、《焚香记》中的王魁都是历史人物，他们的故事都是先在民间流传，并已有剧本搬上舞台，在此基础上经过文人的修改或重新创作而定型的。可是，《焚香记》的修改者赵尧生与《琵琶记》的创作者高则诚在对悲剧的认识和态度以及在对悲剧题材的处理上，都是根本不相同的。如果说，高则诚是要有意地以“大团圆”的结局来使早在民间流传的有关赵五娘的悲剧故事和悲剧戏剧向背离悲剧艺术的方向发展的话，那么，赵尧生则是从发展悲剧出发而有意地与“大团圆”相对立，有意地要从对“大团圆”的窠臼的打破中来发展早在民间流传的关于焦桂英的悲剧故事和悲剧戏剧的悲剧意义。

王魁在历史上确有其人，王魁名俊民，字康侯（1036—1063）。宋朝人把状元叫“文魁”“魁彦”，他是嘉祐六年（1061年）的状元，所以人们称他为王魁。由于王魁是在中状元后的第二年“得狂疾”而死的，因此，与他同时代的人就对他如何因狂而死做了种种解释。李献民说他“卒致妖衅，以殒厥身”（李献民：《王魁歌引》）。而对王魁如何会“致妖衅”，张师正则做了进一步的解释：“王向在乡闬与一娼妓切密，私约俟登第娶焉。既登第为状元，遂就媾他族。妓闻之，忿恚自杀。故为女厉所困，夭阏而终。”（张师正：《括异志》卷三）至于这女厉又是谁呢？托名夏噩的《王魁传》，罗烨的《醉翁谈录》中的《王魁负心、桂英报死》，张帮畿的《侍儿小名录拾遗》，托名陈输编的《异闻集》，等等，则都不仅指明这“女厉”就是焦桂英，而且把王魁怎样负心焦桂英，焦桂英如何活捉王魁铺陈好了完整的故事。

南戏兴起以后，有关王魁的戏剧，与上述的传说大体上是一致的。今可考见的剧目在《武林旧事》宋“官本杂剧段数”中有《王魁三乡题》，在《永乐大典》目录戏文中和宦门子弟传奇中分别有《王俊民休书记》和《王魁负心》，在沈璟《南九宫谱》所载散曲传奇名中有《王魁负娼女亡身》，在徐渭的《南词叙录》著录宋元旧篇中有《王魁负桂英》《工俊民休书记》，在杂剧中有尚仲贤所作的《海神庙王魁负桂英》以及无名氏的《王魁负桂英》等，所有这些剧本，虽然都已亡佚了，但是,这些戏的戏名和我们今天所能看到的残存的唱词,以及在此后的戏剧小说中所引的有关王魁的事,都可以充分说明王魁是一个因得势而负心的典型,都是以焦桂英自尽、王魁被活捉的大悲剧收场的。

在王魁负心的故事流传以后,就不断有人替王魁翻案。周密的《齐东野语》所引的《养生必用方》就说"康侯性刚峭不可犯,有志力学,爱身如冰玉……不幸为匪人厚诬,弟辈又不为辨明",周密的《齐东野语》根据他所引用的《养生必用方》的这种说法,就做出结论说:"世俗所谓王魁之事殊不经,且不见于传记杂说,疑无此事。"明代的徐渭在《南词叙录》里又以周密的《齐东野语》为根据,在《王魁负桂英》条下的注中斥之为"里俗妄作"。到了明代初年,在杂剧中则出现了杨文奎的《王魁不负心》,南戏中出现了《桂英诬王魁》。这两个戏都已失传,而在明代中叶以后出现的集翻案之大成的王玉峰的《焚香记》则保存至今。王玉峰的《焚香记》显然是以托名为夏噩的《王魁传》和尚仲贤的《海神庙王魁负桂英》来的,[①]因此,王玉峰的《焚香记》在《辞婚》以前,与《王魁传》大致相同。他的翻案文章是从《辞婚》这一折戏开始做起的:王魁在辞婚韩相国以后,赓即就给焦桂英去信,要她到徐州任上团聚,是因为金垒伪造休书,使焦桂英饮恨自尽,焦桂英的魂灵率鬼卒捉魁至海神庙,才知是金员外因垂涎于焦桂英而要的阴谋,于是全戏以焦桂英还魂,焦桂英与王魁大团圆终结。可是,这种大团圆的结局并不得人心,代替不了早已深入人心的作为悲剧的王魁戏。

川剧的王魁戏,居敬堂《目莲金本全传》附录及通行传抄脚本,则作《红鸾配》,有《誓别》《折书》《逼嫁》《阴告》《阳告》《活捉》等折。(人称老《活捉》,在此文中称作金本《焚香记》。)从通行传抄脚本仍沿用王玉峰旧名《焚香记》以及《阳告》曲文大多取自王玉峰的《陈情》一折来看,川剧金本《焚香记》无疑是直接从王本《焚香记》来的,但是金本《焚香记》却没有沿袭王本的"大团圆"的结局,仍恢复成了焦桂英自尽、王魁被捉的大悲剧。金本《焚香记》虽然否定了"大团圆"的结局,恢复了它的悲剧主题,但存在着两个严重的问题。首先,"大团圆"的思想实质是一种善有善报、恶有恶报的因果报应思想。既然是好人受难,当然也应得好报:"大团圆"。而金本《焚香记》的问题,也就正在于它在打碎了"大团圆"的窠臼以后,但落入了因果报应的俗套:阎罗冥判焦桂英转男身投生,随主

① 见《茶余客话》中:"元人尚仲贤……尝作《海神庙王魁负桂英》曲。所演《焚香记》,盖兰本于此。"

目莲修行。王魁转女身投生，韩兴来世为狗，被人烹食。这种因果报应的俗套与“大团圆”的窠臼在思想实质上是一致的，同样严重地影响了金本《焚香记》的悲剧效果和悲剧意义。其次，以悲剧为结局的金本《焚香记》，之所以可以从以“大团圆”为结局的王本《焚香记》来，就在于不仅王本的翻案文章是从《辞婚》一折做起的，在这之前的情节，王本和金本是没有矛盾的。而且还在于王玉峰在《陈情》一折中极为真实动人地描写了焦桂英对王魁负心所产生的悲和愤，这是可以接收过来为金本《焚香记》的悲剧主题服务的。但是，金本《焚香记》在运用王本的有关情节，尤其是在沿用《陈情》一折中的那些抒发焦桂英的悲、愤的曲文的时候，由于没有细审王玉峰不是把焦桂英的自尽归罪于王魁的负心，而是归罪于金垒的阴谋，他在《辞婚》之前的各折戏是为了要突出王魁的“辞婚守义”，在《陈情》中对焦桂英的悲、愤的淋漓尽致的描写，是为了突出焦桂英对王魁的误会，因而没有在《陈情》以后，从王魁方面有力地揭示了王魁的确负心，必然负心。这样就不仅削弱了金本《焚香记》的悲剧效果，而且给人留下了为王魁翻案、以“大团圆”的结局来扼杀这出悲剧的空隙。

赵本《焚香记》的巨大成就和贡献，就在于他从根本上解决了金本《焚香记》存在的以上两个问题，深化和发展了金本《焚香记》所恢复的悲剧主题，抛弃了金本中因果报应的糟粕，堵死了为王魁翻案、以“大团圆”结局来扼杀这出悲剧的空隙。赵本《焚香记》之所以在《誓别》《噩休》两折戏中的修改最多，而又重新创作《情探》这折戏来代替《活捉》，就在于赵尧生不仅要用《誓别》和《噩休》来强调王魁的负心，而且要用《情探》来揭示王魁的确负心，必然负心。

所谓“情探”，就是以情探情。焦桂英对王魁虽然着眼于一个“探”字，但是“探”却只是她的手段，“情”才既是她的“探”的出发点，又是她的“探”的归宿，归根到底，是要以旧情去试探王魁是否仍然有情，是否真的负心。正是这样，当鬼卒要把王魁“立拉入阴阳界索还命债”的时候，焦桂英却“犹恐他从前恩爱依然在，好叫奴千回万转，触目伤怀”。焦桂英对王魁所做的情“探”，是步步深入的，首先以旧情相“探”，其次以别后之情相“探”，第三以求做一偏房之妾相“探”，第四以“为奴作婢，得免饥寒”这样的最低要求相“探”。在这层层以情相“探”的过程中，虽然王魁也动了点情：“但听她呖呖莺声实可哀，婉转悲怀！”但是，他怕的是“勘破机关怎下台”，因而“横了心肠断了胎”，露出凶相要焦桂英的命。这就“探”出了王魁的狰狞的嘴脸和丑恶的本质,“探”出他的负心的确实性和必然性;表明了爬上了统治阶级的王魁,是为了“借新的联姻来扩大自己的势力”,[①]而必然对焦桂英负心的。在推行科举制度的封建社会里,通过科举爬上了统治阶级的人中,像王魁负心这种情况比比皆是。这样就既强化了悲剧效果,又开拓和加深了悲剧的意义。

我这样肯定赵本《焚香记》,并不意味着我认为赵本已经尽善尽美,动不得,更不表明我不赞成席明真和李明璋同志对赵本所做的修改。事实上,席、李本《焚香记》在《誓别》之前,加了《救王》《逼考》两场戏,不仅为表现焦桂英在《誓别》中表现出来的对王魁的一往情深打下了基础,而且与后来王魁的忘恩负义形成了鲜明的对比,其他诸如在《打神》中更加突出焦桂英的悲愤和仇恨以及敢于反抗的性格,减轻韩兴在焦桂英的悲剧中的责任,都有助于深化和发展悲剧的主题。《惊变》这场戏,在对悲剧结局的处理上,也很有特色。王魁得精神分裂症而死,本身就足以证明王魁确实负心。我认为以《惊变》结尾的《焚香记》和以《情探》结尾的《焚香记》可以在舞台上并存不悖。《情探》作为川剧的优秀传统折子戏,更是应该留在川剧舞台上。我在这篇文章中,无论是肯定赵本《焚香记》,还是肯定席、李本《焚香记》,都是为了肯定它们所坚持和发扬的川剧传统戏中的优良的悲剧传统。在今天的川剧的推陈出新的工作中,如果我们能尊重和强调这一与“大团圆”相对立的悲剧传统,充分地看到在戏曲和川剧的发展过程中,的确存在着要“大团圆”不要悲剧的倾向,“大团圆”的结局不知夭折和吞噬了多少悲剧,我们就能把很多不是以“大团圆” 结局,就是以“因果报应”结局的苦戏,改造为具有很高的美学价值的悲剧。

## 三、川剧传统戏中的悲剧的美学特征

我们在肯定了川剧传统戏中存在着优良的悲剧传统以后,我们就能够进而研究川剧传统戏中的美学特征,其主要表现是:

① 恩格斯:《家庭、私有制和国家的起源》,《马克思恩格斯选集》(第四卷),人民出版社1972年版,第74页。

### （一）悲和美的结合

我们说悲剧之所以为悲剧，一定要具有人所遭受的不幸和苦难得不到解决这样一个大前提。但是，我们却不能反转来说凡是具有这样的大前提的都是悲剧。人按自然法则而无可避免地衰老和死亡，这对任何人来说，都不能算是悲剧。敌人的灭亡，丑类的毁灭，坏蛋受打击，罪犯遭惩处，都只能使我们感到由衷的高兴。因此，我们所说的悲剧，是作为人对现实的审美关系中的重大审美范畴的悲剧。在悲剧中，悲总是和美联系在一起的，悲从属于美，美制约着悲，美因悲而更美，悲因美而更悲，悲脱离了美，悲就不成其为悲。川剧传统戏的悲剧中的首先一个美学特征，就在于悲和美的这种联系。这可从《白蛇传》的演变过程中看得非常明白。

无论是最早在南宋出现的白蛇故事《西湖三塔记》，还是明朝天、崇之际的陈六龙所撰的"呼应全无""疏处尚多"的戏曲小剧《雷峰记》，以及与此同时的冯梦龙的已经发展得极为完整了的小说《白娘子永镇雷峰塔》，抑或是黄图珌根据冯梦龙的小说改编的于清朝乾隆三年（1738年）刻成问世的戏曲《看山阁乐府雷峰塔》，白娘子要求与许仙永为夫妻的矛盾冲突都始终没有得到解决，都是以白娘子压在塔下结尾的。尤其是《看山阁乐府雷峰塔》的作者黄图珌对当时存在的把白娘子的结局向大团圆方面演化的倾向，是极端不满的。他说：

> 余作《雷峰塔》传奇，凡三十二出，自《慈音》至《塔圆》乃已。方脱稿，伶人即坚请以搬演之。遂有好事者续白娘生子得第一节，落戏场之窠臼，悦观听之耳目，盛行吴、越，直达燕、赵。嗟乎！戏场非状元不团圆，世之常情。偶一效而为之，我亦未能免俗。独于此剧断不可者，维何？白娘，妖蛇也，生子而入衣冠之列，将置己身于何地耶？我谓观者必掩鼻而避其芜秽之气，不期一时酒社歌坛缠头增价，实有所不可解也。昔关汉卿续《西厢记》"草桥惊梦"后之诸剧，以为狗尾续貂，余虽未敢以王实甫自居，再续《雷峰塔》者犹东村捧心，不知自形其丑也。然姑苏仍有照原本演习无一字点窜者，惜乎与世稍有未合，谓无状元团圆故耳！[①]

① 黄图珌《看山阁全集》中的《赏音人》曲前小跋。

尽管黄图珌在这里把一些好事者从"戏场非状元不团圆"这样的"世之常情"出发"续白娘生子得第",斥之为"落戏场之窠臼""悦观听之耳目",是很有见地的,但是,他的《雷峰塔》和在他之前的所有的有关白蛇的故事,通通不是悲剧。这是因为最早的《西湖三塔记》中的白衣少妇原来是一个摄取青年男子同居后又将其杀死挖吃心肝的凶恶可怕的白蛇妖,到了冯梦龙和黄图珌这里,在他们的眼中,仍然是"白娘,蛇妖也"。因此,在冯梦龙的小说和黄图珌的根据冯的小说所谱成的戏曲《看山阁乐府雷峰塔》中,尽管白娘子的性格已与《西湖三塔记》中的吃人心肝的白衣少妇有了很大的区别,她并无伤害许仙之意,但是,她不仅给许仙带来了很多苦难和不幸,而且那种"一条桶大的蟒蛇,睡在床上,伸头在天窗内乘凉"的形象也太吓人,尤其是白娘子用以警告许仙的那些话:"我今老实对你说了,你快快收心,与我和睦,万事皆休;倘然还是还这等狂妄,我叫满城百姓,俱化为血水!不要带累别人,丧于非命。"这更表明她还具有妖魅的残忍。像这样的白娘子最终被镇压在雷峰塔下,当然就不可能产生悲,而只能使人们为许仙能摆脱像白娘子这样的蛇妖而庆幸。

《白蛇传》由不是悲剧到悲剧的过程,同时也就是白娘子脱尽妖气,获得人性的过程,是白娘子由不美到美再到更美的过程。这个过程是在今存的第一个昆曲剧本——黄图珌的《看山阁乐府雷峰塔》(简称《看山阁本》)于乾隆三年(1738年)问世以后的三十年间完成的。在这三十年中,民间的戏曲艺术不断地在《看山阁本》的基础上进行加工改造,使白娘子变得愈来愈美丽。方成培的于乾隆三十三年(1768年)问世的修改本《雷峰塔传奇定本》(简称《水竹居本》)就是对经民间戏曲艺人所修改的各种不同的梨园脚本的极好的总结。正是这个《水竹居本》和由此而来的包括川剧在内的全国各种地方戏中的《白蛇传》,才成为传统戏中极为优秀的悲剧。

《水竹居本》和川剧《白蛇传》对《看山阁本》来说,的确是一个质的飞跃,主要表现在:《看山阁本》中的白娘子是作为蛇妖"堕落尘埃",为探求自己在婚姻恋爱上的幸福而使许仙受难。《水竹居本》和川剧《白蛇传》中的白娘子,则是作为一个血肉生动的既美丽又纯真,既善良又勇敢,既温婉又坚强的女性,为追求一个普通女人在恋爱、婚姻、家庭方面应有的权利和幸福而在与封建势力进行顽强斗争的过程中遭受了不幸、苦难和毁灭的。《水竹居本》和川剧《白蛇传》中的《端阳》《求草》《水斗》几场戏在使得白娘子从不美到美、《白蛇传》从不悲到悲的飞跃上有着特别重大的意义。端阳现形的情节和由此而来的求草救许的情节，在《水竹居本》以前的冯梦龙的小说和由此而来的《看山阁本》中都是没有的。《看山阁本》中关于法海和白蛇、青蛇在金山寺门前相遇的情况也只有几句短短的描写。因此，在《水竹居本》中的《水斗》（即川剧中的《水漫金山》）也是一个新的创造。我们正是从《端阳》一折中看到了白娘子对许仙的纯真不渝、崇高炽热的爱情。在许、白欢庆端阳佳节的时候，白娘子是因为对许仙的深情，不忍辞谢许仙劝饮而在明知她饮了雄黄酒的后果的情况下而饮了雄黄酒的。正如《水竹居本》在《端阳》一节的附注中所说的："此白氏多情吃苦之始征也。"是的，如果说我们从《端阳》中开始看到了白娘子怎样为了她对许仙的深厚的爱情而自愿受难的话，那么，我们从《求草》《水斗》中，则看到了白娘子为了她对许仙的深厚的爱情而心甘情愿地备受折磨，历经艰辛，哪怕是牺牲和毁灭了自己，也在所不惜。至于她在《水斗》中所表现出的那种敢于和以法海为代表的正统封建势力进行殊死搏斗的精神，更使她的性格折射出了耀眼的光辉。像这样美的白娘子，最终竟被镇压在雷峰塔下，遭到了毁灭，当然就是一个具有很高的美学价值的大悲剧。

当然，我们必须看到作为审美范畴的"美"与作为审美范畴的"悲"的关系和表现形式是极为复杂的，悲剧人物问题也就是一个极为复杂的问题，就中外古今所有的各种不同艺术种类中的悲剧来看，具有美的素质的人物并不都是尽善尽美的英雄人物、先进人物，甚至不一定是正面人物。但是，在中国戏曲中的悲剧人物，尤其是川剧传统戏中的悲剧人物，却很少像西欧的悲剧理论家所一再提倡和在西欧的悲剧创作中一再出现的那种善恶交织的人物，或因自己的弱点和过失而使自己遭受了不幸和毁灭的人物。更没有像莎士比亚的麦克佩斯和查理三世那样的"恶人悲剧"，绝大多数都是美的和尽可能美的正面人物。除了《白蛇传》中的白娘子以外，川剧《柳荫记》中的梁、祝的爱情悲剧之所以特别悲，也首先在于梁、祝的爱情特别美。当然，爱情，只要是正当的爱情，总是美的。但梁、祝的爱情之所以特别美，则是因为第一，无论是祝英台的远见卓识、热情大方，还是梁山伯的诚笃憨厚、善良纯真，都表明他们的性格是很美的。他们的爱情是由美的性格所产生的爱情。第二,他们的爱情与那种因郎才女貌而一见倾心式的爱情是大不相同的。他们的爱情是在共同的学习和生活中通过相互了解、相互帮助、相互体贴而建立在情投意合的基础上的爱情。像这样的美的人和美的爱情遭到了摧残和毁灭,悲剧的效果当然也就特别强烈。其他很多川剧的悲剧中的主人翁,诸如《铡美案》中的秦香莲,《百宝箱》中的杜十娘,《二难传》中的子伋、子寿,《汉贞烈》中的王昭君,等等,都是美好的人物。在所有这些悲剧中,悲剧的作者都总是以旧制度和黑暗丑恶的势力的代表作为制造悲剧的元凶,很少把悲剧的原因归之于悲剧人物本身的错误和过失。所以,追求悲和美的更直接的联系和结合,以强调"美"来强化"悲",乃川剧的传统戏中的悲剧的重大美学特征。

### (二)悲和崇高的结合

在很多悲剧中,作为审美范畴的悲和作为审美范畴的崇高往往是密不可分地结合在一起的。车尔尼雪夫斯基给崇高下了这样一个定义:"崇高的物象乃是其规模远超于与之比较的其他物象的那个物象,崇高的现象乃是其力量远强于与之比较的其他现象的那个现象。"[①]这就是说强大是作为崇高的事物的客观属性。他本着对崇高的这种理解,把悲剧看作"最高的一种伟大"[②]。如果我们不是从形式出发,而是从社会生活实践出发来理解崇高,我们就会看到车尔尼雪夫斯基关于崇高的理解:在规模和力量上的强大,只是崇高之为崇高的前提。崇高的一定是强大的,精细的、柔媚的事物是不可能产生崇高感的。但是,我们绝不能反转来说强大的都是崇高的,作为审美范畴的崇高和作为审美范畴的美,又是密不可分地连在一起的。只有当美的事物是以强大的形式出现的时候,我们才会感到崇高。如果是丑的人和事以强大的形式出现,我们所感到的却不是崇高,而是恐怖。既然悲和美是紧密结合在一起的,美和崇高又是紧密结合在一起的,那么,悲剧和崇高就因美而产生了密不可分的关系。悲剧是崇高的最高表现,而崇高则是美在悲剧中的一种特殊表现形式。在我看来,"悲""美""崇高"这三者在悲剧中的关系应该是这样的:悲剧既然是社会生活中美的

① 车尔尼雪夫斯基:《论崇高与滑稽》,《车尔尼雪夫斯基美学论文选》,人民文学出版社1957年版,第94页。

② 车尔尼雪夫斯基:《论崇高与滑稽》,《车尔尼雪夫斯基美学论文选》,人民文学出版社1957年版,第98页。

事物遭到蹂躏、摧残和毁灭，那么，体现美和维护美的人和事与摧残美、毁灭美的丑恶势力之间必然有着不可调和的斗争，在这种斗争中，丑恶的势力愈强大、愈恐怖，代表美和维护美的人所进行的斗争愈尖锐、愈艰苦、愈严重，从而愈显示其美的人和事的伟大和不可摧毁就愈崇高；愈崇高而又遭到了愈大的不幸和毁灭就愈悲；愈悲就愈能从审美和道德两个方面教育观众和读者。川剧传统戏中的很多优秀的悲剧，就充分地体现了这种美学特征。《白蛇传》中的法海是整个正统的封建势力的代表，当然是强大的。白娘子完全知道"法海禅师，法力无边，不比凡僧"。正因为如此，白娘子在《水漫金山》这场戏中对法海进行的殊死斗争，才显得非常威武雄壮、惊心动魄。焦桂英也非常明白王魁已不是当年的"卧倒长街"的穷儒，而是爬上了统治阶级的新科状元，由皇帝钦命韩丞相招赘的女婿，整个封建政权系统是和王魁站在一起的："我将这冤苦情告到官前去，怎奈他是天子门生宰相婿，尽都是官官相卫。"她和王魁在海神庙里盟过誓，王魁的负心却并未遭到海神的惩处，这在焦桂英的眼中，整个神权系统也是与王魁站在一起的："看起来是海神无理，是与非只字不提"，"非其神而祭其鬼，看将来一概是虚"。因此，焦桂英敢于打神，就是一个非同小可的行动，这充分说明了她的悲愤化作了何等巨大的力量，敢于向维护王魁的整个神权系统和政权系统挑战，她"将身作鬼"却"心不成灰"，就是死了也要继续与王魁进行斗争。这就更加显示了焦桂英的不可摧毁。祝英台更清楚毁灭她和梁山伯的爱情的黑暗势力的强大："爹爹之命如罗网，马家凶恶胜虎狼。"因此，当梁山伯派四九来向她以借求药方为名探听姻亲有望无望的时候，她明确地对人心说：

若要婚姻有指望，
艰难犹如寻药方。
……
一要东海龙王角，
二要虾子头上浆，
三要万年陈壁土，
四要千年瓦上霜，
五要阳雀蛋一对，

六要蚂蟥肚内肠,
七要仙山灵芝草,
八要王母身上香,
九要观音净瓶水,
十要蟠桃酒一缸。
倘若有了药十样,
你公爷病体得安康。

这就是说要战胜他们所面临的丑恶势力,从而使他们的爱情不遭受毁灭是根本不可能的。但她却并不因此就任她的父亲和马家摆布她的命运,仍然坚决地毫不动摇地进行斗争,既那样沉着地定下计谋要到南山祭奠梁兄,又那样从容地在祭奠时奔入梁兄的坟内,给予了丑恶黑暗势力以极为沉重的打击,表明了她是不可征服的。所以,川剧传统戏中的悲剧与古希腊的命运悲剧是很不相同的。川剧中的悲剧主人公,不像在国外的命运悲剧中那样,只是为逃避命运的主宰而斗争,其结果总是在命运面前无能为力,而是为主宰自己的命运而斗争,其结果总是要给予灾难的制造者以严重的打击,因而像白娘子、焦桂英、祝英台这些悲剧人物在人们的心目中都是极为崇高的。她们的毁灭所产生的悲剧的美学效果当然也就特别强烈。

### (三)悲和喜的结合

悲和喜是两个对立的截然相反的,然而又有着辩证的联系的审美范畴,在川剧的传统的悲剧中,悲和喜常常是联系在一起的,喜剧成分渗透到悲剧中来,并和悲剧很巧妙地结合在一起,其作用和意义都是很大的。

首先,悲和喜的结合是为了以喜来更尖锐、更鲜明地衬托悲,《琵琶记》中的蔡公、蔡婆是被饿死的,可是在他们处于饥寒交迫的悲惨境地的时候,他们之间在蔡伯喈是否应该出去求功名做官的问题上的争吵,是带有喜剧性的。在观众中引起的笑声不断,可是这笑是带着眼泪的笑,正是这种笑,更加尖锐、鲜明地衬托了他们的可悲。

其次,悲和喜的结合是为了以喜来表现悲剧人物的美好性格。比如《柳荫记》中的《山伯送行》这场戏，祝英台“借物吟诗作比方”来表达她对梁山伯的深厚爱情，而梁山伯却“不解半毫分”。这中间的矛盾冲突，也完全是喜剧性的。当梁、祝在看他们映在井中的影子，祝指着梁山伯说“你看他是一个痴呆郎”的时候，当祝以“戏水鹅”作比“雄的不住前面走，雌的后面叫咯咯”，赓即由“咯咯”而叫“哥哥”的时候，当祝在小桥上故作惊慌，梁山伯说“不忙，不忙啊”，而祝却唱“人家在忙你不忙”的时候，台下都要爆发出笑声。这“笑”之所以可贵，就在于观众在这笑当中看到了梁山伯的憨厚诚笃的性格。

第三，悲和喜的结合，是要以喜来揭露、讽刺和嘲笑悲剧制造者的丑态和罪恶。《柳荫记》中的媒婆上场时，所念的那一大段〔占占子〕和韵白之所以十分精彩，就在于作者以喜剧的手法既暴露了媒婆的丑恶嘴脸：“做媒人，几张脸，心要狠，嘴要甜，不方要说方，不圆要说圆”，又对马太守进行了淋漓尽致的揭露和讽刺。论富贵和排场：“他脚踩的红毡都有寸多厚”，“他屋头的猫像条狗，圈上的猪像大牯牛”。论权势和罪恶：他“像个阎王叫人见他就生愁”，“他家养有几十个打手，专拿来打猎、打架，还要把租收。见有好看的姑娘，就替他下手，不管你哭天叫地，无处把状子投。新上任的大老爷，都要去他家问候，若不然就叫你把摊子收”。这种以喜剧的手法来对悲剧元凶和悲剧帮凶的讽刺和揭露，有助于深化悲剧的主题，是为增强悲剧效果服务的。

第四，悲和喜的结合，是要以喜来为悲剧增添生活的情趣。在川剧传统戏中的很多悲剧中的喜剧因素，都不一定与我在前面所说的那三点有关，在很多情况下是为悲剧增添生活的情趣。比如《焚香记》中的《打神》这场戏，是焦桂英的悲、愤的高潮，而在席明真、李明璋同志的修改本中，牌子和皂隶被打倒后的唱词都很富于喜剧性。像牌子所唱的：“这妇人好没道理，进庙来把吾相欺，初二、十六打牙祭，哪一个见到你的刀头鸡？”以及皂隶所唱的：“这妇人做事不对，你发气我就吃亏，谁不知我是小鬼，你把我当作王魁，把吾神浑身打碎，只剩下谷草一堆。”像这样的唱词，再加上丑角演员的表演，必然会在观众因焦桂英的极度悲愤而悲愤的时候，不得不发出笑声。又如《柳荫记》中的人心和四九，他们学着梁、祝的样子来建立他们的关系，也很富于喜剧性。他们看见梁祝“八拜结交”，他们也就跟着来一个“八串海椒”，当然是会令人发笑的。至于在《书馆谈心》这场戏中，老师要钱贤契接对：“菜子开花，恰似金钱满地。”学生乙：

"对就:哦……哦……高粱结子,犹如臭虫一坨。"就更要引起满场大笑。以上所说的这些笑,看起来无论是对"悲"的衬托,还是对悲剧人物美好品质的表现,抑或是对揭露和讽刺悲剧制造者的丑恶,似乎都没有太大的直接的关系,但是为悲剧增加了生活的情趣。这种增添生活情趣的"喜",为什么对悲剧来说也是需要的呢?这是因为"美是生活",我们不能因为生活中的悲剧,因为用艺术来反映生活中的悲剧,就丧失对生活的情趣。这绝不是要以"笑"来冲淡悲剧的气氛,而是悲剧作者的乐观主义精神在悲剧艺术中的反映。

综上所述,既然川剧传统戏中的美学特征主要表现为悲与美的结合、悲与崇高的结合、悲与喜的结合,因此,悲剧虽然写的是悲,用以打动人的也是悲,但是川剧中的真正的优秀悲剧与悲观主义是绝缘的。在悲剧中,美的人和美的事虽然毁灭了,但是美却得到了充分的肯定,美的人和事在对丑的人和事所进行的艰苦的、严重的、巨大的斗争中所显示的崇高,必然会赢得人们的崇敬,陶冶着人们的精神;造成美的毁灭的丑的人和事却遭到了否定,引起人们无比的憎恨,激发人们与之进行斗争,这样的悲剧所产生的悲剧的美学效果,便不是使人悲观失望、意志消沉;而是令人激昂高亢、悲歌奋起。因此我们应该大力发展川剧艺术中的悲剧。

一九八一年一月

——收录于《文艺美学论集》,四川省社会科学院出版社1986年版

# 论悲剧人物
## ——与陈瘦竹同志商榷

悲剧是悲剧人物所遭遇的悲剧，因此，悲剧人物问题在古今中外的悲剧理论和悲剧创作中都是中心课题。那么，什么样的人物才能作为悲剧艺术中的悲剧人物呢？这也是目前讨论中碰到的一个重要问题。在这个问题上，陈瘦竹同志在《论悲剧精神》这篇文章中阐明了自己的观点，这个观点很有代表性。

陈瘦竹同志说："只有代表先进思想和维护人民利益的人物"所遭受的"无可避免的苦难或者牺牲"，"才能构成真正的悲剧"，而且"在优秀的悲剧中，主角都是正面典型或英雄人物"。他认为："是不计成败、奋起斗争、临危不惧、宁死不屈的人物才最富于崇高严肃的悲剧精神。""悲剧所以具有强大的教育作用"，就是"由于悲剧英雄的高贵品质和战斗精神，正是我们所应学习的光辉榜样"；"由于悲剧英雄虽然遭受失败甚至死亡，但是并不令人灰心丧气，反而使得我们爱憎更加分明，斗志更加坚强"；等等。我们通观陈瘦竹同志的文章，他的主要立论，是从悲剧人物必须是英雄人物这一观点出发的，这种英雄悲剧论，很难使人信服。

当然,“悲”作为审美范畴是和美联系在一起的,只有美的事物的毁灭才能产生悲。正如鲁迅所说:“悲剧将人生的有价值的东西毁灭给人看。”[①]因此,丑恶的、毫无价值的、无任何合理因素可言的人物是不能成为悲剧人物,更不能作为悲剧的主人公的。关于这,高尔基说得非常明白:“普留斯金和巴尔扎克的老葛朗台完全不是悲剧性的人物,他们只是使人嫌恶而已。除了所做的恶事在数量上有差别而外,我看不出普留斯金和那些害着不可救药的财迷症的市侩百万富翁们有什么不同。悲剧是根本不能容纳那些玷污了生活的、猥琐的、小市民的戏剧所必然具有的卑俗的。当猴子在动物园里打架的时候,难道这是悲剧吗?”[②]

是的,正是由于这样,在古今中外的悲剧艺术中,有不少悲剧是以英雄人物作为悲剧主人公的。古希腊埃斯库罗斯的《被缚的普罗米修斯》中的普罗米修斯,就是一个不朽的伟大而崇高的英雄。马克思称颂普罗米修斯是“哲学的日历中最高尚的圣洁者和殉道者”[③]。所以人们习惯于把古希腊《被缚的普罗米修斯》这一类型的悲剧称作“英雄悲剧”。因此,古典主义的悲剧中的悲剧人物当然很多都是作者心目中的正面人物或英雄人物。在我国像郭沫若这样的作家,则更是有意地专以英雄人物或高尚人物作为他的悲剧的主人公。在郭沫若的十个历史剧(诗剧除外)中,除《卓文君》《蔡文姬》《武则天》以外,都是悲剧。《夏完淳》的悲剧主人公夏完淳豪迈地表示他的理想和情操:“为天地主心,为生民立命”,“挺立两间扶正气,长垂万古作完人。”的确,郭沫若的悲剧中的悲剧人物,如《屈原》中的屈原、婵娟,《虎符》中的如姬,《棠棣之花》中的聂嫈、聂政,《高渐离》中的高渐离、家大人,《王昭君》中的王昭君以及夏完淳,等等,都是我国历史上在反对外来侵略,争取民族解放,反对黑暗统治、争取自由幸福,反对分裂、坚持统一,反对邪恶、坚持正义的斗争中可以“长垂万古”的“完人”。郭沫若称他制造的婵娟是“诗的魂”,他的确是有意要把他的悲剧人物写成民族精神和道义美的化身。他这样塑造他的悲剧人物,除了他所使用的革命浪漫主义的创作方法,他所特有的诗人气质以外,还在于这些悲剧都创作于国民党统治的最黑暗的时期,他是有意地要将这些具有光辉夺目的民族精神和道义美的悲剧人物

---

① 鲁迅:《再论雷峰塔的倒掉》,《坟》,《鲁迅全集》(第1卷),人民文学出版社1956年版,第297页。

② 高尔基:《高尔基论文学》(续集),人民文学出版社1979年版,第330-331页。

③ 马克思:《德谟克利特的自然哲学和伊壁鸠鲁的自然哲学的差别》,据《哲学译丛》1957年第1期上的译文。

与国民党统治形成的黑暗现实相对立，用他的悲剧去“号召斗争，号召悲壮的斗争……鼓舞方生的力量克服种种困难，以争取胜利并巩固胜利”[①]。在粉碎“四人帮”以后出现的一些优秀悲剧，如《于无声处》《神圣的使命》《大墙下的红玉兰》《愿你听到这支歌》《弦上的梦》中的悲剧人物欧阳平、王公伯、葛翎、杨柳、梁遐、毛头等，都是无产阶级的英雄形象。

但是，我们却绝不能因此就做出悲剧人物只能是英雄人物的结论。

陈瘦竹同志强调：“恩格斯曾说‘历史的必然要求和这个要求的实际上不可能实现’这种矛盾构成‘悲剧性的冲突’。恩格斯的这句话虽然针对他所批评的拉萨尔的悲剧《济金根》而发，却是科学地说明了悲剧冲突的实质。在优秀的悲剧中，主角大都是正面典型或英雄人物。”[②]很显然，恩格斯的这句话，就是陈瘦竹同志的英雄悲剧论的主要根据。而在实际上，恩格斯的这句话既不是对所有的悲剧的实质的科学说明，也不能成为悲剧的主角，只能是正面典型或英雄人物的依据。恩格斯的这句话主要是对拉萨尔的《弗兰茨·冯·济金根》的批评。《弗兰茨·冯·济金根》取材于1522—1523年的以济金根为首的骑士叛乱。叛乱的目的是打击和限制世俗诸侯和高级僧侣的权力，建立以皇帝为首、以骑士为支柱的贵族民主制，叛乱以济金根的覆灭而告终。恩格斯早在1850年写的《德国农民战争》中，就对济金根所领导的骑士暴动的失败原因做了鞭辟入里的分析，明确指出济金根和胡登所要建立的以君主为首的贵族民主制，“是属于最原始的社会形态中的一种形态，以后都很自然地发展成为完备的封建等级制度，而封建等级制度显然已经是更高的阶段了，所以纯粹的贵族民主制在16世纪的法国是不可能的事”。正是由于骑士是倒退的、反动的、垂死的阶级，它不可能得到当时的社会主要力量——市民、农民的支持。因而，“贵族毕竟是孤军与诸侯搏斗”，“诸侯……轻而易举地制服贵族，这是早在意料中的事”。可是拉萨尔却在《弗兰茨·冯·济金根》中疯狂反对恩格斯的这种论述，恣意歪曲历史，对济金根这样一个垂死阶级的代表人物竭尽无耻美化吹捧之能事，把济金根和胡登，都打扮成救世主般的英雄，不承认济金根的覆灭是他所代表的垂死阶级的反动本质所决定的，说是因为他未能充分发挥自己的“革命狂热”，不恰当地运

① 郭沫若：《由〈虎符〉说到悲剧精神》，《沫若文集》（十七卷），人民文学出版社1961年版，第165页。

② 陈瘦竹：《论悲剧精神》，《文艺报》1979年第5期。

用了“狡智”。马克思、恩格斯在给拉萨尔的信中一针见血地指出:“济金根(而胡登多少和他一样)的覆灭并不是由于他的狡诈。他的覆灭是因为他作为骑士和作为垂死阶级的代表起来反对现存制度,或者说得更确切些,反对现存制度的新形式。”[①]恩格斯在给拉萨尔的信中也明确指出:“济金根命运中的真正悲剧的因素”在于“同农民结成联盟这个基本条件是不可能的。因此贵族的政策必然是无足轻重的,当贵族想取得国民运动的领导权的时候,国民大众即农民,就起来反对他们的领导,于是他们就不可避免地要垮台”。恩格斯正是针对这种情况而说“这就构成了历史的必然要求和这个要求的实际上不可能实现之间的悲剧性的冲突”[②]这样一句话的。可见,恩格斯所说的“历史的必然要求”,就是指历史发展的必然规律。就济金根和胡登所进行的贵族国民革命来说,其历史的必然要求就在于“贵族的国民革命只有同城市和农民结成联盟,特别是同后者结成联盟才能实现”。恩格斯所说的“这个要求,实际上不可能实现”,分明是指像济金根这样的作为垂死阶级的代表人物对这样的历史的必然要求的不可能实现。恩格斯明确指出这正是济金根作为悲剧人物的“真正悲剧的因素”,也是《弗兰茨·冯·济金根》作为悲剧艺术所应写的真正悲剧性的冲突。所以,从这句话中正可看得出来,在悲剧艺术中关键并不在于是否以英雄人物作为悲剧的主人公,关键在于能否揭示悲剧人物的“真正悲剧的因素”。拉萨尔在他的《弗兰茨·冯·济金根》中,以济金根这样的垂死挣扎阶级的代表作为悲剧的主人公,并没有错,他的错误恰恰在于把济金根美化成了英雄人物,掩盖了济金根的真正悲剧性因素,违反了恩格斯这句话的精神,因而在创作上遭到了失败。歌德的《铁手骑士葛兹·冯·伯利欣根》在题材上同《弗兰茨·冯·济金根》是同一类型的作品,马克思之所以说歌德在这部作品中以骑士葛兹“作悲剧的主人公是正确的”,就在于歌德对这个悲剧的矛盾冲突的处理是符合恩格斯所说的那句话的精神的。歌德在歌颂他对皇帝、诸侯的反抗的同时,暴露了他和农民起义军之间的不可调和的矛盾,从而正确展示了“历史的必然要求和这个要求实际上

---

① 马克思:《致斐迪南·拉萨尔》(1859年4月19日),《马克思恩格斯全集》(第二十九卷),人民出版社1979年版,第271–272页。

② 恩格斯:《致斐迪南·拉萨尔》(1859年4月19日),《马克思恩格斯全集》(第二十九卷),人民出版社1979年版,第586页。

不可能实现之间的悲剧性冲突”，以此作为他的灭亡的根本原因。这就使得《铁手骑士葛兹·冯·伯利欣根》成为歌德的著名的优秀的悲剧作品。由此可见，恩格斯的这句话，主要是针对济金根、葛兹这一类垂死阶级的代表人物起而反对现有制度的悲剧作品而言的，并不如陈瘦竹同志所说的那样是对无所不包的“悲剧冲突的实质”的“科学地说明”，更不能像陈瘦竹同志那样把济金根这样的垂死阶级的代表人物不能实现历史的必然要求理解为似乎济金根代表着历史的必然要求，从而得出“在优秀的悲剧中，主角都是正面典型或英雄人物”的结论。恰恰相反，恩格斯的这句话是对这种英雄悲剧论的否定。

陈瘦竹同志为了论证他的这一论点，他还引证了亚里士多德的论述，他说亚里士多德“指出‘悲剧摹仿比我们今天的人好的人’……关于悲剧的主角……如果单就‘比我们今天的人好的人’来说，那就是指悲剧主角应是英雄人物或正面典型，这种观点完全正确”[①]。可惜，被陈瘦竹同志宣称为完全正确的观点并不是亚里士多德的，亚里士多德所说的“比我们今天的人好的人”，并不是指的英雄人物，他在分析了“在最完美的悲剧里”，“不应让一个好人由福转到祸”，“也不应让一个坏人由祸转到福”以及“不应该是一个穷凶极恶的人从福落到祸”这样三种情况以后，做出结论说：

> 剩下就只有这样一种中等人：在道德品质和正义上并不是好到极点，但是他的遭殃并不是由于罪恶，而是由于某种过失或弱点。（亚里士多德：《诗学》第十三章）

可见，亚里士多德所说的“悲剧摹仿比我们今天的人好的人”实际上是强调“和我们自己类似”的人，“一种中等人”，有“某种过失或弱点”的人。他把这种道理说得很清楚，只有这样的人，才能引起作为悲剧摹仿的特征的哀怜和恐惧。这和陈瘦竹同志所说的英雄人物根本不是一回事。

在文艺复兴以后，欧洲的一些阐发亚里士多德的悲剧理论的美学家、作家、艺术家，在悲剧人物的问题上，仍然着重阐发必须选择一个人不完全好，也不完全坏，由于一种过失或者人性的弱点，才陷入他不应陷入的逆境。就是到了十八世纪末的席

① 陈瘦竹：《论悲剧精神》，《文艺报》1979年第5期。

勒那里,席勒也仍然强调"悲剧诗人特别喜欢善恶交织的性格是有他的道理的,他的理想的主人公正是介乎完全堕落和完美无缺的人物之间"[①]。这就表明亚里士多德和欧洲的古典悲剧理论,也很难都成为陈瘦竹同志的英雄悲剧论的理论根据。

实践是检验真理的唯一标准,我们说陈瘦竹同志的这种英雄悲剧论是行不通的,还在于这种理论不符合社会生活和悲剧创作的实际。马克思和恩格斯都从无限复杂、丰富的社会生活出发,明确指出过在社会生活中存在着各种不同类型的悲剧和悲剧人物,其中就包括了旧制度和代表旧制度的旧势力的灭亡的悲剧。在这种类型悲剧中的悲剧人物,就不可能是陈瘦竹同志所要求的"代表先进思想和维护人民利益的人物","正面典型或英雄人物"。或许有同志要问:既然只有美的事物的毁灭才能产生悲,那么,为什么旧制度的灭亡也会是悲剧性的呢?为什么并非英雄人物和先进人物或正面人物也能成为悲剧人物呢?马克思对这一问题回答得非常明白:"当旧制度还是有史以来就存在的世界权力,自由反而是个别人偶然产生的思想的时候,换句话说,当旧制度本身还相信而且应当相信自己的合理性的时候,它的历史是悲剧性的。当旧制度作为现存的世界制度同新生的世界进行斗争的时候,旧制度犯的就不是个人的谬误,而是世界性的历史谬误,因而旧制度的灭亡也是悲剧性的。"[②]如果旧制度和代表旧制度的势力已经"骇人听闻地违反了公理,它向全世界表明旧制度毫不中用","不过是真正的主角已经死去的那种世界制度的丑角"。[③]旧制度和代表旧制度的力量的灭亡,就不是悲剧而是喜剧了。所以,既然旧制度的灭亡之所以也是悲剧性的,就在于它"还相信自己也应当相信自己的合理性",那么,只要是"合理"的事物的毁灭,就能产生悲。而我们都知道"合理"也正是客观事物的重要审美属性之一。因此,悲剧人物就不能只限于英雄人物、先进人物或正面人物。只要不是彻底否定的人物,在其性格中有其合理的因素的人物,也就可以成为悲剧人物。比如骑士阶级在济金根和葛兹所处的年代,已经是垂死的阶级了,但是,他们对诸侯和高级僧侣以至于皇帝的反抗,要求国家统一及某些侠义行为,却在客观上和人民的利益是一致的,是合理的,因而他们能够成为悲剧人

① 席勒:《论悲剧艺术》,《文艺报》1979年第5期。

② 马克思:《〈黑格尔法哲学批判〉导言》,《马克思恩格斯选集》(第一卷),人民出版社1972年版,第5页。

③ 马克思:《〈黑格尔法哲学批判〉导言》,《马克思恩格斯选集》(第一卷),人民出版社1972年版,第5页。

物，正如马克思所说的“骑士阶级的没落能够为悲剧艺术的巨著提供材料”[①]。古今中外的悲剧艺术也在这方面为我们提供了大量的例证。

莎士比亚的悲剧《李尔王》中的悲剧主人公李尔是一个骄横恣戾的暴君。《麦克佩斯》中的悲剧人物麦克佩斯，则更是一个杀人篡位的阴谋家、野心家。李尔之所以成为悲剧人物，那是因为在他失去权势之后，他的性格发生了变化，变成了另外一个李尔，在他的性格中显露了一些好的东西。比如他在黑暗的荒野中第一次想到了在世界上的那些“无家可归的……衣不蔽体的不幸的人们”，把曾经供他玩弄的弄人当成了人，悔恨自己对科弟丽霞所犯的过失，他在雷雨交加的时刻对天地所倾泻的那种山洪暴发般的感情，也表现了他对伪善邪恶势力的诅咒和愤恨，表现了对压迫者的同情。所以杜勃罗留波夫在《黑暗的王国》一文中指出：“我们对这个狂妄的暴君感到憎恨，但是随着剧情的发展，我们对他像对一个平常人似的愈来愈和解，而最后，我们所怀的愤恨和憎恶已经不是对他而发，反而是为他而发，同时也为整个世界而发，我们憎恨那种野蛮的非人的境遇，它甚至可以使像李尔这一类的人也走投无路。”麦克佩斯的悲剧性则在于：这个昔日的忠诚的、英勇的、高贵的麦克佩斯，当他被“淫靡世纪”的邪恶的俗念和野心吞噬了良心，成了天良丧尽的人的时候，他也就遭到了彻底的毁灭。我们在这个因丑而导致麦克佩斯的毁灭的悲剧里可以激发我们对美的向往和肯定。莎士比亚为什么让作为黑暗势力的体现者的三个女巫在悲剧一开场就合唱：“美即丑恶丑即美”，这是很令人深思的。

白居易的《长恨歌》和白朴的《唐明皇秋夜梧桐雨》都是写的唐玄宗和杨贵妃的爱情悲剧，但是作为悲剧主人公的唐玄宗和杨贵妃，算得上什么英雄人物和正面人物呢？白居易在诗的一开头就谴责“汉皇重色思倾国”，白朴不仅把唐玄宗写得很昏庸，而且把杨贵妃写得与安禄山有暧昧关系。杨贵妃以及她和唐玄宗的爱情遭到毁灭，是他们的骄奢淫逸造成的。他们的爱情遭到毁灭和唐玄宗对杨贵妃的痛切而又深沉的思念之所以能使人产生悲的感受，引起人们的同情，就不仅在于爱情本身总是合理的、宝贵的，而且人民是按照自己所理解的爱情去看待他们的爱情的。

---

① 马克思：《〈新莱茵报·政治经济评论〉第2期上发表的书评》，《马克思恩格斯选集》（第十卷），人民出版社1972年版，第242页。

老舍的《骆驼祥子》当然是一个意义深刻的成功的悲剧,可是悲剧主人公祥子,却不仅不是英雄人物,也不是正面人物的典型。他的毁灭同样不是由于他的“性格的伟大”,恰恰是由于他的堕落。他的悲剧性在于:刚到城里来谋生的祥子,原来是一个纯洁、勤劳、诚实、健壮,既有生气又有理想的年轻人,是万恶的吃人的社会制度吞噬了他的美的素质,毁灭了他的生命,因而他的毁灭能引起人的高度的同情。

曹禺的《雷雨》和《日出》,也是优秀的悲剧作品,在这两部作品中遭到了灭亡和重大不幸的悲剧人物中,有哪一个算得上英雄人物呢?曹禺同志自己说:“在我的这些作品里,却没有一个无产阶级的人物,甚至连象征光明的人都没有在舞台上露过面。”像周萍、陈白露这样的遭到了毁灭的悲剧人物,连正面人物都算不上。曹禺同志把他们看作是“腐朽、寄生……之类的人物”[①]。这样的人物之所以能成为悲剧人物,是因为周萍也感到生活不自由,反对过封建家庭的束缚,所以作者对他还是有一定的同情的,以他的死来加强悲剧气氛。陈白露就更不同,她虽然是日夜过着堕落生活的交际花,但她在本质上是一个热情、认真、有血性的女性。她能同情小东西,见义勇为。她的堕落和毁灭也只能归之于旧社会的罪恶。

我们说从旧时代的悲剧来看,绝不是只有英雄人物、先进人物或正面人物才能作为悲剧的主人公,那么,社会主义时期的悲剧是否就非得由英雄人物做悲剧的主人公不可呢?我们最好还是看看在打倒“四人帮”以后已经涌现出来的社会主义时期的悲剧作品。

悲剧叙事诗《呼声》中的悲剧主人公,虽然是一位善良、纯真、勤奋、对生活对未来都充满着诗一般激情和幻想的姑娘,但是她却不是英雄人物,她只要求在我们这个为她所万分热爱的社会主义祖国里,能够得到她应该得到的友谊、爱情、生存、发展和幸福的权利,可是反动的血统论不仅剥夺了她应该得到的一切,而且吞噬了她的生命。由于《呼声》所提出的反动的血统论的问题,是在现实生活中长期存在且大量存在的一个问题,且这个问题关系着整个青年一代的前途和命运,因而能引起广大读者的共鸣,激励人们为根除这样的悲剧而进行斗争,谁能因为《呼声》的主人公不是英雄人物而否定《呼声》是优秀的悲剧作品?

---

① 曹禺:《〈曹禺选集〉后记》,《曹禺选集》,人民文学出版社1978年版,第425页。

《伤痕》中的悲剧主人公王晓华不仅不是英雄人物，而且是有严重的弱点、缺点和错误的人物，她一方面因她的母亲惨遭“四人帮”的迫害而惨遭迫害，备受“四人帮”的反动血统论的摧残和蹂躏。另一方面，她也受了“四人帮”的毒害，她在她的母亲惨遭迫害的时候，所采取的决裂行动带给母亲巨大苦痛，她是难辞其咎的。在粉碎“四人帮”以后，她的母亲的叛徒罪名得到了昭雪，她挣脱了她在“四人帮”专横时期“无法挣脱的那个叛徒妈妈的家庭给她套上的绳索”。但是，她和她母亲之间的骨肉分离的矛盾冲突并未得到解决，当她迫切需要见到她的妈妈的时候，她的妈妈却永远地闭上了眼睛。“四人帮”在王晓华心灵上造成的这种伤痕，当然是非常富有悲剧性的，我们从这样的伤痕中，既可以看见“四人帮”对王晓华母女的迫害，又可以看见“四人帮”对王晓华的毒害，还可以看见在“四人帮”对王晓华的迫害和毒害中王晓华所犯的过失，从而不仅可以激起人们对“四人帮”的无比仇恨，而且可以召唤人们警惕“四人帮”的病菌的侵蚀，与“四人帮”的流毒进行斗争。谁能因为《伤痕》的悲剧主人公不是英雄人物就否定《伤痕》的悲剧意义？

综上所述，我和陈瘦竹同志的分歧，不是悲剧是否应以英雄人物、先进人物、正面人物为主人公的分歧。首先应该肯定，由于我们所说的悲，不是一般意义上的悲，而是属于人对现实的审美关系中的重大审美范畴的悲，这样的悲既与作为审美范畴的美相联系，又与作为审美范畴的崇高相联系，只有美的事物的毁灭才能产生悲。美的事物与丑的事物所进行的斗争愈艰苦、愈巨大，就愈崇高。愈崇高而又遭到了愈大的不幸和毁灭，就愈悲。而悲剧就正是这样的在生活中的与美和崇高相联系的作为审美范畴的悲的最高表现形式。因此，那些毫无价值的和毫无合理因素可言的猥琐、卑俗的人物当然就不能成为悲剧人物。悲剧人物中必然有不少的是英雄人物，如把英雄人物作为先进人物这一概念的外延，则必然更多的是先进人物；如把英雄人物和先进人物都作为正面人物这一概念的外延，则主要的是正面人物。所以，总体来说，悲剧人物主要是英雄人物、先进人物和正面人物。我和陈瘦竹同志的分歧在于：尽管我们可以说悲剧人物主要是英雄人物、先进人物与正面人物，却绝不能说悲剧人物只能是英雄人物、先进人物与正面人物，更不能说只能是英雄人物。我在前面的论述，也可说明陈瘦竹同志的那种主要从悲剧人物只能是英雄人物方面立论的观点，则无论是就人对现实的审美关系中的重大审美范畴的悲来看,还是就对作为审美范畴的悲的最高表现形式的古今中外的悲剧艺术来看,抑或是就对悲剧艺术进行概括和总结的古今中外的悲剧理论来看,都是站不住脚的。这种英雄悲剧论,既必然会把艺术发展史中实际存在的而又不属于英雄悲剧的悲剧排除在悲剧艺术之外,又必然会堵塞悲剧创作广阔的天地。

然而,我和陈瘦竹同志的分歧并未到此为止,我还必须指出:陈瘦竹同志是为强调悲剧在社会主义社会中的"战斗作用"而论及悲剧精神,为论证悲剧精神而论及悲剧人物的。在他看来,"在社会主义社会中,悲剧像喜剧和正剧一样,或者像其他文艺作品一样,当然仍有战斗作用"。"原因之一就在于其中具有悲剧精神",这种"悲剧精神的实质是悲壮不是悲惨,是悲愤不是悲凉,是雄伟不是哀愁,是鼓舞斗志而不是意气消沉,悲剧的美,属于崇高和阳刚"。而悲剧之所以具有这样的悲剧精神,关键又在于悲剧人物都是"虽败犹荣,虽死犹生"的英雄人物。因此,我和陈瘦竹同志的分歧还包含了一个在古今中外的各种不同的悲剧中,是否有一种由悲剧都是以英雄人物为主角这一点所决定的统一的悲剧精神的问题。既然我在前面已经论证了并非在所有的古今中外的优秀悲剧中的悲剧人物都是英雄人物,因此,像陈瘦竹同志所说的那种由英雄人物做悲剧主角所决定的古今中外的悲剧都具有的统一的悲剧精神,当然也就是不存在的。就拿古今中外的那些都以英雄人物或正面人物做悲剧主角的悲剧来看,也不可能都具有像陈瘦竹同志所说的那种统一的悲剧精神。在我看来,悲剧艺术的悲剧精神,主要不是由悲剧人物,而是由悲剧反映的时代,以及作家、艺术家用以指导悲剧创作的美学理想决定的。由于悲剧所反映的时代不同,作家、艺术家用以指导悲剧创作的美学理想不同,悲剧精神也就不同。社会主义社会中的悲剧艺术的悲剧精神,就是被作家、艺术家的共产主义审美理想和社会主义时代这样两点决定的。先就作家、艺术家的共产主义审美理想与悲剧精神的关系来说,既然"合理""有价值"是客观事物的主要审美属性,既然美是"应当如此的生活",那么社会主义制度本身就是美的;一切显示了社会主义制度优越性的现象,都是美的;一切有利于社会主义建设的因素,都是美的;一切符合于社会主义的社会关系和人的关系的东西,都是美的;一切体现着社会主义的道德、原则和理想的人和事,都是美的。而社会主义的审美理想,就正是建立在对社会主义社会中所有这些美的认识的基础上所形成的美的观念和审美需要。在社会主义社会中，只有按社会主义审美理想来看是美的人和美的事所遭受的不幸、苦难和毁灭，才能产生悲。再从社会主义时代与悲剧精神的关系来看，由于社会主义制度本身就是美的，因此，社会主义制度不仅不和社会生活中美的人和事相对立，而且是美的人和事得以成长和发展的强大保证，本来不应产生悲剧，但是由于在社会主义社会中还存在着产生悲剧的根源，因而在社会主义社会中就不仅而且必然还会产生悲剧，所以，这种悲剧并不像旧时代的悲剧那样是旧制度的产物，悲剧的矛盾不能通过旧制度本身来解决。社会主义社会中的悲剧的矛盾冲突，从根本上说是可以由社会主义制度来解决的。但是如果矛盾解决了当然就不成为悲剧。悲剧之所以是悲剧，就在于因为种种原因悲剧的矛盾冲突并未得到解决。所以，只要作家、艺术家是从社会主义的审美理想指导下创作出来的反映社会主义社会中的悲剧，这种悲剧的悲剧精神，就和旧时代的一切悲剧的悲剧精神都有根本的区别，这种区别在于：社会主义时代的悲剧，既要从社会主义的现实生活中去寻求悲剧的根源，又不以悲剧人物与社会主义制度相对立。写美的人和事的毁灭，是为了对体现共产主义原则、理想和道德美的人和事的充分肯定，消除造成美的毁灭的社会原因。美的毁灭虽然标志着矛盾冲突的未能解决，但总是要从这种矛盾冲突的未能解决中显示出矛盾冲突解决的可能性。只有这样的悲剧，给人的感受才必然不是悲凉而是悲愤，不是悲伤而是悲壮，不是悲观绝望而是悲歌奋起，不是灰颓萎靡，而是激昂高亢。

很显然，陈瘦竹同志在《论悲剧精神》一文中之所以主要从悲剧人物必须是英雄人物方面立论，其根本目的也是要强调社会主义社会中的悲剧艺术应该具有这种悲剧精神。就其目的来说，我们是一致的。但论证的途径却是不同的。我把这种不同说出来，是为了就教于陈瘦竹同志，并希望能得到更多的同志的批评，我深信本着“百家争鸣”的精神，认真地讨论悲剧艺术中的这一极为重要的问题，无论对悲剧艺术理论，还是对社会主义时代的悲剧艺术创作的发展，都是有好处的。

一九八〇年三月

——收录于《思想战线》，1980年第3期

# 论郭沫若史剧创作的美学追求

伟大的无产阶级文化战士郭沫若同志,是我国新文化运动继鲁迅之后的又一面光辉旗帜。他是伟大的诗人、史学家、考古学家、史剧家、文艺理论家,他在文化艺术领域许多方面的成就和贡献是非常杰出的。本文想对郭老的史剧原则和史剧创作做一点粗疏的研究,作为我对这颗世界文坛巨星的陨落的哀悼和纪念。

## 一

郭沫若史剧的成就、特色、作用、意义是和他所自觉建树的卓越的史剧原则分不开的。他明确声称:"写剧本不是在考古或研究历史,我只是借一段史影来表示一个时代或主题而已,和史事是尽可以出入的。这种办法,在我们元代以来的剧曲家固早已采用,在外国如莎士比亚,如席勒,如歌德,也都在采用着的。"[①]这就表明郭沫若的史剧原则是对中外古典优秀剧作家的史剧创作原则的继承和发展。

在郭沫若的史剧原则中,首先强调的是史剧的特征,史剧和史学、史剧和其他文艺形式的区别。

① 郭沫若:《〈孔雀胆〉二三事》,《沫若文集》(第四卷),人民文学出版社1961年版,第269-270页。

郭沫若严格地把作为科学的史学与作为文艺的史剧区别开来。他明确地指出："历史研究是实事求是，'史剧创作是失事求似'。"郭沫若在这言简意赅的话中，阐明了史学和史剧的两个重大的区别：第一，史学的"求"，是指研究，"是"，是指规律，"求是"，就是研究历史发展的客观规律；史剧的"求"，是指反映，"似"，是指和历史生活本身相似的活生生的艺术形象，"求似"，就是以历史生活的本身的形象来反映历史生活的本质的真实。第二，史学必须从也只能从历史上确已发生过的事实中来研究历史发展的规律；而史剧，则必须从也只能从"失事"中来以与历史生活本身相似的栩栩如生的艺术形象来反映历史的真实。因为，从史籍来说，根本不可能为史剧创作提供足够的材料，比如郭沫若写卓文君寡后回家，私奔相如，但"她嫁的是什么人，她寡了为什么又回到了卓家，这些事实我在历史上是完全不能寻到"，[①]这是史籍的"失事"。就取材来说，史剧创作必须通过有限的人物在有限的时间、有限的空间内表现一个历史时期内的本质的真实，这就不可能有史必录，而必须舍弃大量与揭示主题思想、塑造人物性格无关的史实。例如，郭沫若把屈原一生中的三十多年的悲剧历史集中到一天来表现，当然就不能把屈原终身的际遇和与此相关的史实全都写进剧本，这是取材上的"失事"。正因为郭沫若看到在史剧创作中，天然地要首先碰到这两个方面的"失事"，而又必须要求"求似"，这就更加决定了在史剧创作中的"失事"，这就是不能一丝不变地完全按照史实进行创作。郭沫若说："绝对的写实，不仅是不可能，而且也不合理。"[②]因而史剧创作同样必须借助于艺术赖以存在的想象和虚构。

在文学创作范围内，郭沫若又把史剧创作和其他的文艺创作区别开来。他说："史学家是凸面镜，汇集无数的光线，凝结起来，制造一个实的焦点。史剧家是凹面镜，汇集无数的光线，扩展出去，制造一个虚的焦点。"（郭沫若：《历史·史剧·现实》）这就不仅是强调史学研究和史剧创作的区别，而且包括了史剧创作和其他文艺创作的区别。郭沫若所说的光线，就是史实所发射出的历史折光，史剧作家虽然不拘泥于历史的事实，和进行其他文艺创作一样，必须借助于想象和虚构，用形象来思维，但是，必须是在广博地搜集、深入地钻研、真切地

① 郭沫若：《〈卓文君〉后记》，《沫若文集》（第三卷），人民文学出版社1961年版，第43页。

② 郭沫若：《我怎样写〈棠棣之花〉》，《沫若文集》（第三卷），人民文学出版社1961年版，第168页。

理解历史事实和历史精神的基础上来想象和虚构,必须在特定的历史生活的基础上进行形象思维,"不能完全违背历史事实",在作为史剧家的凹面镜上,如果完全没有历史的折光的投射,也就不能"扩展出去,制造一个虚的焦点"。完全是脱离历史事实的凭空杜撰,也就不能成为史剧,所以郭沫若说他进行史剧创作,是想把科学和艺术在一定程度上结合起来,想把历史的真实和艺术的真实在一定程度上结合起来。(郭沫若:《〈武则天〉序》)而在郭沫若的历史剧中,不仅饱和着历史的经验、历史的真理,反映了历史的本质的真实,就是山川风物、典章制度、民情习俗,都无不显示出特定历史的风貌,甚至为抒发理想、揭示主题、刻画人物的需要而对历史所做的虚构和改变,也总是要尽可能地具有之所以做这种虚构和改变的根据。他"制造婵娟",那是因为在《离骚》中有"女须之婵媛兮",《湘君》中有"女婵媛兮为余太息",《哀郢》中有"心婵媛而伤怀兮,眇不知其所蹠"这样的诗句,郭沫若把婵媛解释为人名。他把宋玉写成无耻无行的文人,那是因为司马迁曾说过宋玉等人的作品"终莫敢直谏",从宋玉传世的作品也可看出"所表现的面貌,实在只是一位帮闲文人"。可见郭沫若在史剧中的虚构和史实的改变都不无历史根据,完全符合历史发展的必然逻辑,更深刻地揭示了历史的本质的真实。

## 二

郭沫若不仅强调了史剧既不同于史学又不同于其他文艺形式的特点,而且提出了史学家和史剧家所承担的任务的区别:"史学家是发掘历史的精神,史剧家是发展历史的精神"(郭沫若:《历史·史剧·现实》),并且指出了史剧家在史剧创作中发展历史精神的途径。这就是:

首先,要发展历史精神,就必须恪守在史剧创作中"可以据今推古,也还可以借古鉴今"的原则。这是要求史剧作家必须从革命观点出发,站在时代斗争的前列,用当代的精神去照亮历史,借历史人物和历史事件来反映当代的精神,这样就能使史剧作品成为时代精神和历史精神相结合的结晶,具有重大的现实意义,成为无产阶级手中进行斗争的武器。郭沫若的史剧,无疑是这方面的范例。

《棠棣之花》《屈原》《虎符》《高渐离》这四个剧本都是在抗日战争后期、皖南事变之后写成的。郭沫若对这四个剧本为什么都取材于战国时代，为什么都和抗秦有关，有过明确的回答。他说："我写这个剧本（指《屈原》），是在1942年1月，国民党反动派的统治最黑暗的时候……我的眼前看见了不少的大大小小的时代悲剧。无数的爱国青年、革命同志失踪了，关进了集中营。代表人民力量的中国共产党在陕北遭受着封锁，而在江南抵抗日本帝国主义的侵略最有功劳的中共所领导的八路军之外的另一支兄弟部队——新四军，遭了反动派的围剿而受到很大的损失。全中国进步的人们都感受着愤怒，因而我便把这时代的愤怒复活在屈原时代里去了。换句话说，我是借了屈原的时代来象征我们当前的时代。"[①]关于《虎符》的创作，他也说："我不否认，我写那个剧本是有些暗射的用意的。因为当时的现实与魏安厘王的'消极抗秦，积极反信陵君'，是多少有点相似。"[②]至于《棠棣之花》，他说，该剧的"政治气氛是以主张集合反对分裂为主题，这不用说是掺和了一些主观的见解进去的，望合厌分是民国以来的共同的希望，也是中国自有历史以来的历代人的希望"[③]。至于《高渐离》，郭沫若则更公开宣称，他是"存心用秦始皇来暗射蒋介石"[④]。是的，郭沫若在这几部作品中写历史上的抗秦，实际上是写现实生活中的抗蒋、抗日。当其秦始皇在剧本中是作为反动统治势力的最高代表出现的时候，他和楚国的楚怀王、魏国的魏安厘王、韩国的韩哀侯一样，都是郭沫若眼中的蒋介石。楚怀王的昏庸、腐朽，秦始皇的荒淫、独裁，魏安厘王的专横、残暴，都是蒋介石的反动面貌的写照，因此，这几个剧本中所反映的时代，就是蒋介石统治下的黑暗现实。

当秦始皇是作为国外的侵略势力在剧本中出现的时候，他又是日本帝国主义的象征。所以郭沫若写聂政反对韩相侠累分裂晋国、出卖韩国、投降秦国；屈原反对楚怀王、南后、靳尚绝交齐国、破坏联合、制造分裂，投降秦国；信陵君反对魏安厘王"劝赵国请秦称帝"的投降主义路线，窃符救赵抗秦保国，等等，都是借写战国时期在抗秦问题上的两条路线斗争来反映抗日战争时期的两条道

① 郭沫若：《序俄文译本史剧〈屈原〉》，《沫若文集》（第十七卷），人民文学出版社1961年版，第158页。

② 郭沫若：《由〈虎符〉说到悲剧精神》，《沫若文集》（第十七卷），人民文学出版社1961年版，第160页。

③ 郭沫若：《我怎样写〈棠棣之花〉》，《沫若文集》（第三卷），人民文学出版社1961年版，第16页。

④ 郭沫若：《〈高渐离〉校后记之二》，《沫若文集》（第四卷），人民文学出版社1961年版，第127页。

路、两条路线的斗争。通过这些斗争来大气磅礴地表现和歌颂中国共产党及其领导下的中国人民在抗日战争中"坚持抗战、反对投降,坚持团结、反对分裂,坚持进步、反对倒退"的革命精神。

由于这几个剧本都是在皖南事变以后写成的。因此,在这几个剧本中对国民党制造皖南事变的愤怒之情也就表现得特别强烈。在《虎符》中,郭沫若特意揭示了消极抗秦、积极反信陵君的魏安厘王竟然阴谋布置晋鄙在汤阴埋伏,趁信陵君率领自己的队伍去抗秦的途中把他们消灭,这就使人们看清了这和国民党反动派在皖南事变中设置陷阱、袭击坚持抗日的功比天高的新四军完全没有区别。在《屈原》中,郭沫若通过屈原之口,对国民党反动派的这种罪行进行了愤怒的谴责:"老百姓都希望中国结束分裂的局面","你陷害了的不是我,是我们整个儿的楚国啊!""是我们整个儿的赤县神州呀!"

其次,要在史剧创作中发展历史精神,还必须明确:"不是想写在某些时代有些什么人,而是想写这样的人在这样的时代应该有怎样合理的发展。"(郭沫若:《献给现实的蟠桃》)这就是要求塑造典型环境中的典型人物,要求按历史发展的方向,按生活应该有的样子来构成形象、展示生活。因此,郭沫若在这里提出的总的要求是植根于革命的现实主义的基础上,用革命的浪漫主义精神来进行创作,发展历史精神。

郭沫若的史剧,都是在不同程度上体现了革命的现实主义和革命的浪漫主义相结合的作品。但是革命浪漫主义无疑是他的史剧的总的倾向、基本特征。以他的1949年以前的八部史剧来说,他不仅把卓文君、王昭君、聂嫈、聂政、屈原、婵娟、信陵君、如姬、高渐离、家大人、夏完淳等,都按"应该有的合理的发展"写成了应该有的样子,正如他自己所说,他是存心要把他们写成"标本""先驱者",理想的"诗的感情的象征"。而且,他以他的悲剧主人公应该有的样子来揭示社会发展的应该有的前景。屈原失败了,但没有写他投汨罗江而死,而是写他到汉北人民中间去和人民结合在一起进行斗争去了。如姬死去了,但是作为她的精神支柱的信陵君毕竟胜利了,人民群众在她的墓前高唱:"信陵公子,如姬夫人,耿烈呀太阳,皎洁呀太阴……生者不死,死者永生。"夏完淳牺牲了,但是,郭沫若却把作为夏完淳精神的结晶的《南冠草》呈现在读者和观众面前,作为全剧的结尾,形象地象征着夏完淳精神长垂青史。《孔雀胆》以阿盖的死亡结束，可是她却用她的生命喊出了人类的希望："一切都过去了，让明天清早呈现出一片干净的世界。"

郭沫若在新中国成立后的两部史剧《蔡文姬》和《武则天》，总的风格，仍然是革命的浪漫主义精神，这既表现在这两部作品中的雄伟的气魄，高亢的格调，曲折的情节，惊心的矛盾，浩瀚的感情；又表现在郭沫若是把他自己的生活际遇、思想感情以及他的诗人的气质，都饱和在他所创造的人物形象里。当然，这两部作品的革命浪漫主义精神，主要还表现在郭沫若是站在时代发展的理想的高度来描写这两部作品的。的确，这两部作品都把曹操和武则天以及他们治理下的现实理想化了，但我们却绝不能把这种理想化看作是对封建帝王将相的美化，这不正如《武则天》的导演焦菊隐所说郭沫若是"为了艰苦奋斗，建设社会主义"而"赋予武则天以人定胜天的信念"[①]的吗？郭沫若在这里召唤春天，和他在永别我们之前讴歌春天的思想，难道不是一脉相承的吗？郭沫若写《武则天》是为了歌颂党和毛主席的领导，为了巩固无产阶级专政，为了发展社会主义革命和社会主义建设，迎来无限美好的共产主义春天！

最后，要在史剧创作中发展历史精神必须看到"古人的心理，史书多缺而不传，在这史学家搁笔的地方，便须得史剧家来发展"（郭沫若：《历史·史剧·现实》）。郭沫若在这里特别强调人物心理描写，就不仅把史剧中的人物置于坚实的现实主义描写的基础上，使史剧中的历史人物更加真实可信，栩栩如生。而且由于郭沫若总是善于把人物置于尖锐复杂的、大起大落的、瞬息万变的矛盾冲突中，让人物不由自主地敞开自己的心扉，打开感情的闸门，并把历史的心声、时代的呼喊、诗人的感情都融会到作品主人公的感情的波涛里，这样，就使郭沫若的史剧具有更为巨大的震撼人心的力量，具有更为强烈的革命的浪漫主义精神。

《屈原》剧中主人公的雷电独白，之所以取得了如此巨大的成功，就在于郭沫若所说的："我是存心使他所受的侮辱增加到最深度，彻底蹂躏诗人的自尊的灵魂，这样逐渐叠进到雷电独白。"[②]的确，"劳苦倦极，未尝不呼天也，疾痛惨怛，未尝不呼父母也"（司马迁：《史记·屈原贾生列传》），只有这样写，才便于倾泻屈

---

① 焦菊隐：《〈武则天〉导演杂记》，《文艺报》1962年第9期，第13页。

② 郭沫若：《〈屈原〉与〈厘雅王〉》，《沫若文集》（第三卷），人民文学出版社1961年版，第76页。

原犹如山洪暴发般的感情,也才便于把郭沫若写《屈原》时的时代的愤怒复活在屈原的时代,尤其是复活在屈原的愤怒里。屈原的愤怒,本来就像风那样驰骋,像电那样炽热,像雷那样咆哮。因此,当他在东皇太乙庙中看见"室外雷电交加,时有大风咆哮"的时候,他便与风、雷、电完全同化了,他看见风的咆哮,他就要求风即使"不能吹掉这比铁还沉重的眼前的黑暗",也要"使那洞庭湖,使那长江,使那东海,为你翻波涌浪,和你一同地大声咆哮",而这却是驱除黑暗的"伟大的力呀"。他听见"那轰隆隆的"雷声,就认定是雷公的"车轮子滚动",他就要求把他载到"那没有阴谋,没有污秽,没有自私自利的没有人的小岛上去"。他看见划破长空的闪电,他就把它看作是"宇宙中最犀利的剑",要它"把这比铁还坚固的黑暗,劈开!"总之,他要求:"你们风,你们雷,你们电……你们宇宙中伟大的艺人们呀,尽量发挥你们的力量吧。发泄出无边无际的怒火,把这黑暗的宇宙,阴惨的宇宙,爆炸了吧!爆炸了吧!"但是,他要求毁灭是为了新生,他诅咒黑暗是为了追求光明,所以他呼喊:"光明呀,我景仰你,我景仰你,我要向你拜手,我要向你稽首,我知道,你的本身就是火,……我知道你就是宇宙的生命,你就是我的生命,你就是我呀!我这熊熊地燃烧着的生命,我这快要使我全身炸裂的怒火,难道就不能迸射出光明了吗?"是的,屈原是燃烧着的生命,正是像屈原这样的在历史上的、现实生活中的千千万万的燃烧着的生命,烧毁了旧中国的黑暗,才迎来了新中国的光明。所以屈原的呼喊,就是作者的呼喊,就是人民的呼喊,就是时代的呼喊。时代哺育了作者,作者化为了屈原,屈原化为了雷电,雷电化为了观众。作者、屈原、雷电、观众完全同化在一起了!

在《虎符》中,郭沫若在对如姬的优美贤淑而又勇敢刚烈的心灵的揭示上,也是非常成功的。她为救赵保国的正义事业甘冒死罪窃取虎符,她为保持信陵君和她的声誉,不使后人对她和信陵君所进行的正义事业有丝毫的误解,她不愿苟且偷生,她临死前在她父亲墓前称颂匕首的那一段抒情独白,用诗的语言和诗的激情来阐述的关于生和死的不同意义和由此前构成的关于生和死的辩证关系的人生哲理,既直抒如姬的胸臆,又饱和着时代精神,就不仅使如姬的高大形象得以最后完成,而且激起了读者和观众强烈的共鸣,发人深省,令人深思。

由此可见,郭沫若所提出的在史剧创作中如何发展历史精神的三个途径,实际上是向我们提出了一整套如何加强史剧的思想性,提高史剧的艺术性以便史剧的思想性和艺术性更完美地结合的原则，在如何实践这些原则上，他的史剧又为我们提供了很好的范例。这是值得我们认真地学习、研究、继承、发展的。

## 三

在郭沫若的史剧中，悲剧占大多数。郭沫若悲剧中的悲剧人物，如屈原、婵娟、如姬、夏完淳等，都是我国历史上在反对外来侵略、争取民族解放，反对黑暗统治、争取自由幸福，反对分裂、坚持统一，反对邪恶、坚持正义的斗争中，可以"长垂万古"的"挺立两间扶正气"的"完人"。郭沫若是有意地要把他的悲剧人物写成可以"为天地主心，为生民立命"的民族精神和道义美的化身。郭沫若这样塑造他的历史悲剧人物，这除了和他所使用的革命浪漫主义的创作方法，他的特有的诗人气质，他在特定的历史时期内的特定的创作动机有关以外，同时是和他自己的关于悲剧的观念分不开的。

不少评论家和他自己都爱拿他写的悲剧和西方古典悲剧，尤其是莎士比亚的悲剧相比较，可见，郭沫若对西方关于悲剧的观念和理论及其创作实践都是非常熟悉的。但他的悲剧观念和西方古代关于悲剧的传统观念是大相径庭的，我们从郭沫若的悲剧观念及其创作实践中，更多地看到的是他在突破和发展西方古典悲剧传统上所做的努力。

郭沫若是自觉地反对亚里士多德命运悲剧的观点的，他把一些本来是自身就具有命运色彩的题材，自觉地改造为性格的悲剧。最突出的是对王昭君的悲剧题材的处理。他明确地说："她（王昭君）的一生诚然是一个悲剧，但这悲剧的解释在古时是完全归诸运命——就是她不幸被画师卖弄，不幸被君王误选，更不幸的是以美人之身下嫁匈奴……这些都好像冥冥之中有什么在那儿作弄，不是人力所能左右的一样。像这种运命悲剧的解释，我完全把它改成性格的悲剧去了。"[①]的确，郭沫若的其他悲剧主人公都无不是不信命运，反抗命运的人。夏完淳就明确宣称："我不相信气数，我却尊重气节"，他的英雄行为也正表现在如他所说的"知其不可为而为"。所以，郭沫若是非常注意把他的悲剧写成性格的悲剧的。

但是，在对性格悲剧的矛盾冲突的根源的看法上，他与席勒和黑格尔是完

---

① 郭沫若：《〈王昭君〉后记》，《沫若文集》（第三卷），人民文学出版社1961年版，第76页。

全不相同的，他不是像席勒和黑格尔那样把悲剧的矛盾冲突看作属于精神领域中的不同的伦理力量或不同的道德目的之间的矛盾斗争，而是把悲剧冲突的根源归之于时代和社会。所以郭沫若总是说他是因为在现实生活中“看见了大大小小的时代悲剧”才去写历史上的时代悲剧的，他总是把他所写的性格悲剧宣称为时代悲剧，因此，他对悲剧的根本看法是：“促进社会发展的方生力量尚未足够壮大，而拖延社会发展的将死力量也尚未十分衰弱，在这时候便有悲剧的诞生。”[①]他本着他对悲剧的这种根本观点，就他所写的战国时代的几个剧本所说的下面的这几段话非常值得注意：

> 战国时代，整个是一个悲剧时代，我们的先人努力打破奴隶制的束缚，想从那铁的桎梏中解放出来，但整个的努力结果只是换成了另外一套刑具。
>
> ……
>
> 把人当成人，这是句很平常的话，然而也就是所谓仁道。我们的先人达到了这样的一个思想，是费了很长远的苦斗的。
>
> ……
>
> 但这根本也就是一种悲剧精神。要得真正把人当成人，历史还须得再向前进展，还须得有更多的志士仁人的血流洒出来，灌溉这株现实的蟠桃。
>
> 因此聂嫈、聂政姊弟的血向这儿洒了，屈原、女须也是这样，信陵君与如姬，高渐离与家大人，无一不是这样。
>
> “杀身成仁，舍生取义”，是千古不磨的金言。（郭沫若：《献给现实的蟠桃》）

有的同志看见郭沫若在这段话中强调了“把人当成人”并解释为“仁道”，就认为郭沫若是在这里宣扬人道主义思想，并结合着郭沫若的悲剧中一些悲剧人物所说的“人的尊严”“把人当成人”“能过人的生活”，就说和莎士比亚的《汉姆

① 郭沫若：《由〈虎符〉说到悲剧精神》，《沫若文集》（第十七卷），人民文学出版社1961年版，第161页。

莱脱》(今多译为《哈姆雷特》,编者注)里称人为“宇宙的精华,万物的主宰的思想是多么相似”,就说“这是从莎士比亚那里听过的声音”。[①]这种看法当然是错误的。郭沫若不是莎士比亚那样的资产阶级人道主义作家,他在这段话中所强调的“把人当成人”即所谓人道,并不是强调的资产阶级人道主义,他早就明确表示过他是反对谁以“温柔敦厚的人道主义”来作为给他的“戏剧定性的最高准绳”的。[②]郭沫若是伟大的无产阶级文化战士,从郭沫若所谈的这段话中,却正可以看出他和莎士比亚之间在悲剧观念和悲剧创作上的重大区别。莎士比亚把资本主义和封建主义交替时期的没落的腐朽的封建势力作为悲剧的根源,他所说的作为“宇宙的精华,万物的主宰”的人,实际上主要是指新兴的资产阶级、资产阶级的人文主义者,他所描写的悲剧冲突实质上是反映了新兴的资产阶级和没落的封建阶级、人文主义和封建主义之间的斗争。由于资产阶级一登上历史舞台就暴露了它在原始积累时期的罪恶,因此,当时的现实生活,西方的传统的悲剧观念和莎士比亚的现实主义精神,都决定了他的悲剧主人公虽然都体现了在当时不失为先进的人文主义思想,但他们的人格、内心都是分裂的,甚至他们的悲剧也往往是由他们自身的缺陷和过错造成的。而郭沫若在这段话中则明确阐明了一切剥削制度的存在都是产生悲剧的根源。封建社会取代奴隶社会,只不过是由一种对人的“束缚”换成了另一种对人的“刑具”。因此,要使人不过牛马不如的生活,“把人当成人”,就必须把人从任何一种形式的阶级剥削和压迫下解放出来,这就“须得有更多的志士仁人的血流洒出来,灌溉这株现实的蟠桃”——使历史进入没有阶级剥削和阶级压迫的社会。所以,郭沫若在悲剧中所反映的基本上都是为灌溉这株现实的蟠桃而在反对民族压迫和阶级压迫的斗争中“杀身成仁、舍生取义”的悲剧精神,这种精神世代相传、发扬光大,实际上就形成了一种我国的民族传统和民族精神。王昭君、聂嫈、聂政、屈原、婵娟、信陵君、如姬、高渐离、家大人、夏完淳所进行的斗争,都在不同程度上具有这种斗争的性质,他们都为灌溉这株现实的蟠桃而流洒了自己的鲜血以至于丢掉了生命。正是这样,郭沫若才把这些人物塑造为民族精神和民族的道义美的化身。这些人物当然没有西方悲剧的传统观念中的悲剧人物在人格和道

① 王淑明:《论郭沫若的历史剧》,《文学研究》1958年第2期,第85-86页 。

② 郭沫若:《〈孔雀胆〉的润色》,《沫若文集》(第四卷),人民文学出版社1961年版,第268页。

德上的矛盾,更没有莎士比亚的悲剧人物的那种内心的分裂。所以,郭沫若的悲剧的效果,都不是悲伤,而是悲壮。他所写的悲剧都达到了他给悲剧规定的目的:“号召斗争,号召悲壮的斗争……鼓舞方生的力量克服种种的困难,以争取胜利并巩固胜利。”①

## 四

郭沫若不愧是中国和世界文坛的巨擘,他的史剧原则和史剧创作,在中国和世界的文艺史中,都有崇高的地位,是留给我们的极为宝贵的精神财富。

对历史上的秦始皇,郭沫若是一分为二的,对他的历史功绩是充分肯定的。郭沫若在《高渐离》一剧的《校后记之二》中明确肯定了“秦始皇是一位对民族发展有贡献的历史人物”,因为要“存心用秦始皇来暗射蒋介石”,所以才使得“对于秦始皇的处理很不公正”。就是对秦国丞相张仪,郭沫若也在《我怎样写五幕史剧〈屈原〉》中说:当他“站在史学家立场来说话的时候,张仪对于中国的统一倒是有功劳的人”。“把他写得相当坏,这是没有办法的。在本剧中他最吃亏,为了禋祀屈原,自不得不把他来做牺牲品。”“四人帮”以郭沫若在史剧中所写的秦始皇来指责他对秦始皇的态度,这不仅说明了这批丑类对艺术与科学、史剧与史学的区别一窍不通,而且表明他们原本就是郭沫若用秦始皇来暗射的中国人民的凶恶敌人。

至于“四人帮”诬蔑郭沫若的史剧是王明路线的产物,是反对毛主席的,则更是一派胡言乱语,是不值一驳的。郭沫若在抗日战争时期所写的史剧都是在周总理的亲切关怀下写成的,《棠棣之花》的演出,周总理先后看了七次,周总理曾亲自指导演员对《屈原》中的雷电颂一段台词的朗诵,亲自设宴祝贺《屈原》演出的成功。毛主席对郭沫若的史剧也是充分肯定的。1944年,毛主席在他托周总理亲自转交给郭沫若的一封信中说:“你的史论、史剧有大益于中国人民,只嫌其少,不嫌其多。精神决不会白费的,希望继续努力。”②毛主席和周总理是这样看重郭沫若的史剧,这就使我们更加看清了“四人帮”诬蔑郭沫若史剧的反动

① 郭沫若:《由〈虎符〉说到悲剧精神》,《沫若文集》(第十七卷),人民文学出版社1961年版,第165页。

② 于立群:《化悲痛为力量》,《人民日报》1978年7月14日。

用心。“尔曹身与名俱灭，不废江河万古流。”“四人帮”终于被扫进了历史的垃圾堆，而郭沫若和郭沫若的史剧将万古长存。

——收录于《文艺美学论集》，四川省社会科学院出版社1986年版

| 下 | 编

# 文学理论与文化批评

# 几点意见

目前,《南充师院学报》《文艺报》《文艺理论研究》等刊物,都正在开展关于如何加强和改进文艺理论教学和研究工作问题的讨论,我也愿就这一问题谈几点粗浅的认识。

首先,在于重视。文艺理论的教学工作不仅应该在艺术院校和高等院校的艺术系科中占有很重要的地位,而且在我国的整个文学艺术事业中也应占有重要的地位。这是因为文艺理论的教学不仅直接关系到我国的文艺理论和文艺批评的专门人才的培养,直接关系到我国科学文艺理论水平的提高,对古典文学、外国文学、现代文学的教学和研究也有重大的影响,对促进社会主义文艺事业的繁荣和发展更有着十分重要的意义。我们从作为俄罗斯文学批评的奠基者的别林斯基怎样地促进了以普希金、莱蒙托夫、果戈理为代表的现实主义创作的胜利,就可看出文艺理论和文艺批评对文学艺术的发展有着多么重大的作用。可是,我们对文艺理论和文艺理论教学工作的重视却是很不够的。不少国家搞文艺评奖总是把文艺理论包括在内,而我国的文艺评奖,这个奖,那个奖,这么多,就是没有文艺理论的份儿。四川最近搞文学评奖,虽然包括了文学理论,可是在创作方面的评奖无所限制,而文学理论文章可以参加评选的,却只局限在评论粉碎“四人帮”以后发表的文学创作的文章这样一个极其狭小的范围之内。不仅评论古典的、外国的、现代的作家作品的文章不在评奖之列,就是对理论本身的研究,也不包括在评选之列。在创作上,只要一篇作品打响了,什么东西都接踵而至,而在理论上,发表的文章再多,也很难得到社会的承认。在学校里,有的人把多讲的几个古文字看成是了不起的学问,有谁能多认得乌龟壳上的一个字,似乎就犹如发现一颗新的星球一样重要;而文艺理论的教师,在对复杂的文艺现象的规律的探索上,即使确有自己的见解,也并不看成是一回事。如不相信,就请做一番调查吧,就以中文系来说,看看在粉碎“四人帮”以后所晋升的第一批教授、副教授中,是不是多集中在古典文学和汉语、古汉语方面,搞文艺理论教学的同志究竟有几个人?担任文艺理论教学的同志完全不应计较这些,但这些也确实反映了对文艺理论和文艺理论教学和研究的不重视,这对我国的文艺理论水平的提高、文艺创作的发展和繁荣都是不利的。别林斯基说:“关于伟大作品的评论,其重要性不在伟大作品本身之下。”“杂志是社会的领导者,批评应该构成杂志的灵魂、生命。”而高等学校的文艺理论教学,对文艺理论人才的培养,提高马克思主义的文艺理论和文艺批评水平,有着不容忽视的作用。因此,教育部门、文化部门、文联和文联各协会,都应重视和关心艺术院校和高等学校的艺术系科中的文艺理论的教学才是。

其次,在于课程。对文艺理论教学的加强和改进,有关文艺理论课程的设置问题,也是至关重要的问题。总的说来,在高等院校的艺术系科中有关文艺理论课程的门类和时数都很不够,必须从这方面加强。有的同志主张把马克思主义文艺理论课作为百家争鸣中的一家的地位来开设,这种意见是不正确的。我们是社会主义国家,马克思列宁主义、毛泽东思想是我们国家的指导思想。我们在马克思主义文艺理论方面的教学和研究不是多了,而是很不够。很多高等院校的中文系,都开设了文学基本原理,马、恩、列、斯文艺论著选读这样两门必修课程。我们必须明确,文学基本原理这门课,不管以甚(什)么名目出现,都必须是讲的马克思主义文艺理论基本原理,毛泽东文艺思想必须作为马克思主义文艺理论的最重要的组成部分,在这门课程中得到生动的体现。这门课要着重讲清文艺的规律，既要讲文艺的外部规律，又要讲文艺的内部规律，还要讲文艺的发生发展规律。要十分注意把马克思主义文艺理论的基本原理与中国所固有的传统的文艺理论相衔接，形成我国的民族化了的马克思主义文艺理论体系。现在有的同志主张把马、恩、列、斯文艺论著作为选修课来开，我不同意这个意见。这门课对培养学生阅读马克思主义经典著作家的原著的能力，直接从马克思主义经典著作家的著作中全面地、准确地掌握马克思主义文艺理论的基本观点，建立马克思主义的文艺观至关重要。必须作为必修课来开，并继续加强。这门课以往只开一学期，每周三学时，总学时似乎少了一些，在所讲的篇目上也要尽可能地扩大一些，讲马恩的文论，不能只局限那么四五封信。关于马克思主义的文艺理论课，除了以上两门必修课以外，还应开设两门选修课，一是马克思主义美学原理，一是马克思主义文艺理论发展史，除着重讲授马克思主义文艺理论的发生发展，以及马、恩、列、斯、毛在马克思主义的文艺理论的发展上的贡献以外，还应把梅林、普列汉诺夫、卢那卡尔斯基、高尔基、鲁迅等对马克思主义文艺理论的贡献包括进去。此外，还可开设这样一些选修课：西方美学史、西方文论选、中国古代文论选、中国文学批评史、中国美学史，举凡在文艺理论或美学上有重大影响的中外的著作家和著作，都可作为选修课来开，如黑格尔的《美学》、刘勰的《文心雕龙》等。必须明确，开设这些选修课的目的仍然是发展我国的马克思主义的美学理论和文艺理论，促进社会主义文学艺术的繁荣。

第三，在于教师。加强和改进文艺理论教学的关键还在于担任文艺理论课教学的教师。现在要引起我们严重注意的是：文艺理论教师的数量少，质量低，不稳定。有关方面要设法把这支教师队伍稳定下来，使之安心文艺理论的教学工作，采取强有力的措施提高师资的质量。作为一个文艺理论教师，光把自己所教的教材弄熟是很不够的；必须基本上熟悉和掌握马、恩、列、斯、毛的文艺论著和其他著作中的有关文艺和美学的论述；必须基本上熟悉和掌握我国传统的文艺理论和美学理论；必须基本上熟悉和掌握西方古典的文艺理论和美学理论；必须阅读古今中外的文学名著和艺术名著；必须基本上了解当前的世界文艺动向和潮流；必须与社会上的文艺活动和从事艺术实践的作家、艺术家们尽可能地保持紧密的联系，重视和研究他们从事艺术创作活动的经验。只有这样,我们的文艺理论教学才能真正做到以马克思主义为指导,使马克思主义的文艺理论与中国的传统文艺理论相衔接,与创作实践相结合,讲出教师自己生动的见解和心得。我们必须承认,在我们的文艺理论教师中的不少同志在以上各个方面都是很不够的,因此,文艺理论课的教师配备的数量上要尽可能多一些,在课程上不能给教师压得太紧,要给他们留有从以上几个方面充实、提高自己的余地,要为文艺理论课的教师在看文件、参观各种艺术展览、观看必须观看的艺术演出、参加社会上的各种有助于提高课程教学的会议和艺术活动创造条件,提供方便。而文艺理论课教师本身则更应为加强和改进文艺理论课的教学尽到自己最大的努力。

——收录于《南充师范学院学报》(哲学社会科学版),1981年第2期

# 关于异化和人道主义问题的思考

人道主义问题在我国被禁锢二十多年以后，目前正在全国的报刊上进行着热烈的讨论，这次讨论之所以特别重要，就在于“四人帮”所制造的十年浩劫的悲剧，使我们清楚地看到了当人道主义一旦与社会主义、共产主义对立起来，并被从马克思主义中排除出去之后，将会出现怎样的兽性肆虐的残酷情景。因此，在当前的讨论中，弄清马克思主义关于异化和人道主义的理论，不仅对文艺理论和文艺创作的发展至关重要，而且对于划清真假马克思主义、真假社会主义的界限，建立马克思主义的世界观、重视人、尊重人、团结一切可以团结的人来完成“四化”建设的任务，都有着十分重大的意义。本文主要想就这一问题发表一些看法，以就教于我与之商榷的同志和关心这一问题的同志们。

马克思关于人、人的本质、人的异化和人道主义的思想，是马克思主义的科学体系中极为重要、极为光辉的部分。在马克思看来，人性就是“人的本质”。马克思在《1844年经济学哲学手稿》、《〈黑格尔法哲学批判〉导言》《神圣家族》《德意志意识形态》《关于费尔巴哈的提纲》《资本论》等一系列著作中，在很多时候都是在人性的意义上使用“人类本性”“人的本性”“人的本质”这些词语的。比如马克思在《1844年经济学哲学手稿》中,就把共产主义社会里的“通过人和为了人而对人的本质的真正占有”看作“也就是对社会的人、即人性的人的完全的复归”。[①]在这里,“人的本质”和人性就是同义语。而人之为人的有别于动物的“人的本质”则在于人的自觉的有目的的劳动。马克思恩格斯说:“当人们自己开始生产他们所必需的生活资料的时候,他们就开始把自己和动物区别开来。”[②]人要进行生产劳动,就必然要在生产劳动中结成不以人们意志为转移的生产关系,所以,马克思又明确地说:“人的本质……是一切社会关系的总和。”[③]马克思对人性的这种理解使得他必然要注意和研究人在各个不同的历史阶段的生产关系中的劳动条件和处境。马克思在集中地研究了工人阶级在资本主义生产关系下的劳动及其结果以后,提出了“异化”的概念。马克思的“异化”的概念,不仅暴露了资本主义社会中劳动的异化、人性的异化的种种惨无人道的表现,而且深刻地揭露了造成异化的根源。由此产生了与资产阶级的人道主义有着质的区别的马克思主义的人道主义,并把这种人道主义与共产主义有机地结合起来,作为消灭异化的根本途径。

“异化”这个概念,虽然导源于启蒙时代的资产阶级哲学的人道主义,但是,马克思的异化的概念主要还是从黑格尔和费尔巴哈那里来的,是马克思对黑格尔和费尔巴哈关于异化的思想进行了革命性的改造的结果,从而又与他们的异化概念有着质的区别。

异化和异化的扬弃是黑格尔用以证明他的主体与客体的统一性的两个基本概念,构成他的哲学体系范畴。黑格尔认为在自然界和人类社会出现之前,就存在着一种作为活动的本源的“绝对理念”,这种“绝对理念”的内部矛盾,使得它按异化和异化的扬弃的规律发展,在自然界和人类社会出现之前,“绝对理

---

① 这里的译文见于《马克思恩格斯论艺术》第1卷,人民文学出版社1963年版,第341页。在《马克思恩格斯全集》第四十二卷,人民出版社1979年版,第120页中的译文是这样的:“……通过人并且为了人而对人的本质的真正占有……它是人向自身、向社会的(即人的)人的复归。”在这里,“(即人的)”在人民出版社1953年版的《经济学—哲学手稿》第82页中的译文仍是“人性的”,可见,社会的(即人的)人就是说的“社会的人,即人性的人”这个意思。

② 马克思、恩格斯:《德意志意识形态》,《马克思恩格斯全集》(第三卷),人民出版社1979年版,第24页。

③ 马克思:《关于费尔巴哈的提纲》,《马克思恩格斯全集》(第一卷),人民出版社1979年版,第18页。

念”是作为一种“纯思维的原质”、纯理性、纯逻辑的体系存在着和发展着的。对“绝对理念”在这一逻辑阶段的研究，是他的“逻辑学”的任务。“绝对理念”的这种在逻辑阶段的运动和发展，终归要外化为自然，“绝对理念”通过对自身的否定，而使自身异化为自身的异在，黑格尔称之为“绝对理念的异在”。对“绝对理念”在“绝对理念的异在”这一阶段的研究，就是他的“自然哲学”的任务。“绝对理念”在这一阶段的运动和发展，又要导致对自然界的扬弃，从而返回主体，但这时作为主体的“绝对理念”已经不是在逻辑阶段的那种“纯思维的原质”，而是“绝对精神”和人的思维了。黑格尔把对“绝对理念”发展到人的意识、社会意识这一最高阶段的研究，作为他的“精神哲学”的任务。在黑格尔看来，“绝对理念”在这第三阶段，即人的意识、社会意识阶段的发展运动仍是按异化和异化的扬弃的规律进行，通过异化和扬弃来最终达到对自我的认识。正如马克思指出的：“人的本质，人，在黑格尔看来是和自我意识等同的。因此，人的本质的一切异化都不过是自我意识的异化。”“对异化的、对象性的本质的任何重新占有，都表现为把这种本质合并于自我意识：掌握了自己本质的人，仅仅是掌握了对象性本质的自我意识。因此，对象之返回到自我，就是对象的重新占有。”“这不仅具有扬弃异化的意义，而且具有扬弃对象性的意义。”①

马克思正是看到黑格尔的这种关于人的异化和异化的扬弃的思想，在经过革命性的改造以后，有可以利用的价值，而对黑格尔的这种思想给予了极高的评价：“由于《现象学》仅仅抓住人的异化——尽管人只是以精神的形式出现的——其中仍然隐藏着批判的一切要素，而且这些要素往往已经以远远超过黑格尔观点的方式准备好和加工过了。”“黑格尔的《现象学》及其最后成果——作为推动原则和创造原则的否定性的辩证法——的伟大之处在于，黑格尔把人的自我产生看作一个过程，把对象化看作失去对象，看作外化和这种外化的扬弃；因而，他抓住了劳动的本质，把对象性的人、现实的因而是真正的人理解为他自己的劳动的结果。”②

---

① 马克思：《1844年经济学哲学手稿》，《马克思恩格斯全集》（第四十二卷），人民出版社1979年版，第165、164页。

② 马克思：《1844年经济学哲学手稿》，《马克思恩格斯全集》（第四十二卷），人民出版社1979年版，第162、163页。

尽管马克思非常看重黑格尔的关于人的异化和异化的扬弃的思想,但马克思的异化观念是以正如他所说的"远远超过黑格尔观点的方式准备好和加过工了"的,二者之间有着本质的区别:黑格尔的异化是人的自我意识的异化,而马克思所讲的异化是需要的异化、劳动的异化、人的本质力量的异化、人性的异化,这一根本区别决定了其他方面的一系列的本质区别。

对黑格尔的异化概念进行了唯物主义改造的首先是费尔巴哈,他接过黑格尔的异化概念来批判宗教,把包括黑格尔的以"绝对理念"作为万物本源在内的一切神学唯心主义思想都颠倒过来了。"把宗教的本质归结为人的本质",把神归结为人的本质力量的异化,人把神创造出来,又心甘情愿地接受神的奴役和统治。在他看来,"为了使上帝富有,人就必须贫穷;为了使上帝成为一切,人就必须成为乌有,人在自身中否定了他在上帝身上加以肯定的东西"。[①]由这种根本的异化产生了其他的一切异化形式,所以费尔巴哈断定要解决社会矛盾,就得从批判宗教开始。

马克思一方面非常看重费尔巴哈对哲学的基本问题的这种唯物主义的解决,同时也看到了他的这种唯物主义的直观的形而上学的性质。他不是把感性看作是实践的、人的感性活动,而把人的本质理解为"类",理解为单个人所固有的抽象物,把异化看作是长存于人类的无时间性的现象。如果说马克思是沿着费尔巴哈的唯物主义的道路来涤荡了黑格尔的异化观念中的唯心主义的话,那么,马克思同样是沿着黑格尔的辩证法的路子来扫除了费尔巴哈的异化观念中的形而上学,明确指出了"人的本质是一切社会关系的总和",因而人的本质的异化是一个历史性的范畴。

在马克思的《1844年经济学哲学手稿》中,"异化"这个术语常常和"外化"这个术语并列使用,都用来指异化,因此,在马克思这里,"异化"这一概念包含了两层最基本的意思:一是指人在劳动中人的本质力量的外化,其中包括了客体化、对象化、物化的意思,"劳动的实现就是劳动的对象化"。"劳动的产品就是固定在某个对象中,物化为对象的劳动。"一层意思是"劳动的这种现实化表现为工人的非现实化,对象化表现为对象的丧失和被对象奴役",[②]对象成了创造

① 转引自《马克思恩格斯全集》(第四十二卷),人民出版社1979年版,第492页,注42。

② 马克思:《1844年经济学哲学手稿》,《马克思恩格斯全集》(第四十二卷),人民出版社1979年版,第91页。

它的人的敌对力量。

值得注意的是，马克思的关于异化的这两层最基本的意思，在当前正在进行的关于异化的讨论中却遭到了一些同志的误解。蔡仪同志在《马克思究竟怎样论美》一文中涉及了马克思所指的劳动异化的第一层意思，即“人的本质的对象化”问题，蔡仪同志说他对“人的对象化”这一提法，在马克思的著作中“翻来覆去的查，也没有找到明确的出处”，只查到了“对象化了的人”这种话，认为就是“对象化了的人”这种话，也只适合于在私有制已被扬弃了的社会中生产劳动，“不是说的从来一般人的生产劳动”，因为“由于私有制，劳动者和劳动产品是疏远化了的，是矛盾的，和劳动对象的自然是敌对的；而且劳动者和劳动活动也是对抗的”[①]。所谓在劳动中“人的对象化”，就是马克思所说的在劳动中的“人的本质的对象化”，马克思所说的这个话，不是查不到，而是在他的《1844年经济学哲学手稿》《马克思恩格斯全集》第四十二卷162页中明摆着的。显然蔡仪同志是把马克思的劳动的异化概念中的“人的本质的对象化”和在“人的本质的对象化”中丧失人的本质这样两个方面绝对地对立起来了。尽管后者在私有制被扬弃以后不复存在，前者绝非只在私有制被扬弃以后才存在，但在私有制下，只有这二者的有机的辩证的统，才能构成马克思关于劳动异化的概念，缺少了任何一个方面都不是马克思的异化概念。正是这样，马克思不仅认为“人的本质的对象化”在一切社会中的劳动都是如此，而且对在劳动中的“人的本质的对象化”是相当肯定的。马克思明确认为正是由于人在劳动中的“人的本质的对象化”，即“由于人的本质的客观展开的丰富性……如有音乐感的耳朵、能感受形式美的眼睛，总之，那些能成为人的享受的感觉，即确证自己是人的本质力量的感觉，才一部分发展起来，一部分产生出来”。“人的感觉，感觉的人性……是以往全部世界历史的产物”。“因此，一方面为了使人的感觉成为人的，另一方面为了创造同人的本质和自然界的本质的全部丰富性相适应的人的感觉，无论从理论方面还是从实践方面来说，人的本质的对象化都是必要的。”[②]（着重点是我加的）如果像蔡仪同志所说的那样人的本质的对象化只适合于在私有制被扬弃以后的社会，这岂不意味着在共产主义未到来之前根本不可能有

① 蔡仪：《马克思究竟怎样论美》，《美学论丛》第1期，中国社会科学出版社1979年版，第13–16页。

② 马克思：《1844年经济学哲学手稿》，《马克思恩格斯全集》（第四十二卷），人民出版社1979年版，第126页。

人的本质,即人性的产生和发展。既然根本没有人的本质,还谈得上什么关于劳动的异化、人的本质的异化的问题。

我们必须注意,马克思总是强调在私有制的社会,尤其是在资本主义社会中,人的本质的对象化,同时就表现为对象的丧失和被对象奴役。因此,我们不能离开后者来单纯强调对象化的意义。黑格尔所讲的异化和马克思所讲的异化的又一根本区别就在于黑格尔只看见劳动的对象化这一劳动的积极方面,把异化完全等同于对象化、客观化、外化。完全看不见劳动的对象化同时表现为对象的丧失,表现为对象与人相对抗这一劳动的消极方面。因而,黑格尔的对象化就不是马克思所强调的"人的本质以非人的方式同自身对立的对象化,而是人的本质以不同于抽象思维的方式并且同抽象思维对立的对象化"[①]。所以,马克思批判了他只看到劳动的积极方面,即把劳动看作人的本质,看作人的自我确证的本质,而没有看到它的消极方面,即人的自我确证的对象化的结果同时也是"人的本质以非人的方式同自身对立",马克思进而一针见血地指出:"黑格尔唯一知道并承认的劳动是抽象的精神的劳动。因此,黑格尔把一般说来构成哲学的本质的那个东西,即知道自身的人的外化或者思考自身的、外化的科学看成劳动的本质。"[②]这样,马克思就从根本上否定了黑格尔把异化看作人类社会的进步要求,必须以异化的世界来取代古代的非异化的人性的世界,并把在资本主义社会中的异化当作人的劳动的对象化的永恒的形式的思想。

遗憾的是,我们今天在讨论异化问题的时候,有的同志却不注意首先弄清马克思关于"异化"概念的内涵,从而在异化问题上彻底划清和黑格尔的界限。比如计永佑同志就说:马克思关于异化的论述的重点是放在无阶级的人性异化为阶级的人性方面,换句话说是强调共同的人性与阶级的人性的差别。在阶级产生之前,人性是共同的,而当阶级关系产生以后,就产生了人性的异化。我认为,从整个历史发展来看,这种异化也是人性的发展。在这个过程中,人类继续发展共同人性方面,共同的人性与阶级的人性处在统一体中,互相渗透、互相转化,吸取进步的精华,不断提高。[③]计永佑同志把他所说的这一套纳入马克思的

---

① 马克思:《1844年经济学哲学手稿》,《马克思恩格斯全集》(第四十二卷),人民出版社1979年版,第161页。

② 马克思:《1844年经济学哲学手稿》,《马克思恩格斯全集》(第四十二卷),人民出版社1979年版,第163-164页。

③ 计永佑:《两种对立的人生观》,《文艺研究》1980年第3期。

异化概念之内，是对马克思的异化概念的误解。马克思关于异化的论述重点，并不是由一种人性异化为另一种人性，而是在私有制，尤其是在资本主义社会中，把人的本质力量对象化了的对象，都成了高踞于自己之上的异己的敌对力量。马克思的着眼点是揭露私有制，尤其是资本主义制度的非人性和反人道的实质，用异化来说明人和人性在资本主义制度中的完全丧失。像计永佑同志这样断定"异化也是人性的发展"和"不断提高"，这只能是黑格尔的关于异化的思想，与马克思的异化观念是大异其趣的。

为了使马克思的异化概念不致遭受误解，我们有必要对马克思的异化概念的如上两个最基本的方面加以具体的论述。

在马克思看来，在资本主义社会中，"劳动的本质关系"就是"工人同生产的关系"，因此，要考察劳动的异化，就得从劳动的产品和劳动生产本身进行考察。

首先，从劳动产品来看，异化是"物的异化"。由于资本主义的劳动分工与资本主义以前的劳动分工有性质上的差别，资本主义社会以前的劳动分工是社会的分工，在这种分工中，工场和工具的占有者往往同时就是生产者，劳动的产品就是劳动者的产品，而资本主义的分工则是在工厂内对同一产品的不同工序的分工。这种分工之所以成为必要和可能，其大前提就在于不仅工人们的活的劳动，而且历代社会所凝结的死的劳动，都被资本家所占有并成为资本家用以奴役工人的工具。在这种分工中，"部分劳动者不生产商品，变成商品的是他们的共同生产物"[①]。这样，产品是劳动者自己的产品这一点，也就弄得模糊不清了。因此，劳动产品完全脱离了工人，不属于工人，并和工人相对立，"工人的贫困同他的产品的力量和数量成正比"。"劳动为富人生产了奇迹般的东西，但是为工人生产了赤贫。劳动创造了宫殿，但是给工人创造了贫民窟。劳动创造了美，但是使工人变成畸形。劳动用机器代替了手工劳动，但是使一部分工人回到野蛮的劳动，并使另一部分工人变成机器。劳动生产了智慧，但是给工人生产了愚钝和痴呆。"[②]这就是说，人生产了物，而物却和人相异化，所以马克思叫作"物的异化"。

其次，从劳动本身来看，异化是人的"自我异化"。在马克思看来，"产品不

① 马克思：《资本论》(第一卷)，人民出版社1953年版，第428页。

② 马克思：《1844年经济学哲学手稿》，《马克思恩格斯全集》(第四十二卷)，人民出版社1979年版，第89、93页。

过是活动、生产的总结",因此,工人也就必然在生产行为本身中使自身异化,这种异化,表现在"劳动对工人说来是外在的东西,也就是说,不属于他的本质的东西;因此,他在自己的劳动中不是肯定自己,而是否定自己,不是感到幸福,而是感到不幸,不是自由地发挥自己的体力和智力,而是使自己的肉体受折磨、精神遭摧残"。自由的自觉的劳动本来是人用以和动物区别开来的标志,可是,在异化中,劳动"不是满足劳动的需要,而只是满足劳动需要以外的需要的一种手段"。这就使得"动物的东西成为人的东西,而人的东西成为动物的东西"。正是由于"在劳动过程中劳动同生产的关系","是工人同他自己的活动——一种异己的不属于他的活动——的关系",所以,马克思把这叫作自我异化。[①]

最后,由于物的异化和自我异化,"就使类同人相异化",马克思借用了费尔巴哈的"类""类本质"这样的术语,并加以创造性的改造。在马克思看来,"人是类存在物","人的类特征恰恰就是自由的自觉的活动""有意识的生命活动,把人同动物的生命活动直接区别开来。正是由于这一点,人才是类存在物"。而异化的劳动却把这种关系颠倒过来,以至人正因为是有意识的存在物,才把自己的生命活动,自己的本质变成仅仅维持生命的手段。这样,就"把人对动物所具有的优点变成缺点"[②]。

由于异化劳动使人的类本质变成了人的异己的本质,使人的本质同人相异化,其结果,就是人同人相异化,这就不仅造成了人性的完全丧失,而且在人与自然、人与人的关系上也是毫无人性的、惨无人道的。这是人类发展史上的最大的悲剧。

私有制的戕害人性,资本主义制度的毁灭人性的历史悲剧,必然要唤起人们力图拯救人性的人道主义精神。在马克思主义以前的人道主义者当然不可能具有像马克思那样的异化观念,在这样的异化观念上来建立他们的人道主义,但是,我们却可以用马克思主义的异化观念来看待和分析他们的人道主义。马克思主义以前的人道主义思想的核心是"人",强调人的尊严、人的价值、人的权利,追求人的享受、人的幸福,反对上帝、自然和社会对人和人性的奴役与压迫。就其这样的总的倾向来看,在实质上都是对在私有制下的人的异化的斗

① 马克思:《1844年经济学哲学手稿》,《马克思恩格斯全集》(第四十二卷),人民出版社1979年版,第93、95页。

② 马克思:《1844年经济学哲学手稿》,《马克思恩格斯全集》(第四十二卷),人民出版社1979年版,第97页。

争,至于在马克思主义以前的人道主义的作家、艺术家,无论是国外的但丁、达·芬奇、米开朗琪罗、拉伯雷、席勒、歌德、莎士比亚、塞万提斯,还是中国的吴敬梓、曹雪芹,都不能不面对在私有制下的劳动的异化所造成的残酷的现实,从而在他们的艺术作品,尤其是带悲剧性的作品中,艺术地反映人在人所创造的异己力量——社会、自然、上帝的压迫和奴役下的不幸、苦难和毁灭,以人的眼泪、人的鲜血、人的生命来从感情和人性上打动人们、激励人为人和人性的免于毁灭而进行斗争。这是这种人道主义的历史功绩,这是被马克思主义的人道主义所继承了的。

当然,我们还应看到马克思主义以前的人道主义者,甚至像莎士比亚这样的伟大的人道主义者,他凭着他的现实主义的敏锐性,极为深刻地反映了正在兴起的资本主义社会中的惨无人道的异化的现实。马克思就称赞"莎士比亚绝妙地描绘了货币的本质"[①],并在《资本论》中引用过他在《雅典的泰门》中对人类的异化了的权力——金钱的诅咒:"金子! 黄黄的、发光的、宝贵的金子!这东西,只这一点点儿,就可以使黑的变成白的,丑的变成美的,错的变成对的,卑贱变成尊贵,老人变成少年,懦夫变成勇士……"马克思由此得出结论说:莎士比亚强调了"金钱的两种性质:(一)它是有形的上帝,能够把一切人类和自然的品质,转变为它们的对立物……(二)它是无处不在的娼妇,是人类和民族的无处不在的鸨母。"[②]但是,就是莎士比亚,也不可能看清他在他的艺术作品中所描绘的五光十色的异化情景所产生的根源,更不能指出消灭异化的正确途径。至于一些人道主义者以人性来与人民所进行的斗争相对抗,反对以暴力抵抗恶,则是对异化的维护,是应该批判的。

马克思主义的人道主义和以前的人道主义的质的区别,就在于马克思主义的人道主义是建立在马克思对资本主义社会中劳动异化的科学分析的基础上的。马克思对资本主义社会中异化的分析和研究,是要从中找出一条彻底结束造成对人性的毁灭的异化、使人性得以全面复归的途径。正是这样,马克思不仅研究了异化所造成人性的完全丧失的表现,而且进而研究了异化、劳动和私有财产的关系。马克思指出:既然"人同自身和自然界的任何自我异化,都表现

① 马克思、恩格斯:《马克思、恩格斯论艺术》(一),人民文学出版社1963年版,第240页。

② 马克思、恩格斯:《文学与艺术》,五十年代出版社1953年版,第92、42页。

在他使自身和自然界跟另一个与他不同的人发生的关系上”,那么,“通过异化劳动,人不仅生产出他同作为异己的、敌对的力量的生产对象和生产行为的关系,而且生产出其他人同他的生产和他的产品的关系,以及他同这些人的关系”。这就是说,“通过异化的、外化的劳动,工人生产出一个跟劳动格格不入的、站在劳动之外的人同这个劳动的关系。工人同劳动的关系,生产出资本家同这个劳动的关系”。马克思由此得出结论说:“与其说私有财产表现为外化劳动的根据和原因,还不如说它是外化劳动的结果。”“私有财产一方面是外化劳动的产物,另一方面又是劳动借以外化的手段。”[①]正是在这样的结论的基础上产生了马克思主义的人道主义观念,并把他的这种人道主义与共产主义融为一个有机的整体,作为解放全人类的唯一正确的途径。这就是马克思所昭示我们的:“从异化劳动同私有财产的关系可以进一步得出这样的结论:社会从私有财产等等的解放,从奴役制的解放,是通过工人解放这种政治形式表现出来的,而且这里不仅涉及工人的解放,因为工人的解放包含全人类的解放。”马克思认为这种用以解放人类的“共产主义是私有财产即人的自我异化的积极的扬弃,因而是通过人并且为了人而对人的本质的真正占有;因此,它是人向自身、向社会的(即人的)人的复归,这种复归是完全的、自觉的而且保存了以往发展的全部财富的。这种共产主义,作为完成了的自然主义,等于人道主义……它是人和自然界之间、人和人之间的矛盾的真正解决,是存在和本质、对象化和自我确证、自由和必然、个体和类之间的斗争的真正解决。它是历史之谜的解答,而且知道自己就是这种解答”[②]。这就是马克思的异化理论和黑格尔、费尔巴哈的关于异化的思想的最根本的区别,也是马克思的建立在他的这种异化理论基础上的人道主义和以前的人道主义的根本区别。由于共产主义所要求的是人性的全面解放,即“人以一种全面的方式,也就是说,作为一个完整的人,占有自己的全面的本质”[③]。因此,只有马克思主义的人道主义才是最彻底的人道主义,或者说,只有共产主义才是人道主义的最高表现形式。

真正的无产阶级文学艺术无不具有这种马克思主义的人道主义精神,像高

① 马克思:《1844年经济学哲学手稿》,《马克思恩格斯全集》(第四十二卷),人民出版社1979年版,第99-100页。

② 马克思:《1844年经济学哲学手稿》,《马克思恩格斯全集》(第四十二卷),人民出版社1979年版,第101、120页。

③ 马克思:《1844年经济学哲学手稿》,《马克思恩格斯全集》(第四十二卷),人民出版社1979年版,第123页。

尔基、鲁迅、郭沫若、茅盾这样的无产阶级作家,就以马克思主义的人道主义为武器,用他们的艺术作品来为人类的解放进行了卓越的斗争。

但是,遗憾的是在我们的社会主义国家里,竟会把人道主义从马克思主义中分割出来,并使之与马克思主义尖锐对立,长期把人性和人道主义作为修正主义来批。更遗憾的是马克思所说的既是异化的原因又是异化的结果的私有制被扬弃,即生产资料转到工人阶级和劳动人民手里以后,仍然出现了像"四人帮"这样的封建法西斯专制。在"四人帮"的控制下,竟然出现了骇人听闻的异化的新形式:他们把人民的政权异化为镇压人民之权,把人民的公仆异化为人民的主人,把本来是为了人民的幸福的革命异化为与人民相对立的力量,把与人民血肉相连的领袖异化为他们用以统治人的神,把谋求人的彻底解放的马克思主义真理,在抽掉革命的人道主义内容以后,异化为他们得以戕害人的工具,把社会主义的文学艺术,异化为以篡党夺权为目的的阴谋文艺,从而在现实生活中制造了无数的令人触目惊心的悲剧。这就是为什么在粉碎"四人帮"以后人性、异化和人道主义的问题引起了人们的高度重视,并进行着热烈的讨论的根本原因;也就是悲剧艺术突然繁荣起来的根本原因。既然在社会主义社会中仍然存在着异化,因而与共产主义相结合的马克思主义的人道主义就仍然是与异化进行斗争的武器。我们的社会主义文学艺术,就应该从马克思主义的人道主义的高度出发,既坚持四个基本原则,为我国人民在为完成"四化"建设任务的新长征中所显示的人性美和革命的人道主义精神高唱赞歌;又要与一切异化现象相抗争,尤其要注意通过展示在那些兽性肆虐的岁月里人所遭受的苦难和毁灭的悲剧,来揭穿"四人帮"的假马克思主义、假社会主义虐杀人性的反人道主义的实质,从而引起人们对人的价值、人的尊严的高度重视。我深信,随着人的重新被发现、被强调,随着革命的人道主义精神的昂扬,我国的社会主义的文学艺术必将进一步繁荣。

1980年12月于嘉陵江畔

——收录于《社会科学辑刊》,1981年第5期

# 文艺必须有批评

鲁迅说:“文艺必须有批评。”[①]当前,在全国思想战线,尤其是文艺战线上,很有必要强调认真开展批评与自我批评,以利于及时克服各种错误倾向。特别是对于那种企图脱离社会主义轨道、脱离党的领导、搞资产阶级自由化的倾向,要进行严肃的、正确的批评和必要的、恰当的斗争。如果我们让恶草和佳花并长,而不做必要的斗争,那我们的文艺只能是一个混乱的局面。我们应该把“剪除恶草,灌溉佳花”作为文艺批评的任务。我们这样强调,绝不是无视文艺战线所取得的巨大成绩。胡耀邦同志明确指出过:粉碎“四人帮”以来,文艺界做出了贡献,是很有成绩的部门之一。邓小平同志最近在中共中央宣传部召开的全国思想战线问题座谈会上也重申:“党对思想战线和文艺战线的领导是有显著成绩的,这要肯定。”我们这样强调,是因为当前的确存在着自由化的倾向,而对这种错误倾向却不能批评。例如我们党提倡四个坚持,这本来是社会主义制度必须一贯坚持的基本原则,有的文章却大谈“四个突破”,说什么“政治上的突破,最主

① 鲁迅:《看书琐记》(三),《花边文学》,《鲁迅全集》(第5卷),人民文学出版社1957年版,第444页。

要是四个原则”;有的人竟然视党的领导为“枷锁”,提倡“无为而治”;有的文章还把领导对电视管得少作为电视发展较快的原因。在文艺理论上,仍有同志把作家、艺术家的共产主义世界观、无产阶级党性看作是对艺术创作的束缚。有的只单纯地强调揭露阴暗面无视或忽视歌颂光明面,把揭露阴暗面完全等同于现实主义,甚至提出了“社会主义批判现实主义”的口号。在文艺创作上,也不能否认无论在诗歌、小说、戏剧、电影中都有极少数背离四项基本原则的作品,至于那种胡编乱造、低级庸俗的作品,在数量上就更大一些。本来,在历史大转折的时期,尤其是在历史转折时期的思想解放的洪流中,泥沙俱下,鱼目混珠的情况是无足为怪的。值得我们注意的是,对这些错误倾向不能批评,一批评就说是打棍子,尤其奇怪的是,有的同志受了批评,反而成了“英雄”,身价百倍;而坚持原则、批评错误倾向的同志却反遭讽刺,被孤立,这是一种很不正常的现象。

当然,我们必须历史地看待当前在文艺界存在的自由化倾向和对这种倾向批评不得的社会风气。文艺在“十年浩劫”中受“四人帮”的迫害最深,“四人帮”借他们所制造的“文艺黑线专政论”来迫害和摧残成千上万的文艺工作者,搞得万马齐喑,百花凋零。因此,在粉碎“四人帮”以后,文艺工作者在思想解放运动中注意力主要是集中在清除和结束在“文化大革命”以前就已开始、在“十年浩劫”中发展到登峰造极的“左”的一套做法上面,在迫切要求艺术民主、创作自由的同时,未能很好划清资产阶级民主和无产阶级民主、资产阶级自由和无产阶级自由之间的界限。再加以我国正处在伟大的历史转折时期,在把长期存在的“左”的一套否定以后,究竟应如何完整地、准确地理解和运用马克思列宁主义文艺理论、毛泽东文艺思想,如何加强和改善党对文艺的领导以及如何正确看待加强和改善二者之间的关系;如何既不粉饰生活、回避矛盾,敢于揭露现实生活中存在的问题,又生动地展示党的伟大和社会主义的优越性,歌颂光明面,使文艺为社会主义服务、为人民服务;如何在行之有效的社会主义创作原则的基础上丰富和发展艺术的表现手法;等等,都是我们所面临的新问题。既是新问题,就允许探索;既要探索,就难免犯错误,这也是不言而喻的。更何况,旧社会的旧思想残余的影响还不小,社会上阶级斗争在一定范围内还存在,对外开放也不可避免地要带来一些西方资产阶级文化思想的影响,凡此种种,都充分说明资产阶级自由化倾向的出现是有多方面的原因的。至于对这种错误倾向很难开展批评与自我批评的不正常状况,一是由于长期以来党内生活不正常,“左”倾错误损害了党的批评与自我批评的优良传统。尤其是在十年动乱中,“四人帮”对广大干部群众乱斗乱批,所以鲁迅说“批评的失了威力,由于‘乱’”[①],是很有道理的。二是由于思想文艺战线的领导,某些地区和单位涣散软弱,不敢理直气壮地对这些错误倾向开展必要的正确的批评和自我批评。我们对当前文艺界的自由化倾向所做的这种历史的分析,就充分表明我们当前强调对自由化的倾向要进行正确的批评与自我批评,并非如国内外有的人所说“文艺上要‘收’了,‘寒潮又来了’,‘又要走老路、搞运动了’”等等,而是坚持文艺的社会主义方向,克服企图脱离社会主义轨道、脱离党的领导的错误倾向,使社会主义文艺能有更大的繁荣。根据上述情况,我们要正确地开展文艺批评、繁荣文艺创作,就必须:

首先,要充分认识开展文艺批评与繁荣文艺创作的关系。

那种把文艺批评和文艺创作对立起来的思想和做法都是不正确的。文艺批评是不仅应该而且能够促进文艺运动的健康发展和艺术家的健康成长的。众所周知,作为俄罗斯文学批评的奠基者的别林斯基就是以他的文艺批评来促使了以普希金、莱蒙托夫、果戈理所开创的现实主义文艺传统取得了巨大胜利的伟人。在他看来“杂志是社会的领导者,批评应该成为杂志的灵魂和生命”,批评的基本使命是“做社会的教师,用简单的语言说出崇高的真理”。因此,他的批评真正地成了社会教育的力量,对作者和读者的影响都是很大的。今天对我们仍有启发的是他曾把写出了《钦差大臣》《死魂灵》等伟大作品的果戈理看作是祖国的“伟大领袖”、祖国的“希望、荣誉、光荣”。但是,当果戈理的《与友人书信选》这样的坏作品一问世,他就无法缄默,写出了有名的《给果戈理的信》,对他进行了极其尖锐的批评,向他指出:读者“决不能宽恕作家写一本有毒素的书”。他的这种批评精神,正如列宁所说:“直到今天仍然保持着巨大的现实意义。”列宁与高尔基的关系更是以马列主义的批评来保证了高尔基的健康成长的例证。列宁与高尔基之间有着深厚的无产阶级情谊,列宁无时无刻不在关心着高尔基的创作,认为他是一个可以列入模范的古典语言的天才宗匠之列的俄国古典优秀传统的卓越的继承者,是社会主义无产阶级的伟大艺术家。可是当

① 鲁迅:《骂杀与捧杀》,《鲁迅全集》(第5卷),人民文学出版社1957年版,第468页。

他一发现高尔基的错误的时候，却对他决不姑息。比如列宁从高尔基的小说《忏悔》、论文《论卡拉马佐夫性格》和《再论卡拉马佐夫性格》中发现了高尔基的造神论的错误以后，就曾不断地写信给高尔基对他的这个理论给予严厉的抨击："你怎么竟做出这种事情？这简直太糟糕了，真的！""寻神说同造神说、建神说或者创神说的差别，丝毫不比黄鬼同蓝鬼的差别大。""神的观念永远是奴隶状况（最坏的、没有出路的奴隶状况）的观念，它一贯麻痹和削弱'社会感情'，以死东西偷换活东西，神的观念从来也没有'把个人同社会联系起来'，而是一贯用对压迫者的神圣性的信仰来束缚被压迫阶级。"并且严肃地向高尔基指出："您既然写了这些东西，它就散布到群众中去了，它的作用就不是由您的善良愿望来决定。"[①]列宁的意思很清楚，他强调的就是像高尔基这样的作家也不能不十分注意自己的作品的社会效果，必须对自己的作品的社会效果负责。列宁对高尔基的批评完全是为了高尔基的进步。就是在对他进行尖锐的批评的时候，列宁仍在不断地强调高尔基的创作对全世界无产阶级运动的贡献和意义。正是列宁对高尔基的批评，使高尔基及时地纠正了自己的错误，使他沿着社会主义道路前进。所以，高尔基深有体会地把列宁看作是他的"一个严厉的教师和一个和善的'体贴入微'的朋友"[②]。从以上两个事例中就可以充分看出文艺批评对文艺运动的健康发展，对作家、艺术家的健康成长何等重要。批评与自我批评本来就是我们党的三大作风之一，是我们党的传家宝，只要我们在艺术上也能很好地继承和运用这个传家宝，积极地、正确地开展文艺批评，我们就一定能促使社会主义文艺的更大繁荣。

其次，必须就文艺批评本身所可能遭受的误解划清界限、明辨是非。

我们强调要用开展文艺批评的方法来解决当前的自由化倾向的问题，这是不是走老路、搞运动、打棍子？我们说完全不是。因为时代不同了，我们不仅已经粉碎了"四人帮"，而且从十一届三中全会起，我们已经实现了新中国成立以来党的历史的伟大转折，十一届六中全会所通过的《关于建国以来党的若干历史问题的决议》，更是标志着党已从指导思想上完成了拨乱反正的历史任务。在党的正确的思想路线和方针政策的指引下，开展文艺批评可以使我们发扬成

① 列宁：《论文学与艺术》（一），人民文学出版社1960年版，第432-433，440，438-439页。

② 列宁：《论文学与艺术》（二），人民文学出版社1960年版，第855页。

绩,克服缺点错误,使文艺沿着社会主义的道路向前发展,从而使批评与自我批评成为社会主义文艺发展的动力。而在批评的运用上,强调实事求是,区分两类矛盾,注意方式方法,不搞运动,不允许"打棍子"和"围攻",因此那种把强调文艺批评与走老路、搞运动、打棍子等同起来的说法,与其说是对"四人帮"心有余悸,还不如说是对我们党所已实现的历史转折和所完成的拨乱反正的伟大意义缺乏认识。其实,文艺批评是不是打棍子很好辨识,主要是看所批评的是否符合被批评的实际。在鲁迅所处的时代,也有一种"不满于批评家的批评,是说所谓批评家好'漫骂'",鲁迅以他自己为例来廓清了骂与非骂的界线。认为批评是否是漫骂的标志,就看这批评是否符合事实,而"论者"却把批评"一概谓之'骂'岂不哀哉"。他明确地说:"漫骂固然冤屈了许多好人,但含含胡胡的扑灭'漫骂',却包庇了一切坏种。"[①]在今天,对"冤屈了许多好人"的棍子,我们是要坚决反对的,但我们同样不能把符合实际的批评看作是"棍子",若见了批评就视作"棍子",从而含含糊糊地扑灭之,这绝非"厚爱"同志,而是使有错误的同志在错误的道路上越走越远。这种不讲原则、不辨是非的社会风气一开,甚至会败坏一整代人。

开展文艺批评会不会压制民主、妨碍"双百"方针的执行?我们说不会。因为毛泽东同志早就说得很清楚:"凡属于思想性质的问题,凡属于人民内部的争论问题,只能用民主的方法去解决,只能用讨论的方法、批评的方法、说服教育的方法去解决,而不能用强制的、压服的方法去解决。"(毛泽东:《关于正确处理人民内部矛盾的问题》)所以,批评与自我批评的方法,就是民主的方法、就是"百花齐放、百家争鸣"的方针所包容的实际内容之一。要充分发扬社会主义民主,切实贯彻"双百"方针,就得认真地开展批评与自我批评。文艺批评的活跃,不仅是艺术民主、"百家争鸣"的生动体现,而且对艺术上的"百花齐放"、不同艺术流派和风格的形成和发展所起的作用也是很大的。

开展文艺批评,尤其是在当前,我们强调要在文艺批评中批评那种违反四项基本原则的自由化倾向的问题,这又是不是要给作家、艺术家画圈子?关于这一问题,我们要看是什么样的圈子。鲁迅说得好:"我们曾经在文艺批评史上见过没有一定圈子的批评家吗?都有的,或者是美的圈,或者是真实的圈,或者

---

① 请参看鲁迅:《漫骂》,《花边文学》,《鲁迅全集》(第5卷),人民文学出版社1957年版,第350、351页。《书简》,第786页。

是前进的圈。没有一定的圈子的批评家，那才是怪汉子呢。”“我们不能责备他有圈子，我们只能批评他这圈子对不对。”[①]当前在文艺界部分同志中所存在的自由化倾向，就是视四项基本原则为圈子，他们认为这种圈子把他们圈住就不自由，所以有同志在文章中公开宣称“政治上的突破，最主要的是四项原则”。这些同志不懂得在世界上是根本没有不受任何圈子约束的自由的存在的。真正的自由是对必然的认识，必然就是规律，要在行动上取得充分的自由，就得按客观事物的规律办事，否则就要碰壁。既然客观事物的规律不得违反，这客观规律本身岂不也就成了约束行动的“圈子”？然而，人却正是要自觉地接受这种“圈子”的约束，才能得到行动上的真正自由的。中国共产党按照中国社会发展的必然规律，领导人民革命，取得了胜利，建立了人民民主专政的国家政权，给全国人民带来了在旧制度中根本不可能具有的自由。但是，在社会主义制度下，自由同样不能漫无止境，无所限制。如果个人的自由不以义务为条件，不与纪律相联系，就会妨碍别人的自由，损害人民的利益。我们的自由在任何情况下都得以不损害人民的根本利益为大前提，而四项基本原则既符合我国社会发展的必然规律，又是人民的根本利益的集中表现，因此，社会主义的自由也就必须限制在四项基本原则的圈子之内。我们今天强调要用加强文艺批评的方法来克服在文艺界的部分人中在不同程度上所存在的突破四项基本原则的自由化倾向，是完全正确的，非常必要的。

再次，要提高文艺批评的质量。

能否建立文艺批评的崇高威信，文艺批评本身的质量究竟如何，这是一个很关键的问题。在如何提高文艺批评的质量的问题上，有很多文章可以做。在我看来，至少有如下两点特别值得我们注意：其一，一定要注意文艺批评的根本任务是为了繁荣文艺。正如鲁迅所说是为了“使文艺和批评一同前进”[②]。因此，我们的文艺批评就不能只着眼于找缺点、挑毛病。更主要的是要“灌溉佳花”，总结经验，发扬成绩，使文艺批评真正成为鲁迅所希望的那种“诱掖奖劝的意思的批评”[③]。即使是对艺术作品中所实际存在的问题的批评也要像鲁迅所

① 鲁迅：《批评家的批评家》，《花边文学》，《鲁迅全集》（第5卷），人民文学出版社1957年版，第348-349页。

② 鲁迅：《看书琐记》（三），《花边文学》，《鲁迅全集》（第5卷），人民文学出版社1957年版，第444页。

③ 鲁迅：《并非闲话》（三），《华盖集》，《鲁迅全集》（第3卷），人民文学出版社1957年版，第114-115页。

要求的那样,把批评当作“剜烂苹果的工作”来做。不要因为“这苹果有着烂疤了”,就一下子抛弃,只要“这几处没有烂”,在把烂的剜掉以后,就“还可以吃得”。我们对待有错误的作品,不能因为其中某几处有错误,就对作品全盘否定。其二,一定要注意把对作品的思想分析和艺术分析有机地结合起来,对作品进行马克思主义的科学的分析和批评既要着眼于政治,又要着眼于艺术;既要着眼于内容,又要着眼于形式。恩格斯在一百二十二年以前在给拉萨尔的信中所说的“具有的较大的思想深度和意识到的历史内容,同莎士比亚剧作的情节的生动性和丰富性的完全融合”,就是恩格斯关于无产阶级文艺的理想。恩格斯所说的“较大的思想深度”,这是指的作品所表现的思想高度;所谓的“意识到的历史内容”,这是指作品所反映的现实的深度,这二者就是毛泽东同志要求无产阶级文艺所应具有的“革命的政治内容”;恩格斯所说的“莎士比亚剧作的情节的生动性和丰富性”,这是一句形象化的比喻,在实际上是指的完美的艺术性,也就是毛泽东同志要求无产阶级文艺所应具有的“尽可能完美的艺术形式”。恩格斯所要求的这三者的完美结合,就是毛泽东同志所要求的“革命的政治内容和尽可能完美的艺术形式的统一”。因此,文艺批评就不仅要把作品的思想性和艺术性结合起来分析,而且要着重从美学的高度来引导读者在正确地欣赏美、品评美、得到巨大的美学享受的同时,深刻地认识到作品的思想意义和认识意义,并把复杂纷纭的艺术现象,作家、艺术家在创作上的得失、甘苦、经验、教训上升到美学理论的高度,丰富和发展马克思主义的美学理论,使作家、艺术家能更好地掌握艺术创作的规律,从而创作出更多更好的艺术作品。只有这样,文艺批评才能真正起到对文艺的指导作用,建立起崇高的威信。

又次,要讲求文艺批评的方式。

文艺批评要取得预期的效果,就必须讲求文艺批评的方式。在所要讲求的方式中,莫过于实事求是。鲁迅说得好:“批评必须坏处说坏,好处说好,才于作者有益。”①在评论作品的时候,“最好是顾及全篇,并且顾及作者的全人”。既不能攻其一点,不计其余,又不能无限上纲,任意发挥,更不能在作品中搞索隐抉微,根据索隐抉微出来的东西推测作者的意图和动机。在真理面前人人平等。批评必须充分说理,以理服人;不能一窝蜂,以势压人,强加于人。要像鲁迅所

① 鲁迅:《我怎么做起小说来》,《南腔北调集》,《鲁迅全集》(第4卷),人民文学出版社1957年版,第395页。

说的那样:“批评者有从作品来批判作者的权利,作者也有从批评来批判批评者的权利。”[①]批评者和作者都只服从于一个原则那就是纠正错误,坚持真理。

我们深信,在党中央的正确领导下,作为党的传家宝的批评与自我批评一定能在“四化”建设中发挥更大的作用,在文艺战线上也一定能使“文艺和批评一同前进”。

——收录于《西南师范学院学报》(人文社会科学版),1981年第4期

① 鲁迅:《〈出关〉的“关”》,《且介亭杂文末编》,《鲁迅全集》(第6卷),人民文学出版社1958年版,第421页。

# “世界观决定创作”辨析

世界观决定创作,这是长时期内在文艺界流行的不容置疑的理论。如果说是因为有人否定作家、艺术家的思想武装,否定作家、艺术家树立共产主义世界观的必要性,因而强调世界观对创作的决定作用,是可以理解的话,那么,因为强调作家、艺术家的思想武装,强调作家、艺术家树立共产主义世界观的必要性,因而就铁定世界观决定创作,则未免太简单了些。值得认真辨析。

我们要辨析这一问题,丝毫没有想要削弱作家、艺术家努力学习马克思主义、树立共产主义世界观的必要性的意思。任何文学艺术作品,都是客观生活在作家、艺术家头脑中的主观反映。无论是作家、艺术家的形象思维还是创作方法,都必然要受作家、艺术家的世界观的指导和制约。艺术作品中所反映的客观生活,也必然要经过作家、艺术家的世界观的过滤。这个道理,就是在一千四百多年以前的刘勰也很懂得,他在《文心雕龙》的《神思》篇中所说的“故思理为妙,神与物游,神居胸臆,而志气统其关键”,就是强调作家在进行形象思维即用客观事物的形象进行想象的时候,作家的这种形象思维是受作家的包括思想、情志、气质等在内的世界观的支配和制约的。所以，高尔基号召“作家在生活上和创作上都必须高瞻远瞩”，他强调必须把“短见和远见”“加以区别”。他认为“从草墩的高处，你能看见的很少。远见可就不同了……科学的社会主义为我们创造了最高的精神高峰，从那里可以清晰地看见过去，指出一条走向未来的唯一的捷径，从‘必然的王国到自由的王国’的大道”[①]，因此，他在《第一次全苏作家代表大会闭幕词》中，把在作家“中间有一些被认为是非党的‘动摇的’人们承认了……布尔什维主义是创作中的、文字描写中唯一的战斗性的指导思想”，看作是“布尔什维主义在作家代表大会上的胜利”。他说他“很重视这个胜利”。[②]鲁迅在这一问题上说得更明白：“我以为根本问题是在作者可是一个‘革命人’，倘是的，则无论写的是什么事件，用的是什么材料，即都是‘革命文学’。从喷泉里出来的都是水，从血管里出来的都是血。”[③]

我们在承认世界观对创作具有指导和制约作用的时候，必须看到，世界观的问题，是一个极其复杂的问题，世界观的中心问题，虽然是哲学思想问题，即怎样对待思维与存在的关系问题，但是，广义的世界观却包括了一个人对自然现象和社会现象的一切认识，是一个人的哲学的、美学的、社会政治的、伦理道德的、自然科学的以及其他种种观点的总和。世界观中的这些观点虽然是受哲学思想制约和指导的，并在这些观点之间有着密不可分的联系。但是，这些观点和哲学思想以及这些观点之间毕竟不是一个东西。由于某种特定的、阶级的、历史的原因，在很多人的世界观中，不仅这些观点与哲学思想以及这些观点之间可能存在着一定的矛盾，而且，就是由它们各自构成的思想体系本身，有时也不能不是矛盾的。这种状况可以说是古典作家、艺术家们的最大特色。

在马列主义和社会主义革命运动产生以前，要求古典作家、艺术家具有统一的、彻底的、先进的世界观是根本不可能的。这是因为“社会上一部分人对另一部分人的剥削却是过去各个世纪所共有的事实。因此，毫不奇怪，各个世纪的社会意识，尽管形形色色、千差万别，总是在某种共同的形式中运动的，这些

---

① 高尔基：《论短见和远见》，《高尔基文学论文选》，人民文学出版社1958年版，第280、279页。

② 高尔基：《第一次全苏作家代表大会闭幕词》，《高尔基文学论文选》，人民文学出版社1958年版，第368、369页。

③ 鲁迅：《革命文学》，《鲁迅全集》(第3卷)，人民文学出版社1957年版，第408页。

形式,这些意识形式,只有当阶级对立完全消失的时候才会完全消失”[①]。所以,即使是站在时代最前列的古典的作家、艺术家,也不可能和一切旧的意识形态实行彻底的决裂,在他们的头脑中,必然会保留很多旧的东西。

在马列主义和社会主义革命运动产生以后,由于“共产主义革命就是同传统的所有制关系实行最彻底的决裂;毫不奇怪,它在自己的发展进程中要同传统的观念实行最彻底的决裂”[②],社会主义的作家、艺术家才有了建立彻底的统一的共产主义世界观的可能。但是,要把这种可能变为现实也并非那么容易,由于主客观方面的原因,很多社会主义作家的世界观也往往是有矛盾的,他们的世界观也是在矛盾中发展和进步的。

我们以往在论证世界观与创作的关系的时候,总是把世界观与创作关系的复杂性归之于世界观的复杂性,总是把常说的世界观与创作的矛盾归之于世界观本身的矛盾。这就是说,既然作家、艺术家尤其是古典作家、艺术家的世界观往往是矛盾的,因而,世界观对创作,对用以进行创作的形象思维和创作方法的指导和制约也是极其复杂的。一般说来,世界观中的进步的积极的因素,对形象思维、创作方法都产生好的积极的影响;世界观中的落后的消极因素,对形象思维、创作方法也就产生不好的、消极的影响。因此,世界观中的复杂矛盾的情况,必然要在艺术作品中反映出来。其实,这在世界观与创作的关系的问题上,仍然只是从世界观这一个方面强调了世界观对创作的指导和制约以及世界观和创作的矛盾,并未真正说明它们之间的复杂关系问题。要说明它们之间的复杂关系,还必须进而从艺术创作和用以进行艺术创作的形象思维、创作方法方面去考虑问题。

如果我们不是只从世界观这一个方面,而是既从世界观又从创作两个方面去同时考虑它们之间的关系,我们就会看到,它们之间的复杂的辩证关系就在于:世界观应该也可以指导却既不可以代替也不可能决定创作和用以进行创作的形象思维与创作方法。

以往,我们说世界观与艺术创作以及用以进行创作的形象思维、创作方法有差别,因而不能以世界观来代替它们,否则就会在艺术创作中写哲学讲义,这

① 马克思、恩格斯:《共产党宣言》,《马克思恩格斯选集》(第一卷),人民出版社1972年版,第271页。

② 马克思、恩格斯:《共产党宣言》,《马克思恩格斯选集》(第一卷),人民出版社1972年版,第271-272页。

是通得过的。但是,如果有谁公开地否定世界观决定创作,就会引起非议。因此,今天专就世界观决定创作这一命题进行辨析,是非常必要的。

我们先把世界观决定创作这一命题放到思维与存在这一哲学的最高问题中去加以考察,看它究竟是唯心主义的还是唯物主义的。

我们都知道,作家、艺术家用以进行艺术创作的形象思维和抽象思维一样,都是“脑”这样的特殊组织的物质的最高产物,是始终与人脑的活动联系在一起反映客观现实的一种能动的过程。无论是人们的世界观、形象思维,还是文学艺术作品,无非都是客观世界在人们头脑中的主观反映。因此,形象思维、艺术作品、世界观都属于精神领域内的问题,它们都同是被物质、被存在、被人们的实践所决定的。如果没有“人脑”这样的特殊组织的物质,没有客观存在,没有人们变革客观存在的实践,思维——无论是形象思维还是抽象思维、文学艺术、世界观通通都无从产生。因此,把客观现实,社会生活,作家、艺术家的社会实践和艺术实践对于形象思维、艺术创作的决定作用,偷换为世界观对创作的决定作用,这在实际上就是否定存在决定思维、物质决定精神、客观决定主观;而是强调主观决定主观、精神决定精神。所以,世界观决定创作这一命题,在对思维与存在的关系这一哲学的最高问题的回答上不是唯物主义的。

我们再把世界观决定创作这一命题放在多方面的联系和发展中去加以考察,看它究竟是形而上学的还是辩证的。

作家、艺术家的创作的成、败、得、失,固然和作家、艺术家的世界观有很大的关系,但绝不是被世界观这一种因素决定的。除了作家、艺术家的世界观外,作家、艺术家的生活积累、艺术修养、科学文化水平,作家、艺术家的个性、人格、气质,作家、艺术家所处的时代,面临的环境和时代潮流以及作家、艺术家的形象思维和他所采用的创作方法等,都大有关系。至于其中哪一种或哪几种因素起了决定性的作用,不仅往往因人而异,而且往往因作品而异。

就以世界观和形象思维的关系来说,我们就既要看到它们的同一,看到世界观对形象思维的指导作用,又要看到它们之间的差异:如果我们把形象思维作为一种不同于抽象思维的、艺术地认识世界的思维方式和过程,那么,世界观则是人在社会实践中抽象思维和形象思维这样的思维方式和过程所取得的成果逐步形成的。如果我们把形象思维作为有别于抽象思维的对世界的艺术的认识,那么,形象思维则是不同于抽象思维和世界观的特殊的意识形态。世界观和抽象思维对世界的认识都表现为概念和概念的体系,抽象思维和世界观就有更多的一致性。而形象思维对世界的认识,则表现为形象和形象的体系,因而形象思维和世界观就有了更大的差异。

至于世界观与创作方法的关系,创作方法是作家、艺术家在用形象思维进行艺术创作时所遵循的认识和反映生活的原则,当然同样要接受世界观的指导和制约。但是,像现实主义、积极的浪漫主义这样的创作方法,它们的认识和反映生活的原则,都不是由作家、艺术家的世界观随意制定的,而是在长期的艺术实践中逐步形成和发展起来的客观的艺术规律的反映。因此,这样的创作方法和形象思维结合在一起,当然就与世界观也有很大的差异。

我们以上所说的形象思维、创作方法和世界观的差异,决定了形象思维、创作方法有很大的能动性。这种能动性又决定了艺术创作中的形象几乎永远大于思维。正是这样,恩格斯才说:“我所指的现实主义甚至可以违背作者的见解而表露出来。”[①]高尔基也才会明确地做出这样的带规律性的结论:“在每个俄国作家的作品里,你都可以发现那些超出他的倾向范围而且本质上与之相矛盾的过剩题材和多余思想。”[②]是的,我们经常提到的巴尔扎克的矛盾和托尔斯泰的矛盾,固然主要表现为他们的世界观中的矛盾及其在作品中的反映。总的来说,他们的世界观是在指导和制约着形象思维和创作方法的。但是,我们必须看到,如果托尔斯泰、巴尔扎克不是作家、艺术家,而是哲学家、思想家,那么,我们所看到的巴尔扎克就只能主要是作为政治上的保皇派的巴尔扎克,他在他的哲学、政治著作中,绝不可能像他的艺术著作那样为我们提供“比从当时所有职业的历史学家、经济学家和统计学家那里学到的全部东西还要多”的“法国社会的全部历史”。[③]我们所看到的托尔斯泰,也就主要是“一个发狂地笃信基督的地主”,“一个颓唐的,歇斯底里的”“托尔斯泰主义者”,而不可能成为“一面反映农民在俄国革命中的历史活动所处的各种矛盾状况的镜子”。是的,正如列宁引用涅克拉索夫的诗来形容托尔斯泰的:“你又贫穷又富饶,你又强大又软

① 恩格斯:《致玛·哈克奈斯》,《马克思恩格斯选集》(第四卷),人民出版社1972年版,第462页。

② 高尔基:《〈俄国文学史〉序言》,《俄国文学史》,新文艺出版社1956年版,第3-6页。

③ 恩格斯:《致玛·哈克奈斯》,《马克思恩格斯选集》(第四卷),人民出版社1972年版,第463页。

弱。”[①]他们的强大和富饶固然和他们的世界观中的积极因素分不开。但是，我们不能不承认，他们的形象思维的能动性、创作方法的能动性是使作为艺术家的托尔斯泰和巴尔扎克比作为哲学家、思想家的托尔斯泰和巴尔扎克更强大、更富饶的重要原因。

由此可见，不从各方面的联系与发展中去看待世界观与创作的关系，只看世界观与创作的同一，不看世界观与创作的差异；只看世界观对创作的作用，不看用以进行艺术创作的形象思维和创作方法的能动性，从而认定世界观决定创作的一切，这种观点就不是辩证的。

我们否定世界观决定创作这一命题，是否就是认为先进的世界观对作家、艺术家来说是无足轻重的呢？不。作家、艺术家的思想武装对作家、艺术家来说永远是重要的。我们强调形象思维、创作方法的能动性，是要我们在文艺创作和文艺评论中特别注意只有在文学艺术领域中才能经常碰到的如下几种特殊情形：

第一，作家、艺术家的世界观一方面指导着他的艺术创作，另一方面，世界观又必须在创作过程中接受创作实践的检验，世界观中的谬误必须在社会实践和创作实践的过程中得到纠正，严格地服从社会生活发展的逻辑和形象思维发展的逻辑。正如法捷耶夫所说，一个作家对于自己的作品即使经过十分周到的酝酿和深思熟虑，那他也只有在极稀有的情形下才能全部实现工作刚开头所预定的计划……计划可以写在纸上或者记在心里……但人物和形象一旦明确起来，那时人物和形象本身就会给最初的计划以修正。形象在典型环境中发展的逻辑是时常会有变化的，甚至往往破坏了事先的构思。在写作过程中有时不得不抛弃某些旧的观念，重新构造某些新的东西。[②]托尔斯泰的创作经验也很好地说明了这一问题：托尔斯泰的一位老朋友加安·鲁萨诺夫有一次就《安娜·卡列尼娜》向托尔斯泰表示过这样的意见：“你让安娜死在火车轮下，实在是对她太残酷了。”托尔斯泰回答说：“这个意见……使我想起普希金遇到过的一件事，有一次他对自己的一位朋友说：‘想想看，我那位塔姬雅娜跟我开了一个

---

① 列宁：《列夫·托尔斯泰是俄国革命的镜子》，《列宁选集》（第二卷），人民出版社1972年版，第370-371页。

② 法捷耶夫：《论作家的劳动》，《论写作》，人民文学出版社1955年版，第162-164页。

很大的玩笑,她竟然嫁人了!嫁给了奥涅金。我简直怎么也没有想到她会这样做'。关于安娜·卡列尼娜我也可以说同样的话。根本讲来,我的那些男女主人公有时就常常闹出一些违反我本意的把戏来,他们做了在实际生活中常有和应该做的事,而不是我所希望他们做的事。"[①]托尔斯泰的《复活》的第一次和第二次的修改稿中,都装上了一个幸福的结尾:卡秋莎和聂赫留道夫终于结了婚,托尔斯泰曾不止一次地感到这个结局是不真实的,是和作品的悲剧性的主题不相容的,因而他最后不得不根据生活本身的逻辑,把这一个结尾一笔勾销,写成了我们今天所看到的这个样子。鲁迅写《阿Q正传》,最初也确实没有料到会给阿Q一个"大团圆"的结局,但是,客观生活本身的逻辑,形象思维的逻辑却不能不使鲁迅笔下的"阿Q渐渐向死路上走"去。

所有以上这些事实都说明,就是在一些大作家那里,要使主观思想和创作意图符合生活实际和创作实践,也并不是那么容易,而必须在创作实践中不断得到纠正,严格服从生活本身发展的逻辑和形象思维的逻辑。但是,作家、艺术家根据创作实践和生活本身的逻辑以及形象思维逻辑的发展,对自己的主观思想和创作意图的每一次纠正,都把作家、艺术家的思想大大提高了一步,从而又用这样提高了的新的认识去指导他的下一步的创作。作家、艺术家的世界观和创作,就是这样交互作用波浪式地向前发展的。

第二,由于文艺作品所反映的不以人们意志为转移的客观生活是一个复杂而丰富的、有着严密的内在联系的、统一的整体;作家、艺术家所着力描写的是作为社会关系的总和的人,正如歌德所说:"人是一个整体,一个多方面的内在联系着的能力的统一体。艺术作品必须向人的这个整体说话,必须适应人的这种丰富的统一体,这种单一的杂多。"(歌德:《收藏家和他的伙伴们》第五封信)这就决定了作家、艺术家在用形象思维进行艺术创作时,不能不根据生活本身的逻辑把与作者企图在作品中表现的主题思想有关的全部生活内容写进作品,因而作品所实际包含的全部思想内容,往往比作者在创作该作品时所企图表现的主题思想要宽阔得多。恩格斯说巴尔扎克在他的《人间喜剧》里所描绘的"这幅中心图画的四周,他汇集了法国社会的全部历史,我从这里,甚至在经济细节方面(如革命以后动产和不动产的分配)所学到的东西,也要比从当时所有职业

① 贝奇柯夫:《托尔斯泰评传》,人民文学出版社1959年版,第344-345页。

的历史学家、经济学家和统计学家那里学到的全部东西还要多”。像动产和不动产的重新分配这样的经济细节，绝不可能是巴尔扎克在创作作品之初就想到要表现的。又如曹雪芹要通过他所经历和目睹的封建贵族大家庭的“离合悲欢，兴衰际遇”来展现封建社会的必然没落崩溃，他就必须“按迹寻踪”地把与此相关的全部社会生活内容写进作品，使《红楼梦》成为封建社会的百科全书。《红楼梦》的全部内容，显然比曹雪芹在创作《红楼梦》时所企图表现的思想要宽阔得多。

第三，由于作家、艺术家是用形象思维进行文艺创作，以生活本体的栩栩如生的形象来反映不以人们意志为转移的客观生活，因此，不管作者对作品所做的主观解释如何，我们往往可以用我们自己的观点做出正确的哪怕是和作者对他的作品的主观解释相反的结论。尽管巴尔扎克的“伟大的作品是对上流社会必然崩溃的一曲无尽的挽歌”。但是，我们却绝不会跟着巴尔扎克为贵族社会的崩溃而惋惜，而必然能从他所描绘的“法国社会的全部历史”中做出正确的结论。《红楼梦》甲戌本第一回中有一绝句云：“满纸荒唐言，一把辛酸泪，都云作者痴，谁解其中味。”其实，就是曹雪芹自己不仅并未完全理解他所描绘的客观生活的全部意义，而且他常常以他的色空梦幻思想来对他所揭示的具有深刻意义的客观生活做主观的错误的解释。假如他能死而复生，面对着我们今天对他的《红楼梦》的评论，他是会瞠目结舌、惊叹不已的。

第四，由于文艺作品不是以抽象的概念而是用形象思维所创造的活生生的形象来反映生活，我们还可以从各种不同的角度，不仅是和作者的原意完全不同的角度，甚至可以从和作品所显示的客观意义也完全相反的角度来运用文艺作品，比如毛泽东同志在《论持久战》中说：“但是，我之包围好似如来佛的手掌，它将化成一座横亘宇宙的五行山，把这几个新式孙悟空——法西斯侵略主义者，最后压倒在山底下，永世也不得翻身。”这里的孙悟空和如来佛都是对《西游记》中的艺术形象的反其意而用之，并赋予了新意，把如来佛比作共产党领导下的八路军和新四军，把孙悟空比作法西斯。毛泽东同志在《一个极其重要的政策》一文中说：“何以对付敌人的庞大机构呢？那就有孙行者对付铁扇公主为例。铁扇公主虽然是一个厉害的妖精，孙行者却化为一个小虫钻进铁扇公主的心脏里去把她战败了。”毛泽东同志在这里又把孙悟空比作八路军、新四军了。

毛泽东同志《在中国共产党第七届中央委员会第二次全体会议上的报告》中,又把孙悟空比作全国解放后暗藏的敌特和反革命分子。可是,他在1961年写的七律《和郭沫若同志》中,又把孙悟空描写成横扫妖雾、澄清玉宇的伟大的无产阶级战士,像这样借用具体的艺术形象来说明与艺术形象的原意多少相关或全不相关的例子是举不胜举的。

凡此种种,都充分说明艺术创作的一切并不都是由世界观决定的。只一味强调世界观决定创作,必然会危害社会主义的文学艺术事业。从艺术创作看,既然世界观决定艺术创作,作家、艺术家只要注意自己的哲学政治思想就行了,何必再在生活上孜孜不倦地积累,艺术上坚持不懈的追求?因此,艺术创作上的公式化、概念化、雷同化不能说和这种理论没有关系。正是有了这样的理论做基础,"四人帮"的"主题先行""从路线出发"才能迷惑一些同志。从文艺批评看,既然世界观决定创作,在对作家、作品进行艺术评论的时候,就必然会以对作家、艺术家的主观世界的分析来代替对艺术作品的客观评论,就是分析艺术作品,也是政治的标签多于艺术的分析。甚至会把本来是评论者对作品的各取所需的曲解强加给作者,硬说成是作者的主观创作意图,"四人帮"就正是把世界观决定创作这一理论加以恶性发展,在艺术批评中用"索隐""抉微"的手法硬要在作品中发掘作者的反革命意图,从而把很多作品判为"毒草",残酷迫害作者的。

世界观与创作方法的关系问题,本来是大半个世纪以来在国际国内都一直争论得非常激烈的问题。可是,自1957年以来,世界观决定创作似乎已经成为这一问题的定论。既然这一结论既无助于这一复杂问题的解决,又危害着我们的文学艺术事业,因此,在打倒"四人帮"以后的文学艺术的春天里,本着"百家争鸣"的精神,重新辨析世界观决定创作这一命题,这对我们解放思想,攀登比以往任何时代都更加雄伟的高峰,将有很大的意义,我的如上辨析,不一定对。殷切地等待着同志们的指正和批评。

——收录于《文谭》,1983年第1期

# 艺术活动中的“我”与“非我”的辩证关系

钱谷融同志发表在八月十一日《文汇报》上的《不可无“我”》一文中所提出的问题，在实质上是作者、作品、生活三者的关系，和作者、作品、读者三者的关系的问题。这两个三者的关系，对以抽象的概念来进行写作的哲学、科学来说，是较为单纯的；但对可以感触的活生生的艺术形象来反映客观现实的文学艺术来说，却是最复杂不过的。因而，就需要特别细心琢磨。

列宁教导我们："一般唯物主义认为，客观真实的存在（物质）不依赖于人类的意识、感觉、经验。历史唯物主义认为社会，存在不依赖于人类的社会意识。"[1]这就是说，不管是“我”眼中所看到的“非我”，还是不为“我”眼中所看到的“非我”，都是独立自在的。钱谷融同志认为："在艺术中，这‘非我’，又决不是独立自在的‘非我’，而只能是‘我’（艺术家）眼中所见到的‘非我’；所以，在这‘非我’之中，

① 列宁:《论文学与艺术》，人民文学出版社1960年版，第29页。

又不能不处处有一个'我'在。"[1]这就很容易使人认为好像这"非我"是因为我所看到才存在,我看不到就不存在似的。

我在这里并不打算简单地认定钱谷融同志的这种看法就是唯心主义的思想。他在这里所说的在艺术中"非我"不是独立自在的"非我",可能主要指的是作为客观现实的"非我",是必须通过作家、艺术家的主观思想反映出来的;作为艺术作品的非我,也是要通过读者的思想才能被欣赏的。但是,因此就说在艺术活动中,"'非我',又决不是独立自在的'非我'"仍是不恰当的。

是的,客观现实在人类头脑中的反映过程,不是消极的、被动的、镜子般的反映过程,而是积极的、辩证地发展着的内部矛盾的过程。在阶级社会中,社会生活在人们意识中的反映是有阶级性的,但这决不意味着在人类意识中所反映出来的客观世界不是独立自在的。列宁说:"任何科学的思想体系(例如不同于宗教的思想体系)和客观真理,绝对自然相符合,这是无条件的。"[2]"一切科学的抽象,都更深刻、更正确、更完全地反映着自然。"[3]这就说明客观世界不仅不依赖人们的意识而独立自在,而且人们的意识完全可以正确地反映这独立自在的客观现实。在对客观世界的反映过程中,起着巨大的主观能动作用的人们的世界观只要是正确的、先进的话,都不是使客观现实在人们的意识中丧失独立自在的性质,成为歪曲的反映,而总是尊重维护客观世界的独立自在的性质,使人们对客观世界的反映尽量地符合客观世界的真实。可见,因为"我"在反映"非我"的过程中有着巨大的主观能动作用,就认为"非我"不是独立自在的"非我"的思想,是离开了唯物主义的反映论的。

马克思主义对创作活动中的"我"与"非我"的辩证关系的看法是:"作为观念形态的文艺作品,都是一定的社会生活在人类头脑中的反映的产物。革命的文艺,则是人民生活在革命作家头脑中的反映的产物。"(毛泽东:《在延安文艺座谈会上的讲话》)这就是说,从作品和生活的关系来看,作品是生活的再现;从作家、作品、生活三者的关系来看,作品则又不是生活在作家头脑中的消极

---

① 钱谷融同志在这篇短文中的"我",对创作活动来说指的是作家,对欣赏活动来说指的是读者;"非我"对创作活动来说指的是"无所不在的客观现实",对欣赏活动来说是指的作品。

② 列宁:《论文学与艺术》,人民文学出版社1960年版,第20、42页。

③ 列宁:《论文学与艺术》,人民文学出版社1960年版,第20、42页。

的、镜子般的反映。作家在对生活的反映过程中,作家的世界观是起着巨大的主观能动作用的。这主要表现在从对生活的观察,到对生活的选择,到对生活规律的提示,再到对生活的评价,都是在作家的世界观的指导下进行的。钱谷融同志在对艺术创作活动中的“我”与“非我”的关系的看法上值得商榷之处,就正在于他不是把我在“我”对“非我”的反映过程中的作用主要看作是“我”的世界观在再现“非我”中的指导作用,而是认为主要表现在必须“使‘我’化为‘非我’,又从‘非我’中来表现‘我’”。既然钱谷融同志认为在艺术活动中“非我”不是独立自在的“非我”,而只能是我眼中所见到的“非我”,那么,所谓使“我”化为“非我”,把“我”变为作品中的张三李四,在实质上也就是把“非我”,把作品中的张三李四变为“我”。这样一来,钱谷融同志不仅要求在创作活动中要从“非我”中来表现“我”,而他所谓的把“我”化为“非我”实际上也是表现的“我”。这样作品便不是客观生活在作家头脑中反映的产物,而只能是作家的自我表现。

当然,由于作家的世界观对创作具有决定性的作用,在作家所艺术地再现的客观生活中,不能不饱和着作家的思想感情,不能不鲜明地体现出作家的爱与憎。因此,具有先进思想的作家,对他的作品中的正面人物总是同情热爱的,某些作品中的正面主人公的形象,甚至就是作家本人的影子,作家和作品中的正面人物的确有着一种“如见肺腑、如共痛痒”的“相知相亲”的关系,但这仍不属于使“我”化为“非我”的性质。因为,就是在作品中直接注入了作家的遭遇和思想感情的形象,要能具有长久的生命力的话,也决不是作家本人的自然形象的再现,而是经过作家苦心地虚构创造后的具有巨大概括力的典型。而且作家在创作活动中完全不必像演员一样把自己化为作品中的人物的面貌去和读者见面,作家总是隐藏在作品的后面,站在总观全局的地位去描述作品的情节和塑造人物性格的。作家真的一旦化为了作品中的某个具体人物,作家便会失去目击、概括、评价作品中所反映的全部生活的能力。

至于作家和作品中的反面人物的关系,则是更为复杂的。这既表现在绝不能像钱谷融同志那样要求作家和他们具有“如共痛痒”的“相知相亲”的关系,“把‘我’,化为‘非我’”。同时,要能把反面人物塑造得血肉生动、栩栩如生,作家又必须非常熟悉他们的生活,洞悉他们的灵魂。这种复杂的关系,更主要的还表现在作家对待作品中的反面人物的态度完全得以作家的不同的世界观和反面人物的不同的性质而定,这不仅在政治上属于保皇党的巴尔扎克,和在世界观与作品中都体现了农民在俄国“革命中的历史活动所处的各种矛盾”的托尔斯泰,以及彻底的民主主义者的车尔尼雪夫斯基,在对待他们作品中的反面人物的态度各不相同,而且就是同一作家,对他们的作品中的不同性质的反面人物的态度也是各不相同的。但是,他们都对他们的反面人物持批判的态度这一点上却是共通的。就以巴尔扎克来说,虽然“他的同情是在注定要灭亡的那个阶级方面”,但是“当他让他所深切同情的那些贵族男女(作品中的反面人物——昌注)行动的时候,他的嘲笑是空前尖刻的,他的讽刺是空前辛辣的”①,对工人阶级的作家来说,在对待反面人物的态度上,则必须以毛主席的正确处理两类不同性质的矛盾的思想为准绳,对作品中的属于敌对阶级的反面人物,和对已经彻底蜕化变质了的反面人物,都只能是彻底地暴露,无情地鞭挞;但对属于人民内部中的反面人物,就得很好地掌握解决人民内部矛盾的分寸去揭露、批判他们的与社会主义道德原则背道而驰的思想行为。可见,在任何情况下,在作家和反面人物的关系上,只要作家真的“把‘我’化为了‘非我’”(反面人物),和反面人物具有“如共痛痒”的“相知相亲的关系”,那么作家便由人类灵魂的工程师堕落成为追腥逐臭的诲淫诲盗的腐朽文人。因此,钱谷融同志不分作品中的人物的性质,笼统地要求作家和他所描写的人物之间建立一种“如见肺腑、如共痛痒”的那样一种“相知相亲的关系”是万万行不通的。

至于在对艺术作品的欣赏和评论的艺术活动中,钱谷融同志要求欣赏者和评论者对艺术作品中所描写的人物和生活抱“感同身受的态度”,“把‘我’浸染于其间”,否则便“是艺术的门外汉”,这也是很值得商榷的。

任何一件真正的艺术作品,不仅给予人们生活的知识,而且总是首先从感情上打动读者,给人以巨大的审美感受,但是这种审美感受,是和欣赏者、评论者的心理的、道德的、思想的联想结合在一起的。这一切或者是丰富、充实、证实被感受到的艺术形象和思想,或者是推翻和否定被感受的形象和思想。所以,审美感知既决定于作品的性质,和在思想上、艺术上取得的深度,又决定于欣赏者和评论者的思想水平、生活基础和艺术修养。因此,对欣赏者和评论者来说,重要的不是首先要求他们与作品“感同身受”,而是要求他们尽可能地具

① 恩格斯:《致玛·哈克奈斯》(1888年4月),《马克思恩格斯全集》(第37卷),人民出版社1971年版,第42页。

有先进的世界观、广博的生活知识、高超的艺术修养，这样不仅一些优秀的文学作品中的正面人物的崇高的品质便自然会不成问题地使欣赏者和评论者深受感动，不能不与他们抱感同身受的态度，并会在欣赏者和评论者的正确的思想指导下，根据他们广博的生活经验和高超的艺术修养，去丰富、补充作品中的艺术形象，使对作品的欣赏过程成为一个积极的艺术的再创造的过程。使欣赏者和评论者真正进入为作家所创造，并为他们所丰富、所补充了的艺术境界中去，获得最高的审美享受。而且，也只有这样，欣赏者和评论者才能具有对作品中的反面的人物和古典作家及现代的非社会主义作家的消极落后，甚至反动思想的鉴别批判的能力。钱谷融同志脱离了对欣赏者、评论者在思想、生活和艺术修养上的必要的要求，就是要求欣赏者和评论者对作品中的正面主人公的优秀品质抱感同身受的态度也是不可能的，而且，像他这样不分作品和作品中出现的人物的性质，笼统地要求欣赏者和评论者对作品抱"感同身受的态度"，"把我浸染于其间"，这就有可能使欣赏者和评论者成为作品中的反面人物和作家的落后思想的俘虏，深受毒害，而不自知。

由于作家、艺术家不是像哲学家和科学家那样以抽象的概念而是以栩栩如生的具体的艺本形象来反映客观现实和作家、艺术家的思想感情，这就决定了"不可无我"只是在艺术活动中，尤其在现实主义的艺术活动中的"我"与"非我"的辩证关系的一个方面，它们的关系的极为重要的另一方面是：

第一，作家、艺术家的对创作具有决定作用的世界观和创作意图，都必须在创作实践中接受检验，严格地服从于创作实践。法捷耶夫对此有过很好的说明："在作者用最初几笔勾画出主人公们的行为，他们的心理、外表、态度等等之后，随着小说的发展，这个或那个主人公就仿佛开始自己来修正原来的构思，——在形象的发展中仿佛出现了自身的逻辑。……如果作品的主人公是为艺术家所正确地了解，那么在某种程度上他自己就会带领着艺术家向前走。"[①]在他所写的《毁灭》中，按他"最初的构思，美谛克应当自杀"，但是，"美谛克在他的发展过程中的行动"，使法捷耶夫"明白了他是没有力量自杀的"。[②]鲁迅写《阿Q正传》，最初也没有料到会给阿Q一个大团圆的结局，但是，生活本身的逻辑

① 法捷耶夫：《和初学写作者谈谈我的文学经验》，《论写作》，人民文学出版社1955年版，第184页。

② 法捷耶夫：《和初学写作者谈谈我的文学经验》，《论写作》，人民文学出版社1955年版，第184页。

却不能不使鲁迅笔下的阿Q“渐渐向死路上走”去。[①]这些情况说明,任何作家都不可能使自己的主观思想和创作意图一下子就符合于客观生活和创作实践的实际,而必须在创作实践中不断地进行检验,不断地得到纠正。

第二,由于作家、艺术家所反映的客观生活是一个矛盾着、斗争着、发展着、变化着的不可分割的整体,由于作家所描写的中心是作为社会关系的总和的人。这就决定了只要作家、艺术家所描写的生活不是偶然的凑合和堆积,作家和艺术家在进行创作时便不能不根据生活本身的逻辑把作者企图在作品中表现的主题、有关的全部生活带进作品。因此,在作品中所包含的全部生活和思想内容,往往比作者在创作该作品时企图表现的思想和生活要广大得多。

第三,由于作家、艺术家是以生活本身的具体形象来反映不以人们意志为转移的客观生活,因此,不管作家对这些生活的主观解释如何,我们往往可以用我们的观点做出正确的、哪怕是和作者主观的解释相反的结论。如托尔斯泰根据他所批判的罪恶生活所开出来的挽救人类的药方是“勿以暴力抵抗恶”,主张在“道德中的自我完成”,但这却并不妨碍我们用我们的观点从托尔斯泰所揭示的生活的真实图景中得出只有用暴力抵抗恶,只有用暴力的革命推翻反动的统治,才是从根本上解决社会问题的唯一正确的结论。

正是由于文学艺术具有如上几种极为特殊的现象,所以毛主席曾明确地指出:“马克思主义只能包括而不能代替文艺创作中的现实主义”,“政治并不等于艺术,一般的宇宙观也并不等于艺术创作和艺术批评的方法”。(毛泽东:《在延安文艺座谈会上的讲话》)而高尔基则根据他丰富的艺术经验得到了形象几乎永远大于思想的结论。

遗憾的是,在钱谷融同志的这篇谈论在艺术的创作和欣赏活动中的“我”与“非我”的辩证关系的文章里,只讨论了“我”与“非我”的关系中的“不可无我”的这一个方面,而对它们的关系极为重要的另一方面,竟未涉及。

既然在艺术的创作活动中“不可无我”,作家、艺术家的世界观对创作具有决定性的作用。在艺术的批评中,必须反对那种否认作家、艺术家的世界观对创作的决定作用的观点。在研究一件艺术作品的成功失败、长处和弱点的时候,除了从作家的生活基础、艺术才能等方面加以说明以外,还必须从作家的世

① 鲁迅:《鲁迅全集》(第3卷),人民文学出版社1957年版,第282-283页。

界观的深处去探求最根本的原因。

既然形象大于思想，一般的宇宙观不等于艺本创作，马克思主义不能代替现实主义，因此，作家、艺术家必须积极深入生活，十分注意自己的生活积累，努力加强艺术修养，根据形象地反映生活这一艺术规律进行创作。在进行艺术批评时，必须反对那种单纯以作家、艺术家的阶级出身、创作意图和作家对他所描写的生活的主观解释来作为评论作品价值的唯一依据的观点，而必须以作品本身所包含的全部生活和思想以及它所起到的客观的社会作用来作为评论一部作品的价值的主要依据。

一九六二年十月

——收录于《文艺美学论集》，四川省社会科学院出版社1986年版

# 托尔斯泰主义与托尔斯泰现实主义

列宁所论及的著名的托尔斯泰的矛盾,也就是托尔斯泰主义的矛盾以及托尔斯泰主义与托尔斯泰现实主义之间的矛盾。按列宁在1908年托尔斯泰八十寿辰和1910年托尔斯泰逝世前后所写的一系列的论托尔斯泰的文章中的说法,所谓托尔斯泰主义,一些时候统指托尔斯泰的学说,一些时候专指托尔斯泰学说中的落后部分,诸如崇尚"虚无","不用暴力抵抗邪恶","向精神呼吁","鼓吹清洗过的新宗教","进行道德上的自我修养",等等。列宁所说的托尔斯泰主义的显著的矛盾,就正是指这种托尔斯泰主义与他在他的学说和作品中对社会的揭露,批判和抗议之间的矛盾。这种矛盾也就是"他的作品、观点、学说、学派中的矛盾"(列宁:《列夫·托尔斯泰是俄国革命的镜子》),归根到底是他的世界观中的矛盾。如果说,托尔斯泰的学说和世界观中对社会的揭露、批判和抗议与他的"最清醒的现实主义"是完全一致的话,那么,作为他的世界观中的落后部分的托尔斯泰主义和他的"最清醒的现实主义"则处于尖锐的对立和矛盾之中。如何就托尔斯泰的作品来深入地研讨托尔斯泰主义的矛盾,以及托尔斯泰主义与托尔斯泰现实主义的矛盾，这仍然是今天的托尔斯泰研究中的极为重大的课题。弄清这些问题，无论对正确理解列宁对托尔斯泰的分析，正确地认识伟大的托尔斯泰及其作品，还是对以托尔斯泰为借鉴，促进社会主义文学艺术的发展，都有着十分重大的意义。

列宁说："列·托尔斯泰所属的时代，在他的天才艺术作品和他的学说里非常突出地反映出来的时代，是1861年以后到1905年以前这个时代。"（列宁：《列·尼·托尔斯泰和他的时代》）1861年和1905年，是俄国历史的两个转折点。1861年，沙皇下令废除农奴制；1905年爆发了第一次革命。列宁称这一时期为"一个被农奴主压迫的国家的革命准备时期"。俄国"革命的一个主要的特点是：它是资本主义在全世界达到很高的发展程度，并在俄国达到相当高的发展程度的时期的农民资产阶级革命"。"客观条件把农民群众推上了多少带点独立性的历史行动的舞台。"（列宁：《列·尼·托尔斯泰》）在这个时期，俄国的整个经济生活（特别是农村的经济生活）和整个政治生活中充满着农奴制度的痕迹和它的直接残余。同时，这个时期正好是资本主义从下面蓬勃发展和从上面培植的时期。"作为艺术家和思想家的列·托尔斯泰，正是在这个时期完全形成的。"（列宁：《列·尼·托尔斯泰和他的时代》）托尔斯泰主义的一切特点与托尔斯泰主义的产生、发展和终结，以及托尔斯泰主义和托尔斯泰现实主义的矛盾，都是与这一时代的特征联系在一起的。

## 一、托尔斯泰主义的矛盾的产生

列·尼·托尔斯泰（1828—1910）出生在一个伯爵家庭，他在大学学习阶段及其前后，就接触了卢梭和孟德斯鸠的作品，受到西欧启蒙主义思想的一定影响，同时以涅克拉索夫、冈察洛夫、屠格涅夫、赫尔岑、萨尔蒂科夫-谢德林、奥斯特洛夫斯基为代表的现实主义学派所继承和发展的从普希金到果戈理、别林斯基以来的现实主义传统，对托尔斯泰的成长具有更加重大的意义。他对果戈理的《死魂灵》、屠格涅夫的《猎人笔记》爱不释手。格里戈罗维奇的《乡村》和《苦命人安东》则更使他感动得"涕泪纵横"。因此，托尔斯泰对尼古拉一世统治下的黑暗现实深感不满，对在农奴制的极度压迫下的苦难的农奴深表同情。他到大学学习以后,大学里的教学和学术研究中的形式主义以及他所学的官僚主义的法律学,都引起了他极大的厌恶。于是他只在大学学了三年就于1847年退学回家,对他刚刚分得的几处庄园和三百三十个农奴进行自由主义的改革。

托尔斯泰的辍学以及他在他的庄园上所实行的改革,都说明他的心是在社会上的激昂高亢的要求变革的思潮中沉浮跳动的。改革失败以后,他于1851年到了高加索,在高加索的部队中服务了两年半,参加过克里米亚战争中塞瓦斯托波尔战役,丰富了人生阅历,他亲眼看见了沙皇政府和军队的窳败腐朽、来自农民的士兵的剽悍朴实。在这一期间,作为作家的托尔斯泰出现了。他于1852年发表了他的第一部作品《童年》。《少年》(1854年)也基本上是在这一时期内写成的。这两部作品与后来的《青年》(1857年)合在一起就是他的著名的自传性三部曲,体现了他在早期的思想探索。他在他的世界观已经彻底转变为宗法制的农民的世界观以后的那种托尔斯泰主义,在这自传性的三部曲中已经萌芽了。

三部曲的主人公是贵族少年尼古连卡·伊尔倩涅夫。作品写的是他在不断的自我分析中成长的过程。他随着年岁的增长,愈来愈认识到了在卑微者中,尤其是在那些属于小市民阶层的官费生中,无论在伦理道德上,还是在聪明才干、远见卓识上,都远远超过贵族阶级的纨绔子弟。因而企图通过“自我改善”“道德上的自我修养”来清除社会的罪恶影响,使自己能够成为贵族阶级中的文雅的得体的人。

在伊尔倩涅夫身上体现的这种托尔斯泰主义的萌芽,在呆子格里沙和女管家纳塔丽雅·萨维什娜的形象中体现得更为明显。前者是一个宗教狂,体现了托尔斯泰的“让有道德信念的僧侣来代替有官职的僧侣”的思想。后者则是终身以“福音的戒律”行事的一心为主的女仆。

这种萌芽的托尔斯泰主义,与托尔斯泰世界观已经转变后的成熟了的托尔斯泰主义是有区别的。前者是贵族的托尔斯泰主义,后者是宗法制的农民的托尔斯泰主义。在这种贵族的托尔斯泰主义中,不存在宗法制的农民的那种托尔斯泰主义的矛盾,即“道德上的自我完成”“不用暴力抵抗邪恶”等说教为标志的托尔斯泰主义与对社会的揭露、批判、抗议之间的矛盾。在这自传性的三部曲中,托尔斯泰不仅对农奴制本身未产生怀疑,而且对贵族地主阶级的某些代表人物都是美化的。比如在《少年》中，就把伊万·伊万洛维奇这样一位显贵的将军写得非常高尚纯洁。就是贵族阶级的人物要对自己的过错实行“自我改造”，也不是为了无过错的受害者，而是为了自己。比如伊尔倩涅夫看见聂赫留朵夫无故殴打仆人瓦西卡，但是，他所可怜的却不是被打的瓦西卡，而是打人的聂赫留朵夫。因为在他看来，瓦西卡是仆人，他的挨打本身是不重要的，而重要的是聂赫留朵夫竟然打人，这说明了他的道德不完善，因而他反而是值得可怜的。可见，这种为自己的“自我完善”而“自我完善”是十分虚伪的。因此，这时期的托尔斯泰的现实主义，实际上是不现实的，正如他在晚年写回忆录时所说的：在三部曲“里面，除了有真实和臆造的胡乱糅合以外，同时还有根本不真诚的地方”。

托尔斯泰的成名之作，是他根据自己的亲身经历写成的特写集《塞瓦斯托波尔故事》(1855—1856)。但是作为对托尔斯泰主义的产生和发展的研究，他的另一部带自传性的小说《一个地主的早晨》更值得我们注意。这部作品是作者根据自己的农奴制下改善农奴生活的设想和实践，沿着中途流产了的《一个俄国地主的传奇》的构思写成的。本来，这篇小说所描写的农奴的贫困和不幸，以及他们和地主之间的对立所显示的根本意义，就是要改善农民的状况就必须消灭农奴制。可是他的已经萌芽了的托尔斯泰主义却要他的小说中的主人公聂赫留朵夫企图在根本不触动农奴制的前提下，用对农民的教育、救济的办法来解决农民的愚昧、贫穷的问题。而聂赫留朵夫所设想的这一切，和托尔斯泰在其自传性的三部曲中所显示的自我完善的思想实质一样，与其说是为了农民，还不如说是为了自己的“良心”。农民的贫困使他“好像回想起以前犯下的某种无法赎罪的过错而感到痛苦似的”。他是为自己免遭良心的谴责的痛苦，为自己“赎罪”而行“善”的。这就无怪乎农民把他的那一整套以体现“博爱”而行的“善”事通通看成是欺骗而加以拒绝。他的改革以失败而告终便是必然的。这就再一次表明了这一时期内的处于萌芽中的托尔斯泰主义所具有的贵族阶级的实质。因为这时的托尔斯泰是根本不愿意放弃他的土地所有权的。正如他自己所说：“他们在集会上对我说，要我把全部土地都交给他们，而我说，那样我就会穷得连一件衬衣也不剩了。”(托尔斯泰：《回忆录》)这和世界观彻底转变后的托尔斯泰代表宗法制农民的利益及为农民要求土地所有权真有天渊之别。可是，这时的托尔斯泰，却不是把他的改革的失败归之于他的贵族立场，而是归之于农民“竟不要自由”。

1857年托尔斯泰第一次出国旅行,目睹了法国、瑞士、意大利、德国等资本主义国家的种种社会矛盾和社会罪恶。他在瑞士的一个小城市——琉森所看到的一个流浪歌者所受到的欺凌,使他激愤不已,他在盛怒之下写出了以这件事为题材的短篇小说《琉森》。这篇小说对研究托尔斯泰主义的矛盾之所以重要,就在于我们从《琉森》中不仅可以看到萌芽中的托尔斯泰主义,而且可以看到萌芽中的托尔斯泰主义的矛盾及其阶级实质。托尔斯泰在《琉森》中把他所描写的这一题材看得非常重大,认为“这是现代的历史学家们应该用如火如荼、不可磨灭的文字记录下来的一个事件。这个事件,比报章和史籍所记载的事实更重大、更严肃,并且具有深远的意义”。是的,之所以如此,就在于托尔斯泰从这件事中更加具体地看到了贵族、资产阶级社会中的阶级对立。小说中的“我”是因为把住在琉森的高级旅馆中的那些阔人“和那刚才羞惭地逃避嘲笑的人群的、疲惫或许饥饿的流浪歌手作了一个对比”,看到了他们之间的阶级对立以后,才产生“说不出的愤怒”的。因此,小说不仅愤怒地揭露了那些贵族资产阶级阔人们的自私、冷酷、残忍,而且批判了资产阶级的法律、自由、平等的虚伪性,并把这一切都归之于资本主义的文明。他认为“这种臆想的知识把人类天性中那种本能的、最幸福的、原始的、对于善的需要给消灭了”。他强调:“我们有一个,并且只有一个毫无错误的指导者——世界精神,他渗入到我们大家和每一个人心中……”因而他在小说的最后,竟认为他自己“没有权利可怜他(指歌者),也没有权利为那勋爵的富裕生气”。因为“允许和命令这一切矛盾都存在的神的慈悲和智慧是广大无边的”。“只有你才觉得有矛盾”,而在神的眼里是“无限的和谐”的。这实质上是在宣传一种“无为”的思想。所以,我们在这篇小说中尽管已经看到了托尔斯泰对社会的揭露、批判、抗议与作为解决社会问题的药方的托尔斯泰主义之间的矛盾,这种萌芽的托尔斯泰主义的矛盾,尽管在托尔斯泰转变为宗法制农民的世界观以后的托尔斯泰主义的矛盾中,以更加显著的形式向前发展,但是,这时萌芽的托尔斯泰主义的矛盾,在实质上只能是他贵族阶级世界观中的矛盾。

当然,托尔斯泰的这种“无为”的思想,不仅和正处于变革中的极其尖锐复杂的现实生活是不相适应的,与托尔斯泰的那种勇于探索、不断探索的精神和性格也是不相符合的。正如他在写了《琉森》三个月后给阿·安·托尔斯泰娅的信中所说的那样："要正直地生活，就必须挣扎、迷乱、追求、犯错误、开始、放弃、又开始、又放弃。还要永远斗争和忍受牺牲。而安静——这是精神上的卑贱行为。"正是这种与"无为"相对立的奋发探索的精神，使托尔斯泰的世界观中的矛盾——托尔斯泰主义的矛盾进入到了第二个时期。

## 二、托尔斯泰主义的矛盾的发展

十九世纪五十年代末到六十年代初，沙皇专制和农奴制面临着空前的危机。农民资产阶级民主革命的形势在1859到1861年之间已逐步形成。1861年，沙皇被迫下令废除农奴制，则更表明民主高潮已经来到。这样的形势促使托尔斯泰的世界观发生了第一次激变。激变的标志是宗法制农民的思想渗入了托尔斯泰的世界观中去。我们首先看到的是他在完成了从1860年4月至1861年7月的第二次欧洲之行以后，他既失望于他在国外对资产阶级教育所做的考察，更失望于国内农奴制的改革。除了继续兴办他的教育事业以外，他在担任处理农民和地主之间的关系的"调解人"的工作中，总是偏袒农民，他的理由是："首先，老百姓的数目比社会人士多，因而应当设想大部分的真理是在老百姓这一边，其次，……老百姓如果没有了那些社会进步人士，仍旧一样可以生活和满足自己的全部生活需要……而进步人士没有了老百姓就无法生存。"这就是说，要拯救社会，贵族中的进步人士就必须面向老百姓，尤其是向老百姓中的最多数的宗法制农民看齐，走"平民化"的道路，这是托尔斯泰主义的矛盾的发展。最能代表托尔斯泰主义的矛盾的是《哥萨克》《战争与和平》《安娜·卡列尼娜》这样三部作品。

《哥萨克》仍带有自传的性质，这不仅因为作者有着和小说的主人公奥列宁类似的离开莫斯科去高加索的经历，更主要的还在于作者是以奥列宁来体现自己的追求和探索的。如果说在《一个地主的早晨》中，托尔斯泰关于平民化的思想还只是作为一个念头停留在聂赫留朵夫的想象之中的话，那么，由于宗法制农民的观点已经渗透在托尔斯泰的世界观中了，《哥萨克》在托尔斯泰主义的发展上的重大意义，就在于托尔斯泰把平民化的念头发展成了观念，并把观念变成了行动。在他的所有的作品中，这是第一次提出了脱离自己的阶级从贵族社会的生活圈子中走出来，到贫民和农民中去实现平民化的思想。作者之所以不仅那样尖锐地把贵族老爷们的无聊、懒散、腐化与劳苦老百姓的朴实、勤劳、高尚加以对比，把叶罗希卡、马丽雅娜等哥萨克写得像生活一样真朴，像自然一样纯洁，像真理一样崇高，而且把高加索的群山写得那样庄严崇高、雄伟壮丽，就是为了强调奥列宁到大自然中去，到在大自然中生活的农民中去的重要性和正确性。当然，奥列宁的“平民化”终因他在他和马丽雅娜的恋爱中表明他不能挣脱贵族的精神枷锁而失败。但是，托尔斯泰对此并无觉悟，而是认为平民化得不够，不善于平民化。因此，他在他的以后的作品中一直在继续进行着这方面的探索。

《战争与和平》是一部伟大的史诗式的现实主义作品，小说以1812年的俄法战争为中心事件，以别素号夫、罗斯托夫、库拉金、保尔康斯基四个贵族家庭为主要线索，艺术地再现了1805年至1820年间的一系列的重大的历史事件的真实，提供了从政治到经济、从社会到家庭、从战争(前方)到和平(后方)的无所不包的历史画卷，描写了包括从皇帝、将军、大臣、贵族到商人、平民、农民、士兵在内的五百五十九个人物，极为生动地显示了这一时期的历史风貌。作家以极大的热情歌颂了俄国人民反对拿破仑侵略战争的正义性质，高度地赞扬了人民在反侵略战争中的爱国热情、英雄气概和历史作用。作家之所以要把原来的只是几个贵族家庭的生活史的小说《皆大欢喜》发展为长篇巨制的史诗《战争与和平》，就是为了突出人民在卫国战争中的作用和英雄主义。他是始终本着“俄国的力量……就在于人民”这样的观点来描绘了一幅又一幅人民战争的图画的。

作家在描写人民在战争中的伟大作用和英雄气概的同时，也对宫廷官僚、名门贵族的腐败进行了揭露和谴责。像女官安娜·涉莱尔和外交官库拉金公爵一家，就是一些极其贪婪自私、卑鄙虚伪、腐化堕落的人。在国家危难期间，“舞会仍旧在进行，还是同样演出法国戏。宫廷的兴致一如往昔，还是同样的争名夺利和勾心斗角”。至于库拉金的女儿爱伦，则更是糜烂之至，遭到了托尔斯泰特别强烈的抨击。所有这些，都充分说明托尔斯泰世界观中的民主主义因素有了很大的发展。

随着托尔斯泰世界观中的民主主义因素的发展，托尔斯泰世界观中的托尔斯泰主义也在猛增。作品中所塑造的两个理想的贵族青年形象：安德烈·保尔康斯基和彼埃尔·别素号夫都是不同程度的托尔斯泰主义者。安德烈出身于公爵家庭，他对上流社会的那种庸俗无聊的寄生生活十分厌恶，抱着一种建功立业的荣誉感，参加了1805年的俄法战争，在战争中表现得很勇敢，不断地进行自我剖析。在奥斯特里奇的会战中，他受了伤，躺在战场上仰望天空，从浩渺崇高的天空，领悟到了人生的渺小。一种虚无、无为的思想油然而生："我以前怎么会没看到这个崇高的天空？现在我终于认识了它，又是多么幸福。是啊！一切都是空虚，一切都是欺骗，除了这个无边无际的天空。"我们知道：虚无、无为正是托尔斯泰主义的特色，这种托尔斯泰主义被安德烈领悟以后，就在他的头脑中生了根，并不断发展。他在1821年的卫国战争中重上战场。他作为一个团的指挥者与士兵相亲相爱，士兵们也称他为"我们的公爵"。他在鲍罗金诺会战中身受重伤而死，临死以前，读着《福音书》，接受了宗教的情爱主义的信仰。作家是要他成了托尔斯泰主义者以后才让他离开人世的。

我们从彼埃尔·别素号夫身上能看到更为鲜明的托尔斯泰主义。彼埃尔是一个大贵族的私生子，他的妻子爱伦的堕落不仅使他和爱伦决裂，而且使他对本阶级的腐朽堕落也开始失望，因而重新探索人生的道路和人生的意义。他被"共济会"的教义——博爱主义所吸引，积极举办慈善事业，并在自己的领地上本着博爱精神进行改革，最后他接受了宗法制农民普拉东·卡拉塔耶夫的影响，形成了听天由命、爱一切人的世界观，妄图以这样的托尔斯泰主义的世界观来改造社会。

作为对托尔斯泰主义的发展的研究，宗法制农民卡拉塔耶夫这个形象更值得我们注意。卡拉塔耶夫也是托尔斯泰主义的体现者，但是，在他身上所体现的托尔斯泰主义已具有宗法制农民的托尔斯泰主义的性质。这倒不仅因为卡拉塔耶夫本身是宗法制农民，更主要的是他所表现出来的托尔斯泰主义的思想实质是宗法制农民所具有的。问题不在于托尔斯泰把农民当成了"温良的注定要为上帝而受苦和忍耐的人"，因为在宗法制的农民中本来就存在着这种人。问题的关键是托尔斯泰的未经彻底转变的世界观中的落后思想和宗法制农民中像卡拉塔耶夫这样的反动思想是合拍的。正是这样，托尔斯泰才对卡拉塔耶夫这一形象中所显示的宗法制农民的反动特征：宿命论者、不抵抗主义者、笃信基督的信徒、自发生活的化身等，极尽美化之能事。从这里我们看出了彼埃尔的平民化的实质从卡拉塔耶夫身上所实际表现出来的托尔斯泰主义原本就是彼埃尔心目中应该存在的托尔斯泰主义。因此,彼埃尔的平民化与其说是他要把自己化到卡拉塔那夫的托尔斯泰主义中去,不如说要卡拉塔耶夫化为他的托尔斯泰主义。所以从《战争与和平》中看得出来,尽管托尔斯泰的世界观中的民主主义有大的增长,尽管无论是在他的世界观中的民主主义思想中,还是在托尔斯泰主义中,都已融入了宗法制农民的观点,但是托尔斯泰的世界观仍然基本上是贵族阶级的世界观。托尔斯泰主义的矛盾,仍然主要是贵族世界观本身的矛盾。

《安娜·卡列尼娜》按原来的构思是只写"一个不忠实的妻子以及由此而产生的全部悲剧",托尔斯泰之所以不仅要违背他原来的构思,不断开拓安娜的悲剧的社会意义,而且增加了列文这根线,列文在作家的心目中和作品中都获得了愈来愈大的意义,就在于作家要以这部作品来对婚姻问题、家庭问题、政治问解、经济问题、哲学问题、宗教问题以至于美学和有关文学艺术的问题都进行全面的探索,寻求这些问题的答案。

列宁认为:托尔斯泰在《安娜·卡列尼娜》中通过列文之口所说的这样一句话:"现在在我们这里,一切都翻了一个身,一切都刚刚开始安排,对于1861—1905年这个时期,很难想象得出比这更恰当的说明了。"正因为这样,小说从"奥布浪斯基家里,一切都混乱了"这样一句话作为叙述故事的开头,就有着十分重大的意义。为什么在奥布浪斯基家里会一切都混乱了呢?这是因为在产生《安娜·卡列尼娜》的时代里,"一切都翻了一个身,一切都刚刚开始安排",那"翻了一个身"的东西是每个俄国人都非常了解的,至少也是很熟悉的,这就是农奴制以及与此相适应的"旧秩序"。那刚刚开始安排的东西,却是最广大的民众完全不熟悉的、陌生的、不了解的"资产阶级制度"——"吓人的怪物"。(列宁:《列·尼·托尔斯泰和他的时代》)因此,奥布浪斯基家庭的混乱就不是一个家庭的问题,而是一个时代的普遍的问题,具有很大的典型意义。作家用这一句话作为叙述故事的开头,从描写奥布浪斯基家里面的混乱开始,就表明了作家一开始就是从他所处的时代的特征出发来展开安娜和列文这两条平行而又互相联系的线索的。

作家别具匠心地让安娜在为解决奥布浪斯基家中的混乱而出场,而她却因此在去莫斯科的途中与渥伦斯基相识,从此她和她的丈夫卡列宁的家庭却陷入了更大的混乱之中,这一开始就表明了安娜的悲剧不是因她对丈夫的不忠而产生的个人的悲剧,而是社会的悲剧、时代的悲剧。我们从这一悲剧中看得出来安娜和卡列宁的婚姻原来就是封建包办式的婚姻,年轻、美丽而又有着丰富的内心世界的安娜,是由姑母做主而嫁给了比她大二十岁的官僚卡列宁的。卡列宁完全是一个顽固守旧、庸俗虚伪、麻木不仁的"只有升官愿望"的官僚机器,他们之间当然是毫无爱情可言的。正如安娜所说,他"摧残了我的生命,摧残了我身上一切有生命的东西,他甚至一次都没有想到我是一个需要爱情的活的女人 ……"因此,当安娜在生活中遇上了那样炽热地追求着她的渥伦斯基,她出于对爱情、婚姻、家庭方面的幸福的追求,她脱离卡列宁而和渥伦斯基结合在一起更是必然的。但是,她的这一行动,无疑是对整个上流社会、整个封建伦理道德的挑战。因而她为上流社会及其伦理道德观念所不容也是必然的。加以渥伦斯基原本就是一个花花公子,他爱安娜除了她的美貌以外,更多的是出于因占有她而产生的虚荣心和胜利感。这种虚荣心和胜利感一旦消失以后,他就对安娜表现出厌倦和冷淡。而安娜所追求的却是对她有着"太多的意义"的爱情。在这种情况下安娜卧轨自杀也就是完全必然的。托尔斯泰以生活本身的发展逻辑和人物性格发展的逻辑向我们证明了制造安娜的悲剧的是以卡列宁、渥伦斯基所代表的整个上流社会及其封建伦理道德。正如安娜在结束自己的生命时所控诉的:"一切全是虚伪,全是谎话,全是欺骗,全是罪恶。"如果说在安娜的悲剧这条线中,更多地表现了托尔斯泰对社会的罪恶的揭露、批判和抗议的话,那么,列文的这条线就更多地表现了托尔斯泰为消除社会罪恶所做的探索,企图通过列文找出一种拯救人类社会的药方,这种药方就是他的托尔斯泰主义。

列文在对社会的改革上,他既"闭起眼睛来,不去考虑在俄国'开始安排'的东西正是资本主义制度",拒绝资产阶级的物质文明,反对以欧洲的资产阶级的经营方式来经营田庄,认为俄国是在资本主义的"发展规律之外的",又不同意一般的贵族地主对农民的过度的压榨和剥削,更反对他们梦想恢复他们以前的农奴制。他认为"劳动力是农业中的主要因素",只要地主也参加劳动,农民同样以股东的资格参加经管,就能调动农民的积极性,对农民、对地主都有好处,就能实现"用普遍的富有和满足来代替贫穷;用和睦和利益一致来代替仇恨",

他把这当作是不流血的然而却是非常伟大的革命。像列文这样要在不触动地主的土地所有制的基础上来解决使他激动的社会问题,即寄希望于农民的身上,从解决农民问题入手从而使人们能够得以避免在资本主义原始积累时期所遭受的灾难和不幸,这当然是一种空想,注定要失败的。最后他终于从一个普通的农民、"正直的老头子"普拉东·费克尼奇身上找到了自己的出路:他把费克尼奇"为了灵魂而活着,他记着上帝"作为他解决所有社会问题的总结,把基督教的"永恒真理"看作解决社会问题的最高准则。

我们从《安娜·卡列尼娜》中看到了托尔斯泰对社会的揭露、批判、抗议与作为解决社会问题药方的托尔斯泰主义之间的更加尖锐的矛盾。尽管在这两个方面都已融入了宗法制的农民的观点,但是作家并未放弃他的贵族阶级的立场,因为列文就表示他"要像灶王奶奶那样一辈子守住这种圣火似的"守住地主阶级对土地的所有制和地主对农民的宗法关系以及建立在这样基础上的家庭生活、文化传统等。因此,托尔斯泰的世界观基本上还是贵族阶级的,所谓托尔斯泰主义的矛盾,基本上还是贵族世界观内的矛盾。不过,在这种矛盾中,已经包括了贵族地主阶级的偏见与宗法制农民思想的矛盾,宗法制农民思想中的民主主义与落后反动思想之间的矛盾,表明托尔斯泰的世界观虽然还未起质的变化,但处于质的飞跃的前夕。

## 三、托尔斯泰主义的矛盾的成熟和终结

关于托尔斯泰的世界观的转变,列宁说过这样的话:"乡村俄国一切'旧基础'的急剧的破坏,加强了他对周围事物的注意,加深了他对这一切的兴趣,使他的整个世界观发生了变化。就出身和所受的教育来说,托尔斯泰是属于俄国上层地主贵族的,但是他抛弃了这个阶层的一切传统观点。""托尔斯泰是用宗法式的天真的农民的观点进行批判的,托尔斯泰把他们的心理放到自己的批判、自己的学术之中。"(列宁:《列·尼·托尔斯泰和现代工人运动》)

列宁所说的托尔斯泰由他的地主贵族的世界观向宗法制的农民的世界观的转变,是在十九世纪七十年代末八十年代初实现的。托尔斯泰之所以在这时实现了世界观的转变,那是因为农奴制的废除只不过正如列宁所说的使农民

“赤然一身地‘走向自由’”。此后，农村的分化和破产都在日益加剧。十九世纪七十年代末，由于军事捐税的加重，再加上1879年的歉收，农民被迫进行反抗斗争。农民暴动在1879年一年就遍及欧俄的二十九个省，1880年增加到三十四个省。在农民中普遍增长着占有土地的要求，工人运动在这时也有新的发展。在俄国，再次出现了民主的高潮。这种情势，引起了托尔斯泰对社会问题的更大的关切，加速了他对解决社会问题的探索和追求。为此，他广泛参观教堂、修道院、隐修者住的山洞，访晤修道士、苦修僧、主教、神父以及宗教界的最有代表性的人物。其结果，是对官方教会的失望和否定。更重要的是，他非常关心人民，尤其是关心农民的命运。他经常参观监狱、法庭和新兵收容所，在这些地方他看到了人民的痛苦、沙皇政权机构的罪恶。所有这些都促成了托尔斯泰本来就处于转变前夕的世界观的质的飞跃。正如他在《忏悔录》中所说：“在我身上发生了一种激变”，“这种激变很早就已在我心里酝酿，它的萌芽也一直就已经埋藏在我的身上”。他在晚年写的一篇文章中还指出：“1881年这个时期，对我来说乃是从内心改变我的整个人生观的一段最为紧张炽热的时期。”（列宁：《列·尼·托尔斯泰和现代工人运动》）

我们说托尔斯泰世界观的这种激变，是由他的贵族地主阶级的世界观向宗法制农民世界观的飞跃，就在于他坚定地表示他“应当过真正的生活，而不是寄生虫的生活”，“我弃绝了我们那个阶层的生活”。（《忏悔录》）他看到了财产私有制“产生了世上全部可怕的邪恶”，表示愿意“带头放弃私有财产”。因此，我们在这里所看到的托尔斯泰的世界观的激变，是从一个阶级的世界观到另一个阶级的世界观的飞跃。可是，转变后的世界观也并没有实现“保留的英雄们巴扎罗夫之流所吹捧的‘综合’”，而是存在着更加突出的托尔斯泰主义的矛盾。但是，这种矛盾已经是宗法制农民思想本身的矛盾：是宗法制的农民思想所固有的，对社会制度、现存秩序的揭露、批判、抗议，和作为宗法制农民的落后思想的托尔斯泰主义之间的矛盾。这种矛盾的确是一面反映农民在俄国革命中的历史活动所处的各种矛盾状况的镜子。

《复活》（1889—1899）就是在托尔斯泰的世界观转变以后，最能代表他的世界观的一部作品。它是托尔斯泰关于他的人生道路、艺术道路的最深刻、最全面的总结。

作家在《复活》中通过玛丝洛娃的受审和聂赫留朵夫为玛丝洛娃的上诉,充分“揭露了政府的暴虐以及法庭和国家管理机关的滑稽”。坐在堂堂的法庭上主宰人民命运的那些执法者,由于他们心不在焉,玩忽职守,造成了审判的错误——陪审员在答复问题的时候,在说“是的,她犯了这样的罪,没有劫夺钱财的意思,她没有盗窃钱财”这样的话之后,没有再加上一句:“但是没有杀人害人的意图”。仅仅因为在陪审员答复问题的表中,没有这作为第二个保留条件的这样一句话,法官和庭长都明明知道这等于说她没有劫夺钱财,没有盗窃财产,而却毫无目的地“蓄意”把人毒死,这当然是非常荒谬的。可是,却仍然判了她四年苦役。正是因为这些执法者们既不是穷凶极恶的酷吏,有意要制造冤案,又不是不知道玛丝洛娃没有罪,只是因为他们的昏庸腐败、玩忽职守而造成了这样的错误。错误造成以后,又死抠法律条文,把无罪的人判罪,这就更加显示了玛丝洛娃这一冤案的典型意义,更加暴露了沙皇国家政权机构以及法庭法律的黑暗和反人民的本质。

是的,我们从聂赫留朵夫为玛丝洛娃上诉而四方奔走的过程看得出来:天下乌鸦一般黑。从地方到中央的整个官僚机构都是一样的昏庸窳败,冷酷残忍。像玛丝洛娃这样的冤狱遍及全国,比比皆是。正如作者所揭露的:“所有这些人的被捕、监禁、流放,其实并不是因为他们侵害了什么正义,或是犯了什么法,只不过因为他们是障碍,妨碍官吏和富人享用他们从老百姓那里搜刮来的财产罢了。”从这个意义上说,“人吃人并不是从森林里开始的,而是从各部、各委员会、各政府衙门里开始的”。

由于官办的教会完全是支持和神化这样的专制制度的,因此,作者对官办教会也进行了无情的揭露和批判。那些道貌岸然的神父、教士那样热衷于他们的职业,并不是笃信宗教,而是为了借“这职业使他接触到许多有钱有势的人”,借宗教仪式骗取钱财,增加收入,我们从复活节在监狱做礼拜的场面中更可看到官办教会的全部虚伪性:犯人们镣铐的叮当声,岂不是他们带领犯人所念的充满着“爱”的祈祷词的虚伪性的最好的注释吗?犯人们在监狱中的那种惨不忍睹的景象,岂不正是他们嘴里所高唱的“宽恕吧”“怜悯吧”的虚伪性的最好的证明吗?

作品通过聂赫留朵夫回到家乡去处理田产的活动,极为深广地展现了农村破产后的那种满目荒凉、民不聊生的图景。作者通过聂赫留朵夫之口一针见血地指出:“老百姓赤贫的主要原因……那就是唯一能养活他们的土地,却给地主从他们的手里夺去了。”他大声疾呼:“土地不能成为什么人的财产,它跟水、空气、阳光一样不能买卖。凡是土地给予人类的种种利益,所有的人都有同等享受的权利。”像他这样“对土地私有制的毅然决然的反对,表达了一个历史时期的农民群众的心理”。在这种原始农民的思想里,积累了农民群众由于几世纪以来农奴主的压迫、官僚的横暴和劫夺以及教会的伪善、欺骗和诡诈而发出的极大的愤怒和仇恨。

但是,托尔斯泰这位强烈的抗议者、激愤的揭发者和伟大的批评家,在写《复活》时,已经是一个成熟的托尔斯泰主义者了。他在作品中更加卖力地宣传不以暴力抗恶,要求禁止“任何暴力”。他认为社会“问题的症结,就在于人们丧失了做人的主要品质”,在每个人的身上,都经常存在着“精神的人”和“兽性的人”的矛盾。当人是“精神的人”的时候,就是一个高尚的人,从善的人;当人一旦成为“兽性的人”,就必然作恶。因此,拯救人类社会的道路就不在于以暴力抗恶,暴力本身就是恶,以暴力抗恶,就是以恶抗恶;而在于通过忏悔,通过宽恕,通过人类的爱。总之一句话,通过道德上的自我完成,来使精神的人得到“复活”。而最能使“精神的人”得到“复活”的,莫过于经他清洗过的新宗教。他把新宗教的教义作为“救世新术”来大肆兜售。《复活》以《福音书》的话作为题词,宣传对别人的饶恕,“不是到七次,乃是到七十七次”。《复活》的末尾,作者又抬出《福音书》来宣传:“要永远宽恕一切人”,“人不但不可以‘以眼还眼’,而且要在这半边脸挨打的时候,送上那半边去”,“人非但不应当恨仇敌、打仇敌,而且应当爱他们,帮助他们,为他们服务”。像这样的出于对俄国所“遭遇的危机的原因和摆脱这种危机的方法”全不理解而产生的托尔斯泰主义,正如列宁所说:“只是宗法制的天真的农民才会具有,而不是一个受过欧洲式教育的作家所应有的。”(列宁:《列·尼·托尔斯泰》)

这就表明,这一时期是托尔斯泰主义的矛盾的形成期、成熟期。这一矛盾已不是他的世界观中的贵族地主世界观内的矛盾或贵族地主思想与宗法制农民思想的矛盾,而是他的作为宗法制农民的世界观的内部矛盾。由此可见,托尔斯泰主义的矛盾经历了一个发生、发展、形成和终结这样一个从量变到质变的漫长的过程。而在托尔斯泰的一系列作品中的带自传性的主人公恰好就是标志这个途程各个阶段的里程碑。因此,这样的托尔斯泰主义出现在无产阶级革命的序幕——1905年的革命即将揭开的时候,就是特别不合时宜的。

## 四、托尔斯泰主义和托尔斯泰现实主义的矛盾

我们在分析了托尔斯泰主义及其矛盾的发生、发展及终结以后,就有可能进而讨论托尔斯泰主义与托尔斯泰清醒的现实主义的矛盾的问题。很显然,托尔斯泰主义的矛盾和托尔斯泰主义与托尔斯泰现实主义的矛盾既有区别又有联系。它们的区别是托尔斯泰主义的矛盾是托尔斯泰世界观、学说、观点、学派、作品中的矛盾。托尔斯泰主义和托尔斯泰现实主义的矛盾,是作为托尔斯泰的世界观中的托尔斯泰主义与作为托尔斯泰用以进行艺术创作的现实主义的矛盾。它们的联系是:托尔斯泰世界观中的宗法制农民民主主义思想,使托尔斯泰掌握了现实主义的创作方法,从而使这种清醒的现实主义同他的世界观中的托尔斯泰主义处于尖锐的对立和矛盾之中。不是托尔斯泰主义削弱和损害托尔斯泰的现实主义,就是托尔斯泰的现实主义削弱着,甚至战胜了托尔斯泰主义。

我们先看托尔斯泰主义对托尔斯泰现实主义的削弱和损害。

托尔斯泰主义与托尔斯泰现实主义的矛盾,是随着托尔斯泰主义矛盾的发展和尖锐而发展和尖锐起来的。因而,托尔斯泰主义对托尔斯泰的现实主义的削弱和损害,在他的中期和后期的作品中就看得更加明白。

在《战争与和平》中,托尔斯泰虽然现实主义地表现了人民群众在战争中的作用,但是,他的托尔斯泰主义使得他把群众表现为自发的、盲目的、“蜂群式”的力量,似乎战争和历史都没有规律可循,一切都得听天由命,顺从天意。就是像俄军总司令库图索夫这样的战争领导人似乎也并不能干预事变的进程。这就大大削弱了现实主义所应反映的历史的真实。在《安娜·卡列尼娜》中,托尔斯泰竟把托尔斯泰主义赋予了像卡列宁这样的顽固守旧、庸俗空虚、麻木不仁的官僚机器。作家让卡列宁在病重的安娜的床边领略“饶恕的幸福”,他不仅饶恕了安娜,而且愿与自己的情敌渥伦斯基和解,甚至非常温存地爱着那个给他带来耻辱的安娜与渥伦斯基的“非法”结合而生下的女孩。“他突然感到成为他的苦恼的源泉的东西,同时也变成他精神上的快乐的源泉了;而在他非难、责备和憎恨的时候,看来是难于解决的事情,在他饶恕和爱的时候,就变成很明了

了。”托尔斯泰主义在我们看来是反动的，但在托尔斯泰的心中却是无限美好的。因此，他总是把托尔斯泰主义赋予作品中的正面人物，尤其是赋予那些能多少体现他的经历、思想和观念的人物。因此，以卡列宁这样的反面人物来体现托尔斯泰主义，就不仅美化了卡列宁，而且不符合卡列宁的性格发展的内在逻辑。像卡列宁这样的没有心肝的麻木的人，是根本不知同情心为何物的。从他后来坚持不和安娜办理离婚手续的残忍来看，把托尔斯泰主义根植在他身上，就是对现实主义的脱离，歪曲了生活的真实。

如果说托尔斯泰在《安娜·卡列尼娜》中把托尔斯泰主义赋予卡列宁这样的反面人物是美化了卡列宁的话，那么，他在《复活》中按照他的托尔斯泰主义来写政治犯和作为政治犯的标准，便是对当时的政治犯的丑化和歪曲。在托尔斯泰的笔下，凡是主张暴力革命的政治犯都遭到了他的否定，诬称他们“居然能心平气和地计划杀人”。凡是得到托尔斯泰的同情和赞美的都是不同程度的托尔斯泰主义者。西蒙松是一个素食主义者，他不仅反对暴力，而且主张“为已经存在的生命服务”，连杀害动物他都反对。像这样描写政治犯，就是在革命活动是由民粹派领导的情况下，也歪曲了历史的真实，损害和削弱了托尔斯泰的现实主义。

但是，就托尔斯泰主义和托尔斯泰现实主义这对矛盾来看，托尔斯泰的现实主义是矛盾的主要方面，在更多的情况下，是托尔斯泰的现实主义在克服着、削弱着，基至战胜着托尔斯泰主义。这是因为托尔斯泰的世界观中的先进部分，尤其是他在中后期的世界观中的宗法制农民的民主主义思想，使他掌握了现实主义这样的先进的创作方法以后，现实主义作为创作方法本身，有很大的能动性。这种能动性在于现实主义要求严格从生活出发，严格按照生活和生活本身发展的逻辑进行创作。作家的世界观、创作计划、主观意图都必须严格地服从生活本身发展的逻辑，接受创作实践的检验，其中的谬误要在创作的实践中不断地得到纠正，此其一。现实主义要求，以典型环境中的典型人物来反映生活，无论是典型人物还是典型环境，都是复杂丰富的，有着多方面内在联系的统一的整体，因此，现实主义在反映生活的时候，往往会把与作家、艺术家企图表现的主题思想有关的全部生活内容带进作品。作品的思想内容不仅比作家主观上想表现的要宽广得多，甚至会在作品中出现与作家的主观意图不相吻合甚至相反的思想，此其二。现实主义总是以生活本身的形象来反映客观生活，因此,作品中的形象和形象体系,除了作家对它的主观解释以外,还有其自身的客观意义。作家的主观解释不能排斥读者的客观评论,此其三。现实主义的这种能动性有助于削弱和抵消托尔斯泰世界观中的托尔斯泰主义。

托尔斯泰是非常忠实和执着于他的现实主义的。早在1851年12月17日的日记中,他就表现了按现实主义的原则来写真实的最大勇气和锐气:“我将在‘历史’的封面上写上这样的题词:‘我无所讳言’。单是不撒谎是不够的,还必须力求不消极地——默而不言地——撒谎。”后来,他在写《安娜·卡列尼娜》时,又宣称:“鲜明的现实主义——像您所说的,乃是我唯一的工具。因为我既不能利用激情,也不能利用说理。”(列宁:《列·尼·托尔斯泰》)关于他如何因坚持现实主义的原则而艰难困苦的工作情况,他在1870年11月17日给费特的信中做了很好的说明:“我很烦闷,什么也没有写,可是工作得却很苦。你简直不能想象,这种在我不得不播种的土地上进行深耕、备种的工作,对我来说是多么的艰苦,反复考虑眼前这部庞大的作品中所有的主人公身上所可能发生的一切,考虑一百万种可能的组合方式,以备将来采用其中的百万分之一,这是一种可怕的工作。”从一百万种可能中,用其百万分之一,就是表明要严格地遵循现实主义的创作原则,严格地服从生活本身发展的必然逻辑。

列宁也非常看重托尔斯泰的现实主义的艺术力量。列宁认为:“如果我们看到的是一位真正伟大的艺术家,那么,他在自己的作品中至少会反映出革命的某些本质的方面。”(列宁:《列夫·托尔斯泰是俄国革命的镜子》)托尔斯泰之所以是真正伟大的艺术家,就在于他是俄国革命的镜子。列宁强调指出:“他在自己半世纪以上的文学活动中创造了许多天才的作品,在这些作品中,他主要是描写革命以前的旧俄国,即1861年以后仍然停滞在半农奴制度下的俄国,乡村的俄国,地主和农民的俄国。在描写这一阶段的俄国历史生活时,列·托尔斯泰在自己的作品里能以提出这么多重大的问题,能以达到这样大的艺术力量,使他的作品在世界文学中占了一个第一流的位子。由于托尔斯泰的天才描述,一个被农奴主压迫的国家的革命准备时期,竟成为全人类艺术发展中向前跨进的一步了。”(列宁:《列·尼·托尔斯泰》)

因此,如果托尔斯泰不是作家,而仅仅是思想家和哲学家,那么,我们所看到的托尔斯泰更多的或更主要的也就是“一个发狂的笃信基督的地主”,“一个颓唐的、歇斯底里的”托尔斯泰主义者。当然,作为思想家和哲学家的托尔斯泰的世界观同样是他所处的时代的各种矛盾的反映。但是,他的学术著作绝不可能像他的艺术作品那样成为一面反映俄国革命中的历史活动所处的各种矛盾状况的镜子。列宁用涅克拉索夫的诗来形容托尔斯泰:“你又贫穷又富饶,你又强大又软弱。”他的“富饶”和“强大”固然和他的世界观中的宗法制农民民主主义思想有关系,但是,我们不能不看到托尔斯泰所坚持的现实主义的创作方法对作为宗法制农民的思想的落后一面的托尔斯泰主义的削弱和战胜,是使得作为作家的托尔斯泰比作为思想家的托尔斯泰更富饶、更强大的重要原因。

托尔斯泰以他的现实主义来战胜他的托尔斯泰主义的情况是举不胜举的。从《一个地主的早晨》中的聂赫留朵夫按博爱精神所行的善事,到《哥萨克》中的奥列宁所走的平民化的道路,再到列文在自己的庄园所实行的改革,之所以都以失败而告终,就在于现实主义的原则不容许托尔斯泰让他的托尔斯泰主义取胜,因为这些人既然是在保存地主对土地的占有制,地主对农民的宗法关系的前提下来兜售他们的托尔斯泰主义,农民便要理所当然地把他们按托尔斯泰主义所搞的善事、平民化、改革之类的东西视为欺骗,失败是必不可免的,这实质上是托尔斯泰严格按照现实主义原则宣布了他的托尔斯泰主义的失败和不受欢迎。《复活》中的聂赫留朵夫虽然表示了“他对土地私有制的毅然决然的反对”,表明他所代表的完全是宗法制农民的思想,但是,在《复活》中就是聂赫留朵夫的托尔斯泰主义也是在现实主义原则面前大碰其壁的。比如在聂赫留朵夫要求和玛丝洛娃结婚来实现自己道德上的自我完成的问题上,托尔斯泰就在对作品修改的过程中一再感到像这样人为地装上一个幸福的尾巴是“没有内在的理由,甚至是虚伪的”,“一切都是不真实的、虚构的、软弱的”,“是不能容忍的”。他认识到这个结局和小说悲剧性的主题是不相容的,因而他在最后不得不把这样的结局一笔勾销。苏菲亚·安德烈耶夫娜在1898年8月23日的日记中记载了他在勾销这个结尾时的欢快的情景:“早晨,列夫·尼古拉耶维奇写了《复活》,对那天的工作非常满意。当我走到他面前的时候,他对我说:‘告诉你,他没有跟她结婚。今天我把全部写完了。换句话说,解决得非常好’。”这就是托尔斯泰的现实主义对托尔斯泰的托尔斯泰主义的胜利。在《安娜·卡列尼娜》

中,作家以《新约·罗马书》上的话“伸冤在我,我必报应”来作为全书的题词,这也表明托尔斯泰从他的托尔斯泰主义出发,认为安娜是有罪的。上流社会虽然没有资格惩罚她,但是上帝是应该以永恒道德的原则来惩处她的。可是,在托尔斯泰现实主义笔下的安娜,不仅“并非有罪”,而且在作品中是以要求个性解放的新思想的体现者、对上流社会的伦理道德的抗击者、对贵族资产阶级社会的罪恶的控诉者的姿态出现的。她的思想和行为得到了广大的读者的理解和同情。

托尔斯泰主义和托尔斯泰现实主义的这种矛盾情况告诉我们:作家、艺术家一方面必须看到世界观对创作方法和创作具有制约和指导作用,不努力树立先进的世界观,错误的思想就会损害自己的创作;另一方面,也要看到艺术创作有其自身的不容忽视的规律。先进的创作方法有着巨大的能动性,作家、艺术家努力加强艺术修养,熟悉和掌握艺术创作中的规律,严格按先进的创作方法所要求的认识和反映生活的原则进行创作,对作家、艺术家在创作上的成功,更是非常重要的。

——收录于《文艺美学论集》,四川省社会科学院出版社1986年版

# 论《儒林外史》中的“笑”的美学特征和美学意义

## 一、《儒林外史》中的“笑”的美学特征

笑是什么？笑是怎样引起的？笑的引起有无规律可循？吴敬梓很懂得其中的阃奥。请看《儒林外史》中的这样一个极为生动的艺术情节：杜慎卿有感于自己得不到“相遇于心腹之间，相感于形骸之外”的“天下第一等人”为“知己”，因而，“对月伤怀，临风洒泪”。季苇萧看到他好比“已经着了魔了”，蓄意要“耍他一耍”，因说道：“小弟曾遇见一个少年，……长兄，你会会这个人，看是如何？”杜慎卿“换了一套新衣服，遍身多熏了香”，按季所指的地点去会这个名叫来霞士的“男美”。结果，“只见楼上走下一个肥胖的道士来，头戴道冠，身穿沉香色直裰，一副油晃晃的黑脸，两道重眉，一个大鼻子，满腮胡须，约有五十多岁的光景”。杜慎卿心里想：“这自然是来霞士的师父”，因问道：“有位来霞士，是令徒？令孙？”那道士道：“小道就是来霞士。”杜慎卿当时“心里忍不住，拿衣袖掩着口笑”。在回家的路上，“一路忍笑不住”。次日，在季、杜正为此事

好笑时,恰遇来霞士来会,他们“越发忍不住笑”。后来,季苇萧在庐华士家中的宴席上向杜少卿、迟衡山等谈及哄慎卿看道士的这一件事,“众人大笑,把饭都喷了出来”。第二天,郭铁笔同来道士来拜杜少卿,“杜少卿迎了进来,看见道士的模样,想起昨日的话,又忍不住笑”。

为什么像季苇萧哄杜慎卿会道士这件事,在任何时候对任何人来说都这样令人发笑呢?这是因为来霞士的模样无论是对杜慎卿到来霞士这里来的目的,还是对于他对来霞士的想象来说,都是大相矛盾的。这件事告诉我们:当我们突然发现了现实生活中理想与现实相违、目的与结果相反、现象与实质不相符、形式与内容不相称,笑便会发生。这可以说是笑的最一般的规律。正是这样,别林斯基才强调:“喜剧的要素是生活现象和生活实质、生活目的之间的矛盾。”[①]车尔尼雪夫斯基也才更明确地指出滑稽是“内在的空虚和无意义以假装有内容和现实意义的外表来掩盖自己”[②]。“只有当丑力求自炫为美的时候,那个时候,丑才变成了滑稽”,“那个时候它才以其愚蠢的妄想和失败的企图引起我们的笑”[③]。也正因为吴敬梓是善于掌握和运用这种笑的规律的行家里手,笑一直伴随着我们读《儒林外史》的整个过程,就是毫不足怪的。

但是,我们只凭着吴敬梓所认识和掌握的这种笑的一般规律来研究《儒林外史》是很不够的。笑的规律对所有的各种不同类型的喜剧都是适用的。讽刺艺术是喜剧艺术中的一种极为重要的别具特色的艺术形式。从我国的古典讽刺小说的发展来看,正如鲁迅先生所说,《儒林外史》的出现,“于是说部中乃始有足称讽刺之书”,“是后亦鲜有以公心讽世之书如《儒林外史》者”。(鲁迅:《中国小说史略》)这就是说,《儒林外史》在中国古典讽刺艺术的发展史上是空前绝后的。因此,在《儒林外史》中不仅具有不同于一般喜剧艺术,而且具有不同于中国其他古典讽刺小说的美学特征。这是很值得我们深入研究的。

笑从真实中来,“笑”与“真”的结合,这是《儒林外史》中笑的第一个美学特征。

鲁迅说:“讽刺的生命是真实。”[④]“非写实决不能成为所谓‘讽刺’;非写实的

① 别林斯基:《别林斯基论文学》,新文艺出版社1958年版,第188页。

② 车尔尼雪夫斯基:《美学论文选》,人民文学出版社1957年版,第34页。

③ 车尔尼雪夫斯基:《美学论文选》,人民文学出版社1957年版,第111页。

④ 鲁迅:《什么是“讽刺”?》,《鲁迅全集》(第6卷),人民文学出版社1958年版,第258页。

讽刺，即使能有这样的东西，也不过是造谣和诬蔑而已。”[①]《儒林外史》之所以在中国讽刺小说中是空前的，首先在于《儒林外史》之前的“寓讥弹于稗史者”“往往大不近情”。在《儒林外史》之后的诸如李宝嘉的《官场现形记》、吴沃尧的《二十年目睹之怪现状》等，则不是“往往有失实的地方”，就是“常常张大其词”。唯有“敬梓多所见闻，又工于表现，故凡所有叙述，皆能在纸上见其声态；而写儒者之奇形怪状，为独多而独详”。[②]正是首先在不失其真的意义上，我们才把《儒林外史》看作我国的第一部真正称得上是讽刺文学的作品。

《一叶轩漫笔》中曾提到《儒林外史》，在艺术描写上“往往出人意表而入人意中”。可惜评者只一笔带过，而未加以发挥。在我们看来，吴敬梓正是以“往往出人意表而入人意中”的艺术描写来实现笑与真的最完美的结合的。的确，在《儒林外史》中，在很多情况下，笑都是在出人意表的情况下发生的。比如当严贡生正在向张静斋、范进吹嘘自己“是一个为人率真，在乡里之间，从不晓得占人寸丝半粟的便宜”的时候，“一个蓬头赤足的小使走了进来，望着他道：‘老爷，家里请你回去。’严贡生道：‘回去做什么？’小厮道：‘早上关的那口猪，那人来讨了，在家里吵哩。’严贡生道：‘他要猪，拿钱来！’小厮道：‘他说猪是他的。’”像这个小厮的出人意外的出现，使读者一下子就看清了严贡生的表里不一，当然会非笑不可的。但这种出人意外的情况又是非常入人意中，合情合理的，因为敲诈勒索、贪婪横霸原本就是严贡生的本性。他关王小二的猪，诈黄梦统的钱，在用尽心机地赖掉了船钱以后，还要以与人算账相威胁。他的弟弟严监生为了他的官司已经为他花了一大笔银子，他在严监生死了以后，竟图谋将严监生的财产全部霸占了去。他的诸如此类的恶行太多了，因此，他的这种恶行在他吹嘘自己的时候突然被揭发出来，从而引人发笑，就完全是合情合理的。《儒林外史》就是这样在出人意外入人意中的艺术描写中来实现笑和真的完美结合的。

笑是为了“秉持公心，指擿时弊”。这是《儒林外史》中的笑的第二个美学特征。

鲁迅曾一再强调讽刺艺术所“讽刺”的应是社会而不应着重个人。[③]《儒林

① 鲁迅：《论讽刺》，《鲁迅全集》（第6卷），人民文学出版社1958年版，第220页。

② 参看鲁迅：《中国小说史略》《中国小说的历史的变迁》，《鲁迅全集》（第8卷），人民文学出版社1957年版，第181、347页。

③ 参看鲁迅：《从讽刺到幽默》，《鲁迅全集》（第5卷），人民文学出版社1957年版，第35页。

外史》与那些“集中于一人或一家的”的“私怀怨毒,乃逞恶言”的所谓讽刺作品最大不同之处,就在于吴敬梓对《儒林外史》的创作是“秉持公心,指擿时弊”。我们正是从这里看到了吴敬梓在对笑的规律的掌握和运用上是独具匠心的。既然笑产生于现象与实际不相符,形式与内容不相称,因此,不少喜剧作家在对笑的规律的掌握上总是偏重于以对形式的夸大来制造形式与内容、现象与本质的矛盾;等而下之者,甚至一味地采用人为的误会的办法来博取廉价的笑声。吴敬梓对《儒林外史》的创作却不是这样的。他在从事物的现象和本质、形式和内容的矛盾中发掘“笑”的时候,总是执着于事物的内容和本质,总是力图使笑成为“指擿时弊”的武器,这在《儒林外史》中往往有如下两种情形。

一种情形是通过对丑恶事物的现象和表现形式的夸张描写来尖锐地揭露丑恶事物的本质。就以吴敬梓对严监生在临死时,仅仅为了灯盏里点的是两茎灯草就不肯断气这一细节描写来说,这种描写当然是极其夸张的。而这一极度夸张的描写之所以收到了强烈的笑的效果,就在于严监生临死时所伸着的这两个指头,既制造了都以为它是意味着两件大事的这样的假象,又代表了他只不过是指的灯盏里不该点两茎灯草这样的实质。吴敬梓尽量渲染这两个指头所制造的假象,使假象与实质尽可能地对立起来,其目的就是更加尖锐地暴露严监生要钱不要命的吝啬的本质,使读者在突然看清这样的本质的时候,不能不爆发出难以抑制的笑声,使笑成为鞭笞丑恶的武器。

再一种情况是通过对丑恶事物的本质的如实的描写来突出其丑恶的表现形式。比如吴敬梓在《儒林外史》中对“制艺及以制艺出身者”的“攻难”,就自始至终都是着眼于攻难制艺的实质。以举业的专家自居的马二先生,在向遽骁夫谈论举业时,一口气从孔子、孟子的举业,一直谈到本朝的以文章取士的举业。后来,当高翰林、万中书、施御史、武正字、迟衡山等在讨论举业时,高翰林却一针见血地指出“那马纯上讲的举业,只算得些门面话,其实,此中的奥妙,他全然不知”。不知“‘揣摩’二字,就是这举业的金针了。”“若是不知道揣摩,就是圣人也是不中的。那马先生讲了半生,讲的都是些不中的举业。”高翰林所讲的这种为讲了半生举业的马二先生所根本不懂的“金针”之论,就是能够得中的举业的全部奥妙所在。然而吴敬梓对举业的实质的解剖并未到此为止,他让他们继续讨论下去,最后迟衡山做了这样的总结:

> 讲学问的只讲学问，不必问功名；讲功名的只讲功名，不必问学问。若是两样都要讲，弄到后来，一样也做不成。

这就是说，在吴敬梓所处的时代，以"揣摩"二字为金针的举业，已经腐朽透顶，根本说不上是什么学问，真正讲求学问的人都是不以举业功名为意的。

吴敬梓对制艺的本质所做的这种剖析和揭露，就能使读者在看到《儒林外史》中的"独多而独详"的"儒者之奇形怪状"的时候，能发出更大的笑声，感到任何醉心于这样的举业的现象和表现形式都是非常丑恶的。

寓怒骂于嬉笑，寓怒骂嬉笑于情节、场面、形象，这是《儒林外史》中的笑的第三个美学特征。

关于《儒林外史》的寓讽刺于形象的这一艺术特色是一直为人称道的。闲斋老人在《〈儒林外史〉序》中就说，《儒林外史》能像《水浒》和《金瓶梅》一样"穷神尽相，画工化工，合为一手"。"其人之性情、心术，一一活现纸上。"程晋芳在《吴敬梓传》中称道他的《儒林外史》能"穷极文士情态"。《一叶轩漫笔》也很有见地地指出《儒林外史》一书"寓怒骂于嬉笑，雕镌物情，如禹鼎温犀，莫匿毫发"。鲁迅则更是称赞《儒林外史》能"烛幽索隐，物无遁形，凡官师，儒者，名士，山人，间亦有市井细民，皆现身纸上，声态并作，使彼世相，如在目前"。正是因为《儒林外史》"能穿入隐微"，能寓讽刺于形象之中，"其文又戚而能谐，婉而多讽"，《儒林外史》才与那些"词意浅露""过甚其辞"的"已同嫚骂"的作品区别开来，足称"讽刺之书"。[①]关于笑的这种特征，我们可以从《儒林外史》中有关范进中举发疯这一令人捧腹喷饭的有名描写来加以说明。这"发疯"的本身就说明了他以往大半生在举业上经历了难以想象的苦楚酸辛，一次又一次的失败早已使他失去了希望和信心，他是在绝望和苦楚中经不起这突如其来的大喜的冲击，欢喜得痰迷心窍而发疯的。众人既然对这一点看得很清楚，而想出那种"打"来医治他的疯病的办法，也就是理所当然的。所以，吴敬梓对举业的嬉笑怒骂，是以符合生活本身的发展逻辑的讽刺形象和讽刺情节来实现的。

我们还得进而指出，吴敬梓对范进中举的讽刺之所以特别有力，在这里产

① 鲁迅：《中国小说史略》《汉文学史纲要》，《鲁迅全集》（第8卷），人民文学出版社1957年版，第181、182、347页。

生的笑之所以特别有意义,还在于作者不是孤立地写范进,范进的性格是在范进与周进、胡屠户、张静斋等人与人的关系和矛盾冲突中展现出来的。范进是被周进引上场的,作为范进的恩师的周进,在举业的问题上的伤心史比起范进来有过之而无不及。他受过年轻骨嫩的梅玖的嘲弄,受过王举人的轻视,在进贡院去看到号板时,竟一头撞在号板上,直僵僵不省人事,醒过来以后,又"只管伏着号板哭个不住","满地打滚"。是在这样的周进的眼中,看到范进那种"面黄肌瘦,花白胡须","冻得乞乞缩缩"的样子,才对范进动了怜恤之心,从而促使他特别留心范进的卷子。在周进看范进的文章的过程中,吴敬梓写了这样一个插曲:有个童生要求面试他的诗词歌赋,为此,周进"变了脸",发了一通议论,说什么"当今天子重文章,足下何须讲汉唐","只该用心做文章,那些杂览,学他做什么"。这就表明周进选中范进,并不是什么英才识英才,他们都是一样迂腐无知的货色。

如果说吴敬梓所写的周进和范进的这种关系对这两个腐儒本身的性格来说起到了很好的相互映衬、相互补充的效果,从而使他们都是富有典型性和讽刺性的话,那么,吴敬梓对胡屠户和张静斋这两个人物与范进的关系和矛盾冲突的描写,实际上是创造了一个像范进这样的典型性格赖以形成和发展的典型环境,极为深刻地说明了他这样醉心举业的社会原因。在范进未中秀才以前,胡屠户认为他的女儿嫁给了范进是"可怜!可怜!",就是在中了秀才以后,范进要去乡试而向胡屠户借盘费,仍被他骂了个狗血喷头。到范进真的中了举,胡屠户却完全是另一副面孔,口称"贤婿老爷",而且还在人面前夸耀"我的这个贤婿,才学又好,品貌又好"。

胡屠户在范进中举前后的迥然不同的两副面孔,极为深刻地揭露了举业功名对全民的毒害和影响,以及由此而来的趋炎附势的社会风气。最能说明这一问题的,还在于举人出身、做过一任知县的张静斋也来登门拜访范进。在范进中举前,他和范进素无来往,只因范进中了举,他也就成为范进的"犹如至亲骨肉一般"的"年谊世好"了。又是送银两,又是送房子。这就充分表明了吴敬梓对封建社会及其举业功名的怒骂,是通过对范进和周进这两个人物相互映衬的关系以及在范进中举前后的有关人物的种种活动中表现出来的。在整个描写中,“无一贬词,而情伪毕露,诚微辞之妙选,亦狙击之辣手矣”[①]。

笑和悲的结合是《儒林外史》中的笑的第四个美学特征。

喜和悲是一对对立的美学范畴,然而在现实生活中这一对对立的美学范畴却常常是有机地统一在一起的。因此,作为反映现实生活的艺术,无论是喜剧艺术还是悲剧艺术,要能更深刻地反映生活,就不能不注意悲和喜的有机结合。普希金说过:喜剧不是只依靠嘲笑,而是依靠性格的发展,并且这种喜剧往往接近于悲剧。别林斯基也非常称赞果戈理善于“从悲剧中发现喜剧”,“从喜剧,而且是从生活的绝对的庸俗里发现悲剧”的才能。(别林斯基:《别林斯基论文学》)把普希金和别林斯基的这些话用于吴敬梓对《儒林外史》的创作上是非常合适的。《儒林外史》中笑的最大特点就是往往和悲有机地结合在一起的。严监生临死时伸着两根指头不肯断气,周进走进贡院“一头撞在号板上,直僵僵不省人事”,范进因中举而发疯,都是令人捧腹的大喜剧。然而就在我们大笑的同时,却看见了罪恶的封建社会和腐朽的科举制度已把人性扭曲得不成样子。在这里看到的是人性的毁灭,这又是非常令人可悲的。笑和悲的这种结合在有关王玉辉鼓励女儿殉夫的描写中表现得尤为突出。王玉辉的女儿死了丈夫,女儿来向他要求殉夫,王玉辉不仅不加劝阻,反而加以鼓励。他的妻子为女儿的死哭得死去活来,他却说:“三女儿如今已成仙了,你哭她做什么?她这死得好。”并仰天大笑:“死得好!死得好!”吴敬梓对王玉辉的嘲笑和讽刺是非常辛辣的。然而这一事件却不只是可笑,更主要的是可悲。因为我们从这一事件中看得出来封建礼教不仅吞噬了王玉辉女儿的肉体,而且吞噬了王玉辉的灵魂。这件事本身更主要的是一场大的悲剧。通过笑来描写悲,这才是吴敬梓的本意。正是这样,吴敬梓才写王玉辉在建坊入祠之际,“转觉心伤”,承认自己“在家日日看见老妻悲恸,心中不忍”,并以他在为此而出游的途中所见到的,“水光山色”“雕梁画柱”“游船酒席”“红男绿女”来唤起他的人性。从人性和理教的矛盾中来竭力地渲染悲剧气氛。在《儒林外史》中显得深沉浑厚,从而使得读者对这样的笑不是一笑了之,而是在笑之中、笑之后反复领略其中的意味。

① 鲁迅:《中国小说史略》,《鲁迅全集》(第8卷),人民文学出版社1957年版,第184页。

## 二、《儒林外史》中的"笑"的美学意义

讽刺艺术是笑的艺术,笑在于事物本身,具体地说,客观生活中的丑是讽刺艺术的本原和实质。《儒林外史》中的笑就是来自他所处时代的现实生活。正如鲁迅所说:"《儒林外史》所传人物,大都实有其人,而以象形谐声或廋词隐语寓其姓名,若参以雍乾间诸家文集,往往十得八九。"[①]然而《儒林外史》中的笑已是吴敬梓从自己的审美理想出发对客观生活中的笑的主观创造和反映。尽管在前人的笔记中每每指出《儒林外史》中所讽刺的具体事件之所本,但是,我们必须指出,无论是生活中的笑还是吴敬梓之所本的笑,与《儒林外史》中的笑已有了很大的区别。生活中的笑,吴敬梓之所本的笑,无非都表现了丑恶的事物的现实和实质不相符,内容和形式的不相称,与美完全无涉。而《儒林外史》中的笑,则已饱含着吴敬梓的崇高审美理想。笑的本身就是对丑的鞭笞和否定,又是对美的颂扬和肯定。这笑的本身就体现着美。我们只要把《儒林外史》中的《张铁臂虚设人头宴》与《幽闲鼓吹》所做的有关记载做一比较,我们就得承认,后者虽然是前者之所本,但是,二者的根本区别却在于后者只不过是说的有人怎样以猪首充人首进行诈骗的笑话而已,虽然可以博人一笑,却无任何美学意义。但是,在《儒林外史》中的"张铁臂虚设人头宴"却不是一个孤立的笑话,而是作者用以揭露众"名士大宴莺脰湖"的所谓"高雅"的实质的一个非常有力的情节。正是这一情节才使相府的娄三公子、娄四公子如何"延揽名士"以"招摇豪横",杨执中、权勿用、张铁臂又怎样冒充"名士""侠客",以招摇撞骗的面貌暴露无遗。这样的笑,在实质上是作者立足于真、善、美来对假、恶、丑的无情的抨击。加以这个情节的艺术描写是那样地出人意外,又那样地入人意中,在艺术表现上非常完美,因而这笑虽然来自现实生活中的丑,但在《儒林外史》中却成了能够给人以很大美学享受的艺术美。《儒林外史》中的美学意义也就正在于此。

《儒林外史》中的笑,之所以能有如此重大的美学意义,有两点很值得我们注意:

首先,吴敬梓能正确地理解人与现实的审美关系,既强调美的客观性,又强

① 鲁迅:《中国小说史略》,《鲁迅全集》(第8卷),人民文学出版社1957年版,第183页。

调人对现实的审美关系中的人的审美能力。我们先看在吴敬梓的笔下的王冕是怎样动了学画荷花的念头的。

> ……王冕放牛倦了，在绿草地上坐着。须臾，浓云密布，一阵大雨过了。那黑云边上镶着白云，渐渐散去，透出一派日光来，照耀得满湖通红。湖边上山，青一块，紫一块，绿一块。树枝上都像水洗过一番的，尤其绿得可爱。湖里有十来枝荷花，苞子上清水滴滴，荷叶上水珠滚来滚去。王冕看了一回，心里想道："古人说'人在画图中'，其实不错。可惜我这里没有一个画工，把这荷花画他几枝，也觉有趣。"又心里想道："天下那有个学不会的事，我何不自画他几枝？"

吴敬梓所写的雨后的七泖湖的景色和由这景色所引起的思想活动，是对美的本质以及审美主体与审美客体的关系的极为深刻的说明。雨后的七泖湖的景色就是呈现在王冕面前的审美客体，这景色的美是这景色本身所具有的。王冕就是这审美客体的审美主体。王冕看到这景色以后产生的"人在画图中"的想法，就是审美主体对审美客体在审美过程中产生的审美感受。王冕心里想道："可惜我这里没有一个画工，把这荷花画他几枝。"这就是说，审美客体如果不遇着具有审美能力的审美主体，审美客体再美也没有意义。具有高度审美能力的王冕，就是在这种审美能力的启迪下立志学画荷花的。

我们把王冕怎样画起荷花的故事和马二先生游西湖的故事一对比，就更能说明问题。西湖的美是客观存在，这是人人都公认的事实。可是，西湖所有的美丽景色都不在马二先生的视野之内，他只知望着那些酒店里的"透肥的羊肉""滚热的蹄子、海参、糟鸭、鲜鱼"，而在"喉咙里咽唾沫"。没有钱买这些东西，便用面、橘饼、芝麻糖、粽子、烧饼、处片、黑枣、煮栗子之类填了肚子。正如鲁迅所说：他的"西湖之游，虽全无会心，颇杀风景，而茫茫然大嚼而归，迂腐之本色固在"。（鲁迅：《中国小说史略》）这就进一步说明，由于封建社会和封建的科举制度吞噬了他的审美能力，因此，这样美的西湖对马二先生来说完全失去了美学意义。西湖和马二先生之间也就根本不存在什么审美关系。吴敬梓抓住这一点来对马二先生进行尖锐的讽刺，这与吴敬梓以赞颂的笔调来写王冕对七泖湖的美的发现和欣赏一样,都是在承认美是客观的存在的同时,强调在人对现实的审美关系中人的审美能力的重要性。正是吴敬梓本身具有高度的审美能力,他才能在《儒林外史》中把生活中的丑化作讽刺艺术的笑。不仅用笑来否定丑肯定美,而且使这笑本身成了能给人以巨大美学享受的艺术美。

其次,吴敬梓本人具有很高的审美能力,他不仅能正确理解人对现实的审美关系,而且他的审美理想也是先进的。

吴敬梓出身于安徽全椒的一个累代科甲的阀阅世家。他曾这样夸耀过自己的家族:“五十年中,家门鼎盛。陆氏则机云同居,苏家则轼辙并进。子弟则人有凤毛,门巷则家夸马粪。绿野堂开,青云路近。”(吴敬梓:《移家赋》)出生在这样家庭的吴敬梓不醉心于举业功名,不信奉儒家思想那是根本不可能的。事实上,他在十八岁时便考取了秀才,1736年赵国麟行文全椒,令他到北京去应博学鸿词科的考试的前两年,即1734年,吴敬梓三十四岁时,他在《除夕乳燕飞》词中宣称他的家族:“家声科第从来美。”在他参加博学鸿词科的省试以后,他在《送学使郑筠谷夫子还朝三十韵》中,不仅对推荐他参加这次考试的上江督学郑筠谷非常感激,而且把朝廷能开设“博学鸿词科”看作是“圣代恩光美”。吴敬梓这种以“家声科第”为美、以“圣代恩光”为美的审美理想,显然是与《儒林外史》中的审美理想对立的。从这样的审美理想出发是绝对写不出《儒林外史》来的。所以,我们必须看到,由于吴敬梓的家族发展到他父亲时便开始陷于中落,吴敬梓本人“不善治生,性又豪,不数年挥旧产俱尽”。他在一生中既经历过豪华奢侈的富家公子生活,也饱尝过人间贫穷窘迫的辛酸,有着非常复杂丰富的人生经历。而他所处的康、雍、乾这一所谓“极盛时代”,实际上只不过是整个封建制度死前的回光返照而已。新兴的经济和阶级关系以及在此基础上更加发展的市民运动在日盛一日地冲击、推动和瓦解着整个封建的经济和政治制度,造成了封建社会的空前的危机。再加以顾亭林、黄梨洲、王船山、颜元、李塨、戴震这些反映新兴的经济和政治要求的思想大师对旧思想,尤其是对程朱理学的批判,形成了一股汹涌澎湃的时代潮流,吴敬梓更不能不卷入这潮流中去,成为这一潮流中的推波助澜人。所有这些,都使得吴敬梓在没有去北京应博学鸿词科的廷试以后,他的世界观、人生观、审美观都发生了很大的变化。我们之所以不管吴敬梓是真病还是装病而没有去应廷试,都把他未去应廷试这一年作为吴敬梓的世界观的前后变化的分界线，就在于他未应廷试之后不久，就在《题王溯山左茅右蒋图》的长诗中明确宣称："浮云富贵非所爱，爱山成癖乐其真。"否定了以往的"无端拟献金门赋"的思想行为，表示"高怀那许尘容扰"，要以"艺苑文章四海传"。吴敬梓从宣称"家声科第从来美"到表示"爱山成癖乐其真"，相隔不过两年多的时间，然而在功名富贵问题上所表现出来的审美理想却有天壤之别。尤其是在他眼睁睁地看到去北京应博学鸿词科考试的，包括他的挚友程廷祚在内的一大批名声很高的经史学家、诗人、文士"俱未入选"以后，他非常庆幸自己没去参加这次考试。正是这样，他在《儒林外史》中才不仅对杜少卿的装病辞谢征辟完全抱歌颂的态度，而且通过杜少卿的口说："好了，我做了秀才，有了这一场结局，将来乡试也不应，科岁也不考，逍遥自在，做些自己的事罢。"所以，他的挚友程晋芳说他："独嫉时文士如仇，其尤工者，则尤嫉之。"（程晋芳：《文木先生传》）这是完全符合他在辞谢廷试以后的实际情况的。车尔尼雪夫斯基说："我们既然嘲笑了丑，就比它高明，譬如我嘲笑了一个蠢才，总觉得我能了解他的愚行，而且了解他应该怎样才不至做蠢才——因此同时我觉得自己比他高明得多了。"[①]是的，吴敬梓就是在抛弃了以"家声科第"为美的审美理想以后，具有比当时的儒林都要"高明得多"的审美理想，才能给那些醉心举业功名的"蠢才"们的"愚行"以极其辛辣的讽刺。

当然，吴敬梓的审美理想绝不仅在举业功名这一问题上表现出来，毋庸讳言，在他的审美理想中是饱含着儒家思想的。这不只表现在他的诗中称颂过"圣代恩光美"，他在《儒林外史》中着意塑造的用以体现他的审美理想的一批人物身上表现得更为充分。比如王冕十分讲求"文行出处"，虞博士被看作"以德化人"的"真儒"，迟衡山的最高理想是"礼乐兵农"，而杜少卿、庄绍光等人也是"文行出处""礼乐兵农"的倡导者。但是，吴敬梓的审美理想中的这种儒家思想，却是既非正统，也不彻底的。这也表现在吴敬梓本人视程朱理学为"俗学"，公开宣称要做学问"不在宋儒下盘旋，亦非汉、晋诸贤所能笼络"[②]，并用"企脚高卧"来对待乾隆皇帝的南巡，从而否定了他以往的那种以"圣代恩光"为"美"的审美理想。这还更表现在被称为"圣人之徒"的"真儒"在泰伯祠大祭中担任主

① 车尔尼雪夫斯基：《美学论文选》，人民文学出版社1957年版，第118页。

② 吴敬梓为江昱的《尚书私学》一书所写的序。

祭的虞博士,就非地道的孔孟之徒,而是“襟怀冲淡”的“上而伯夷、柳下惠,下而陶靖节一流人物”。而杜少卿也远非正统的儒家思想者,他明确地说:“朱文公解经,自立一说,也是要后人与诸儒参看。而今丢了诸儒,只依朱注,这是后人固陋。”并敢于完全置封建礼教于不顾,和他的娘子一道手拉手地游清凉山,使得两边看的人“目眩神摇,不敢仰视”。至于吴敬梓的审美理想中的这种儒家思想的不彻底,则表现在吴敬梓刚以“礼乐兵农”“文行出处”作为他的审美理想呈现在读者面前,赓即就以更大的艺术力量来宣告这种审美理想的破灭。萧云仙对“礼乐兵农”加以实践的结果是破产丢官。曾经热闹非凡传为佳话的大祭泰伯祠的活动,到后来也落得个冷冷清清,无人过问。

《儒林外史》中这种作为吴敬梓的审美理想中的儒家思想,虽然是既非正统也不彻底的,但它们仍不仅不可能给他的《儒林外史》带来多大的美学意义,甚至会歪曲他对美的认识。比如被吴敬梓作为《儒林外史》中头等大事来渲染的大祭泰伯祠的活动,在他和他所写的书中参与其事的人物看来美得很,而在我们看来却是开历史倒车的丑恶行为。

既然我们不能把儒家思想看作吴敬梓世界观中的先进的审美理想,那么,他的世界观中的先进的审美理想又是什么呢?我们的回答很明确,就是从他所处时代的总的特点和思想潮流以及他的独立的人生经历中产生出来的具有新的特征的反封建、反礼教、要求个性解放、主张男女平等的民主主义精神。这种民主主义精神很明显地表现在作者所同情和歌颂的人和事上,比如杜少卿的离经叛道的色彩,沈琼枝因不甘心受宋盐商的玩弄欺凌而出走的要求个性解放、人格独立的叛逆思想,以及王冕、牛老爹、卜老爹、包文卿、季遐年、王太、盖宽、荆元等一大批劳动者和市井奇人的以劳动为生不与统治者同流合污的超拔精神。所有这些,都是吴敬梓具有民主主义性质的审美理想的表现。但是,应该看到,对作为讽刺艺术的《儒林外史》来说,吴敬梓的民主主义的审美理想,主要还是表现在《儒林外史》中的“笑”上。果戈理在《剧院门前》中说:“深感遗憾,竟然没有一个人能发现我剧中无往而不在的一个正直的人物……这个正直的、高尚的人物就是笑……谁也不挺身而出为这个笑辩护。我是个喜剧家,我衷心地为它效力,所以我要为笑一辩。是啊,笑这个东西,要比人们想象的深刻得多,重要得多。”同样,笑才是《儒林外史》中的最重要、最高尚的主人公。《儒林外史》

中的笑所嘲弄和批判的,绝不仅只八股制艺和以八股制艺进身的士子名士,而是嘲弄和批判了整个封建制度及其上层建筑。这就使《儒林外史》中的笑,同时也是与整个封建制度及其上层建筑相对立的先进审美理想的结晶。《儒林外史》中笑的所有的这些美学特征和美学意义,都是值得我们重视的。

——收录于《文艺美学论集》,四川省社会科学院出版社 1986 年版